GEORGE ORWELL

1984

www.editorapedaletra.com.br
(11) 3733-0404 / 3687-7198

Projeto gráfico: **Quatria Comunicação**

Equipe editorial
André Cerino - Capa
Felipe Fiuza - Diagramação
Sandro Ribeiro - Tradução
Thaís Coimbra - Revisão

Tradução integral da obra *1984*, de George Orwell
Título original: *1984*

Dados Internacionais de Catalogação na Publicação (CIP)
Angélica Ilacqua CRB-8/7057

Orwell, George, 1903-1950
1984 / George Orwell ; tradução de Sandro Ribeiro. -- Brasil : Pé da Letra, 2020.
352 p.

ISBN 978-65-5888-189-6
Título original: 1984

1. Ficção inglesa I. Título II. Ribeiro, Sandro

20-4284 CDD 823

Índices para catálogo sistemático:

1. Ficção inglesa

GEORGE ORWELL

1984

PÉ da letra

PARTE UM

CAPÍTULO 1

Era um dia frio e claro de abril, e os relógios marcavam uma da tarde. Winston Smith, com o queixo pressionado ao peito para se desviar do vento forte, entrou rápido pelas portas de vidro do Mansões Vitória, embora não o bastante para evitar que uma poeira grossa entrasse também.

O corredor tinha cheiro de repolho cozido e tapete de pano. No fim dele, havia um cartaz colorido colado à parede, muito grande para exibição interna. Retratava apenas um rosto enorme, com mais de um metro de diâmetro: o rosto de um homem com cerca de quarenta e cinco anos, bigode negro abundante e feições belas e firmes. Winston foi para a escada. Era inútil tentar o elevador. Mesmo nos melhores momentos quase não funcionava, e agora a corrente elétrica era cortada durante o dia. Fazia parte do impulso econômico da Semana do Ódio. O apartamento ficava no sétimo andar, e Winston, que tinha trinta e nove anos e uma úlcera varicosa acima do tornozelo direito, subia devagar, parando para descansar várias vezes no caminho. Em cada piso, oposto ao fosso do elevador, o cartaz com o rosto enorme encarava da parede. Era um retrato tão elaborado que os olhos seguiam praticamente cada movimento seu. O GRANDE IRMÃO ESTÁ OBSERVANDO VOCÊ, dizia a legenda abaixo.

Dentro do apartamento, uma voz intensa lia uma lista de índices que tinham algo a ver com a produção de ferro-gusa. A voz vinha de uma placa de metal alongada parecida com um espelho opaco que formava parte da superfície da parede do lado direito. Winston acionou um interruptor que baixou um pouco a voz, embora ainda desse para distinguir as palavras. O instrumento (teletela, como era chamado) podia ser suavizado, mas nunca totalmente desligado. Ele foi até a janela, um ser miúdo, frágil, sua magreza realçada pelo macacão azul que era o uniforme do Partido. Seu cabelo era bem claro, o rosto naturalmente avermelhado, a pele castigada pelo uso de sabão áspero e lâminas de barbear cegas mais o frio do inverno, que tinha acabado de terminar.

Lá fora, mesmo pela vidraça da janela, o mundo parecia frio. Pequenos redemoinhos de vento na rua produziam espirais de poeira e papel picado, e embora o sol brilhasse e o azul do céu fosse forte, não parecia haver cor em nada, a não ser nos cartazes colados em toda parte. O rosto com bigode negro encarava imponentemente de cada canto. Havia um na fachada da casa em frente. O GRANDE IRMÃO ESTÁ OBSERVANDO VOCÊ, dizia a legenda, enquanto os olhos escuros fitavam os de Winston intensamente. No nível da rua, outro cartaz, rasgado numa ponta, se batia agitadamente ao vento, cobrindo e descobrindo o termo SOCIALISMO INGLÊS. Longe dali, um helicóptero se esgueirando entre telhados pairou como uma varejeira e se lançou de novo num voo curvo. Era a patrulha policial, espiando pelas janelas das pessoas. As patrulhas, entretanto, não importavam. Só a Polícia do Pensamento importava.

Atrás de Winston a voz da teletela ainda tagarelava sobre ferro-gusa e a plena realização do Nono Plano de Três Anos. A teletela recebia e transmitia simultaneamente. Qualquer som feito por Winston que fosse um pouco acima de um sussurro seria captado por ela, inclusive, enquanto permanecesse dentro do campo de visão da placa de metal, seria visto e ouvido. Claro que não havia como saber se em determinado momento você estava sendo observado. Com que frequência, ou por qual sistema, não dava para saber com certeza se a Polícia do Pensamento tinha grampeado alguém. Era até possível que observassem todo mundo o tempo todo. A qualquer ritmo, porém, você poderia ser grampeado sempre que eles quisessem. Você tinha que viver — de verdade, com o hábito virando instinto — supondo que cada som era minuciosamente ouvido, e, a não ser no escuro, cada movimento analisado.

Winston continuou de costas para a teletela. Era mais seguro, ainda que, ele bem sabia, até as costas pudessem ser reveladoras. A um quilômetro de distância o Ministério da Verdade, seu posto de trabalho, se impunha contrastando sua vastidão e brancura à paisagem encardida. Isto, ele pensou com algum desgosto, isto era Londres, principal cidade da Pista de Pouso Um, ela mesma a terceira mais populosa da Oceania. Ele tentou puxar alguma memória de infância que dissesse se Londres sempre tinha sido assim. A vista foi sempre formada por essas casas do século XIX, deterioradas, com as laterais escoradas com vigas de madeira, as janelas remendadas com papelão e os telhados com folhas de zinco, as paredes estapafúrdias dos jardins despencando para todo lado? E os locais bombardeados onde a poeira do gesso girava no ar e as folhas de salgueiro se amontoavam sobre as pilhas de borracha; e os locais onde as bombas tinham aberto um descampado maior e onde surgiram favelas com barracões parecidos com galinheiros? Era inútil, ele não lembrava: não restava nada de sua infância a não ser painéis brilhantes sem contexto e, na maior parte, ininteligíveis.

O Ministério da Verdade — Minivero, em novafala — era surpreendentemente diferente de qualquer outra coisa à vista. Era uma estrutura de concreto enorme em forma de pirâmide de um branco resplandecente, elevando-se, terraço após terraço, trezentos metros apontando para cima. De onde Winston estava só era possível ler, direto da fachada branca com letreiro sofisticado, os três lemas do Partido:

GUERRA É PAZ
LIBERDADE É ESCRAVIDÃO
IGNORÂNCIA É FORÇA

O Ministério da Verdade continha, dizia-se, três mil salas no subsolo e ramificações correspondentes. Espalhados por Londres só havia três outros prédios parecidos em aparência e tamanho. Eles sobressaíam tanto da arquitetura local que do topo do Mansões Vitória dava para ver todos ao mesmo tempo. Eram as casas dos quatro ministérios entre os quais todo o aparato governamental estava dividido. O Ministério da Verdade, que se encarregava de notícias, entretenimento, educação, e das belas-artes. O Ministério da Paz, que se encarregava da guerra. O Ministério do Amor, que mantinha a lei e a ordem. E o Ministério da Fartura, responsável por assuntos econômicos. Os nomes, em novafala: Minivero, Minipaz, Minimor, e Minifarta.

O Ministério do Amor era o que realmente assustava. Não tinha nenhuma janela lá. Winston nunca tinha visto dentro do Ministério do Amor, nem a meio quilômetro dele. Era impossível entrar, exceto por assuntos oficiais, e somente por um emaranhado de arame farpado, portas de aço e tocas escondidas com metralhadoras. Até as ruas que levavam às barreiras externas eram rondadas por guardas com cara de gorila em uniformes negros e armados com cassetetes.

Winston virou de repente. Tinha ajustado suas feições para expressar um otimismo tranquilo, que era aconselhável quando em frente à teletela. Ele foi da sala à cozinha apertada. Ao ir embora do ministério a esta hora, ele tinha sacrificado o almoço no refeitório e estava ciente de que não tinha comida na cozinha a não ser um pedaço de pão escuro que deveria ser guardado para o café da manhã do dia seguinte. Ele pegou da prateleira uma garrafa de um líquido incolor com um rótulo simples em que se lia GIM VITÓRIA. Exalava um cheiro fraco, oleaginoso, como de um destilado de arroz chinês. Winston praticamente encheu uma xícara, se forçou a encarar o inesperado, e engoliu como uma dose de remédio.

No mesmo instante seu rosto ficou vermelho e seus olhos ficaram ressecados. Era como ingerir ácido nítrico, além disso, ao engolir, tinha-se a sensação de ser atingido na cabeça por um taco de borracha. Entretanto, no momento seguinte, a queimação no estômago diminuiu e o mundo pareceu um pouco mais alegre. Pegou um cigarro de um maço amarrotado, identificado como CIGARROS VITÓRIA e, desajeitadamente, segurou-o levantado, fazendo o tabaco cair no chão. Com o próximo foi mais feliz. Ele voltou à sala e se sentou a uma mesinha que ficava do lado esquerdo da teletela. Tirou da gaveta da mesa um porta-caneta, um frasco de tinta e um livreto em branco com a contracapa vermelha e a capa marmoreada.

Por algum motivo a teletela da sala estava numa posição incomum. Em vez de estar, como de costume, na parede de fundo, onde se imporia sobre todo o cômodo, estava na parede maior, oposta à janela. De um lado havia um quartinho onde Winston estava sentado, e que, quando se construíram os apartamentos, foi provavelmente pensado para abrigar estantes de livros. Ao se sentar no quartinho, e se manter bem para trás, Winston conseguia ficar fora do alcance da teletela, até onde a vista ia. Podia ser ouvido, é claro, mas, enquanto se mantivesse nessa posição, não podia ser visto. Em parte, foi o desenho incomum do cômodo que lhe sugeriu o que estava prestes a fazer.

Pode-se dizer que também foi sugerido pelo livreto que tinha pegado na gaveta. Tinha uma beleza peculiar esse livreto. Com folhas de textura macia e cremosa, um pouco amareladas pelo tempo, de um tipo que não se fabricava havia pelo menos quarenta anos. Seu palpite, contudo, era de que o livreto era bem mais antigo que isso. Tinha-o visto na janela de um brechó sujo numa área bem pobre da cidade (ele não conseguia lembrar que área especificamente) e foi tomado por um imenso desejo de se apossar dele. Os membros do Partido não deveriam entrar em quaisquer lojas ("negociar no mercado livre", como se chamava), mas não se seguia essa regra estritamente, porque havia várias coisas, como cadarços ou lâminas de barbear, que eram impossíveis de encontrar de outra forma. Tinha dado uma olhada de cima a baixo na rua, então entrou e comprou o livreto por dois dólares e meio. Na época, não tinha consciência de querê-lo por uma razão em particular. Levou-o embora com culpa em sua pasta. Mesmo sem nada escrito, era uma posse comprometedora.

O que ele estava prestes a fazer era começar um diário. Não era ilegal (nada era ilegal, já que não existiam mais leis), mas, se detectado, era quase certo que seria punido com a morte, ou ao menos com vinte e cinco anos em um campo de trabalhos forçados. Winston encaixou um bico no porta-caneta e sugou-o para tirar a gordura. Essa caneta era um instrumento arcaico, raramente usada até para assinaturas, e ele tinha conseguido uma, furtivamente e com dificuldade, apenas pela sensação de que um papel tão bonito e cremoso merecia que a escrita fosse feita com um bico de verdade em vez de ser arranhado com uma caneta qualquer. Escrever a mão não era um costume seu. Fora pequenos recados, o comum era ditar tudo para a fale-escreva, que, claro, não era uma possibilidade para seu propósito. Ele molhou a caneta na tinta, então hesitou por um momento. Um tremor passou por suas entranhas. Era decisivo marcar o papel. Com uma caligrafia desajeitada ele escreveu:

Quatro de abril, 1984.

Ele relaxou. Uma sensação de completo desamparado se abateu sobre ele. Para início de conversa, ele nem sequer tinha certeza de que o ano era 1984. Deve estar próximo a essa data, já que estava certo de ter trinta e nove anos, e acreditava ter nascido em 1944 ou 1945; mas era impossível hoje em dia cravar uma data em período de um ou dois anos.

Para quem, de repente ocorreu a ele se perguntar, estava escrevendo esse diário? Para o futuro, para as gerações por vir. Seus pensamentos giravam em torno da duvidosa data na página, e então se embateram com a palavra em novafala DOBROPENSAR. Pela primeira vez, o alcance do que ele realizou o alcançou. Como se comunicar com o futuro? Em princípio, era impossível. Se o futuro se parecesse com o presente, nesse caso não o escutaria; ou seria diferente, e o problema não faria sentido.

Por um tempo, ficou encarando o papel de forma patética. A teletela mudou para música militar estridente. Curioso que ele parecia não só ter perdido a capacidade de se expressar, mas ainda ter esquecido o que queria dizer para início de conversa. Fazia semanas que ele tinha se preparado para este momento, e nunca lhe ocorreu que não precisaria de outra coisa que não fosse coragem. O ato de escrever seria fácil. Era só transpor para o papel o monólogo incessante que não saía de sua cabeça havia anos. Neste momento, entretanto, até o monólogo parou. Além disso, sua úlcera varicosa começou a incomodar muito. Ele não tinha coragem de coçar, senão inflamaria. Os segundos contavam. Sua consciência só registrava a folha em branco à sua frente, a coceira acima do tornozelo, a estridência da música e uma leve embriaguez causada pelo gim.

De repente, começou a escrever tomado de pavor, quase sem perceber o que registrava. Sua caligrafia infantil lutava com a página, derramando primeiro as letras maiúsculas e derradeiramente até os pontos-finais:

Quatro de abril, 1984. Noite passada, os filmes. Todos de guerra. Um muito bom sobre um navio cheio de refugiados que era bombardeado em algum lugar no Mediterrâneo. O público gostou bastante das cenas de um homem gordo tentando nadar para longe de um helicóptero que perseguia ele, afundando como um boto, até que você visse ele na mira das armas dos helicópteros, aí ele ficava cheio de buracos e o mar ao redor, rosado, e afundava tão repentinamente quanto os buracos tinham aparecido na água, o público rindo histericamente enquanto ele afundava. aí você via um bote salva-vidas cheio de crianças com um helicóptero sobre ele. tinha uma mulher de meia-idade, talvez judia, sentada na proa com um menino de uns três anos no colo. o menininho gritava assustado e tentava se esconder nos seios dela como se fossem uma toca e a mulher o abraçava e o confortava ainda que ela mesma estivesse apavorada, todo o tempo cobrindo-o o máximo possível como se os braços dela fossem à prova de balas. então o helicóptero jogou uma bomba de vinte quilos neles, um clarão e o barco se despedaçou todo. teve uma cena maravilhosa de um braço de uma criança aparecendo na superfície várias vezes, e a câmera de um helicóptero acompanhando, e teve muitos aplausos dos assentos do Partido, menos uma mulher da área da casa da periferia que de repente começou um barraco e gritava que não tinham que mostrar isso na frente das crianças não tinham o direito e isso foi até a polícia levar ela pra fora não sei se aconteceu alguma coisa com ela ninguém liga para o que a perifa diz reação típica...

Winston parou de escrever, em parte por causa de uma câimbra. Ele não sabia o que gerou tanta bobagem. Curioso que, enquanto fazia isso, uma memória totalmente diferente tinha surgido em sua mente, quase a ponto de senti-la como se a estivesse escrevendo. Como percebeu, esse outro incidente o fez simplesmente ir para casa e começar o diário.

Aconteceu naquela manhã no ministério, se é possível afirmar algo tão inusitado.

Eram quase onze horas, e no Departamento de Registros, onde Winston trabalhava, as cadeiras estavam sendo tiradas dos cubículos e agrupadas no centro do saguão oposto à grande teletela, para o Ódio de Dois Minutos. Winston estava se acomodando em uma das fileiras do meio quando duas pessoas que conhecia de vista, mas com quem nunca tinha conversado, entraram de súbito na sala. Uma delas era uma garota por quem ele sempre passava nos corredores. Desconhecia seu nome, mas sabia que trabalhava no Departamento de Ficção. Presumivelmente — já que a tinha visto com as mãos oleosas e com uma chave-inglesa — ela fazia algum serviço mecânico em uma das máquinas de escrever romances. Tinha um ar arrojado, por volta de vinte e sete anos, cabelo grosso, sardas e se movia de forma ágil e atlética. Uma faixa vermelha fina, emblema da Liga Jovem Antissexo, estava enrolada ao redor da cintura de seu macacão, justa o suficiente para realçar a forma de seus quadris. Winston não tinha gostado dela desde a primeira vez que a viu. Ele sabia por quê. Era por causa da atmosfera de campos de hóquei e banhos frios e trilhas comunitárias e pureza geral de espírito que ela acabava carregando. Ele antipatizava com praticamente todas as mulheres, especialmente as jovens e bonitas. Eram sempre as mulheres, principalmente as jovens, os membros mais fanáticos do Partido, que engoliam os slogans, espiãs amadoras e fuxiqueiras de tudo que não fosse ortodoxo. Esta, porém, parecia para ele mais perigosa do que as demais. Uma vez, quando ambos passavam pelo corredor, ela deu uma rápida olhada de lado para ele que pareceu penetrá-lo e por um instante ficou aterrorizado. Ele até suspeitou de que ela fosse uma agente da Polícia do Pensamento. Isso, sejamos francos, era bem improvável. Ainda assim, algum desconforto permanecia, que misturava medo e hostilidade, sempre que estavam próximos.

A outra pessoa era um homem chamado O'Brien, membro da Cúpula do Partido e detentor de algum posto tão importante e remoto que Winston tinha só uma vaga ideia de que se tratava. Um silêncio momentâneo passou pelo grupo de pessoas ao redor das cadeiras quando notaram o macacão preto de um membro da Cúpula do Partido se aproximando. O'Brien era um homem corpulento, com pescoço largo e um rosto grosseiro e engraçado. Apesar de sua aparência descomunal, ele tinha algum charme nos modos. Tinha, curiosamente a encantadora habilidade de reposicionar os óculos no nariz — de uma maneira indefinível, civilizada. Era um gesto que, se alguém ainda pensasse em tais termos, lembraria um fidalgo do século XVIII oferecendo sua tabaqueira. Winston talvez tenha visto O'Brien doze vezes em quase a mesma quantidade de anos. Sentia-se profundamente atraído a ele, e não somente por estar intrigado com o contraste entre os modos refinados de O'Brien e seu físico de pugilista. Era muito mais por causa de uma crença guardada em segredo — talvez nem sequer seja uma crença, mas uma simples esperança — de que a ortodoxia política de O'Brien não seja irretocável. Havia uma espécie de sugestão irresistível quanto a isso em seu rosto. De novo, talvez nem fosse ortodoxia que seu rosto expressava, mas sim inteligência. De qualquer forma, parecia alguém com quem se pudesse falar caso conseguisse ludibriar a teletela e ficar sozinho com ele. Winston nunca fez a menor tentativa de checar esse palpite, inclusive, não havia como. Nesse momento, O'Brien deu uma olhada em seu relógio de pulso, viu que eram quase onze da manhã e, obviamente, decidiu ficar no Departamento de Registros até que o Ódio de Dois Minutos acabasse. Pegou uma cadeira na mesma fileira que Winston, a alguns lugares de distância. Uma mulher pequena de cabelo castanho-claro que trabalhava no cubículo próximo a Winston se sentava entre eles. A garota com cabelo escuro estava bem atrás.

No momento seguinte, um discurso horrendo e opressivo, como se viesse de uma máquina gigantesca funcionando sem combustível, estourou da teletela grande no fundo da sala. Era um barulho que enfurecia qualquer um a ponto de eriçar os pelos do pescoço. O Ódio tinha começado.

Como de costume, o rosto de Emmanuel Goldstein, o Inimigo do Povo, se manifestou na tela. Houve chiadeira em vários pontos entre o público. A mulher pequena de cabelo castanho-claro deu um grito que era uma mistura de medo e repulsa. Goldstein era o rebelde desertor que, havia muito tempo (ninguém se lembrava de quanto), tinha sido uma das lideranças do Partido, quase no mesmo patamar que o próprio Grande Irmão, e aí se envolveu com atividades contrarrevolucionárias, foi condenado à morte, fugiu e desapareceu misteriosamente. Os programas do Ódio de Dois Minutos variavam de um dia para o outro, mas sempre tinham Goldstein como figura principal. Ele era o traidor primordial, o mais antigo profanador da pureza do Partido. Todos os crimes posteriores contra o Partido, traições, sabotagens, heresias, desvios, vieram direto de suas lições. Em algum lugar, ele ainda vivia e conspirava: talvez além-mar, sob a proteção de seus financiadores estrangeiros, ou ainda — havia um rumor eventual — escondido em algum lugar na própria Oceania.

O diafragma de Winston estava comprimido. Ele nunca conseguiu ver o rosto de Goldstein sem sentir uma dolorosa mistura de emoções. Era um rosto judeu magro, com grande volume de cabelo branco e um pequeno cavanhaque — uma feição inteligente, e mesmo assim inerentemente desprezível, com certa estupidez senil no nariz comprido e fino, com um par de óculos sustentados próximo à ponta. Lembrava a cara de uma ovelha e a voz, também, tinha características de ovelha. Goldstein estava, como de costume, atacando virulentamente as doutrinas do Partido — um ataque tão exagerado e maldoso que até uma criança conseguiria perceber, e ainda assim plausível o suficiente para deixar alguém aflito pelo fato de que outras pessoas menos sensatas pudessem ser influenciadas por ele. Ele estava insultando o Grande Irmão, denunciando a ditadura do Partido, exigindo a conclusão imediata do acordo de paz com a Eurásia, defendendo a liberdade de discurso, de imprensa, de assembleia, de expressão, gritava histericamente, dizendo que a revolução havia sido traída — tudo numa fala polissilábica rápida que parodiava um pouco o estilo de oratória comum no Partido, incluindo até termos em novafala, mais do que qualquer membro do Partido usaria de verdade. Durante todo esse tempo, para que ninguém tivesse dúvidas quanto ao que Goldstein realmente queria dizer com esse monte de mentiras, atrás dele na teletela marchavam colunas intermináveis de soldados eurasianos — fileira após fileira de homens estoicos com feições asiáticas sem expressão, que rumavam até a superfície da tela e sumiam, para ser substituídos por outros idênticos. A marcha monótona do Exército dava o apoio para a voz lamuriosa de Goldstein.

Antes que o Ódio tivesse prosseguido por trinta segundos, metade das pessoas não controlava mais as exclamações de raiva. O rosto de ovelha satisfeito consigo mesmo na tela e o poderio aterrorizante do Exército eurasiano por trás dele eram demais para suportar: além disso, a visão ou até o pensamento em Goldstein provocavam medo e fúria automaticamente. Ele gerava ódio com mais frequência do que a Eurásia ou a Lestásia, já que, quando a Oceania estava em guerra com uma dessas potências, geralmente estava em paz com a outra. No entanto, o que causava estranheza era que, ainda que Goldstein fosse odiado e desprezado por todos, milhares de vezes todos os dias, nas plataformas, na teletela, em jornais, livros, suas teorias fossem refutadas, destruídas, ridicularizadas, expostas à apreciação geral pelo lixo digno de pena que eram, apesar de tudo isso, sua influência parecia nunca ceder. Sempre havia otários prontos para ser seduzidos por ele. Não se passava um único dia sem que fossem desmascarados espiões e sabotadores sob o comando dele pela Polícia do Pensamento. Ele comandava um imenso exército secreto, uma rede ilegal de conspiradores dedicados à derrota do Estado. A Irmandade, como devia se chamar. Havia também rumores de um livro temível, uma compilação de todas as heresias, de autoria de Goldstein e que circulava clandestinamente por toda parte. Era um livro sem título. As pessoas se referiam a ele, se tanto, simplesmente como O LIVRO. Sabia-se dessas coisas somente por rumores vagos. Tanto a Irmandade quanto O LIVRO não eram assuntos que membros comuns do Partido mencionariam se pudessem evitar.

No minuto seguinte, o Ódio se elevou ao frenesi. As pessoas estavam pulando em seus lugares e gritando com toda a força para tentar abafar a enlouquecedora voz lamuriosa que vinha da tela. A mulher baixa de cabelo castanho-claro ficou rosa e sua boca ficava abrindo e fechando como a de um peixe desembarcado. Até a face intensa de O'Brien estava ruborizada. Ele estava bem ereto na cadeira, seu tórax imponente inchando e tremendo como se de encontro a uma onda. A garota de cabelo escuro atrás de Winston tinha começado a gritar "Porco!", "Porco!", Porco!", e, de repente, ela pegou um dicionário de novafala pesado e o jogou na tela. Acertou o nariz de Goldstein e caiu; a voz seguiu imperturbável. Num momento de lucidez, Winston percebeu que estava gritando com os outros e batendo forte seu calcanhar na barra da cadeira. O pior do Ódio de Dois Minutos não era ser obrigado a interpretar um papel, e sim o fato de ser impossível não tomar parte. Em trinta segundos já não era necessário fingir. Um êxtase horrível de medo e desejo de vingança, de morte, tortura, de arrebentar faces com um porrete, parecia fluir por todo mundo como uma corrente elétrica, a ponto de transformar alguém contra a própria vontade em um louco histérico e careteiro. Essa fúria não passava de uma emoção abstrata e sem direcionamento, que podia mudar de foco como a chama de um maçarico. Assim, por um instante, o ódio de Winston não era contra Goldstein, mas contra o Grande Irmão, o Partido e a Polícia do Pensamento; nesses momentos, seu coração estava com o herege solitário e ridicularizado na tela, guardião solitário da verdade e da sanidade em um mundo de mentiras. Ainda assim, em seguida, ele estava com as outras pessoas, e tudo que se dizia de Goldstein parecia verdade. Nesses momentos, sua ojeriza secreta pelo Grande Irmão virava adoração, e o Grande Irmão parecia se impor, como um protetor invencível e corajoso, resistindo como uma rocha às hordas da Ásia; e Goldstein, a despeito de seu isolamento, vulnerabilidade e da dúvida que pairava acerca de sua existência, se assemelhava a um feiticeiro sinistro, capaz de destruir a estrutura da civilização com o simples poder de sua voz.

Às vezes, era até possível redirecionar o ódio voluntariamente. De repente, da mesma forma como se tira a cabeça do travesseiro por um pesadelo, Winston conseguiu transferir seu ódio do rosto na tela para a garota de cabelo escuro atrás dele. Alucinações belas e vívidas passaram por sua mente. Ele a flagelaria com um cassetete até a morte. Como com São Sebastião, a deixaria amarrada nua a uma estaca para enchê-la de flechas. Depois de deixá-la arrebatada, cortaria sua garganta no momento do clímax. Melhor ainda, percebeu POR QUE a odiava. Ele a odiava porque ela era jovem, bonita e assexuada, porque queria se deitar com ela e nunca o faria, porque ao redor de sua bela e maleável cintura, que parecia pedir que o braço dele a enlaçasse, só havia a detestável faixa vermelha, um símbolo agressivo de castidade.

O Ódio chegou ao clímax. A voz de Goldstein tinha virado um balido de ovelha, e seu rosto virou o de uma ovelha por instantes. Então, a face caprina se transformou na de um soldado eurasiano que parecia avançar, enorme e terrível, com sua submetralhadora rugindo e parecendo sair da tela, o que fez algumas das pessoas na fileira da frente recuar para trás em seus assentos. Na mesma hora, fazendo todos suspirar de alívio, a figura hostil se transformou no rosto do Grande Irmão, cabelo e bigode negros, pleno de poder e de uma calma misteriosa, e tão imenso que quase preenchia toda a tela. Ninguém ouvia o que o Grande Irmão dizia. Somente algumas palavras de encorajamento, palavras que se dizem no alvoroço da batalha, e mesmo que não se pudesse distinguir cada uma delas, restituíam a confiança apenas por ser ditas. Então, a face do Grande Irmão se diluiu novamente, e no lugar se destacaram os três slogans do Partido em maiúsculas negritadas:

GUERRA É PAZ
LIBERDADE É ESCRAVIDÃO
IGNORÂNCIA É FORÇA

O rosto do Grande Irmão parecia continuar na tela, como se o impacto que tinha causado à vista fosse vívido demais para desaparecer logo. A mulher pequena de cabelo castanho-claro tinha se jogado sobre as costas da cadeira à frente dela. Murmurando tremulamente como se dissesse "Meu Salvador", ela estendeu os braços em direção à tela. Daí pôs o rosto nas mãos. Estava orando.

Nesse momento, todo o grupo irrompeu num cântico profundo, lento, rítmico de "G-I!", "G-I!" — repetidas vezes, bem devagar, com uma longa pausa entre o G e o I —, um som forte, sussurrado, selvagem até, e ao fundo o que parecia um som de batida de pés descalços e de pulsação de tambores. Isso durou uns trinta segundos. Era o refrão frequente dos momentos de emoção arrebatadora. Em parte, uma espécie de hino à sabedoria e à grandiosidade do Grande Irmão, mais até um ato de autohipnose, uma imersão deliberada de consciência através de um barulho ritmado. As entranhas de Winston pareciam ter gelado. No Ódio de Dois Minutos ele não conseguia evitar compartilhar do delírio coletivo, mas esse cântico sub-humano "G-I!", "G-I!" sempre o deixava apavorado. Claro que ele entoava com os outros: era impossível não fazê-lo. Disfarçar seus sentimentos, controlar suas feições, repetir o que todo mundo estava fazendo, era uma reação instintiva. Havia, porém, um pequeno intervalo em que ele podia se trair. Foi exatamente nesse momento que algo importante aconteceu — se é que é verdade.

Ele captou o olhar de O'Brien rapidamente. O'Brien tinha se levantado. Ele tinha tirado seus óculos e estava a ponto de reposicioná-los em seu nariz com seu gesto característico. Houve uma fração de segundo em que seus olhos se encontraram, e, durante esse intervalo, Winston soube — sim, SOUBE! — que O'Brien estava pensando o mesmo que ele. Uma mensagem inconfundível tinha passado. Era como se ambas as mentes tivessem se aberto e passado a compartilhar pensamentos pelos olhos. "Estou com você", O'Brien parecia dizer a ele. "Sei exatamente o que sente. Sei de todo o seu desprezo, seu ódio, seu horror. Não se preocupe, estou do seu lado!" Então, o lampejo de inteligência passou, e o rosto de O'Brien ficou tão inescrutável quanto o das outras pessoas.

Isso foi tudo, e ele já não sabia se havia acontecido. Incidentes como esse jamais se seguiam. Só serviam para mantê-lo acreditando, ou esperando, que outros além dele fossem inimigos do Partido. Talvez os rumores de uma imensa rede de conspirações ocultas fossem verdade, afinal de contas — talvez a

Irmandade realmente existisse! Não dava para saber, apesar das intermináveis prisões, confissões e execuções, com certeza se a Irmandade não passava de mito. Em alguns dias ele acreditava, em outros não. Não havia evidências, apenas vagos vislumbres que poderiam ou não significar alguma coisa: fragmentos de conversas ouvidas por acaso, rabiscos em paredes de banheiros — uma vez até, quando dois estranhos se encontravam, um leve gesto de mãos que tinha dado a impressão de ser um sinal de reconhecimento. Tudo não passava de palpite: bem provável que ele tivesse imaginado essas coisas. Ele voltou ao seu cubículo sem olhar para O'Brien de novo. A ideia de dar sequência ao instante de contato quase não passava por sua cabeça. Não dava para mensurar quão perigoso seria, mesmo que ele tivesse ideia de como fazer isso. Muito brevemente eles tinham trocado olhares confusos, e fim de história. Isso, porém, foi memorável, na prisão solitária em que se tinha que viver.

Winston despertou e se sentou mais ereto. Soltou um arroto. O gim estava voltando de seu estômago.

Ele focou novamente a página. Percebeu que, enquanto pensava despreocupadamente, também estava escrevendo, como um gesto automático. Também não era mais com a mesma caligrafia hesitante e malfeita de antes. Sua caneta tinha deslizado prazerosamente pelo papel macio, escrevendo com letras de forma maiúsculas bem traçadas — ABAIXO O GRANDE IRMÃO ABAIXO O GRANDE IRMÃO ABAIXO O GRANDE IRMÃO ABAIXO O GRANDE IRMÃO ABAIXO O GRANDE IRMÃO — várias vezes, preenchendo metade de uma página.

Não dava para evitar uma pontada de pavor. Era absurdo, já que escrever essas palavras em particular não era mais perigoso do que o ato inicial de começar o diário, mas por um instante ele ficou tentado a rasgar as páginas arruinadas e desistir da empreitada de vez.

Não fez isso, entretanto, porque sabia ser inútil. Caso escrevesse ABAIXO O GRANDE IRMÃO ou evitasse fazê-lo, não fazia diferença. Se continuasse o diário ou não, dava no mesmo. A Polícia do Pensamento o pegaria de qualquer forma. Tinha cometido — ainda teria cometido, mesmo que nunca tivesse encostado a caneta no papel — o crime central que continha todos os outros. Crime de pensamento, dizia-se. Crime de pensamento não era algo que se pudesse esconder para sempre. Dava para fugir por um tempo, anos até, mas era certo que uma hora ou outra chegariam até você.

Era sempre à noite — as prisões sempre ocorriam à noite. A sacudida repentina para acordar, a mão áspera chacoalhando o ombro, o brilho das luzes nos olhos, o círculo de rostos graves em torno da cama. Na maioria esmagadora dos casos não ocorria julgamento, nem relatório de prisão. As pessoas simplesmente desapareciam, sempre à noite. O nome era tirado dos cadastros, todos os registros de tudo que você já fez eram apagados, sua existência era negada e esquecida. Você era eliminado, aniquilado: EVAPORADO era o termo usado.

Por um instante foi tomado de histeria. Começou a rabiscar com pressa:

eles vão atirar em mim não me importo vão atirar na minha nuca não me importo abaixo o grande irmão eles sempre atiram na nuca não me importo abaixo o grande irmão

Ele se sentou na cadeira, um pouco envergonhado de si, e largou a caneta. O movimento seguinte foi violento. Houve uma batida na porta.

Chegaram! Ficou calmo como um camundongo, esperando futilmente que quem quer que fosse poderia ir embora depois de uma tentativa. Mas não, a batida se repetiu. O pior seria retardar. Seu coração batia como um bumbo, mas seu rosto, pela força do hábito, estava provavelmente sem expressão. Levantou-se e se arrastou até a porta.

CAPÍTULO 2

Assim que pôs a mão na maçaneta, Winston percebeu que tinha deixado o diário aberto na mesa. ABAIXO O GRANDE IRMÃO estava escrito em todo ele, com letras grandes o suficiente para ser lidas do outro lado da sala. Era incrivelmente estúpido que tivesse feito isso. Apesar disso, ele se deu conta de que mesmo em pânico não queria manchar o papel suave fechando o livreto enquanto a tinta estivesse fresca.

Ele respirou fundo e abriu a porta. Imediatamente teve uma agradável sensação de alívio. Uma mulher pálida, com aparência combalida, cabelo ralo e rosto enrugado, estava parada do lado de fora.

— Oh, camarada — ela começou a falar com uma voz enfadonha e chorosa —, pensei tê-lo ouvido entrar. Será que poderia vir dar uma olhada na pia da cozinha? Entupiu e...

Era a Sra. Parsons, esposa de um vizinho do mesmo andar. ("Sra." era uma palavra desconsiderada pelo Partido — devia-se chamar a todos de "camaradas" —, mas com algumas mulheres usava-se instintivamente). Era uma mulher com cerca de trinta anos, mas parecia bem mais velha. Tinha-se a impressão de que havia poeira nos vincos em seu rosto. Winston a seguiu pelo corredor. Esses serviços de reparo amadores eram um incômodo quase diário. O Mansões Vitória era um conjunto de apartamentos velhos, construídos por volta de 1930, e estavam se desmanchando. O gesso se soltava o tempo todo dos tetos e das paredes, os canos estouravam sempre que geava forte, o sistema de aquecimento geralmente funcionava com apenas metade da energia quando não era totalmente desligado por questões de economia. Consertos, com exceção daqueles que você mesmo fizesse, tinham que ser sancionados por comitês distantes que certamente segurariam até o reparo de um painel de janela por dois anos.

— Claro que é só porque o Tom não está em casa — disse a Sra. Parsons vagamente.

O apartamento dos Parsons era maior que o de Winston e tinha uma sujeira diferente. Tudo tinha a aparência de algo danificado, maltratado por um animal grande e violento. Equipamento de esportes — tacos de hóquei, luvas de boxe, uma bola de futebol estourada, um par de shorts suados virados do avesso — todo espalhado pelo chão, e na mesa havia pratos sujos e livros de exercícios com orelhas. Nas paredes, bandeiras vermelhas da Liga da Juventude e um cartaz em tamanho natural do Grande Irmão. Havia o habitual cheiro de repolho cozido, comum ao prédio todo, mas reforçado por um fedor forte de suor, que — sabia-se à primeira cheirada, embora fosse difícil dizer como — era o suor de alguém que não estava presente no momento. Em outro cômodo, alguém tentava acompanhar com um pente e um pedaço de papel higiênico a música militar que vinha da teletela.

— São as crianças — disse a Sra. Parsons, dando uma olhada um pouco apreensiva para a porta. — Elas não saíram hoje. E, claro...

Ela tinha o hábito de cortar as frases no meio. A pia da cozinha estava quase cheia até o topo com uma água suja e esverdeada fedendo muito a repolho. Winston se ajoelhou e verificou a junta de ângulo do cano. Ele odiava usar as mãos, e odiava se curvar, o que o faria tossir com certeza. A Sra. Parsons olhava sem poder fazer nada.

— Claro que o Tom arrumaria na hora se estivesse em casa — ela disse. — Ele adora essas coisas. Ele é muito habilidoso com as mãos, isso é verdade.

Parsons era colega de trabalho de Winston no Ministério da Verdade. Ele era gorducho, embora ativo e de uma estupidez paralisante, uma massa de entusiasmo idiota — um desses burros de carga incondicionalmente devotados de quem, mais até do que da Polícia do Pensamento, dependia a estabilidade do Partido. Aos trinta e cinco, tinha acabado de sair contra a vontade da Liga da Juventude e, antes de se graduar na Liga da Juventude, tinha conseguido permanecer nos Espiões um ano a mais do que a idade legal. No ministério ele estava alocado em algum posto subordinado no qual inteligência não era um requisito, mas, por outro lado, era uma liderança no Comitê de Esportes e todos os outros comitês engajados em organizar trilhas comunitárias, demonstrações espontâneas, campanhas de salvação e atividades voluntárias em geral. Ele lhe informaria com orgulho recatado, entre as baforadas em seu cachimbo, que tinha feito uma exibição no Centro Comunitário todas as noites nos últimos quatro anos. Um insuportável cheiro de suor, como um testemunho inconsciente do ardor de sua vida, o seguia por onde quer que fosse e até permanecia depois que tivesse ido embora.

— Tem uma chave-inglesa? — perguntou Winston, debatendo-se com a rosca da junta de ângulo.

— Uma chave-inglesa? — disse a Sra. Parsons, ficando inerte na hora. — Não sei, tenho certeza. Talvez as crianças...

Houve um par de botas pisoteando e outro estrondo no pente assim que as crianças correram para a sala. A Sra. Parsons trouxe a chave-inglesa. Winston deixou a água sair e com nojo removeu o tufo de cabelo que tinha bloqueado o cano. Ele limpou os dedos da melhor maneira que pôde na água fria da torneira e voltou para o outro cômodo.

— Mãos pra cima! — gritou uma voz selvagem.

Um menino bonito de nove anos, com aparência firme, tinha surgido de trás da mesa e o estava ameaçando com uma pistola de brinquedo, enquanto sua irmã menor, cerca de dois anos mais nova, fez a mesma coisa com um pedaço de madeira. Ambos estavam vestidos com shorts azuis, camisetas cinza e cachecóis vermelhos que eram o uniforme dos Espiões. Winston ergueu as mãos acima da cabeça, mas estava desconfortável, tamanha era a brutalidade da postura do menino, que não parecia totalmente uma brincadeira.

— Você é um traidor! — gritou o menino. — Você é um criminoso de pensamento! Um espião eurasiano! Vou atirar em você, evaporar você, mandar você para as minas de sal!

De repente, estavam ambos pulando em volta dele, gritando "traidor!" e "criminoso de pensamento!", a garotinha imitando tudo que seu irmão fazia. Era um pouco assustador, como o saltitar de filhotes de tigres que logo virarão devoradores de pessoas. Havia uma ferocidade calculada no olhar do menino, um desejo bem visível de acertar ou chutar Winston e a consciência de quase ser grande o bastante para isso. Seria um trabalho bem-feito se a pistola fosse de verdade, Winston pensou.

Os olhos da Sra. Parsons iam nervosos de Winston para as crianças e de volta a ele. Sob a melhor iluminação da sala, ele percebeu com interesse que realmente havia poeira nos vincos do rosto dela.

— Eles ficam muito barulhentos — disse ela. — Ficaram desapontados por não poderem ir ver o enforcamento, é isso. Estou muito ocupada para levá-los, e o Tom não voltará do trabalho a tempo.

— Por que a gente não pode ir ver o enforcamento? — rugiu o menino com seu vozeirão.

— Quero ver o enforcamento! Quero ver o enforcamento! — entoou a garotinha, ainda saltitante.

Alguns prisioneiros eurasianos, culpados de crimes de guerra, seriam enforcados no parque naquela noite, Winston lembrou. Isto acontecia uma vez por mês e era um evento popular. As crianças sempre exigiam que fossem levadas para assistir. Ele se despediu da Sra. Parsons e foi até a porta. Porém, antes que tivesse dado seis passos pelo corredor, algo o atingiu no pescoço deixando uma dor muito forte. Era como se um arame incandescente o tivesse espetado. Ele se virou bem a tempo de ver a Sra. Parsons arrastar seu filho de volta ao vão de entrada enquanto o menino guardava no bolso um estilingue.

— Goldstein! — berrou o menino quando a porta se fechou. Ainda assim, o que mais chamou a atenção de Winston foi o olhar de terror desamparado na face cinzenta da mulher. De volta ao apartamento, passou rapidamente pela teletela e se sentou à mesa de novo, ainda massageando o pescoço. A música na teletela tinha parado. No lugar, uma voz militar seca lia, descrevendo com um deleite selvagem os armamentos da nova Fortaleza Flutuante, que tinha acabado de ser ancorada entre a Islândia e as Ilhas Faroé.

Com aqueles filhos, pensou, aquela mulher miserável deve ter uma vida terrível. Mais um ano ou dois, e eles a estariam vigiando o tempo todo à procura de sinais de falta de ortodoxia.

Quase todas as crianças de hoje são terríveis. O que era pior de tudo é que, através de organizações como os Espiões, elas eram transformadas em pequenos selvagens incontroláveis, e ainda assim isso não despertava nelas nenhuma tendência para se rebelar contra a disciplina do Partido. Ao contrário, elas adoravam o Partido e tudo que dizia respeito a ele. As músicas, os desfiles, as bandeiras, a caminhada, o tiroteio com os rifles imbecis, o grito dos slogans, a adoração ao Grande Irmão — tudo fazia parte de uma brincadeira grandiosa para elas. Toda a sua fúria se voltava para fora, contra os inimigos do Estado, contra estrangeiros, traidores, sabotadores, criminosos de pensamento. Era quase normal para pessoas acima dos trinta ter medo dos próprios filhos. Com embasamento, já que quase não se passava uma semana sem que o *The Times* trouxesse algum parágrafo descrevendo como, através de um pouco de espionagem, o "herói mirim" — esse era o termo geralmente empregado — havia pegado um comentário comprometedor e denunciado os próprios pais à Polícia do Pensamento.

A ardência do tiro de estilingue tinha passado. Ele pegou a caneta sem firmeza, se perguntando se ainda teria o que escrever no diário. De repente, voltou a pensar em O'Brien.

Há alguns anos — quantos mesmo? Sete, devia ser — ele tinha sonhado que estava andando por uma sala totalmente escura. Alguém sentado a seu lado tinha lhe dito enquanto passava: "Devemos nos encontrar onde não haja escuridão". Isso foi dito muito rápido, quase casualmente — uma mensagem, não uma ordem. Continuou andando sem parar. Curioso que na época, no sonho, essas palavras não tinham causado uma grande impressão nele. Somente depois e gradualmente é que elas adquiriram algum significado. Não conseguia lembrar se tinha sido antes ou depois do sonho que viu O'Brien a primeira vez, nem quando percebeu que a voz era de O'Brien. Em todo caso, existia a identificação. Foi O'Brien que falou com ele no escuro.

Winston nunca teve segurança — mesmo depois do lampejo de olhares dessa manhã não dava para saber com certeza se O'Brien era amigo ou inimigo. Nem parecia importar muito. Havia um elo de entendimento entre eles, mais importante que afeição ou sectarismo. "Devemos nos encontrar onde não haja escuridão", ele tinha dito. Winston não sabia o que isso significava, só que de uma forma ou de outra se tornaria realidade.

A voz na teletela fez uma pausa. Um toque de corneta, nítido e belo, pairou pelo ar estagnado. A voz continuou, asperamente:

— *Atenção! Atenção, por favor! Uma notícia de última hora acabou de chegar da frente Malabar. Nossas tropas na Índia do Sul tiveram uma vitória grandiosa. Tenho autorização para dizer que a ação que agora informamos tem grandes chances de alongar mais a guerra. Aqui vai a notícia de última hora...*

Má notícia a caminho, pensou Winston. Certamente, seguindo uma descrição sangrenta da aniquilação de um exército eurasiano, com números fabulosos de mortos e prisioneiros, vinha o anúncio de que, a partir da semana que vem, a ração de chocolate seria reduzida de trinta para vinte gramas.

Winston arrotou de novo. O efeito do gim estava passando, deixando um pouco de melancolia. A teletela — fosse para celebrar a vitória, fosse para encobrir a memória do chocolate perdido — finalizou "Oceania, é para ti". Tinha-se que ficar em posição de alerta. Entretanto, na atual posição, ele estava invisível.

"Oceania, é para ti" abriu espaço para uma música mais leve. Winston foi até a janela, de costas para a teletela. O dia ainda estava frio e claro. Em algum lugar bem longe, um míssil explodiu com um estrondo sombrio que reverberava. Caíam entre vinte e trinta deles por semana em Londres atualmente.

Lá na rua, o vento agitava o cartaz rasgado de um lado para o outro, e o termo SOCIALISMO INGLÊS intermitentemente aparecia e desaparecia. Socialismo inglês. Os princípios sagrados do socialismo inglês. Novafala, dobropensar, a mutabilidade do passado. Ele se sentia como se estivesse perambulando pelas florestas do fundo do mar, perdido num mundo monstruoso onde ele mesmo era o monstro. Estava sozinho. O passado morreu, o futuro era inimaginável. Que certeza tinha de que um único ser humano vivo estava do seu lado? Como saber que o domínio do Partido não duraria PARA SEMPRE? Como resposta, os três slogans na frente branca do Ministério da Verdade voltaram a ele:

GUERRA É PAZ
LIBERDADE É ESCRAVIDÃO
IGNORÂNCIA É FORÇA

Ele tirou uma moeda de vinte e cinco centavos de seu bolso. Lá também, numa inscrição pequena e nítida, os mesmos slogans estavam inscritos e, do outro lado da moeda, a cabeça do Grande Irmão. Mesmo nas moedas, aqueles olhos o perseguiam. Nas moedas, nos selos, nas capas dos livros, nas bandeiras, nos cartazes e nas embalagens dos maços de cigarro — em todo lugar. Sempre os olhos o vigiando e a voz o envolvendo. Dormindo ou acordado, trabalhando ou comendo, em ambiente interno ou externo, no banho ou na cama — sem escapatória. Nada lhe pertencia, a não ser os poucos centímetros cúbicos no seu crânio. O sol mudou de posição, e a infinidade de janelas do Ministério da Verdade, sem luz brilhando sobre elas, pareciam tão sombrias quanto os orifícios de uma fortaleza. Seu coração palpitava ante a enorme estrutura piramidal. Era muito forte, não podia ser invadida. Milhares de mísseis não a derrubariam. Perguntou-se novamente para quem escrevia o diário. Para o futuro, para o passado — para uma época que poderia ser imaginária. Em frente a ele não estava a morte, mas a aniquilação. O diário seria reduzido a cinzas e ele, a fumaça. Somente a Polícia do Pensamento leria o que tinha escrito, antes de eliminarem da existência e da memória. Como se poderia fazer um apelo ao futuro quando nem um traço seu, nem mesmo uma palavra anônima rabiscada num papel, sobrevivesse fisicamente?

A teletela marcava duas da tarde. Ele deve sair em dez minutos. Tinha que voltar ao trabalho às duas e meia.

Interessante que o bater das horas parecia tê-lo reanimado. Ele era uma alma solitária que murmurava uma verdade que ninguém iria ouvir. Porém, enquanto a murmurasse, de um jeito obscuro, a continuidade não seria quebrada. Não era para ser ouvido, mas para se manter são que se levava adiante o patrimônio humano. Ele voltou à mesa, molhou a caneta, e escreveu:

Ao futuro ou ao passado, a uma época em que o pensamento é livre, os homens são diferentes uns dos outros e não vivem sós — a uma época em que a verdade existe e o que foi feito não pode ser desfeito: da era da uniformidade, da era da solidão, da era do Grande Irmão, da era do dobropensar — saudações!

Já estava morto, refletiu. Pareceu a ele que somente agora, quando tinha começado a conseguir articular as ideias, que tinha dado o passo decisivo. As consequências de cada atitude fazem parte da atitude em si. Escreveu:

O crime de pensamento não acarreta a morte: o crime de pensamento É a morte.

Agora que tinha se identificado como um homem morto, era importante permanecer vivo quanto pudesse. Dois dedos da mão direita estavam sujos de tinta. Justamente o tipo de detalhe que poderia traí-lo. Algum fanático intrometido do ministério (uma mulher, provavelmente, alguém como a mulher pequena de cabelo castanho-claro ou a garota de cabelo escuro do Departamento de Ficção) poderia começar a se perguntar por que ele ficava escrevendo durante o almoço, por que usava uma caneta antiquada, O QUE vinha escrevendo — e aí soltar uma dica no lugar certo. Ele foi ao banheiro e limpou com atenção tirando a tinta com o sabão áspero marrom-escuro que machucava a pele como lixa e por isso mesmo era apropriado para tal propósito.

Ele guardou o diário na gaveta. Era praticamente inútil escondê-lo, mas podia pelo menos ter certeza de que tinha sido descoberto ou não. Colocar um fio de cabelo nas extremidades das páginas era muito óbvio. Com a ponta do dedo ele pegou um grão esbranquiçado de poeira que dava para identificar e pôs no canto da capa, de onde certamente cairia se mexessem no livro.

CAPÍTULO 3

Winston estava sonhando com sua mãe.

Devia ter, pensou, dez ou onze anos quando sua mãe desapareceu. Ela era uma mulher alta e escultural, um pouco quieta com movimentos lentos e um cabelo claro maravilhoso. Ele se lembrava de seu pai mais vagamente como moreno e magro, sempre alinhado com roupas escuras (Winston lembrava em particular as solas bem finas dos sapatos de seu pai) e de óculos. Evidentemente, os dois devem ter sido tragados por um dos grandes expurgos dos anos 50.

Nesse instante sua mãe se sentava em algum lugar bem abaixo dele, carregando sua irmã menor no colo. Não conseguia se lembrar de sua irmã, a não ser como um bebê pequeno e frágil, sempre quieta, com olhos grandes e atentos. Ambas estavam olhando para ele. Elas estavam em algum lugar subterrâneo — o fundo de um poço, por exemplo, ou uma cova bem funda — que, mesmo que já estivesse bem abaixo dele, continuava se movendo para baixo. Elas estavam na taberna de um navio que afundava, olhando para cima em direção a ele através da água turva. Ainda havia ar na taberna, elas conseguiam vê-lo e ele a elas, mas durante esse tempo todo elas estavam afundando, nas águas verdes que em outro momento as esconderá para sempre. Ele estava onde havia luz e ar, enquanto elas estavam sendo tragadas para a morte, e estavam lá porque ele estava aqui em cima. Tanto ele quanto elas sabiam disso, e dava para perceber essa consciência no rosto delas. Não havia censura em seus rostos ou em seus corações, somente o entendimento de que deveriam morrer para que ele continuasse vivo e que isso fazia parte da inevitável ordem das coisas.

Não conseguia se lembrar do que tinha acontecido, mas sabia no sonho que, de alguma forma, a vida de sua mãe e a de sua irmã tinham sido sacrificadas em favor da dele. Era um daqueles sonhos que, mesmo contendo características oníricas, se relacionam com sua vida intelectual e nos quais se fica ciente de fatos e ideias que ainda parecem novas e válidas depois que se acorda. O que, de repente, ficou claro para Winston é que a morte de sua mãe, há quase trinta anos, tinha sido trágica e lamentável de uma forma que não era mais possível. A tragédia, compreendeu, pertencia ao passado, a uma época em que ainda havia privacidade, amor e amizade, quando os membros de uma família apoiavam uns aos outros sem a necessidade de saber por quê. A memória de sua mãe o dilacerava por ela ter morrido amando-o, quando era muito novo e egoísta para amá-la de volta, e porque, de algum jeito, não lembrava como, ela tinha se sacrificado por um conceito de lealdade que era privado e imutável. Esse tipo de coisa, percebia, não poderia acontecer hoje em dia. Nos tempos atuais havia medo, ódio e dor, mas sem a dignidade do sentimento nem tristezas profundas ou complexas. Parecia que via tudo isso nos olhos grandes de sua mãe e de sua irmã olhando para ele através da água verde, a centenas de braças e ainda afundando.

Subitamente estava em pé sobre a relva solta, numa tarde de verão com os raios inclinados do sol dourando o chão. A paisagem que observava era tão recorrente nos sonhos que não podia afirmar se a tinha visto de verdade ou não. Nos pensamentos despertos, ele a chamava de Terra Dourada. Era uma pastagem antiga, atacada por coelhos, com uma trilha que a atravessa e alguns montinhos de terra. Na cerca viva irregular do outro lado do campo os galhos dos olmos balançavam levemente com a brisa, as folhas se aditando numa massa densa como o cabelo de uma mulher. Em algum lugar perto, ainda que não visível, havia um riacho límpido e lento onde bordalos nadavam abaixo dos salgueiros.

A garota de cabelo escuro vinha até eles pelo campo. Com o que parecia um simples movimento ela rasgou as roupas e as jogou desdenhosamente do lado. O corpo dela era branco e macio, mas não o excitava, inclusive mal olhou para ele. O que o maravilhou naquele momento foi a admiração por como ela jogou as roupas para o lado. Parecia ter graça e desleixo suficientes para destruir uma cultura, um sistema de pensamento, como se fosse possível apagar da existência o Grande Irmão, o Partido e a Polícia do Pensamento com o esplendor de um simples movimento do braço. Esse gesto também pertencia a outra época. Winston acordou com a palavra "Shakespeare" nos lábios.

A teletela estava emitindo um som estridente de assobio que continuou na mesma nota por trinta segundos. Eram sete e quinze da manhã, hora de se levantar para quem trabalha em escritório. Winston se arrancou da cama — nu, porque um membro do Partido Externo só recebia três mil cupons de vestuário por ano, e para um pijama precisaria de seiscentos — e agarrou uma regata suja e um par de shorts que estavam numa cadeira. O Treino Físico começaria em três minutos. No momento seguinte, ele foi acometido por um acesso violento de tosse que quase sempre o atacava logo após acordar. Esvaziou os pulmões de um jeito que só pôde voltar a respirar ao se deitar de costas e dar várias inspiradas profundas. Ficou com as veias inchadas pelo esforço, e a úlcera varicosa começou a coçar.

— Grupo de trinta a quarenta! — gritava uma voz feminina estridente. — Grupo de trinta a quarenta! Tomem seus lugares, por favor! De trinta a quarenta!

Winston se postou em frente à teletela, na qual a imagem de uma mulher jovem e magricela, mas musculosa, vestida com uma túnica e sapatos de ginástica, já tinha aparecido.

— Braços dobrando e esticando! — ela repreendeu. — Sigam meu ritmo. UM, dois, três, quatro! Vamos, camaradas, mais entusiasmo! UM, dois, três, quatro! UM, dois, três, quatro!...

A dor causada pelo acesso de tosse não afastou da mente de Winston a impressão que o sonho deixou, e os movimentos rítmicos do exercício a restauraram um pouco. Enquanto jogava mecanicamente os braços para a frente e para trás, com a expressão de prazer sombria considerada apropriada durante o Treino Físico, ele se forçava a pensar de novo no período obscuro de sua infância. Era excepcionalmente difícil. Depois do fim dos anos 50, tudo esmaeceu. Quando não havia registros externos que se pudessem tomar como referência, até um esboço da sua vida perdia nitidez. Eram lembrados grandes eventos que provavelmente nunca tinham acontecido, os detalhes de situações sem que se fosse capaz de evocar a atmosfera, e havia longos períodos vazios aos quais não se conseguia atribuir nada. Tudo tinha sido diferente então. Até o nome dos países e seus formatos no mapa tinham sido diferentes. A Pista de Pouso Um, por exemplo, não tinha esse nome naqueles dias: chamava-se Inglaterra ou Bretanha, embora Londres, tinha certeza, sempre se chamou Londres.

Winston não conseguia se lembrar de um período em que seu país não tivesse estado em guerra, mas era evidente que houve um longo período de paz durante sua infância, porque uma de suas lembranças mais antigas era de um ataque aéreo que aparentemente pegou todo mundo de surpresa. Foi talvez quando a bomba atômica caiu em Colchester. Não se lembrava do ataque propriamente dito, mas sim da mão de seu pai apertando a sua enquanto se apressavam para chegar a um lugar embaixo da terra, girando em uma escada caracol que rodopiava sob seus pés até finalmente cansar suas pernas e ele começasse a choramingar e parassem para descansar. Sua mãe, com seu jeito lento e sonhador, estava bem atrás deles. Ela carregava sua irmãzinha

— talvez fosse só uma trouxa de lençóis que carregava; não tinha certeza de que sua irmã já era nascida nessa época. Finalmente chegaram a um lugar barulhento e cheio de gente que depois percebeu ser uma estação de metrô.

Havia pessoas sentadas por todo o chão de lajes e outras amontoadas, sentadas em beliches de metal, umas sobre as outras. Winston, sua mãe e seu pai encontraram um lugar no chão, e perto deles um senhor e uma senhora de idade se sentavam um do lado do outro num beliche. O senhor usava um alinhado terno escuro e um boné preto de pano empurrado para trás pelo cabelo branco; o rosto estava vermelho e os olhos azuis lacrimejantes. Ele fedia a gim. Parecia sair pelos poros no lugar do suor e se poderia imaginar que as lágrimas escorrendo eram gim puro. Embora estivesse um pouco bêbado, dava para perceber que tinha um rancor verdadeiro e insuportável. De maneira infantil, Winston entendeu que algo terrível, além do perdão e que não podia ser resolvido, tinha acabado de acontecer. Parecia também que ele sabia de que se tratava. Alguém a quem aquele senhor amava — uma netinha, talvez — tinha sido morto. Em intervalos pequenos o senhor repetia:

— *Não tínhamos que ter confiado neles. Eu disse que não, mãe, não disse? Isso que acontece por confiar neles. Eu disse isso o tempo todo. A gente não devia ter confiado nesses miseráveis.*

Em quais miseráveis eles não deviam ter confiado Winston não conseguia se lembrar.

Desde então, viviam continuamente em guerra, embora de forma estrita não tenha sido sempre a mesma guerra. Por vários meses, durante sua infância, tinha havido conturbadas brigas de rua em Londres, algumas das quais lembrava vivamente. Delinear essa história, porém, dizer quem lutava contra quem em um determinado momento, teria sido impossível, já que nada escrito ou falado jamais mencionou nenhuma concatenação de eventos diferente do já existente. Agora, por exemplo, em 1984 (se era mesmo 1984), a Oceania estava em guerra com a Eurásia e em aliança com a Lestásia. Em nenhuma conversa pública ou privada era sequer admitido que as três potências tivessem a qualquer momento se agrupado de outra forma. Na verdade, como Winston bem sabia, fazia apenas quatro anos que a Oceania tinha estado em guerra com a Lestásia e em aliança com a Eurásia. Por acaso, ele tinha essa pequena informação casual porque sua memória não estava totalmente sob controle. Oficialmente a troca de parceiros nunca ocorreu. A Oceania estava em guerra contra a Eurásia: logo, a Oceania tinha sempre estado em guerra com a Eurásia. O inimigo da hora era sempre o mal absoluto, portanto qualquer acordo passado ou futuro com ele era impossível.

O assustador disso tudo, refletia pela milionésima vez enquanto forçava dolorosamente os ombros para trás (com as mãos no quadril, eles giravam os corpos a partir da cintura, um exercício supostamente bom para os músculos das costas) — o assustador é que poderia ser verdade. Se o Partido pudesse forçar a entrada no passado e dizer de qualquer situação, NUNCA ACONTECEU — isso, com certeza, era mais aterrorizante que a simples tortura e a morte?

O Partido dizia que a Oceania nunca esteve em aliança com a Eurásia. Ele, Winston Smith, sabia que a Oceania tinha estado em aliança com a Eurásia quatro anos atrás. Onde está essa informação? Só em sua consciência, que, de qualquer forma, deve ser destruída em breve. Se todos aceitassem a mentira imposta pelo Partido — se todos os registros contassem a mesma história — daí a mentira passaria como história e viraria verdade. "Quem controla o passado", dizia o slogan do Partido, "controla o futuro: quem controla o presente controla o passado". Ainda assim, o passado, apesar de sua natureza mutável, nunca tinha sido alterado. O que quer que fosse verdade agora foi verdade desde sempre e assim sucessivamente. Era bem simples. Só era necessária uma interminável sequência de vitórias sobre sua própria memória. "Controle da realidade" era chamado: em novafala, "dobropensar".

— Em pé e relaxados! — rosnou a instrutora, um pouco mais cordialmente.

Winston soltou os braços para os lados e devagar encheu de novo os pulmões. Sua mente deslizou para o mundo labiríntico do dobropensar. Saber e não saber, ter consciência da verdade plena enquanto se contam mentiras cuidadosamente elaboradas, manter duas opiniões que se anulavam, sabendo que eram contraditórias e acreditando em ambas, usar a lógica contra a lógica, repudiar a moralidade enquanto clama por ela, acreditar que a democracia era impossível e que o Partido era o guardião da democracia, esquecer o que fosse necessário esquecer, para daí trazer de volta à memória quando fosse preciso e então esquecer de novo imediatamente: e, acima de tudo, aplicar o mesmo processo para o próprio processo. Esta era a sutileza definitiva: induzir a inconsciência conscientemente e, então, mais uma vez, não ter consciência do ato de hipnose que acabou de executar. Até para entender o que significa "dobropensar" envolvia seu uso.

A instrutora os fez entrar em posição de sentido de novo.

— Vejamos agora quais de nós conseguimos tocar os dedos dos pés! — disse ela com entusiasmo.

— A partir do quadril, por favor, camaradas. UM-dois! UM-dois!...

Winston repudiava esse exercício, que gerava uma dor intensa dos calcanhares às nádegas e com frequência acabava desencadeando outro acesso de tosse. O pouco prazer vinha de suas reflexões. O passado, pensou, não tinha sido apenas alterado, tinha sido destruído. Como era possível confirmar mesmo o fato mais óbvio se não havia nenhum outro registro que não fosse a memória? Tentou lembrar em qual ano tinha ouvido falar pela primeira vez do Grande Irmão. Achava que devia ter sido em algum momento nos anos 60, mas não dava para saber ao certo. Nas histórias do Partido, claro, o Grande Irmão figurava como líder e guardião da Revolução desde os dias iniciais. As façanhas dele tinham sido gradualmente empurradas para trás no tempo até se estenderem ao fantástico mundo dos anos 40 e 30, quando os capitalistas com seus esquisitos chapéus cilíndricos ainda circulavam por Londres em carros grandes e reluzentes ou carroças com vidro nas laterais. Não se sabia quanto dessa lenda era verdade e quanto, inventada. Winston não conseguia sequer lembrar em qual data o próprio Partido passou a existir. Não acreditava ter ouvido alguma vez o termo socialismo inglês antes de 1960, mas é possível que fosse recorrente antes disso. Tudo se misturava numa névoa. Às vezes, de fato, dava para tocar uma mentira definitiva. Não era verdade, por exemplo, como se bradava nos livros de história do Partido, que este tinha inventado os aviões. Lembrava-se de aviões desde o começo da infância. Porém, não podia provar nada. Nunca havia evidências. Apenas uma vez na vida ele tinha segurado prova documental incontestável de deturpação de um fato histórico. E, naquela ocasião...

— Smith! — gritou a voz irritada da teletela. — 6079 Smith W.! Sim, VOCÊ! Curve-se mais baixo, por favor! Você consegue fazer melhor. Não está tentando. Mais baixo, por favor! ESTÁ melhor, camarada. Agora fiquem em pé à vontade, todo o grupo, e me observem.

Um repentino suor quente começou a emanar de todo o corpo de Winston. Seu rosto ficou inescrutável. Nunca demonstre desgosto! Nunca demonstre ressentimento! A menor centelha no olhar podia entregá-lo. Continuou observando enquanto a instrutora erguia os braços acima da cabeça e — não se podia dizer com graça, mas com notável capricho e eficiência — se curvava e encaixava a primeira articulação dos dedos das mãos embaixo dos dedos dos pés.

— AÍ, camaradas! É ASSIM que quero vê-los fazendo. Observem de novo. Tenho trinta e nove anos e tive quatro filhos. Agora vejam.

Ela se curvou de novo.

— Vejam que MEUS joelhos não se curvaram. Todos podem fazer isso se quiserem — disse enquanto ficava ereta. — Qualquer um abaixo dos quarenta e cinco tem plena capacidade de tocar os dedos dos pés. Nem todos temos o privilégio de lutar na linha de frente, mas ao menos podemos nos manter em forma. Lembrem-se de nossos garotos na frente Malabar! Os marinheiros da Fortaleza Flutuante! Apenas lembrem com que tipo de coisas ELES têm que lidar. Agora tentem mais uma vez. Assim está melhor, camarada, MUITO melhor — ela acrescentou enquanto Winston, com uma violenta arremetida, conseguiu tocar os dedos dos pés sem curvar os joelhos, pela primeira vez em vários anos.

CAPÍTULO 4

Com um suspiro profundo e inconsciente que nem mesmo a proximidade da teletela impediu de dar no começo do dia de trabalho, Winston trouxe a fale-escreva para perto de si, assoprou a poeira do bocal e pôs os óculos. Daí, desenrolou e prendeu juntos quatro pequenos cilindros de papel que já tinham caído do tubo pneumático do lado direito de sua escrivaninha.

Nas paredes do cubículo havia três orifícios. À direita da fale-escreva, um pequeno tubo pneumático para mensagens escritas, à esquerda, um maior para jornais; e na parede ao lado, ao alcance do braço de Winston, uma abertura grande e oblonga protegida por uma grade de arame. Essa última era para o descarte de papel usado. Existiam aberturas parecidas aos milhares ou dezenas de milhares por todo o prédio, não só em cada sala, mas com pequenos espaços entre si em cada corredor. Por alguma razão eram chamadas de buracos da memória. Quando se sabia que um documento seria destruído, ou até quando se via um pedaço de papel usado largado, era automático levantar a aba do buraco da memória mais próximo e jogar lá, ao que seria sugado por uma corrente de ar quente até chegar às fornalhas enormes que ficavam escondidas nos confins do prédio.

Winston deu uma olhada nas tiras de papel que tinha desenrolado. Cada uma tinha uma mensagem de uma ou duas linhas, no jargão conciso — não exatamente novafala, mas na maior parte tinha palavras em novafala — que se usava para assuntos internos no ministério. Lia-se:

the times de 17/3/84 discurso do g-i áfrica maldeclarado retificar

the times de 19/12/83 previsões pl. 3anos quarto trimestre de 83 erros verificar a edição atual

the times de 14/2/84 minifarta chocolate malcitado retificar

the times de 3/12/83 informe ordem do dia do g-i dobromaisnãobom ref. impessoas reescrever sensategralmente subcima antearquivamento

Com uma leve sensação de satisfação, Winston pôs a quarta mensagem de lado. Era uma tarefa difícil e de responsabilidade e seria melhor tratar dela por último. As outras três eram assuntos de rotina, ainda que a segunda provavelmente implicasse uma entediante varredura em listas de dados.

Winston discou "números passados" na teletela e pediu as edições apropriadas do *The Times,* que saíram pelo tubo pneumático alguns minutos depois. Recebeu mensagens que se referiam a artigos ou partes de notícias que, por um motivo ou outro, se achava necessário mudar, ou, como se dizia oficialmente, retificar. Por exemplo, aparecia no *The Times* de 17 de março que o Grande Irmão, no discurso do dia anterior, tinha projetado que a frente indiana do sul permaneceria calma, mas uma ofensiva eurasiana seria lançada em breve na África do Norte. Como aconteceu, o alto-comando eurasiano tinha lançado sua ofensiva na Índia do Sul e deixado a África do Norte em paz. Por causa disso, era preciso reescrever um parágrafo do discurso do Grande Irmão, de um jeito que o fizesse prever a coisa como realmente tinha acontecido. Outra vez, *The Times* de 19 de dezembro tinha publicado as projeções oficiais da produção de diversas categorias de produtos de consumo no quarto trimestre de 1983, que era também o sexto trimestre do Nono Plano de Três Anos. A edição de hoje continha uma declaração sobre a produção real, pela qual aparentemente as projeções estavam grosseiramente incorretas em cada exemplo. A função de Winston era retificar os dados originais para que estes ficassem em concordância com os posteriores. Quanto à terceira mensagem, referia-se a um erro bem simples que poderia ser corrigido em alguns minutos. Recentemente, em fevereiro, o Ministério da Fartura tinha feito uma promessa (um "compromisso categórico" era o termo oficial) de que não haveria redução na ração de chocolate em 1984. Na verdade, como Winston sabia, a ração de chocolate seria reduzida de trinta para vinte gramas no fim desta semana. Somente era preciso substituir a promessa original pelo aviso de que provavelmente seria necessário reduzir a ração em algum momento em abril.

Assim que Winston tinha lidado com cada uma das mensagens, prendeu as correções da fale-escreva à cópia devida do *The Times* e as pôs no tubo pneumático. Então, com um movimento calculadamente inconsciente, amassou a mensagem original e quaisquer anotações que ele mesmo tivesse feito e jogou-as no buraco da memória para ser consumidas pelas chamas.

O que acontecia no labirinto invisível ao qual os tubos pneumáticos levavam, ele não sabia detalhadamente, mas de uma forma geral. Assim que todas as correções que por acaso fossem necessárias em qualquer edição do *The Times* tivessem sido juntadas, a edição seria reimpressa, a original destruída, e a corrigida colocada nos arquivos em seu lugar. Esse processo contínuo de alteração era aplicado não somente a jornais, mas a livros, revistas, panfletos, cartazes, folhetos, filmes, trilhas sonoras, desenhos, fotografias — a todos os tipos de literatura ou documentação que pudessem, mesmo remotamente, ter teor político ou ideológico. Todos os dias e quase a cada minuto, o passado era trazido à tona. Desse jeito, qualquer prognóstico do Partido poderia ser comprovado com evidência documental, e nenhuma notícia, ou expressão de opinião, que entrasse em conflito com a conveniência do momento jamais permaneceria registrada. A história era um palimpsesto, raspada e reinscrita quantas vezes fosse preciso. Em nenhuma situação seria possível, uma vez que o serviço estivesse feito, provar que qualquer falsificação tivesse ocorrido. O maior setor do Departamento de Registros, muito maior do que aquele em que Winston trabalhava, consistia basicamente de pessoas cuja função era rastrear e recolher todas as cópias de livros, jornais e outros documentos que tivessem sido suplantadas e estivessem prestes a ser destruídas. Uma edição do *The Times* que pudesse, por mudanças de alinhamento político, ou previsões equivocadas do Grande Irmão, ter sido reescrita dezenas de vezes ainda estaria nos arquivos ostentando a data original, e não haveria cópia que a contradissesse. Os livros, também, eram recolhidos e reescritos muitas vezes, e eram sempre relançados sem o menor reconhecimento de que qualquer alteração tivesse sido feita. Até as instruções escritas que Winston recebia, e das quais sempre se livrava assim que tivesse lidado com elas, nunca afirmavam ou insinuavam que uma falsificação seria cometida: as referências eram sempre a deslizes, equívocos, erros tipográficos, ou citações malfeitas que demandassem correção no que diz respeito à acuidade.

Na verdade, ele pensava enquanto reajustava os dados do Ministério da Fartura, que não era nem mesmo falsificação. Era só a substituição de uma bobagem por outra. A maior parte do material com que se estivesse lidando não tinha nada a ver com o mundo de verdade, nem mesmo com uma mentira direta. As estatísticas não passavam de uma fantasia tanto na versão original quanto na retificada. Uma boa parte do tempo esperava-se que você as criasse de sua própria mente. Por exemplo, a previsão do Ministério da Fartura estimou a produção de botas no trimestre em cento e quarenta e cinco milhões de pares. A produção real foi de sessenta e dois milhões. Winston, no entanto, ao reescrever a previsão, baixou o número para cinquenta e sete milhões, para assim permitir que se divulgasse que a cota tinha sido superada. De qualquer forma, sessenta e dois milhões não eram mais reais do que cinquenta e sete, ou cento e quarenta e cinco. Bem possível que não se tenha fabricado nenhuma bota. Mais possível ainda, ninguém sabia quantas tinham sido produzidas, muito menos se importava. Tudo que se sabia era que a cada trimestre um número fenomenal de botas era produzido no papel, enquanto talvez metade da população da Oceania andasse descalça. Assim ocorria com qualquer categoria de fato que fosse registrado, grande ou pequeno. Tudo desaparecia num mundo de sombras no qual, finalmente, até a data do ano era imprecisa.

Winston deu uma olhada pelo corredor. No cubículo correspondente no outro lado, um homem baixo, de aparência meticulosa e queixo escuro chamado Tillotson trabalhava firme, com um jornal dobrado sobre os joelhos e a boca bem próxima ao bocal da fale-escreva. Parecia tentar manter o que dizia um segredo entre ele e a teletela. Ele olhou para cima, os óculos lançaram um brilho hostil na direção de Winston.

Winston mal conhecia Tillotson e não fazia ideia de qual era sua função. As pessoas no Departamento de Registros não falavam imediatamente sobre suas tarefas. Pelo saguão comprido e sem janelas, com as fileiras duplas de cubículos e o interminável farfalhar de papéis e o ruído de vozes murmurando nas fale-escreva, havia pelo menos uma dúzia de pessoas que Winston não conhecia por nome, embora as visse todos os dias se apressando de um lado para o outro nos corredores ou gesticulando no Ódio de Dois Minutos. Ele sabia que no cubículo ao lado do dele a mulher baixa com cabelo castanho-claro labutava dia após dia, simplesmente localizando e apagando da imprensa o nome das pessoas que tinham sido evaporadas e por isso considerava-se que nunca tivessem existido. Havia certa aptidão para isso, já que o marido dela tinha sido evaporado havia uns dois anos. A alguns cubículos de distância, um ser tranquilo, ineficaz e sonhador chamado Ampleforth, com orelhas bem peludas e um talento surpreendente para fazer malabarismos com rimas e métricas, estava empenhado em produzir versões distorcidas — textos definitivos, como se chamavam — de poemas que tinham se tornado ideologicamente ofensivos, mas que por qualquer razão ficariam nas antologias. Esse saguão, com cerca de cinquenta trabalhadores, era apenas uma subseção, uma simples célula no enorme complexo que era o Departamento de Registros. Além, acima, abaixo, outras multidões de trabalhadores se ocupavam com uma multiplicidade inimaginável de tarefas. Havia gráficas enormes com subeditores, especialistas em tipografia e estúdios cuidadosamente equipados para a falsificação de fotografias. Havia a seção de teleprogramas, com engenheiros, produtores e grupos de atores especialmente escolhidos pela habilidade em imitar vozes. Exércitos de escriturários de referências tinham como tarefa compilar listas de livros e revistas que deviam ser recolhidos. Vastos depósitos guardavam documentos corrigidos e fornalhas escondidas destruíam as cópias originais. Em algum lugar, anonimamente, mentes diretivas coordenavam todo o esforço e estabeleciam as diretrizes que determinavam quais partes do passado seriam preservadas, falsificadas ou eliminadas da existência.

O Departamento de Registros, afinal de contas, não passava de um setor do Ministério da Verdade, cuja função principal não era reconstruir o passado, mas suprir os cidadãos da Oceania com jornais, filmes, manuais, programas de teletela, peças, romances — com todo tipo concebível de informação, instrução, ou entretenimento, de uma estátua a um slogan, de um poema lírico a um tratado biológico e de um livro de soletrar para crianças a um dicionário de novafala. O ministério não só tinha que suprir as múltiplas necessidades do Partido, como também replicar toda a operação num nível mais baixo em benefício do proletariado. Existia toda uma cadeia de departamentos separados lidando com literatura, música, teatro e entretenimento do proletariado em geral. Aqui se produziam jornalecos que não tinham quase nada além de esportes, crimes e astrologia, novelas sensacionalistas de cinco centavos, filmes transbordando com sexo e músicas sentimentais compostas integralmente de meios mecânicos num tipo especial de caleidoscópio conhecido como versificador. Havia ainda uma subseção inteira — Pornosseção, como era conhecida em novafala — encarregada de produzir o tipo mais baixo de pornografia, que era enviada em pacotes lacrados e que nenhum membro do Partido, a não ser quem trabalhava nele, tinha permissão de ver.

Três mensagens tinham deslizado pelo tubo pneumático enquanto Winston trabalhava, mas eram questões simples, e ele já tinha se desfeito delas antes que o Ódio de Dois Minutos o interrompesse. Quando o Ódio acabou, ele voltou ao cubículo, tirou o dicionário de novafala da estante, empurrou a fale-escreva para o lado, limpou os óculos e se dedicou à principal tarefa da manhã.

O maior prazer da vida de Winston estava no trabalho. A maior parte era uma rotina entediante, mas no meio havia também tarefas tão difíceis e complicadas que dava para se perder nelas como nas entranhas de um problema matemático — delicados elementos de falsificação nos quais não havia o que o guiasse, exceto o conhecimento dos princípios do socialismo inglês e a estimativa do que o Partido queria que você dissesse. Winston era bom nisso. Houve vezes em que até foi encarregado de retificar os principais artigos do *The Times,* que estavam escritos em novafala. Desenrolou a mensagem que tinha deixado de lado mais cedo. Lia-se:

the times de 3/12/83 informe ordem do dia do g-i dobromaisnãobom ref. impessoas reescrever sensategralmente subcima antearquivamento

Em antigafala (ou inglês-padrão) poderia ser interpretado:

A divulgação da Ordem do Dia do Grande Irmão no The Times *de três de dezembro de 1983 é completamente insatisfatória e faz menção a pessoas que não existem. Reescreva totalmente e submeta seu rascunho à autoridade superior antes de arquivar.*

Winston leu o artigo ofensivo. A Ordem do Dia do Grande Irmão, parecia, tinha se dedicado majoritariamente a incensar o trabalho de uma organização conhecida como FFCC, que fornecia cigarros e outros confortos aos marinheiros nas Fortalezas Flutuantes. Um tal de camarada Withers, membro ilustre da Cúpula do Partido, tinha sido apontado para menção especial e premiado com uma condecoração, a Ordem do Mérito Notável, Segunda Classe.

Três meses depois, a FFCC tinha se dissolvido sem maiores explicações. Dava para intuir que agora Withers e seus associados estavam em desgraça, mas não houve nenhuma divulgação do assunto na imprensa ou na teletela. Era de esperar, já que não era comum enviar a julgamento ou denunciar publicamente os ofensores políticos. Os grandes expurgos de milhares de pessoas, com julgamentos públicos de traidores e criminosos de pensamento que confessaram miseravelmente seus crimes e foram depois executados, eram pequenos espetáculos que não ocorriam com frequência maior do que uma vez a cada dois anos. Mais comum, as pessoas que incorriam no desagrado do Partido simplesmente desapareciam e nunca mais se ouvia falar delas. Nunca se tinha a menor pista do que tinha acontecido com elas. Em alguns casos, poderiam nem ter morrido. Talvez trinta pessoas que Winston conhecia pessoalmente, fora seus pais, tinham desaparecido em algum momento.

Winston afagou o nariz com um clipe. No cubículo do outro lado, o camarada Tillotson ainda se encolhia furtivamente sobre a fale-escreva. Ele ergueu a cabeça um instante: de novo o brilho hostil dos óculos. Winston se perguntava se o camarada Tillotson estava incumbido do mesmo tipo de serviço que o seu. Era bem possível. Uma tarefa tão intrincada nunca seria entregue a uma pessoa só; por outro lado, passar para um comitê seria admitir abertamente que uma adulteração seria feita. Bem provável que umas doze pessoas estivessem trabalhando em versões rivais do que o Grande Irmão realmente disse. No momento, algum grande cérebro na Cúpula do Partido escolheria uma das versões, a reeditaria e poria em movimento os complexos processos de referência cruzada requeridos, então a mentira escolhida passaria para os registros permanentes e viraria verdade.

Winston não sabia por que Withers tinha caído em desgraça. Talvez tenha sido por corrupção ou incompetência. Ou o Grande Irmão apenas queria se livrar de um subordinado popular demais. Pode ser que Withers ou alguém próximo a ele fosse suspeito de tendências heréticas. Talvez — o que era provável — isso simplesmente tenha acontecido porque expurgos e evaporações fossem uma parte necessária da mecânica do governo. A única pista verdadeira estava nas palavras "ref. impessoas", que indicavam que Withers já estava morto. Não dava para deduzir invariavelmente que esse seria o caso quando as pessoas eram presas. Às vezes, elas eram libertadas e podiam ficar em liberdade por um ano ou dois antes de ser executadas. Bem ocasionalmente, alguém que se acreditava estar morto havia bastante tempo fazia uma reaparição fantasmagórica em algum julgamento público em que implicaria centenas de outras pessoas com seu testemunho antes de desaparecer, desta vez para sempre. Withers, no entanto, já era um IMPESSOA. Ele não existia; nunca tinha existido. Winston resolveu que não seria suficiente simplesmente reverter a tendência do discurso do Grande Irmão. Era melhor fazê-lo lidar com algo totalmente desconectado do assunto original.

Ele poderia trazer o discurso para a típica denúncia de traidores e criminosos de pensamento, mas isso era um pouco óbvio demais, enquanto inventar uma vitória na frente, ou um êxito de sobreprodução no Nono Plano de Três Anos, poderia complicar demais os registros. O que era necessário era um pouco de pura fantasia. De repente, surgiu em sua mente, já pronta, a imagem de um camarada Ogilvy, que tinha morrido recentemente em batalha, em circunstâncias heroicas. Havia ocasiões em que o Grande Irmão devotava a Ordem do Dia para celebrar algum humilde membro da base do Partido cuja vida e morte ele considerava como exemplo digno de ser seguido. Hoje ele deveria celebrar o camarada Ogilvy. Era verdade que não essa pessoa chamada camarada Ogilvy, mas algumas linhas impressas e algumas fotografias falsificadas logo o fariam existir.

Winston pensou por um instante, então puxou a fale-escreva para ele e começou a ditar no estilo familiar do Grande Irmão: um estilo, ao mesmo tempo, militar e pedante e, devido a um macete de fazer perguntas e então respondê-las prontamente

(“Que lições tiramos desse fato, camaradas? A lição — que é também um dos princípios fundamentais do socialismo inglês — que etc. etc.”), fácil de imitar.

Quando tinha três anos, o camarada Ogilvy tinha recusado todos os brinquedos, exceto um tambor, uma submetralhadora e um helicóptero modelo. Aos seis — um ano antes, por relaxamento especial das normas —, ele se juntou aos Espiões, aos nove foi líder de tropas. Aos onze, tinha denunciado o tio à Polícia do Pensamento depois de ouvir uma conversa que lhe pareceu ter tendências criminosas. Aos dezessete, foi um organizador distrital da Liga Juvenil Antissexo. Aos dezenove, desenvolveu uma granada de mão que foi adotada pelo Ministério da Paz e que, na primeira tentativa, matou trinta e um prisioneiros eurasianos com um estouro. Aos vinte e três, pereceu em combate. Perseguido por jatos inimigos enquanto voava sobre o Oceano Índico com despachos importantes, pegou a metralhadora e saltou do helicóptero na profundidade das águas, despachos e tudo — um fim, disse o Grande Irmão, que era impossível contemplar sem sentir inveja. O Grande Irmão acrescentou algumas observações sobre a pureza e a determinação da vida do camarada Ogilvy. Ele era totalmente abstêmio e não fumava, não tinha lazeres, fora uma hora diária na academia, e tinha feito voto de celibato, crendo que casamento e o cuidado de uma família seriam incompatíveis com uma devoção de vinte e quatro horas por dia ao dever. Não conversava sobre nada que não fosse o socialismo inglês e não tinha nenhum propósito na vida, exceto a derrota do inimigo eurasiano e a caça de espiões, sabotadores, criminosos de pensamento e traidores em geral.

Winston considerava se devia condecorar o camarada Ogilvy com a Ordem do Mérito Notável; no fim, decidiu que não por causa da desnecessária referência cruzada que isso acarretaria.

De novo, olhou para o rival no cubículo oposto. Algo parecia lhe dar a certeza de que Tillotson estava ocupado com a mesma função que a sua. Não dava para saber qual trabalho seria aplicado, mas tinha a convicção profunda de que seria o seu. O camarada Ogilvy, inexistente uma hora atrás, era fato agora. Deu-se conta de quão curioso é poder criar pessoas mortas, mas não vivas. O camarada Ogilvy, que nunca existiu no presente, agora existia no passado e, quando se esquecesse da falsificação, ele existiria com tanta autenticidade e amparado na mesma evidência, quanto Carlos Magno ou Júlio César.

CAPÍTULO 5

No refeitório, de teto baixo, bem no subsolo, a fila do almoço se movia lentamente para a frente. A área já estava cheia e com um barulho ensurdecedor. O vapor do guisado de carne vinha da grade no balcão, com um cheiro azedo e metálico que não chegava a superar os gases do gim Vitória. Do outro lado do salão, havia um bar pequeno, um simples buraco na parede, onde se podia comprar uma dose grande de gim por dez centavos.

— Exatamente quem eu procurava — disse uma voz atrás de Winston.

Ele se virou. Era seu amigo Syme, que trabalhava no Departamento de Pesquisas. Talvez "amigo" não fosse a palavra mais adequada. Não se tinha amigos atualmente, e sim camaradas; porém havia camaradas que eram companhias mais agradáveis do que outros. Syme era filologista, um especialista em novafala. Inclusive, ele fazia parte do enorme grupo de especialistas atualmente incumbidos de compilar a décima primeira edição do *Dicionário de Novafala*. Ele era miúdo, mais baixo do que Winston, com cabelo escuro e olhos grandes e salientes, ao mesmo tempo, lamentosos e sarcásticos, que pareciam perscrutar seu rosto enquanto conversava com você.

— Queria saber se você teria alguma lâmina de barbear — ele disse.

— Nenhuma! — disse Winston com certa pressa pesarosa. — Procurei em todos os lugares, elas não existem mais.

Todo mundo perguntava por lâminas de barbear. Na verdade, ele tinha duas sem uso que estava guardando. Houve falta delas nos meses anteriores. A todo momento havia um item necessário que as lojas do Partido não conseguiam suprir. Às vezes eram botões, em outras era lã de cerzir, cadarços; no momento eram lâminas de barbear. Só se podia ter posse de alguma, se chegasse a isto, pedindo um pouco furtivamente no mercado "livre".

— Tenho usado a mesma lâmina há seis semanas — acrescentou, mentindo.

A fila se mexeu de novo para a frente. Enquanto se movimentavam, ele virou e encarou Syme de novo. Cada um pegou uma bandeja de metal engordurada de uma pilha no final do balcão.

— Você foi ver os prisioneiros sendo enforcados ontem? — perguntou Syme.

— Estava trabalhando — disse Winston com indiferença. — Devo ver no cinema, imagino.

— Uma alternativa bem muito inadequada — disse Syme.

Seus olhos satíricos percorreram o rosto de Winston.

— Eu conheço você — parecia que os olhos diziam "Eu vejo você com clareza. Sei muito bem porque não foi ver os prisioneiros enforcados". De uma forma intelectual, Syme era venenosamente ortodoxo. Ele falaria com uma satisfação desagradável e soberba a respeito dos ataques de helicópteros sobre vilarejos inimigos, julgamentos e confissões de criminosos de pensamento e das execuções nos porões do Ministério do Amor. Conversar com ele era, na maior parte do tempo, uma questão de afastá-lo de tais assuntos e enredá-lo, se possível, nas tecnicalidades da novafala, em que ele tinha autoridade e era interessante. Winston virou um pouco a cabeça para o lado para evitar o escrutínio dos grandes olhos escuros.

— Foi um bom enforcamento — disse Syme, recordando. — Acho que estraga quando amarram os pés deles juntos. Gosto de vê-los chutando. E, acima de tudo, no final, a língua esticada para fora, azul, um azul bem brilhante. Esse é o detalhe que tem apelo comigo.

— Próximo, por favor! — gritou o peão de avental branco com a concha.

Winston e Syme empurraram as bandejas por baixo da grade. Para cada um foi despejado o almoço regulamentado, uma cumbuca de metal com um guisado cinza rosado, um pedaço de pão, um cubo de queijo, uma caneca de café Vitória sem leite e um tablete doce.

— Há uma mesa logo ali, abaixo da teletela — disse Syme. — Vamos pegar um gim no caminho.

O gim era servido em canecas de porcelana sem alça. Eles cruzaram cuidadosamente o salão cheio e puseram as bandejas na mesa com tampo de metal, que tinha em uma das pontas uma piscina de molho de guisado deixada por alguém, uma sujeira líquida parecida com vômito. Winston pegou a caneca de gim, parou um pouco para juntar disposição e virou a bebida com gosto de óleo. Quando tinha lacrimejado, de repente percebeu que estava com fome. Começou a engolir colheradas de guisado, que, em meio ao desleixo geral, tinha cubos de uma coisa esponjosa e rosada que provavelmente era a preparação da carne. Nenhum dos dois falou nada até esvaziarem as cumbucas. Da mesa à esquerda de Winston, um pouco atrás dele, alguém falava rápida e ininterruptamente, uma tagarelice ríspida parecida com a voz de um pato que furava o alvoroço do salão.

— Como está o processo do dicionário? — perguntou Winston, erguendo a voz para superar o barulho.

— Lento — disse Syme. — Estou nos adjetivos. É fascinante.

Ele revigorou-se imediatamente à menção da novafala. Pôs a cumbuca de lado, pegou o pedaço de pão com uma mão e o queijo com a outra e se apoiou na mesa para falar sem gritar.

— A décima primeira edição é a edição definitiva — disse. — Estamos dando o último retoque à língua, ficará do jeito em que ninguém mais falará diferente. Quando tivermos terminado, pessoas como você terão que reaprendê-la totalmente. Você acha, ouso dizer, que nossa tarefa principal é inventar palavras. Nada disso! Estamos destruindo palavras, um monte delas, centenas, todo dia. Estamos dissecando a língua. A décima primeira edição não terá uma única palavra que ficará obsoleta antes de 2050.

Ele mordeu esfomeadamente o pão e engoliu alguns bocados, daí continuou falando, com paixão um tanto pedante. A face morena e fina se animou, os olhos perderam a expressão sardônica e ficaram quase sonhadores.

— É uma coisa bela destruir palavras. Claro que o grande desperdício está nos verbos e nos adjetivos, mas há centenas de substantivos dos quais é possível se livrar também. Não são só os sinônimos, há também os antônimos. Afinal, que justificativa existe para uma palavra que é meramente o oposto de outra? Uma palavra contém seu oposto em si mesma. Pegue "bom", por exemplo. Se você tem uma palavra como "bom", para que serviria uma palavra como "mau"? "Nãobom" servirá também, melhor até, porque é exatamente o oposto, coisa que a outra não é. De novo, se quiser uma versão mais forte de "bom", qual o sentido de ter todo um seguimento de palavras vagas e inúteis como "excelente", "esplêndido" e todas as outras? "Maisquebom" cobre o significado, ou "muitomaisquebom" se quiser algo mais forte ainda. Claro que já usamos essas formas, mas na versão final da novafala não haverá mais nada. No final, toda a noção de bondade e maldade estará compreendida somente em seis palavras. Na verdade, só em uma palavra. Percebe a beleza disso, Winston? Foi tudo ideia do G.I. originalmente, claro — acrescentou como uma reflexão posterior.

Um entusiasmo meio insípido passou pelo rosto de Winston ante a menção do Grande Irmão. Não obstante, Syme imediatamente captou certa falta de entusiasmo.

— Você não aprecia de verdade a novafala, Winston — disse quase triste. — Até quando escreve ainda pensa em antigafala. Leio alguns dos trechos que escreve no *The Times* de vez em quando. São bons, mas são traduções. No seu íntimo, você preferiria se manter na antigafala, com toda a imprecisão e sombras inúteis de significado. Você não compreende a beleza de destruir palavras. Sabia que a novafala é a única língua no mundo cujo vocabulário fica menor a cada ano?

Winston sabia disso, é claro. Sorriu, simpaticamente, esperava, não confiando em si mesmo, para falar. Syme mordeu de novo o pão escuro, mastigou-o rapidamente e continuou:

— Não percebe que o objetivo da novafala é estreitar o alcance do pensamento? No fim, tornaremos o crime de pensamento impossível, porque não haverá palavras com as quais expressá-lo. Cada conceito do qual se venha a precisar será expresso por exatamente uma palavra, com o significado rigidamente definido e todos os seus significados subsidiários apagados e esquecidos. Inclusive, na décima primeira edição, não estamos longe desse ponto. Porém, o processo ainda continuará muito depois de ambos estarmos mortos. A cada ano, menos e menos palavras, e o alcance da consciência sempre um pouco menor. Hoje em dia, inclusive, não há motivo ou desculpa para cometer crime de pensamento. É apenas uma questão de autodisciplina, controle da realidade. No fim das contas, não haverá necessidade nem para isso. A Revolução estará completa quando a língua for perfeita. Novafala é socialismo inglês e socialismo inglês é novafala — acrescentou com satisfação um tanto mística. — Já lhe ocorreu, Winston, que no ano 2050, no mais tardar, nenhum ser humano vivo entenderia uma conversa como esta?

— Exceto... — começou Winston em dúvida e parou.

Ficou na ponta da língua a frase "Exceto os peões", mas se examinou, não tendo muita certeza de que esse comentário pudesse ser de alguma forma pouco convencional. Syme, entretanto, tinha adivinhado o que ele ia dizer.

— Os peões não são seres humanos — disse, despreocupadamente. — Em 2050, antes, provavelmente, todo o conhecimento a respeito da antigafala terá desaparecido. Toda a literatura do passado terá sido destruída. Chaucer, Shakespeare, Milton, Byron... Só existirão em versões de novafala, não simplesmente transformados em algo diferente, mas, na verdade, transformados em algo contraditório ao que costumavam ser. Até a literatura do Partido mudará. Mesmo os slogans mudarão. Como ter um slogan como "Liberdade é escravidão" quando o conceito de liberdade foi abolido? Todo o ambiente para o pensamento será diferente. De fato, não haverá pensamento, como o entendemos hoje. Ortodoxia significa não pensar, não precisar pensar. Ortodoxia é inconsciência.

Em algum dia desses, pensou Winston com uma convicção repentina e profunda, Syme será evaporado. Ele é muito inteligente. Enxerga com muita clareza e fala muito naturalmente. O Partido não gosta de pessoas assim. Um dia ele desaparecerá. Está escrito na sua cara.

Winston terminou de comer o pão e o queijo. Virou um pouco de lado na cadeira para beber o café. Na mesa à sua esquerda, o homem com a voz estridente continuava falando sem parar. Uma jovem que talvez fosse secretária dele, e que se sentava de costas para Winston, escutava e parecia concordar veementemente com tudo que ele dizia. Por vezes, Winston pegava comentários como "Acho que você tem toda a razão, concordo mesmo com você", murmurados com uma voz feminina juvenil e um pouco tola. Mas a outra voz nunca parava nem por um minuto, mesmo quando a garota estava falando. Winston conhecia o homem de vista, embora não soubesse outra coisa sobre ele além de que tinha um posto importante no Departamento de Ficção. Ele tinha cerca de trinta anos, com uma garganta forte e uma boca grande e ágil. A cabeça estava um pouco para trás e, por causa do ângulo em que estava sentado, os óculos pegavam a luz e mostravam a Winston dois discos em branco em vez de olhos. O que era ligeiramente terrível é que, da corrente de sons que saíam da boca, era quase impossível distinguir uma simples palavra. Apenas uma vez Winston pegou uma frase, "A eliminação final e completa do goldsteinismo", bruscamente expelida e, como parecia, tudo de uma vez, como a fala de um sólido. De resto era só barulho, voz de pato. Ainda assim, embora não desse para ouvir o que o homem estava dizendo realmente, não havia dúvida sobre o contexto geral. Talvez ele estivesse denunciando Goldstein e exigindo medidas mais duras contra os criminosos de pensamento e sabotadores, poderia estar vociferando contra as atrocidades do Exército eurasiano, enaltecendo o Grande Irmão ou os heróis na frente Malabar — não fazia diferença. O que quer que fosse, podia-se ter certeza de que tudo era pura ortodoxia, puro socialismo inglês. Enquanto observava o rosto sem olhos com a mandíbula se movendo depressa para cima e para baixo, Winston tinha a peculiar percepção de que não se tratava de um ser humano, mas de um tipo de boneco. Não era a mente do homem que discursava, era a laringe. O que saía dele consistia de palavras, mas não era um discurso como entendemos tal coisa: era barulho murmurado em estado de inconsciência, como a voz de um pato.

Syme ficou quieto por um momento e com o cabo da colher traçava padrões na poça de guisado. A voz de pato da outra mesa continuava na mesma velocidade, audível, apesar do barulho em volta.

— Há uma palavra em novafala — disse Syme. — Não sei se você conhece, PATOFALAR, grasnar como um pato. É uma dessas palavras interessantes que têm dois significados contraditórios. Usada com um oponente, é abuso, com alguém com quem concorde, elogio.

Sem dúvida nenhuma Syme será evaporado, Winston pensou de novo. Pensou com um pouco de tristeza, embora bem soubesse que Syme o desprezava e era totalmente capaz de denunciá-lo como criminoso de pensamento se visse motivo para isso. Havia algo sutilmente errado com Syme. Era algo que lhe faltava: discrição, indiferença, uma estupidez preservadora. Não se podia dizer que ele não fosse ortodoxo. Ele acreditava nos princípios do socialismo inglês, venerava o Grande Irmão, exultava com vitórias, odiava os hereges, não somente com sinceridade, mas com zelo incansável e atualização de informações que um membro comum do Partido não alcançava. Ainda assim, um leve ar de desconfiança sempre o cercava. Ele dizia coisas que, seria melhor, não tivessem sido ditas, lia livros demais, frequentava o Café Castanheira, reduto de pintores e músicos. Não havia lei, nem mesmo implícita, contra frequentar o Café Castanheira, ainda que fosse famigerado. Os antigos e desacreditados líderes do Partido costumavam se reunir ali antes de serem finalmente expurgados. O próprio Goldstein, dizia-se, tinha sido visto ali algumas vezes, há muito, muito tempo. Não era difícil prever o destino de Syme. Ainda assim, era verdade que, se Syme percebesse, mesmo por três segundos, a natureza das opiniões secretas de Winston, ele o entregaria no mesmo instante à Polícia do Pensamento. Assim faria qualquer outra pessoa, mas Syme mais do que a maioria. Zelo não era o suficiente. Ortodoxia era inconsciência.

Syme olhou para cima.

— Aí vem o Parsons — disse.

Algo em sua voz parecia acrescentar "esse imbecil". Parsons, o vizinho de Winston no Mansões Vitória, estava de fato delineando o caminho pelo salão — um homem rechonchudo, de estatura média com cabelo claro e cara de sapo. Aos trinta e cinco, já acumulava camadas de gordura no pescoço e na cintura, mas tinha movimentos rápidos de menino. Sua aparência na totalidade era de um garoto que cresceu demais, tanto que, embora vestisse o macacão regular, era quase impossível não imaginá-lo com os shorts azuis, camiseta cinza e cachecol vermelho dos Espiões. Ao visualizá-lo, via-se sempre uma imagem de joelhos com dobrinhas e mangas enroladas de antebraços atarracados. Sempre que possível, Parsons usava shorts em trilhas comunitárias ou em qualquer outra atividade física. Ele cumprimentou a ambos com um alegre "olá, olá!" e se sentou à mesa exalando um forte cheiro de suor. Gotas de umidade estavam por toda a sua cara rosada. O poder dele de sudorese era extraordinário. No Centro Comunitário, dava sempre para saber se ele esteve jogando tênis de mesa pela umidade da raquete. Syme tinha feito uma tira de papel com uma longa coluna de palavras e as estava estudando com uma caneta nanquim entre os dedos.

— Olhe para ele brincando na hora do almoço — disse Parsons, cutucando Winston. — Entusiasmo, hein? O que tem aí, rapaz? Algo um pouco intelectual demais para mim, espero. Smith, rapaz, vou lhe dizer por que o persigo. É aquela cota que se esqueceu de me dar.

— Que cota é essa? — perguntou Winston, automaticamente se preocupando com dinheiro. Quase um quarto do salário tinha que ser destinado a assinaturas voluntárias, e eram tantas que ficava difícil controlar todas.

— Pela Semana do Ódio. Sabe... o fundo de casa em casa. Sou o tesoureiro do nosso bloco. Estamos nos esforçando bastante, vamos montar um espetáculo espetacular. Digo isto, não será minha culpa se o nosso Mansões Vitória não tiver a maior fachada de bandeiras da rua. Dois dólares, você prometeu.

Winston encontrou e entregou duas notas sujas e amassadas, e Parsons deu entrada num caderninho, com a caligrafia simples de um analfabeto.

— A propósito, rapaz — disse ele —, soube que o meu menino o acertou com o estilingue ontem. Dei uma boa bronca nele por isso. Na verdade, disse que tomaria o estilingue se fizesse de novo.

— Acho que ele ficou um pouco desapontado por não ter ido à execução — disse Winston.

— Ah, bem. O que quero dizer, mostra a atitude certa, não? Moleques malandros que são, ambos, cheios de entusiasmo! Eles só pensam nos Espiões e na guerra, claro. Sabe o que a minha menina fez no sábado passado, quando a tropa dela estava numa trilha em Berkhamsted? Chamou duas meninas para ir com ela, saíram da trilha e passaram a tarde seguindo um estranho. Ficaram na cola dele por duas horas, através da floresta, e então, quando chegaram a Amersham, o entregaram às patrulhas.

— Por que fizeram isso? — perguntou Winston, um pouco pego de surpresa. Parsons continuou triunfante:

— Minha garota verificou se ele era algum agente inimigo, poderia ter chegado de paraquedas, por exemplo. Porém, eis o ponto, rapaz. O que acha que a fez segui-lo, em primeiro lugar? Ela percebeu que ele usava um par de sapatos esquisitos, disse que nunca tinha visto ninguém usar sapatos como aqueles antes. Logo a chance de que ele fosse estrangeiro. Bem esperta para uma criança de sete anos, né?

— O que aconteceu com o homem? — Winston perguntou.

— Ah, não daria para dizer, claro. Entretanto, não ficaria totalmente surpreso se... — Parsons imitou o gesto de uma espingarda sendo apontada e com a boca imitou o estouro.

— Bom — disse Syme distraidamente, sem levantar o olhar da tira de papel.

— Claro que não podemos nos dar ao luxo de nos arriscarmos — concordou Winston apropriadamente.

— O que quero dizer, há uma guerra em curso — disse Parsons.

Como se fosse uma confirmação, um aviso feito por uma corneta saiu da teletela bem acima deles. Contudo, não era a proclamação de uma vitória militar desta vez, mas apenas um anúncio do Ministério da Fartura.

— Camaradas! — gritou uma ávida voz juvenil. — Atenção, camaradas! Temos ótimas notícias para vocês. Vencemos a batalha de produção! Os resultados conclusivos da produção de todas as categorias de bens de consumo demonstram que o padrão de vida subiu não menos que vinte por cento desde o ano passado. Por toda a Oceania houve demonstrações incontidas e espontâneas quando os trabalhadores marcharam das fábricas e escritórios e fizeram uma parada nas ruas com bandeiras verbalizando sua gratidão ao Grande Irmão pela vida nova e feliz que o sábio líder concedeu a nós. Eis alguns dos dados concluídos. Alimentos...

A frase "nossa nova vida feliz" era recorrente. Tinha sido umas das favoritas do Ministério da Fartura recentemente. Parsons, com a atenção no chamado da corneta, sentou-se escutando com uma solenidade estupefata, um tédio edificado. Ele não conseguia acompanhar os dados, mas tinha alguma noção de que deveriam ser motivo de satisfação. Ele puxou um enorme cachimbo imundo já quase cheio de tabaco queimado. Com uma ração de tabaco de cem gramas por semana quase não dava para encher um cachimbo até o topo. Winston fumava um cigarro Vitória, segurando-o cuidadosamente reto. A nova ração não começaria até amanhã e só tinham sobrado quatro cigarros. No momento, tinha parado de prestar atenção aos ruídos mais distantes e escutava o que vinha da teletela. Aparentemente, houve até demonstrações de agradecimento ao Grande Irmão por aumentar a ração de chocolate para vinte gramas por semana. Somente ontem, pensou, tinha sido anunciado que a ração seria REDUZIDA para vinte gramas por semana. Será possível que as pessoas acreditassem nisso, depois de apenas vinte e quatro horas? Sim, acreditaram. Parsons acreditou facilmente, com a imbecilidade de um animal. A criatura sem olhos da outra mesa acreditou com fanatismo, paixão, com um ímpeto feroz de localizar, denunciar e evaporar qualquer um que sugerisse que na semana passada a ração tinha sido de trinta gramas. Syme também acreditou, de um jeito mais complexo, que envolvia dobropensar, Syme engoliu. Seria ele, então, o ÚNICO com memória?

As estatísticas fabulosas continuaram a sair da teletela. Comparado ao ano passado, havia mais comida, mais roupas, mais casas, mais móveis, mais panelas, mais combustível, mais navios, mais helicópteros, mais livros, mais bebês — mais de tudo, menos doenças, crimes e loucura. A cada ano e a cada minuto, tudo e todos estavam acelerando. Como Syme tinha feito antes, Winston pegou a colher e mexia no pálido molho de carne que estava espalhado pela mesa, traçando um padrão ali. Refletiu com ressentimento sobre a textura física da vida. Foi sempre assim? A comida sempre teve esse gosto? Olhou ao redor do bandejão. Um salão de teto baixo, cheio, as paredes sujas pelo contato de diversos corpos; mesas e cadeiras de metal surradas, dispostas tão próximas que se sentava nelas tocando os cotovelos; colheres entortadas, bandejas deformadas, canecas brancas ásperas; todas as superfícies engorduradas, sujeira em cada fissura; e um odor azedo, composto de gim e café ruins, guisado metálico e roupas sujas. Persistia, no estômago e na pele, uma sensação de ter sido enganado quanto a algo a que teria direito. Era verdade que não tinha memória de nada muito diferente. Em nenhum momento do qual conseguia se lembrar bem, tinha havido o suficiente para se alimentar, as meias e as cuecas sempre tinham buracos, a mobília estava sempre velha e em má condição, cômodos sem aquecimento, metrô lotado, casas em frangalhos, pão escurecido, raramente um chá, café com gosto de sujeira, poucos cigarros — nada era barato ou estava à vontade, exceto gim sintético. Embora, lógico, ficasse pior à medida que o corpo envelhecesse, não seria um sinal de que isso NÃO era a ordem natural das coisas, se o coração adoecesse pelo desconforto e sujeira e carestia, os invernos intermináveis, a viscosidade das meias, os elevadores que nunca funcionavam, a água fria, a comida com sabor totalmente desagradável? Por que alguém acharia isso insuportável a menos que tivesse alguma memória ancestral de como as coisas tinham sido diferentes?

Deu de novo uma olhada pelo bandejão. Quase todo mundo era feio, e ainda seria, mesmo que não estivesse usando o macacão azul. No outro extremo do salão, sozinho numa mesa, um homem pequeno com uma aparência curiosa de besouro tomava uma xícara de café, lançando olhares desconfiados de um lado a outro. Como era fácil, pensou Winston, se não olhasse para si mesmo, acreditar que o tipo físico estabelecido pelo Partido como ideal — jovens altos e musculosos e damas com decotes profundos, cabelos loiros, vitais, bronzeados, descontraídos — não só existia como era a maioria. Na verdade, conquanto pudesse avaliar, a maioria das pessoas na Área de Pouso Um era baixa, morena e não atraente. Era curioso como aquele tipo parecido com um besouro proliferava nos ministérios: homens atarracados, ficando corpulentos bem cedo, com pernas curtas, gestos furtivos e rostos gordos inescrutáveis com olhos pequeninos. Era o tipo que parecia florescer mais sob o domínio do Partido.

O anúncio do Ministério da Fartura terminou com outro chamado da corneta e abriu espaço para músicas de metais. Parsons, agitado com um vago entusiasmo pelo bombardeio de dados, tirou o cachimbo da boca.

— O Ministério da Fartura realmente fez um bom trabalho este ano — disse com um balançar consciente de cabeça. — A propósito, velho Smith, suponho que você não tenha nenhuma lâmina de barbear que possa me dar?

— Nenhuma — disse Winston. — Tenho usado a mesma lâmina há seis semanas.

— Ah, bem, só pensei em perguntar, rapaz.

— Desculpe — disse Winston.

A voz de pato da mesa próxima, temporariamente quieta durante o anúncio do ministério, tinha começado de novo, alta como nunca. De repente, Winston se viu pensando na Sra. Parsons, com o cabelo ralo e a poeira nos vincos da face. Em dois anos aquelas crianças a denunciariam à Polícia do Pensamento. A Sra. Parsons seria evaporada. Syme seria evaporado. Winston seria evaporado. O'Brien seria evaporado. Parsons, pelo contrário, nunca seria evaporado. A criatura sem olhos com voz de pato nunca seria evaporada. Os pequenos homens besouros que se embrenhavam tão habilmente pelos corredores labirínticos dos ministérios, eles também, nunca seriam evaporados. A garota com cabelo escuro, a garota do Departamento de Ficção, nunca seria evaporada também. Parecia que ele sabia instintivamente quem sobreviveria e quem cairia, embora o que era necessário para a sobrevivência não fosse fácil dizer.

Nesse momento, ele foi tirado do devaneio com um sacolejo. A garota na mesa ao lado tinha virado um pouco e estava olhando para ele. Era a garota com cabelo escuro. Ela olhava para ele de lado, mas com uma curiosa intensidade. No momento em que ela percebeu o olhar dele, desviou de novo.

O suor começou a escorrer nas costas de Winston. Uma horrível pontada de terror o transpassou. Foi embora quase de uma vez, mas deixou um desconforto persistente. Por que ela o observava? Por que ela o perseguia? Infelizmente ele não conseguia lembrar se ela já estava na mesa quando chegou, ou se tinha chegado depois. Porém, ontem, de qualquer forma, durante o Ódio de Dois Minutos, ela tinha se sentado bem atrás dele quando não havia razão aparente para isso. Bem possível que a intenção dela tenha sido a de ouvir e ter certeza de que ele gritava o bastante.

O pensamento anterior voltou: provavelmente, ela não era membro da Polícia do Pensamento de verdade, mas exatamente a espiã amadora que era o maior perigo de todos. Não sabia por quanto tempo ela estava olhando para ele, mas talvez fosse por cinco minutos, e era possível que suas feições não estivessem sob total controle. Era muito perigoso devanear num lugar público ou ao alcance de uma teletela. O menor deslize poderia entregá-lo. Um tique inseguro, um olhar inconsciente de ansiedade, o hábito de murmurar consigo mesmo — qualquer coisa que sugerisse anormalidade, algo a esconder. De qualquer forma, mostrar uma expressão imprópria no rosto (parecer incrédulo quando uma vitória fosse anunciada, por exemplo) era por si só uma ofensa punível. Havia até uma palavra para isso em novafala: CRIMEFACIAL, como era chamado.

A garota ficou de costas para ele de novo. Talvez, no fim das contas, ela não o estivesse seguindo por aí, talvez fosse coincidência que ela tenha se sentado tão próxima dois dias seguidos. O cigarro dele tinha apagado, e ele o pôs com cuidado no canto da mesa. Terminaria de fumá-lo depois do trabalho, se pudesse manter o tabaco nele. Bem possível que a pessoa na mesa ao lado fosse uma espiã da Polícia do Pensamento e que ele estaria nos porões do Ministério do Amor em três dias, mas a ponta de um cigarro não pode ser desperdiçada. Syme tinha dobrado a tira de papel e guardado no bolso. Parsons começou a falar de novo.

— Eu já contei a você, rapaz — disse ele, rindo com o cachimbo na boca —, da vez em que as minhas crianças puseram fogo na saia da mulher do mercado velho porque a viram enrolar salsichas num cartaz do G.I.? Eles se esgueiraram por trás dela e atearam fogo com uma caixa de fósforos. Ela se queimou bem, acredito. Moleques, né? Mas intensos como mostarda! É um excelente treinamento que dão nos Espiões hoje em dia, melhor que no meu tempo, até. O que acha que deram a eles recentemente? Trombetas de ouvido para escutar através de buracos de chaves! Minha menina trouxe uma dessas uma noite, testou na porta da nossa sala e percebeu que podia ouvir duas vezes melhor com o ouvido no buraco. Claro que é só um brinquedo, veja. Ainda assim, dá uma ideia, né?

Nesse momento, a teletela emitiu um som cortante de apito. Era o sinal para voltar ao trabalho. Os três correram para se juntar ao alvoroço em torno dos elevadores, e o restante do tabaco caiu do cigarro de Winston.

CAPÍTULO 6

Winston escrevia no diário:

Foi há três anos. Foi numa tarde escura, numa ruela estreita perto de uma das grandes estações de trem. Ela estava parada perto de um vão de porta, sob uma lâmpada de rua que quase não iluminava. Tinha um rosto jovem, muito maquiada. Foi a maquiagem que teve apelo comigo, a brancura dela, como uma máscara, e os lábios vermelhos brilhantes. As mulheres do Partido nunca se maquiavam. Não havia mais ninguém na rua e nenhuma teletela. Ela disse dois dólares. Eu...

Por hora, era muito difícil continuar. Ele fechou os olhos e pressionou os dedos contra eles, tentando espremer a visão recorrente. Teve uma vontade quase irresistível de gritar vários palavrões com toda a força. Ou bater a cabeça na parede, chutar a mesa e jogar o tinteiro pela janela — fazer qualquer violenta, barulhenta ou dolorosa coisa que pudesse apagar a memória que o atormentava.

Seu pior inimigo, refletiu, era seu sistema nervoso. A qualquer momento, a tensão interna poderia transmitir algum sintoma visível. Pensou num homem que tinha morrido na rua havia poucas semanas; um tipo bem comum, membro do Partido, com idade entre trinta e cinco e quarenta, alto e magro, carregando uma pasta. Eles estavam a poucos metros um do outro quando o lado esquerdo do rosto do homem de repente se contorceu numa espécie de espasmo. Aconteceu de novo bem quando passavam um pelo outro: foi só uma contração, um tremor, rápido como o estalo do disparador de uma câmera, mas obviamente costumeiro. Lembrou ter pensado no tempo: o coitado estava no fim. O que assustava era que a ação bem possivelmente foi inconsciente. O perigo mais mortal era falar durante o sono. Não havia como se precaver contra isso, tanto quanto podia perceber.

Respirou fundo e continuou escrevendo:

Atravessei a porta com ela, passando por um quintal e entrando em uma cozinha no subsolo. Havia uma cama encostada na parede e uma lâmpada sobre a mesa, bem baixa. Ela...

Ele estava bastante incomodado. Teria gostado de cuspir. Simultaneamente, além de na mulher na cozinha subterrânea, pensou em Katharine, sua esposa. Winston era casado — tinha sido, em todo caso; provavelmente ainda seria, desde que sua esposa não tivesse morrido. Parecia sentir de novo o ar quente e abafado da cozinha subterrânea, um odor de insetos, roupa suja e perfume barato, não obstante sedutor, porque as mulheres do Partido nunca usavam perfume, nem se podia imaginá-las usando. Só as proletas usavam. Na sua mente o aroma estava indissociavelmente misturado com fornicação.

Quando saiu com aquela mulher, isso tinha sido sua primeira falha em dois anos ou por volta disso. Desfrutar da companhia de prostitutas era proibido, claro, mas era uma dessas regras que você podia se encorajar a quebrar ocasionalmente. Era perigoso, mas não chegava a ser uma questão de vida e morte. Ser pego com uma prostituta poderia implicar cinco anos num campo de trabalhos forçados, não mais, se não tiver cometido outra infração. Era suficientemente fácil, desde que se evitasse ser pego no flagra. Os trimestres mais pobres eram repletos de mulheres dispostas a se vender. Algumas podiam ser negociadas por uma garrafa de gim, que os proletas não deviam beber. Estava implícito que o Partido até se inclinasse a encorajar a prostituição, como um escape para instintos que não poderiam ser totalmente reprimidos. A simples devassidão não era muito importante, desde que fosse discreta, sem alegria e só envolvesse mulheres de uma classe vulnerável e desprezada. O crime imperdoável era a promiscuidade entre membros do Partido. Contudo — embora esse fosse um dos crimes que os acusados nos grandes expurgos sempre confessavam —, era difícil imaginar algo assim realmente acontecendo.

O objetivo do Partido não era simplesmente evitar que homens e mulheres formassem vínculos de fidelidade que pudessem ser difíceis de controlar. O propósito real, não declarado, era tirar todo o prazer do ato sexual. O amor não era um inimigo tão grande quanto o erotismo, dentro ou fora do casamento. Todos os casamentos entre membros do Partido tinham que ser aprovados por um comitê indicado para o propósito, e — embora o princípio nunca fosse claramente expresso — a permissão era sempre negada se o casal envolvido desse a impressão de haver atração física mútua. O único objetivo reconhecido do casamento era gerar filhos para servir ao Partido. A relação sexual devia ser vista como uma operação menor levemente repugnante, como ter um enema. Isso nunca era dito abertamente, mas de forma indireta era repetido para cada membro do Partido desde a infância. Havia até organizações como a Liga Juvenil Antissexo, que pregava celibato total para ambos os sexos. Todas as crianças eram geradas por inseminação artificial (INSART, como se dizia em novafala) e criadas em instituições públicas. Isto, Winston sabia, não era interpretado tão seriamente, mas de alguma forma se encaixava na ideologia geral do Partido. O Partido estava tentando acabar com o instinto sexual, ou, se não podia acabar com ele, então distorcê-lo e manchá-lo. Ele não sabia por que era assim, mas parecia natural que fosse. No que dizia respeito às mulheres, os esforços do Partido eram muito bem-sucedidos.

Pensou de novo em Katharine. Devia fazer nove, dez — quase onze anos desde que se separaram. Era curioso quão raramente pensava nela. Por vários dias seguidos, conseguia esquecer que já tinha sido casado. Eles ficaram juntos por cerca de quinze meses somente. O Partido não permitia o divórcio, mas encorajava a separação quando não havia filhos.

Katharine era uma garota alta, de cabelo claro, muito franca, com gestos sublimes. Ela tinha um rosto imponente, aquilino, um rosto que teriam dito ser nobre até que se descobrisse não haver quase nada por trás. Bem cedo na vida de casado ele se convenceu — ainda que talvez fosse só porque a conhecesse mais intimamente que a maioria das pessoas — de que, sem exceção, ela tinha a mente mais idiota, vulgar e vazia que já tinha encontrado. Ela não tinha nenhum pensamento que não fosse um slogan, e não havia imbecilidade, absolutamente nenhuma, em que não acreditasse se o Partido apresentasse a ela. "A trilha sonora humana", ele a apelidou em sua mente. Ainda assim, teria aguentado viver com ela se não tivesse sido por uma coisa — sexo.

Assim que a tocava, ela parecia ficar tensa e enrijecida. Abraçá-la era como abraçar uma imagem de madeira articulada. O estranho era que até quando ela o apertava contra ela parecia que ao mesmo tempo o estava empurrando com toda a força. A rigidez de seus músculos se encarregava de transmitir essa impressão. Ela se deitaria ali com os olhos fechados, nem resistindo, nem cooperando, mas se SUBMETENDO. Era extraordinariamente embaraçoso e, depois de um tempo, horrível. Mesmo então, ele poderia ter suportado viver com ela se tivessem concordado em viver em celibato. Curiosamente, era Katharine que se recusava a isso. Eles deveriam, dizia, produzir uma criança se pudessem. Então o ato continuou a ocorrer, com regularidade semanal, sempre que possível. Ela até costumava lembrá-lo disso pelas manhãs, como algo que deveria ser feito até a noite e não esquecido. Dava dois nomes para isso. Um era "fazer um bebê" e o outro era "nosso dever com o Partido" (sim, ela realmente usava essa frase). Logo ele começou a sentir pavor quando o dia indicado se aproximava. Felizmente, nenhuma criança veio, e no fim ela concordou em parar de tentar. Logo depois, se separaram.

Winston suspirou silenciosamente. Pegou de novo a caneta e escreveu:

Ela se jogou na cama, e de uma vez, sem nenhuma preliminar, do jeito mais áspero e horrível que se possa imaginar, puxou a saia para cima. Eu...

Ele se viu parado lá sob a luz da lâmpada, com o cheiro de insetos e perfume barato nas narinas, e no coração um sentimento de derrota e ressentimento que mesmo no momento se misturavam com o pensamento no corpo branco de Katharine, para sempre congelado pelo poder hipnótico do Partido. Por que tinha que ser sempre assim? Por que ele não podia ter uma companheira em vez desses encontros sujos em intervalos de anos? Um caso de amor verdadeiro era uma situação quase inimaginável. As mulheres do Partido eram todas parecidas. A castidade estava fortemente internalizada nelas como a lealdade ao Partido. Com um condicionamento cuidadoso desde cedo, através de jogos e água fria, pelo monte de besteiras com que eram bombardeadas na escola, nos Espiões, na Liga Juvenil, em palestras, paradas, canções, slogans e música marcial, o sentimento natural foi tirado delas. A razão lhe dizia que devia haver exceções, mas o coração não acreditava. Elas eram todas inexpugnáveis, como o Partido queria que fossem. O que ele queria, mais até do que ser amado, era derrubar aquela muralha de virtude, mesmo que só uma vez na vida. O ato sexual, bem-feito, era rebelião. Desejo era crime de pensamento. Mesmo despertar Katharine, se tivesse conseguido, teria sido como sedução, ainda que ela fosse sua esposa.

O resto da história teria que ser escrito. Ele escreveu:

Virei a lâmpada para cima. Quando a vi na luz...

Após a escuridão, a luz fraca da lâmpada de parafina parecia bem brilhante. Pela primeira vez, podia ver a mulher apropriadamente. Deu um passo em direção a ela e então parou, tomado de luxúria e terror. Estava penosamente consciente do risco que tinha corrido ao ir até lá. Era bem possível que as patrulhas o capturassem na saída, pelo simples fato de estar esperando do lado de fora no momento. Se saísse sem ao menos fazer o que tinha vindo fazer...!

Teria que ser escrito, que ser confessado. O que ele de repente percebeu sob a luz da lâmpada é que a mulher era velha. A maquiagem dela era tão pesada que parecia poder se partir como uma máscara de papelão. Havia mechas brancas no cabelo; mas o detalhe realmente assustador era que sua boca tinha aberto um pouco, revelando nada a não ser uma escuridão assombrosa. Ela não tinha nenhum dente.

Escreveu com pressa, rabiscando:

Quando a vi sob a luz, ela era bem velha, cinquenta anos no mínimo. Mesmo assim, fui em frente e fiz.

Pressionou os dedos contra as pálpebras de novo. Finalmente tinha escrito, mas não fez diferença. A terapia não tinha funcionado. A ânsia de gritar palavrões com toda a força era mais forte que nunca.

CAPÍTULO 7

"Se há esperança", escreveu Winston, "ela está nos proletas".

Se houvesse esperança, DEVERIA estar nos proletas, porque só ali naquelas multidões desprezadas, oitenta e cinco por cento da população da Oceania, a força para destruir o Partido poderia ser gerada. O Partido não poderia ser derrubado de dentro. Seus inimigos, se havia algum, não tinham como se reunir ou mesmo se identificarem uns aos outros. Ainda que a lendária Irmandade existisse, por mais possível que pudesse ser, não dava para imaginar seus membros se juntando em quantidade maior que dois ou três. Rebelião significava olhar nos olhos, inflexão de voz, no máximo, uma eventual palavra sussurrada. Porém, os proletas, se ao menos pudessem se dar conta de sua força, não teriam necessidade de conspirar. Eles só precisavam se levantar e se mexer como um cavalo espantando moscas. Se quisessem, poderiam acabar com o Partido pela manhã. Era certo que mais cedo ou mais tarde isso ocorreria a eles? Ainda assim...!

Ele se lembrava de uma vez em que andava por uma rua abarrotada quando um berro imenso de centenas de vozes de mulheres ecoou de uma rua lateral um pouco à frente. Era um grito horrível de raiva e desespero, um profundo e alto "Oh-o-o-oh!" que vinha zunindo como a reverberação de um sino. Seu coração tinha saltado. Começou, ele pensou. Uma rebelião! Os proletas estão se liberando, afinal! Quando chegou ao lugar, foi para ver uma turba de duzentas ou trezentas mulheres rodeando as barracas de uma feira, com expressões tão trágicas como se fossem os passageiros condenados de um navio que afundava. Nessa hora, a aflição geral se diluiu em várias pequenas discussões. Parecia que em uma das barracas se vendiam panelas de lata. Eram malfeitas e estavam detonadas, mas era sempre difícil conseguir panelas em qualquer estado. Atualmente, o suprimento tinha inesperadamente acabado. As mulheres que conseguiram se trombavam e eram empurradas pelo restante, tentando fugir com suas panelas, enquanto dezenas de outras bradavam ao redor da barraca, acusando o dono de favoritismo e de ter um estoque em algum lugar. Houve uma explosão de gritos. Duas mulheres inchadas, uma das quais com o cabelo solto, agarraram a mesma panela e tentavam arrancar uma das mãos da outra. Por um momento, ambas puxavam, e o cabo saiu. Winston observava com horror. Ainda assim, só por um instante, que poder quase assustador emanou daquele grito de centenas de gargantas! Por que não podiam gritar assim por algo que importasse?

Escreveu:

Até que se deem conta, nunca se rebelarão, e até após terem se rebelado, não podem se dar conta.

Isso, refletiu, quase podia ser uma transcrição de um dos manuais do Partido. O Partido clamava, é claro, pelo fato de ter libertado os proletas da servidão. Antes da Revolução, eles eram odiosamente oprimidos pelos capitalistas, passavam fome e eram açoitados, as mulheres eram forçadas a trabalhar nas minas de carvão (mulheres ainda trabalhavam nas minas de carvão, para dizer a verdade), as crianças eram vendidas às fábricas aos seis anos. Porém, simultaneamente, de acordo com os princípios do dobropensar, o Partido ensinava que os proletas eram naturalmente inferiores e por isso deviam ser subjugados, como animais, pela aplicação de algumas regras. Na verdade, quase nada se sabia sobre os proletas. Não era preciso saber muito. Contanto que continuassem a trabalhar e a se reproduzir, as outras atividades deles não tinham importância. Deixados à própria sorte, como gado à solta nas planícies da Argentina, eles tinham regredido a um estilo de vida aparentemente natural para eles, como num padrão de ancestralidade. Eles nasciam, cresciam na sarjeta, iam ao trabalho ao meio-dia, passavam por um breve período de prosperidade quanto a beleza e desejo sexual, casavam-se aos vinte, entravam para a meia-idade aos trinta, morriam, na maioria, aos sessenta. Trabalho físico pesado, o cuidado do lar e dos filhos, discussões mesquinhas com vizinhos, filmes, futebol, cerveja e, acima de tudo, jogo ocupavam suas mentes. Não era difícil mantê-los sob controle. Alguns agentes da Polícia do Pensamento sempre circulavam entre eles, espalhando falsos rumores, marcando e eliminando as poucas pessoas que julgavam ter potencial para ser perigosas; mas não se fazia nenhuma tentativa de doutriná-los com a ideologia do Partido. Não era desejável que os proletas desenvolvessem sentimentos políticos fortes. Tudo que se requeria deles era um patriotismo primitivo a que se pudesse apelar quando era preciso fazê-los aceitar mais horas de trabalho ou rações menores. Mesmo quando ficavam insatisfeitos, como às vezes acontecia, a insatisfação deles não levava a lugar nenhum, porque sem ideias gerais, eles só focavam reclamações mesquinhas específicas. Os maiores males sempre fugiam à atenção deles. A grande maioria dos proletas nem mesmo tinha teletela em casa. Até a polícia civil lidava com eles bem pouco. Havia muita criminalidade em Londres, todo um mundo dentro de outro mundo, com ladrões, bandidos, prostitutas, traficantes e chantagistas de todo tipo; mas como tudo isso acontecia entre os proletas, não tinha importância. Nas questões morais, eles podiam seguir seu código ancestral. O puritanismo sexual do Partido não era imposto a eles. A promiscuidade não era punida, o divórcio era permitido. Nesse sentido, até o culto religioso seria permitido se os proletas dessem algum sinal de querer ou precisar disso. Eles estavam abaixo de suspeitas. Como dizia o slogan do Partido: “Proletas e animais são livres”.

Winston se abaixou e com cuidado coçou a úlcera varicosa. Tinha começado a incomodar de novo. A ideia à qual sempre se voltava era a de que era impossível saber como a vida antes da Revolução tinha sido de fato. Ele tirou da gaveta uma cópia de um manual infantil de história que tinha emprestado da Sra. Parsons e começou a copiar uma passagem no diário:

Nos velhos tempos (dizia-se), antes da gloriosa Revolução, Londres não era a bela cidade que conhecemos hoje. Era um lugar escuro, sujo e triste onde quase ninguém tinha o suficiente para comer, e onde centenas e milhares de pessoas pobres não tinham o que calçar nem um teto sob o qual dormir. Crianças que não eram mais velhas que vocês tinham que trabalhar doze horas por dia para patrões maus que as chicoteavam se trabalhassem muito devagar e as alimentavam só com pão velho e água. Mas, no meio dessa pobreza terrível, havia algumas belas casas grandes em que moravam homens ricos que tinham trinta empregados para atendê-los. Esses homens ricos eram chamados capitalistas. Eram gordos, feios e com cara de mau, como o que está na foto na página oposta. Dá para vê-lo vestido com um casaco preto comprido, que se chama sobrecasaca, e um chapéu estranho e lustroso parecido com uma chaminé, que se chama cartola. Este era o uniforme dos capitalistas e ninguém mais podia usá-lo. Os capitalistas eram donos de tudo no mundo e as outras pessoas eram suas escravas. Eles possuíam todas as terras, casas, fábricas e todo o dinheiro. Se alguém os desobedecesse, eles o mandariam para a prisão, ou tomariam seu emprego e o matariam de fome. Quando uma pessoa comum falava com um capitalista, tinha que bajulá-lo e se curvar a ele, tirar o chapéu e dirigir-se a ele por "senhor". O líder de todos os capitalistas era chamado de Rei, e...

Ele conhecia o resto do catálogo. Havia menções aos bispos com suas mangas de linho, aos juízes em suas vestes com arminho, o pelourinho, as ações, a rotina, o azorrague, o banquete do prefeito e a prática de beijar os pés do papa. Também havia algo chamado JUS PRIMAE NOCTIS, que provavelmente não seria mencionado num manual infantil. Era a lei pela qual todos os capitalistas tinham o direito de ir para a cama com qualquer mulher que trabalhasse em uma de suas indústrias.

Como saber quanto disso não passava de mentira? DEVIA ser verdade que o ser humano médio estivesse melhor hoje em dia do que antes da Revolução. A única evidência em contrário era um protesto silencioso do próprio corpo, o sentimento instintivo de que as condições em que vive eram insuportáveis e em alguma época devem ter sido diferentes. Ele se deu conta de que o aspecto verdadeiro da vida moderna não eram a crueldade e a insegurança, mas simplesmente a pobreza, a sujeira, a indiferença. A vida, se você olhasse para si mesmo, não tinha nenhuma semelhança não só com as mentiras que saíam das teletelas, mas até com os ideais que o Partido tentava alcançar. Várias partes dela, mesmo para um membro do Partido, eram neutras e apolíticas, uma questão de se arrastar por trabalhos monótonos, lutar por um lugar no metrô, cerzir meias puídas, mendigar um tablete melado, guardar uma ponta de cigarro. O ideal estabelecido pelo Partido era gigante, terrível e reluzente — um mundo de aço e concreto, de máquinas descomunais e armas assustadoras —, uma nação de guerreiros e fanáticos marchando em perfeita sincronia, todos com os mesmos pensamentos e gritando os mesmos slogans, sempre trabalhando, lutando, triunfando, perseguindo — trezentos milhões de pessoas com a mesma feição. A realidade era decadente, cidades sujas onde pessoas subalimentadas se arrastavam de um lado a outro com sapatos furados, em casas remendadas do século XIX que sempre fediam a repolho e a banheiro sujo. Era como se visse Londres, enorme e catastrófica, cidade com um milhão de lixeiras, misturada a uma imagem da Sra. Parsons, uma mulher com o rosto enrugado e cabelo ralo, perdendo tempo sem poder fazer nada com um cano de descarga entupido.

Ele se abaixou e coçou o tornozelo de novo. O tempo todo as teletelas feriam os ouvidos com estatísticas sobre como as pessoas tinham mais comida, mais roupas, casas melhores, mais lazer — viviam mais, trabalhavam menos, eram maiores, mais saudáveis, fortes, felizes, inteligentes e com melhor educação que as pessoas de cinquenta anos atrás. Não se podia provar ou refutar nada disso. O Partido bradava, por exemplo, que hoje em dia quarenta por cento dos proletas eram alfabetizados: antes da Revolução, dizia-se, eram somente quinze por cento. O Partido alegava que atualmente a taxa de mortalidade infantil era de somente cento e sessenta a cada mil, quando antes da Revolução tinha sido de trezentos — e assim por diante. Era como se fosse uma equação com dois elementos desconhecidos. Podia muito bem ser que tudo nos livros de história, inclusive o que não era questionado, não passasse de invenção. Até onde ele sabia, talvez nunca tivesse existido essa lei JUS PRIMAE NOCTIS, uma criatura chamada capitalista, ou essa tal de cartola.

Tudo se desfez em névoa. O passado foi apagado, o apagamento esquecido, a mentira virou verdade. Apenas uma vez na vida ele teve — APÓS o evento era o que contava — evidência sólida e indiscutível de uma falsificação. Tinha segurado entre os dedos por pelo menos trinta segundos. Em 1973, deve ter sido — de qualquer forma, foi por volta da época em que ele e Katharine se separaram. A data realmente importante foi sete ou oito anos antes.

A história começou de verdade no meio dos anos 60, período dos grandes expurgos, nos quais se eliminaram os líderes originais da Revolução de uma vez por todas. Em 1973 não tinha sobrado nenhum, a não ser o próprio Grande Irmão. Todos os outros, até aquele momento, foram expostos como traidores e contrarrevolucionários. Goldstein tinha fugido e não se sabia onde estava escondido; os outros, alguns simplesmente desapareceram, enquanto a maioria foi executada após grandiosos julgamentos públicos, nos quais confessaram seus crimes. Entre os últimos sobreviventes estavam três homens, os quais se chamavam Jones, Aaronson e Rutherford. Deve ter sido em 1965 que foram presos. Como acontecia com frequência, eles tinham sumido por um ano ou mais, para que não se soubesse se estavam vivos ou não, e então, de repente, foram trazidos para se incriminarem da maneira costumeira. Confessaram ter trocado informações com o inimigo (naquele período, também, o inimigo era a Eurásia), desvio de dinheiro público, o assassinato de vários membros de confiança do Partido, intrigas contra a liderança do Grande Irmão, que tinham começado bem antes de a Revolução acontecer, e sabotagem que causou a morte de centenas de milhares de pessoas. Depois de confessarem essas coisas, tiveram perdão, foram reinstituídos ao Partido e receberam cargos que eram, na verdade, sinecuras, embora soassem importantes. Todos os três escreveram artigos longos e desprezíveis no *The Times,* analisando as causas de sua deserção e prometendo reparação.

Algum tempo depois que foram soltos, Winston chegou a vê-los no Café Castanheira. Ele lembrava o tipo de fascínio amedrontado com que os observava de canto de olho. Eles eram bem mais velhos do que ele, relíquias do mundo antigo, quase as últimas grandes personalidades que restavam do período heroico do Partido. O esplendor da luta clandestina e da guerra civil ainda se agarrava tenuemente a eles. Tinha a impressão, embora naquela época os fatos e as datas estivessem ficando imprecisos, de que sabia o nome deles antes de saber o do Grande Irmão. Mas eles também eram criminosos, inimigos, intocáveis, com toda a certeza condenados à extinção dentro de um ano ou dois. Ninguém que tenha sido pego pela Polícia do Pensamento jamais conseguiu fugir. Eles eram cadáveres prontos para ir para a cova.

Não havia ninguém em nenhuma das mesas próximas a eles. Era melhor nem ser visto na vizinhança de tais pessoas. Eles se sentavam em silêncio diante de taças de gim com cravos que eram a especialidade do café. Entre os três, era a aparência de Rutherford que tinha impressionado mais Winston. Rutherford já foi um caricaturista famoso, cujos cartuns cruéis tinham ajudado a incendiar a opinião popular antes e durante a Revolução. Mesmo hoje em dia, a longos intervalos, os cartuns dele apareciam no *The Times*. Eram meramente uma imitação de seu estilo antigo, curiosamente apáticos, não convenciam. Sempre eram uma repetição de velhas temáticas — favelas, crianças passando fome, batalhas de rua, capitalistas com cartolas —, até nas barricadas os capitalistas aparentemente se apegavam a suas cartolas num esforço interminável e sem esperança de voltar ao passado. Ele era um homem gigantesco, com uma juba de cabelo grisalho ensebado, com bolsas e rugas no rosto e grossos lábios negroides. Em alguma época ele deve ter sido muito forte; agora seu corpanzil estava flácido, com pelancas, inchado, despencando para todo lado. Ele parecia estar se despedaçando perante os olhos, como uma montanha desmoronando.

Era o período solitário das três da tarde. Winston não lembrava como tinha ido parar no café em tal horário. O lugar estava praticamente vazio. Uma música de metais saía das teletelas. Os três homens se sentavam no canto, quase imóveis, sem falar nada. Sem ser solicitado, o garçom trouxe gim fresco. Havia um tabuleiro de xadrez na mesa ao lado, com as peças arrumadas, mas sem que um jogo fosse iniciado. Daí, por talvez meio minuto, algo aconteceu com as teletelas. A música que elas tocavam mudou, e o teor também mudou. Adentrou o ambiente — mas era difícil de descrever. Era uma nota estranha, rachada, estridente e zombeteira: mentalmente, Winston chamou de nota amarela. Então uma voz da teletela cantava:

Sob a castanheira que se espalha
Eu o entreguei e você me entregou:
Ali estão eles, e aqui estamos nós
Sob a castanheira que se espalha.

Os três homens nunca se agitavam. Porém, quando Winston deu uma nova olhada para o rosto arruinado de Rutherford, viu que os olhos dele estavam cheios de lágrimas. Pela primeira vez reparou, com algum estremecimento interno, e ainda sem saber POR QUE estremecia, que tanto Aaronson quanto Rutherford tinham o nariz quebrado.

Pouco tempo depois, os três foram presos de novo. Parecia que tinham se envolvido em novas conspirações quando foram soltos. No segundo julgamento, confessaram os crimes antigos de novo, mais uma leva de novos. Foram executados, e seu destino foi registrado nos históricos do Partido, um aviso à posteridade. Cerca de cinco anos depois, em 1973, Winston estava desenrolando um bloco de documentos que tinha acabado de cair do tubo pneumático sobre sua mesa, quando parou em pedaço de papel que obviamente tinha sido enfiado no meio dos outros e esquecido lá. No momento em que o abriu, entendeu o significado. Era meia página rasgada do *The Times* de cerca de dez anos antes — a metade de cima da página, que incluía a data — e tinha uma foto dos delegados em alguma recepção do Partido em Nova York. Em destaque no meio do grupo estavam Jones, Aaronson e Rutherford. Não tinha como confundi-los, de toda forma o nome deles estava na legenda abaixo.

O ponto é que em ambos os julgamentos os três confessaram que naquela data estiveram em solo eurasiano. Tinham voado de uma pista aérea secreta no Canadá para um encontro em algum lugar na Sibéria e conferenciado com membros da Equipe Geral Eurasiana, aos quais entregaram importantes segredos militares. A data ficou cravada na memória de Winston porque, por acaso, era o dia do solstício de verão; mas a história completa deve estar registrada em inúmeros outros lugares também. Só havia uma conclusão possível: as confissões eram mentirosas.

Claro que isso não era uma descoberta por si só. Mesmo naquela época, Winston não pensava que as pessoas eliminadas nos expurgos tinham realmente cometido os crimes de que eram acusadas. Mas isso era evidência de verdade; era um fragmento do passado revogado, como um osso fossilizado que aparece na camada errada e acaba com uma teoria geológica. Era o suficiente para destruir o Partido, se de alguma forma pudesse ser publicado ao mundo e tornar conhecido seu significado.

Continuou trabalhando direto. Assim que viu que fotografia era e o que significava, ele a cobriu com outra folha de papel. Com sorte, quando a desenrolou, estava de cabeça para baixo do ponto de vista da teletela.

Pôs o bloco de notas no joelho e empurrou a cadeira para trás para ficar o mais longe possível da teletela. Não era difícil manter o rosto sem expressão e até podia controlar a respiração, com esforço, mas não dava para controlar o batimento cardíaco, e a teletela era delicada o bastante para captar. Deixou passar o que pareciam dez minutos, atormentado o tempo todo pelo medo de que algum acidente — uma repentina corrente de ar ir em direção à sua mesa, por exemplo — pudesse entregá-lo. Então, sem descobri-la de novo, jogou a foto no buraco da memória junto a outros papéis de rascunho. Dentro de mais um minuto, talvez, só sobrariam cinzas.

Isso foi há dez, onze anos. Hoje, provavelmente, teria guardado a foto. Era curioso que o fato de tê-la segurado entre os dedos parecia fazer diferença para ele mesmo agora, quando a própria fotografia, assim como o evento que registrava, não passava de memória. O controle do Partido sobre o passado era menos forte, ele se perguntava, porque um fragmento de evidência que não existia mais TINHA existido?

Hoje, porém, supondo que pudesse ressurgir das cinzas, a fotografia poderia nem ser evidência. Inclusive, na época em que fez essa descoberta, a Oceania não estava mais em guerra contra a Eurásia, e deve ter sido com os agentes da Lestásia que os três homens mortos traíram sua pátria. Desde então, houve outras mudanças — duas, três, não conseguia lembrar quantas. Bem possível que as confissões tenham sido reescritas várias vezes até que os fatos e datas originais não tivessem a menor importância. Não só o passado mudava, como isso acontecia frequentemente. O que mais o afligia como se fosse um pesadelo era nunca ter entendido por que tamanho embuste foi realizado. As vantagens imediatas de falsificar o passado eram óbvias, mas a motivação definitiva era um mistério. Pegou de novo a caneta e escreveu:

Eu entendo COMO; não entendo POR QUÊ.

Ele se perguntava, como tinha feito muitas vezes antes, se não era louco. Talvez um louco representasse uma minoria de uma pessoa. Houve um tempo em que acreditar que a Terra girava em torno do Sol era considerado loucura; hoje em dia, acreditar que o passado não podia ser alterado. Talvez seja o ÚNICO com essa crença, e se for o único, então um louco. A ideia de ser louco não o aborrecia, o terrível disso era que também pudesse estar errado.

Pegou o livro infantil de história e olhou para o retrato do Grande Irmão que formava a fachada. O olhar hipnótico o encarava. Era como se uma força enorme o pressionasse — uma coisa que penetrava o crânio, esmurrando o cérebro, assustando-o a ponto de não acreditar mais nas coisas, persuadindo-o, quase, a negar o que seus sentidos dizem. Depois disso, o Partido anunciaria que dois mais dois são cinco e você teria que acreditar. Era inevitável que bradassem isso uma hora ou outra, a lógica dessa posição exigia isso. Não somente a validação da experiência, mas a própria existência da realidade externa, era tacitamente negada pela filosofia deles. A heresia das heresias era senso comum. O que realmente assustava não era que o matariam se pensasse diferente, mas que poderiam estar certos. Afinal de contas, como sabemos que dois mais dois são quatro? Ou que a força da gravidade existe? Que o passado é imutável? Se tanto o passado quanto o mundo externo somente existem na mente, e a mente pode ser controlada, então o quê?

Mas não! Sua coragem, de repente, pareceu se consolidar por si própria. O rosto de O'Brien, que não voltou a ele por alguma associação óbvia, tomou sua mente. Sabia, mais do que antes, que O'Brien estava do lado dele. Ele escrevia o diário para O'Brien — PARA O'Brien: como uma carta sem fim que ninguém leria, mas que estava endereçada a uma pessoa em particular e tomou forma a partir desse fato.

O Partido lhe disse para rejeitar a evidência de seus olhos e ouvidos. Era o comando final e definitivo. Entrou em desespero ao pensar no enorme poder arregimentado contra ele, na facilidade com que qualquer intelectual do Partido o derrotaria em debate, nos argumentos sutis que não conseguiria entender, muito menos confrontar. Ainda assim estava certo! Eles estavam errados e ele certo. O óbvio, o bobo, o verdadeiro tinha que ser defendido. Truísmos são de verdade, agarre-se a isso! O mundo concreto existe, suas leis não mudam. As pedras são duras, a água molhada, os objetos sem sustentação caem em direção ao centro da Terra. Sentindo como se estivesse conversando com O'Brien e também apresentando um importante axioma, escreveu:

Liberdade é a liberdade de dizer que dois mais dois são quatro. Se isso é admitido, o resto se segue.

CAPÍTULO 8

De algum lugar no final de uma passagem, o cheiro de café torrado — café de verdade, não café Vitória — veio pela rua. Winston parou involuntariamente. Por talvez dois segundos estava de volta ao mundo semiesquecido de sua infância. Então uma porta bateu, parecendo bloquear o aroma tão abruptamente como se fosse um som.

Ele tinha caminhado vários quilômetros de calçada, e sua úlcera varicosa estava latejando. Esta era a segunda vez em três semanas que perdia uma noite no Centro Comunitário: uma atitude imprudente, já que dava para ter certeza de que sua frequência no Centro era cuidadosamente verificada. Em princípio, um membro do Partido não tinha tempo livre e nunca ficava sozinho, a não ser dormindo. Presumia-se que, quando não estivesse trabalhando, comendo ou dormindo, estaria envolvido com alguma atividade comunitária; qualquer ato que sugerisse apreço por solidão, mesmo sair para uma caminhada, tinha sempre algum grau de periculosidade. Havia um termo para isso em novafala: PRÓPRIAVIDA, como se dizia, que significava individualismo e excentricidade. Mas esta noite, enquanto saía do ministério, o ar ameno de abril o tinha tentado. O azul do céu estava mais caloroso do que tinha visto naquele ano e, de repente, a noite longa e barulhenta no Centro, os jogos entediantes e exaustivos, as palestras, a camaradagem estridente lubrificada com gim pareciam insuportáveis. Num ímpeto, afastou-se do ponto de ônibus e perambulou pelos labirintos de Londres, primeiro em direção ao sul, então leste, norte de novo, perdendo-se entre as ruas desconhecidas e quase não se importando aonde ia.

"Se há esperança", tinha escrito no diário, "ela está nos proletas". Essas palavras ficavam voltando para ele, afirmação de uma verdade mística e de um absurdo tangível. Ele estava em algum lugar das favelas obscuras e pardas ao norte e a leste do que já foi a Estação Saint Pancras. Estava caminhado por uma rua de paralelepípedos de sobrados pequenos com entradas desgastadas que acessavam diretamente a calçada e que curiosamente davam a impressão de ser uns pardieiros. Havia poças de água imunda em vários vãos entre as pedras. Pelos vãos de porta escurecidos e por vielas estreitas que se ramificavam de cada lado, as pessoas se aglomeravam aos montes — garotas em pleno vigor da juventude, com batom destacando-se cruamente, e rapazes que iam atrás das moças, mulheres inchadas e cambaleantes que mostravam como as garotas ficariam em dez anos, seres velhos e encurvados arrastando os pés afastados, crianças esfarrapadas e descalças brincando nas poças e assustando-se com os gritos das mães. Talvez um quarto das janelas estivesse quebrado e com tampões. A maioria das pessoas não prestava atenção a Winston; algumas o olhavam com curiosidade comedida. Duas mulheres imensas com braços avermelhados dobrados sobre os aventais conversavam do lado de fora perto da entrada. Winston pegou partes da conversa enquanto se aproximava.

— Sim — eu disse a ela —, tá tudo certo — eu disse. — Mas se você estivesse no meu lugar tinha feito igual a mim. É fácil criticar — eu digo —, mas você não tem os mesmos problemas que eu.

— Ah — disse a outra —, é bem isso. É bem isso mesmo.

As vozes estridentes pararam na hora. As mulheres o analisavam de um jeito silencioso e hostil enquanto ele passava. Não era bem hostilidade, porém; simplesmente um pouco de desconfiança, uma tensão temporária, como se estivesse passando um animal desconhecido. O macacão azul do Partido não devia ser uma visão comum numa rua como essa. De fato, não era sensato ser visto em lugares como aquele, a não ser que houvesse algum assunto a tratar ali. As patrulhas poderiam pará-lo se por acaso passassem por você. "Posso ver seus documentos, camarada? O que faz aqui? A que horas saiu do trabalho? Este é seu caminho habitual para casa?", e assim por diante. Não que existisse alguma norma contra fazer caminhos não habituais para casa, mas já era o suficiente para chamar atenção caso a Polícia do Pensamento ouvisse falar disso.

De repente, toda a rua estava em alvoroço. Vinham gritos de aviso de toda parte. As pessoas apareciam nas portas como coelhos. Uma mulher jovem pulou da porta um pouco à frente de Winston, agarrou uma criança pequena que brincava numa poça, jogou o avental em volta dela e pulou de volta, tudo de uma vez. Na mesma hora, um homem com um terno preto que lembrava uma sanfona, que tinha surgido de uma viela, correu em direção a Winston, apontando nervosamente para o céu.

— Evaporador! — ele gritou. — Cuidado, chefe! Explosão na cabeça! Abaixe rápido!

"Evaporador" era um apelido que, por algum motivo, os proletas deram aos foguetes. Winston se jogou no chão imediatamente. Os proletas quase sempre tinham razão quando davam um aviso desses. Parecia que eles tinham algum instinto que os avisava vários segundos antes quando um foguete estava a caminho, embora os foguetes supostamente viajassem mais rápido do que o som. Winston passou os braços por cima da cabeça. Houve um estrondo que pareceu fazer a rua estremecer; uma chuva de objetos leves tamborilava nas costas. Quando se levantou, descobriu que estava coberto de fragmentos de vidro da janela mais próxima.

Ele caminhou. A bomba tinha destruído um grupo de casas duzentos metros rua acima. Uma pluma negra de fumaça pairava no céu e, abaixo, uma nuvem de poeira de argamassa na qual já se formava uma multidão entre os escombros. Havia uma pilha de reboco sobre a calçada em frente a ele e, no meio, dava para ver uma risca vermelha luminosa. Quando levantou, percebeu que era uma mão decepada no pulso. Fora o toco sangrento, a mão totalmente embranquecida parecia uma prótese.

Chutou a coisa para o bueiro, daí, para evitar a multidão, desceu a rua lateral à direita. Em três ou quatro minutos, não estava mais na área afetada pela bomba, e a sordidez das multidões de rua continuava como se nada tivesse acontecido. Eram quase oito da noite, e as lojas de bebidas que os proletas frequentavam ("botecos", como eles chamavam) estavam lotadas de fregueses. Das portas basculantes imundas, abrindo e fechando o tempo todo, vinha um cheiro forte de urina, poeira de serra e cerveja azeda. Num ângulo formado pela fachada projetada de uma casa, três homens estavam em pé bem próximos uns dos outros, o do meio segurava um jornal dobrado que os outros dois analisavam por cima do ombro dele. Mesmo antes de estar perto o bastante para discernir suas expressões, Winston conseguia perceber a concentração tomando conta de seus corpos. Obviamente, era alguma notícia bem séria que liam. Ele estava a alguns passos de distância deles quando, de repente, o grupo se dispersou e dois deles discutiam violentamente. Por um instante, pareciam estar a ponto de se socar.

— Ei, dá para escutar o que eu digo? Tô dizendo que nenhum número que termina em sete ganhou em catorze meses!

— Sim, ganhou!

— Não, não ganhou! Volta pra casa que eu tenho todos por dois anos num pedaço de papel. Eu anoto sempre, que nem um relógio. E digo mais, nenhum número que termina em sete...

— Sim, um sete GANHOU! Quase dá pra dizer o raio do número! Terminava em quatro, zero, sete. Foi em fevereiro, na segunda semana de fevereiro.

— Fevereiro, sua vó! Tenho tudo anotado. E te digo, nenhum número...

— Ah, enfia lá! — disse o terceiro homem.

Eles estavam falando da loteria. Winston olhou para trás quando já tinha andado uns trinta metros. Eles ainda estavam discutindo, com intensidade e fervor. A loteria, com seus pagamentos semanais de prêmios vultosos, era o único evento público ao qual os proletas realmente davam atenção. Era provável que existissem alguns milhões de proletas para os quais a loteria era o principal, se não o único, motivo que restava para viver. Era o prazer deles, o desvario, o analgésico, o estimulante intelectual. No que dizia respeito à loteria, até quem mal lia ou escrevia parecia capaz de fazer cálculos complicados e demonstrações impressionantes de memorização. Havia todo um conjunto de homens que viviam de vender sistemas, previsões e amuletos da sorte. Winston não tinha nada a ver com o funcionamento da loteria, que era administrado pelo Ministério da Fartura, mas sabia (na verdade, todo mundo no Partido sabia) que os prêmios, em sua maior parte, eram imaginários. Somente pequenas quantias eram pagas de fato, com os ganhadores dos grandes prêmios sendo pessoas que não existiam. Na falta de comunicação entre uma parte da Oceania e outra, não era difícil arregimentar isso.

Mas se havia esperança, ela estava nos proletas. Você tinha que se agarrar nisso. Quando se verbalizava, soava razoável; quando se olhava para os seres humanos passando por você na calçada, virava um ato de fé. A rua por onde ele caminhou ia morro abaixo. Sentia que já tinha estado nessa vizinhança antes e que havia uma estrada principal não muito longe. De algum lugar mais para a frente, vinha um barulho de vozes gritantes. A rua fazia uma curva acentuada e terminava num lance de escadas que levava até uma viela rebaixada onde alguns feirantes vendiam vegetais passados. Nesse momento, Winston lembrou onde estava. A viela levava até a rua principal, e na próxima curva, a menos de cinco minutos dali, estava o brechó onde tinha comprado o livreto que tinha virado seu diário. Tinha comprado o porta-canetas e o tinteiro numa papelaria que não ficava longe dali.

Parou por um instante no topo da escada. Do lado oposto da viela, havia um pequeno boteco cujas janelas pareciam congeladas, mas, na verdade, estavam apenas cobertas de poeira. Um homem bem velho, curvado, mas ativo, com um bigode branco cujos fios se eriçavam para a frente como os de um camarão, empurrou a porta e entrou. Enquanto Winston estava parado olhando, ocorreu-lhe que o velho, que devia ter no mínimo oitenta anos, já devia estar na meia-idade quando a Revolução aconteceu. Ele e outros como ele eram as últimas ligações existentes com o extinto mundo do capitalismo. No próprio Partido não havia muitas pessoas cujas ideias tinham se formado antes da Revolução. A maior parte da geração mais velha foi eliminada nos grandes expurgos dos anos 50 e 60 e os poucos que sobraram havia muito foram pressionados a se render intelectualmente por completo. Se ainda existia alguém vivo que pudesse dar um testemunho verdadeiro das condições no começo do século, só podia ser um proleta. De repente, a passagem do livro de história que copiou para o diário voltou à mente de Winston, e um ímpeto de loucura tomou conta dele. Ele entraria no boteco, puxaria assunto com o velho e o questionaria. Diria a ele: "Conte-me sobre sua vida quando garoto. Como era naquele tempo? As coisas eram melhores do que são agora, ou eram piores?".

Rápido, para não ter tempo de se intimidar, desceu a escada e atravessou a ruazinha. Claro que era loucura. Como de costume, não havia uma regra estabelecida sobre conversar com proletas e frequentar seus botecos, mas era algo muito inusitado para passar despercebido. Se as patrulhas aparecessem, ele alegaria um ataque de fraqueza, mas não era provável que acreditassem nele. Abriu a porta, e um odor rançoso horrível de cerveja azeda o atingiu na cara. Assim que entrou, o som das vozes baixou para a metade do volume. Atrás de si, podia sentir todos olhando para seu macacão azul. Um jogo de dardos que estava acontecendo no outro lado do salão parou por pelo menos trinta segundos. O velho que ele tinha seguido estava de frente para o bar, em alguma discussão com o barman, um jovem grande, forte, com nariz de gancho e antebraços enormes. Um grupo que estava em torno com copos na mão observava a cena.

— Perguntei com educação, não foi? — disse o velho, endireitando os ombros de forma impositiva. — Tá me dizendo que não tem uma caneca pra cerveja na droga do bar?

— E que merda é essa de pedir cerveja em caneca? — indagou o barman, inclinando-se para a frente com as pontas dos dedos no balcão.

— Olha só! Diz que é barman e não conhece caneca de cerveja! Ora, uma caneca dá metade de um quarto, e tem quatro quartos no galão. Tem que ensinar o ABC pra ele.

— Nunca ouvi falar — disse o barman, simplesmente. — Litro e meio litro, é o que a gente serve. Tem copos na estante de frente pra você.

— Gosto da caneca — insistiu o velho. — Dava pra você ter me servido uma caneca bem fácil. Não tinha essas porcarias de litros quando eu era novo.

— Quando você era novo, a gente ainda morava nas árvores — disse o barman, dando uma olhada para os outros clientes.

Houve um coro de risadas, e o desconforto causado pela entrada de Winston pareceu desaparecer. O rosto com barba branca por fazer do velho ficou rosa. Ele se afastou, murmurando consigo mesmo, e esbarrou em Winston. Winston pegou levemente em seu braço.

— Posso oferecer uma bebida? — disse ele.

— Você é educado — disse o outro, endireitando os ombros de novo. Aparentemente, não tinha notado o macacão azul de Winston. — Caneca! — disse agressivamente ao barman. — Caneca de breja.

O barman deslizou duas doses de meio litro de cerveja escura em copos grossos que tinha lavado num balde embaixo do balcão. Cerveja era a única bebida que se podia pedir em botecos de proletas. Os proletas não deviam beber gim, embora, na prática, eles pudessem consegui-lo sem dificuldade. O jogo de dardos estava a toda de novo, e o grupo de homens no bar tinha começado a falar de jogos de loteria. A presença de Winston foi esquecida momentaneamente. Havia uma mesa de carteado sob a janela onde ele e o velho podiam conversar sem medo de ser ouvidos. Era muito perigoso, mas de qualquer forma não havia teletelas no salão, algo que fez questão de conferir assim que entrou.

— Ele podia ter me servido uma caneca — resmungou o velho assim que se ajeitou com o copo. — Meio litro não é suficiente. Não satisfaz. E um litro é muito. Atiça minha bexiga. Sem falar no preço.

— Você deve ter visto grandes mudanças desde que era novo — disse Winston com cautela.

Os olhos azuis pálidos do velho se moveram dos dardos para o bar e do bar para a porta do banheiro, como se fosse na área do bar que esperasse que as mudanças tivessem ocorrido.

— A cerveja era melhor — disse ele, enfim. — E mais barata! Quando eu era novo, cerveja leve, breja, como a gente chamava... Era quatro centavos a caneca. Isso foi antes da guerra, claro.

— Que guerra foi essa? — disse Winston.

— Tudo é guerra — disse o velho vagamente. Pegou o copo e endireitou os ombros de novo. — Um brinde à sua saúde!

O pronunciado pomo de Adão na garganta fina se moveu de cima a baixo de forma surpreendente, e a cerveja desapareceu. Winston foi até o bar e voltou com mais dois copos de meio litro. O velho parecia ter esquecido o preconceito contra beber um litro inteiro.

— Você é bem mais velho do que eu — disse Winston. — Já devia ser adulto antes de eu nascer. Pode lembrar como era nos velhos tempos, antes da Revolução. As pessoas da minha faixa etária não sabem nada daquela época. Só podemos ler sobre isso nos livros, e o que está lá pode ser mentira. Gostaria de ouvir sua opinião sobre isso. Os livros de história dizem que a vida antes da Revolução era totalmente diferente do que é hoje. Havia a mais terrível opressão, injustiça, pobreza além do que podemos imaginar. Aqui em Londres, a maioria das pessoas nunca tinha o suficiente para comer do nascimento à morte. Metade delas não tinha nem calçados. Trabalhavam doze horas por dia, abandonavam a escola aos nove anos, dez pessoas dividiam o mesmo quarto. E, ao mesmo tempo, havia algumas pessoas, somente alguns milhares — os capitalistas, como eram chamados — que eram ricos e poderosos. Eles eram donos de tudo que havia para possuir. Viviam em casas enormes e fabulosas com trinta empregados, circulavam em veículos motorizados e carruagens com quatro cavalos, bebiam champanhe, usavam cartolas...

O velho se animou de repente.

— Cartolas! — disse. — Engraçado você dizer isso. Pensei na mesma coisa ontem. Sei lá por quê. Só tava pensando, faz tempo que não vejo uma cartola. Sumiram. A última vez que usei uma foi no funeral da minha cunhada. Isso foi... Bem, não lembro a data, mas faz uns cinquenta anos. Claro que só aluguei para a ocasião, sabe.

— A parte das cartolas não é muito importante — disse Winston com paciência. — A questão são os capitalistas... eles e alguns advogados, padres e outros que dependiam deles... eram os donos do mundo. Tudo que existia era para benefício deles. Vocês, as pessoas comuns, os trabalhadores, eram escravos deles. Eles podiam fazer o que quisessem com vocês. Podiam mandá-los para o Canadá como gado. Se resolvessem, podiam ir para a cama com suas filhas. Você podia ser açoitado com um azorrague se eles mandassem. Tinha que tirar o chapéu quando passasse por eles. Todo capitalista andava por aí com um grupo de paus-mandados que...

O velho se animou de novo.

— Paus-mandados! — disse ele. — Um termo que não ouço faz tempo. Paus-mandados! Essa palavra costuma me levar de volta. Eu lembro, faz muito tempo, costumava ir no Parque Hyde de domingo à tarde pra ouvir os discursos dos caras. Exército de Salvação, católicos romanos, judeus, indianos, tudo que é tipo que tinha. E tinha um cara... bom, não vou lembrar o nome, mas falava muito bem ele. Ele não economizava nas palavras! "Paus-mandados!", ele dizia, "paus-mandados da burguesia! Capangas da classe dominante!". Parasitas, essa era outra palavra. E hienas, com certeza os chamava de hienas. Claro que ele se referia ao Partido Trabalhista, sabe.

Winston tinha a sensação de que estavam falando de coisas opostas.

— O que eu queria mesmo saber era isto — disse ele. — Você sente que tem mais liberdade hoje do que tinha naquele tempo? É mais tratado como ser humano? Nos velhos tempos, os ricos, as pessoas no topo...

— A Câmara dos Lordes — falou o velho, recordando.

— A Câmara dos Lordes, se preferir. O que pergunto é se essas pessoas podiam tratá-lo como um inferior porque eram ricas e você pobre? É fato, por exemplo, que tinha que chamá-los de "senhor" e tirar o chapéu quando passava por eles?

Parecia que o velho pensava profundamente. Bebeu quase um quarto da cerveja antes de responder.

— Sim — disse. — Eles gostavam que tocasse no chapéu pra eles. Mostrava respeito. Eu não concordava com isso, mas fiz muito. Tinha que fazer, dá pra dizer.

— E era comum? Só estou citando o que li nos livros de história... Era comum essas pessoas e seus servos empurrá-lo da calçada para o bueiro?

— Um deles me empurrou uma vez — disse o velho. — Lembro como se fosse ontem. Era a noite da Corrida de Barcos. O pessoal muito arruaceiro ficava nessa noite, e eu esbarrei num cara na Avenida Shaftesbury. Um cavalheiro, ele era... camisa social, cartola, sobrecasaca preta. Ele meio que ziguezagueava pela calçada, e esbarrei nele sem querer. Ele disse: "Por que não olha por onde anda?". Eu respondi: "Você é dono da droga da calçada, por acaso?". Ele retrucou: "Vou arrebentar sua cara se falar assim comigo de novo". Eu disse: "Você tá bêbado. Faço prenderem você num instante". E, acredite, ele pôs a mão no meu peito e me deu um empurrão que eu quase acabei embaixo de um ônibus. Bom, eu era novo na época, e ia bater nele, só...

Uma sensação de impotência tomou conta de Winston. A memória do velho não passava de um monte de detalhes que não serviam para nada. Dava para fazer perguntas a ele o dia inteiro sem conseguir nenhuma informação útil. As histórias do Partido ainda podiam ser verdade, de certo modo — talvez totalmente verdade. Ele fez uma última tentativa.

— Talvez eu não tenha sido claro o suficiente — disse. — O que estou tentando dizer é isto. Você já viveu bastante, viveu metade da vida antes da Revolução. Em 1925, por exemplo, já era adulto. Pelo que lembra, você diria que a vida em 1925 era melhor ou pior que hoje?

O velho olhava pensativamente para o alvo de dardos. Terminou a cerveja, mais lento que antes. Quando falou, foi num tom tolerante e filosófico, como se a cerveja o tivesse tranquilizado.

— Eu sei o que você espera que eu diga — respondeu. — Você espera que eu diga que preferiria ser jovem de novo. A maioria diria que preferiria ser jovem, se perguntassem. Você tem força e saúde quando é novo. Quando tem a minha idade, nunca tá bem. Tenho uma dor forte nos pés e minha bexiga é horrível. Ela me faz levantar de noite umas seis ou sete vezes. Por outro lado, ser velho tem muitas vantagens. Você não tem as mesmas preocupações. Sem envolvimento com mulheres, e isso é muito bom. Faz quase trinta anos que não tenho uma mulher, acredite. Nem quis, o que é mais importante.

Winston se sentou contra o parapeito. Era inútil continuar. Ele estava prestes a comprar mais cerveja quando o velho se levantou de repente e se arrastou rápido para o mictório fedorento ao lado do salão. O meio litro extra estava fazendo efeito. Winston parou por alguns minutos olhando para o copo vazio e quase nem percebeu quando caminhou para a rua de novo. Dentro de vinte anos no máximo, pensou, a pergunta gigante e simples "A vida era melhor antes da Revolução do que é hoje?" não poderia mais ser respondida de jeito nenhum. De fato, não dava para responder mesmo hoje, já que os poucos sobreviventes do mundo antigo não tinham capacidade para comparar uma era com a outra. Eles se lembravam de um monte de coisas inúteis, uma discussão com um colega de trabalho, a procura por uma bomba de bicicleta perdida, a expressão facial de uma irmã morta havia muito tempo, os redemoinhos de poeira numa manhã de vento setenta anos atrás, mas todos os fatos importantes escapavam ao campo de visão deles. Eram como formigas, que podem ver objetos pequenos, mas não os grandes. E, quando a memória falhava e os registros escritos eram falsificados, quando isso acontecia, a declaração do Partido de que tinha melhorado as condições de vida das pessoas precisava ser aceita, porque não existia, e nunca existiria de novo, nenhum parâmetro contra o qual pudesse ser confrontada.

Nesse instante, seu fluxo de pensamentos parou bruscamente. Ele parou e olhou para cima. Estava em uma rua estreita, com algumas lojinhas escuras intercaladas por residências. Bem acima de sua cabeça estavam penduradas três bolas de metal desbotadas que pareciam um dia ter sido douradas. O lugar parecia familiar. Claro! Ele estava em frente ao brechó onde tinha comprado o diário.

Sentiu uma pontada de medo. Tinha sido imprudente comprar o livreto, para início de conversa, e tinha jurado nunca chegar perto do lugar de novo. Ainda assim, no momento em que deixou os pensamentos correr, acabou indo parar ali automaticamente. Era justamente para evitar impulsos suicidas como esse que esperava se guardar ao iniciar o diário. No mesmo instante, percebeu que, embora fossem quase nove da noite, a loja estava aberta. Com a sensação de que ficaria menos exposto do lado de dentro do que na calçada, passou pela porta. Se fosse interrogado, poderia dizer com plausibilidade que estava tentando comprar lâminas de barbear.

O proprietário tinha acendido uma lâmpada com óleo suspensa que exalava um odor sujo, porém caloroso. Ele tinha cerca de sessenta anos, era frágil e encurvado, com um nariz comprido e simpático e olhos tranquilos distorcidos pelas lentes grossas dos óculos. O cabelo era quase branco, mas as sobrancelhas eram volumosas e negras. Os óculos, os gestos minuciosos e suaves e o fato de estar vestindo um casaco velho de veludo preto lhe davam um ar vago de intelectualidade, como se tivesse sido um homem das letras, ou talvez um músico. A voz era calma, como se estivesse enfraquecida, e o sotaque menos poluído que o da maioria dos proletas.

— Eu o reconheci na calçada — disse ele logo. — É o cavalheiro que comprou o álbum de recordações da jovem. Era um belo pedaço de papel aquele. Com textura cremosa, como se dizia. Não existe mais papel assim... Ah, ouso dizer, há uns cinquenta anos.

Ele examinou Winston por sobre os óculos.

— Há algo específico que eu possa fazer por você? Ou apenas quis dar uma olhada?

— Estava de passagem — disse Winston vagamente. — Apenas olhei para dentro. Não quero nada especial.

— Tudo bem então — disse o outro —, porque suponho que eu não possa satisfazê-lo.

Fez um gesto de desculpas com a palma da mão.

— Veja como é; uma loja vazia, pode-se dizer. Que fique entre nós, mas o comércio de antiguidades praticamente acabou. Não há mais demandas nem estoque. Móveis, porcelana, vidro, tudo tem se quebrado gradualmente. E, claro, a maioria das coisas de metal tem sido derretida. Faz anos que não vejo um castiçal de latão.

O interior pequeno da loja estava desconfortavelmente cheio, era fato, mas não havia quase nada que tivesse algum valor. O espaço no chão era bem restrito, porque em todos os cantos havia pilhas de molduras empoeiradas. Na janela, bandejas com porcas e parafusos, cinzéis desgastados, canivetes com lâminas quebradas, relógios embaçados, que nem disfarçavam não estar funcionando, e outras porcarias diversas. Somente numa mesa pequena havia um monte de quinquilharias — caixas de rapé envernizadas, broches de ágata e coisas do tipo — em que parecia conter algo interessante. Enquanto Winston ia até a mesa, uma coisa redonda e macia que brilhava levemente à luz chamou sua atenção, e ele a pegou.

Era um caroço de vidro, curvado em um lado, achatado no outro, quase formando um hemisfério. Havia uma maciez peculiar, como de água de chuva, tanto na cor quanto na textura do vidro. No núcleo dele, aumentado pela superfície curvada, havia um objeto estranho, rosado e complexo que lembrava uma rosa ou uma anêmona-do-mar.

— O que é isto? — disse Winston, fascinado.

— É um coral, é o que é — disse o velho. — Deve ter vindo do Oceano Índico. Costumavam encrustar em vidro. Isso não foi feito há menos que cem anos. Mais até, pela aparência dele.

— É lindo — disse Winston.

— É lindo — disse o outro com apreciação. — Não há, porém, muitos que diriam isso hoje em dia — tossiu. — Agora, se por acaso quiser comprá-lo, vai custar quatro dólares. Eu lembro quando uma coisa dessas chegava a quase quatro quilos, mais ou menos. Bom, não consigo definir, mas era bastante dinheiro. Mas quem liga para antiguidades genuínas nos dias de hoje, mesmo os poucos que sobraram?

Winston pagou logo os quatro dólares e colocou o objeto cobiçado no bolso. O que exercia apelo sobre ele era menos a beleza do que o aparente ar que o objeto possuía de pertencer a uma era muito diferente da atual. O vidro macio com aparência chuvosa não se parecia com nenhum outro que tivesse visto antes. Era uma coisa duplamente atrativa pela aparente inutilidade, embora pudesse imaginar que se tenha tido a intenção de usá-la como peso de papéis. Pesava bem no bolso, mas felizmente não fazia muito volume. Era algo esquisito, até comprometedor, para um membro do Partido possuir. Qualquer coisa velha, e por essa razão qualquer coisa bela, sempre podia ser suspeita. O velho tinha ficado visivelmente mais alegre depois de receber os quatro dólares. Winston percebeu que ele teria aceitado três ou até dois.

— Há outra sala no andar de cima em que talvez você queira dar uma olhada — disse ele. — Não há muitas coisas lá. Apenas algumas peças. Veremos com uma lâmpada se subirmos.

Ele acendeu outra lâmpada e, com as costas curvadas, seguiu o caminho até a escada íngreme e desgastada e por uma passagem pequena que dava para uma sala sem acesso à rua, mas a um quintal empedrado e a uma selva de chapéus de chaminé. Winston notou que a mobília ainda estava arrumada como se alguém fosse ocupar aquela sala. Havia uma tira de tapete no chão, uns dois quadros na parede e uma poltrona funda e descuidada virada para a lareira. Um antiquado relógio de vidro com um mostrador de doze horas marcava as horas na moldura de madeira. Sob a janela, e ocupando quase um quarto da sala, estava uma cama enorme com um colhão sobre ela.

— Moramos aqui até minha esposa falecer — disse o velho meio que se desculpando. — Estou vendendo a mobília aos poucos. Eis uma bela cama de mogno, ou ao menos seria se você conseguisse se livrar dos insetos. Mas, ouso dizer, que você acharia isso meio complicado.

Ele estava segurando a lâmpada no alto, assim iluminaria a sala toda, e sob a luz quente e fraca o lugar até parecia convidativo. Passou pela mente de Winston que provavelmente seria bem fácil alugar a sala por alguns dólares semanais, se ousasse se arriscar. Era algo rebelde e inviável, de que desistiu logo após pensar a respeito; mas a sala despertou nele uma espécie de nostalgia, como se fosse uma memória antiga. Parecia que ele sabia exatamente como era se sentar numa sala como esta, numa poltrona ao lado do fogo com os pés no protetor de lareira e uma chaleira no fogão; totalmente sozinho, seguro, sem ninguém observando, nenhuma voz perseguindo, sem sons que não fossem o assobio da chaleira e o agradável tique-taque do relógio.

— Não tem nenhuma teletela! — não pôde evitar murmurar.

— Ah — disse o velho —, nunca tive uma coisa dessas. Muito cara. De qualquer forma, nunca senti necessidade de ter uma. Eis ali no canto uma interessante mesa expansiva. Ainda que obviamente tenha que pôr novas dobradiças nela se quiser usar as abas.

Havia uma pequena estante no outro canto, e Winston já tinha se direcionado para lá. Não havia nada que não fosse lixo. A busca e a destruição de livros tinham sido feitas com o mesmo rigor nos quarteirões proletas como tinham sido em todo lugar. Era bem difícil que existisse em algum lugar na Oceania alguma cópia de livro impresso antes de 1960. O velho, ainda segurando a lâmpada, estava em frente a um quadro numa moldura de pau rosa pendurado do outro lado da lareira, oposto à cama.

— Agora, se por acaso tiver interesse por velhas gravuras — começou a falar com delicadeza.

Winston se aproximou para examinar o quadro. Era uma gravação de aço de um edifício oval com janelas retangulares e uma torre pequena em frente. Havia um gradeamento circundando o prédio e na extremidade posterior parecia haver uma estátua. Winston olhou para ela por alguns instantes. Parecia levemente familiar, embora não se lembrasse da estátua.

— A moldura está afixada à parede — disse o velho —, mas eu poderia desparafusá-la para você, ouso dizer.

— Conheço esse prédio — finalmente Winston disse. — Está em ruínas hoje. Fica no meio da rua do lado de fora do Palácio da Justiça.

— Isso mesmo. Do lado de fora do Palácio da Justiça. Foi bombardeado em... oh, há tantos anos. Já foi uma igreja, São Clemente dos Dinamarqueses era o nome.

Sorriu desculpando-se, como se estivesse consciente de ter dito algo ridículo, e acrescentou:

— "Laranjas e limões, dizem os sinos de São Clemente!"

— O que é isso? — disse Winston.

— Oh, "laranjas e limões, dizem os sinos de São Clemente" era um verso da época em que eu era criança. Não lembro como continua, mas sim como terminava. "Eis uma vela para iluminar seu caminho à cama, eis um cutelo para cortar sua cabeça." Era um tipo de dança. As pessoas seguravam os braços para passarmos por baixo e quando chegavam a "eis um cutelo para cortar sua cabeça", abaixavam os braços e nos pegavam. Eram apenas nomes de igrejas. Todas as igrejas de Londres estavam na brincadeira, todas as principais.

Winston vagamente se perguntava a que século a igreja pertencia. Era sempre difícil determinar a idade de edificações de Londres. Qualquer coisa grande e impressionante, caso tivesse uma aparência razoavelmente nova, automaticamente bradava-se que tinha sido construída desde a Revolução, enquanto qualquer coisa que obviamente era de um período anterior era atribuída a alguma época vaga chamada Idade Média. Considerava-se que os séculos de capitalismo não tinham produzido nada de valor. Não se podia aprender história a partir da arquitetura mais do que se podia com livros. Estátuas, inscrições, pedras memoriais, o nome das ruas — tudo que pudesse esclarecer algo do passado tinha sido sistematicamente alterado.

— Não sabia que tinha sido uma igreja — disse.

— Há várias delas por aí ainda — disse o velho —, embora sirvam para outros fins. Como era o verso mesmo? Ah! Lembrei! "Laranjas e limões, dizem os sinos de São Clemente, você me deve três moedinhas, dizem os sinos de São Martinho...", aí, isso é até onde consigo chegar. Essas moedinhas eram moedas pequenas de cobre que se pareciam com a de um centavo.

— Onde ficava a igreja de São Martinho? — perguntou Winston.

— A de São Martinho? Ainda está em pé. Fica na Praça Vitória, junto à galeria de fotos. Um prédio com um pátio triangular e pilares em frente e um grande lance de degraus.

Winston conhecia bem o local. Era um museu usado para todo tipo de propaganda — modelos em escala de foguetes Fortalezas Flutuantes, painéis de cera ilustrando atrocidades inimigas e coisas do tipo.

— Era chamada São Martinho do Campo — complementou o velho —, embora não me lembre de nenhum campo por aqueles lados.

Winston não comprou o quadro. Seria ainda mais inapropriado que o peso de papéis e impossível de levar para casa, a não ser que tirasse da moldura. Demorou mais um tempo conversando com o velho, cujo nome, descobriu, não era Weeks — como se poderia intuir pela inscrição na fachada da loja —, mas Charrington. O Sr. Charrington, aparentemente, era um viúvo de sessenta e três anos e morava nessa loja havia trinta. Ao longo do tempo, tinha pretendido mudar o nome sobre a janela, mas não chegou a realmente pensar num bom motivo para tal. Durante todo o tempo em que ficaram conversando, os versos mal lembrados ficaram rondando a mente de Winston. "Laranjas e limões, dizem os sinos de São Clemente, você me deve três moedinhas, dizem os sinos de São Martinho!" Curioso que, quando dizia a si mesmo, tinha a ilusão de ouvir sinos de verdade, os sinos de uma Londres perdida que ainda existia em algum lugar, disfarçada e esquecida. De uma torre fantasmagórica após outra parecia que ouvia o badalar. Ainda que o mais retroativamente que pudesse lembrar nunca tivesse ouvido sinos de igreja.

Ele se afastou do Sr. Charrington e desceu a escada sozinho, assim o velho não o veria fazer um reconhecimento da rua antes de sair da loja. Já tinha decidido que depois de um intervalo adequado — um mês, digamos — se arriscaria a visitar a loja de novo. Talvez não fosse mais perigoso que fugir de uma noite no Centro. O grave arroubo de loucura tinha sido vir aqui, para início de conversa, depois de comprar o diário e sem saber se o dono da loja era confiável. De qualquer jeito...!

Sim, pensou de novo, voltaria. Compraria mais sobras de belas quinquilharias. Compraria a gravação de São Clemente dos Dinamarqueses, tiraria da moldura e a levaria para casa escondida sob o casaco do macacão. Iria tirar o resto daqueles versos da memória do Sr. Charrington. Até o projeto maluco de alugar a sala do andar de cima passou por instantes pela mente de novo. Por talvez cinco segundos a exaltação o deixou descuidado, e ele saiu para a calçada sem dar uma boa olhada prévia pela janela. Tinha até começado a cantarolar uma melodia improvisada.

"Laranjas e limões, dizem os sinos de São Clemente, Você me deve três moedinhas, dizem os..."

De repente, seu coração parecia ter congelado e o intestino virado água. Um ser com macacão azul descia a calçada, a menos de dez metros de distância. Era a garota do Departamento de Ficção, a garota com cabelo escuro. A luz falhava, mas não tinha como não reconhecê-la. Ela olhou diretamente para ele, então continuou andando depressa como se não o tivesse visto.

Por alguns segundos, Winston estava paralisado demais para se mover. Daí virou à direita e andou firme, sem perceber naquele instante que estava na direção errada. De qualquer jeito, uma pergunta se postava. Não dava mais para duvidar que a garota o estivesse espionando. Ela deve tê-lo seguido até ali, porque não era plausível que o mero acaso a tivesse feito caminhar na mesma noite na mesma ruela obscura, a quilômetros de distância de qualquer quarteirão onde os membros do Partido moravam. Era muita coincidência. Quer ela fosse uma agente da Polícia do Pensamento, ou meramente uma espiã amadora motivada pelo autoritarismo, não chegava a importar de fato. Era o bastante que o estivesse vigiando. Provavelmente, o tinha visto entrar no boteco também.

Caminhar era um desafio. O caroço de vidro no bolso batia contra a coxa a cada passo, e ele estava quase decidido a tirá-lo de lá e jogá-lo fora. O pior era a dor de barriga. Por alguns minutos, teve a sensação de que morreria se não chegasse a um banheiro público logo. Não haveria, porém, banheiros públicos num lugar como aquele. Então o espasmo passou, deixando uma dor branda.

A rua era um beco sem saída. Winston se deteve, ficou parado por um tempo meio que se perguntando o que fazer, então se voltou e começou a refazer os próprios passos. Assim que virou, lhe ocorreu que só fazia uns três minutos que a garota tinha passado por ele e que se corresse provavelmente a alcançaria. Ele poderia segui-la até estarem em um lugar silencioso e daí esmagaria o crânio dela com um paralelepípedo. A peça de vidro no bolso era pesada o suficiente para isso. Entretanto, deixou essa ideia de lado logo, pois mesmo pensar em fazer qualquer esforço físico era insuportável. Ele não podia correr, não podia dar uma golpeada. Além disso, ela era jovem e robusta e se defenderia. Pensou também em correr até o Centro Comunitário e ficar lá até o lugar fechar, para poder ter um álibi parcial para a noite. Mas mesmo isso não era possível. Um torpor mortal tinha tomado conta dele. Tudo que queria era chegar logo à sua casa e ficar quieto sentado.

Já passavam das dez da noite quando voltou ao apartamento. As luzes se apagariam no máximo às onze e meia. Foi até a cozinha e engoliu quase o equivalente a uma xícara de chá de gim Vitória. Então foi até a mesa no quartinho, sentou-se e tirou o diário da gaveta. Não chegou a abri-lo logo. Da teletela vinha uma música patriótica choramingada por uma voz feminina irritante. Ele ficou encarando a capa marmoreada do livreto, tentando, sem sucesso, calar a voz da consciência.

Era à noite que vinham atrás de você, sempre à noite. O melhor seria se matar antes que chegassem até você. Sem dúvida, algumas pessoas faziam isso. Muitos dos sumiços eram suicídios, na verdade. No entanto, era preciso ter uma coragem desesperada para se matar num mundo em que não se conseguia obter armas de fogo ou quaisquer venenos rápidos e certeiros. Ele pensou num tipo de admiração da inutilidade biológica da dor e do medo, da deslealdade do corpo humano, que sempre paralisa na inércia precisamente quando se precisa de um esforço especial. Poderia ter silenciado a garota de cabelo escuro se ao menos tivesse agido rápido o bastante, mas, exatamente por ser tão perigoso, ele perdeu a capacidade de agir. Deu-se conta de que em momentos de crise não se luta contra um inimigo externo, mas sempre contra o próprio corpo. Mesmo agora, apesar do gim, a dor incômoda na barriga tornou impossível pensar em sequência. É a mesma coisa, percebeu, em todas as situações aparentemente heroicas ou trágicas. No campo de batalha, na câmara de tortura, num navio afundando, as questões pelas quais se está lutando ficam sempre esquecidas, porque o corpo se incha até preencher o universo e, até quando não está paralisado de medo ou gritando de dor, a vida vai de um momento de luta, contra a fome ou frio, falta de sono, contra uma azia ou dor de dente, para outro.

Ele abriu o diário. Era importante que escrevesse algo. A mulher na teletela tinha começado outra música. A voz dela parecia ter penetrado seu cérebro como cacos de vidro. Tentou pensar em O'Brien, por quem, ou a quem, o diário estava sendo escrito, mas em vez disso começou a pensar nas coisas que aconteceriam com ele depois que a Polícia do Pensamento o levasse. Não importaria se o matassem de uma vez. Ser morto era o esperado. Porém, antes da morte (ninguém falava nessas coisas, embora todo mundo soubesse delas) havia a rotina de confissão pela qual se teria que passar: o rastejar no chão e os gritos por misericórdia, a fratura de ossos, os dentes quebrados e os chumaços ensanguentados de cabelo.

Por que se deveria encarar isso se o fim era sempre o mesmo? Por que não era possível encurtar sua vida em alguns dias ou semanas? Ninguém jamais fugiu da cadeia ou deixou de confessar. Se alguma vez tiver sucumbido ao crime de pensamento, era certo que em algum momento estaria morto. Então por que esse terror, que não mudava nada, tinha que ser incluído em algum momento no futuro?

Ele tentou, com um pouco mais de sucesso que antes, relembrar a imagem de O'Brien. "Devemos nos encontrar onde não tenha escuridão", O'Brien tinha dito a ele. Sabia o que significava, ou achava que sabia. O lugar em que não tenha escuridão era o futuro imaginado, que nunca se veria, mas do qual, por vidência, se poderia compartilhar. Mas, com a voz da teletela resmungando no ouvido, não dava para continuar a seguir o fluxo de pensamentos. Pôs um cigarro na boca. Na hora, metade do tabaco foi parar na língua, um pó amargo difícil de cuspir. O rosto do Grande Irmão passou pela mente, entrando no lugar do de O'Brien. Como tinha feito alguns dias antes, tirou uma moeda do bolso e olhou para ela. O rosto olhava para ele, com pesar, calma e de forma protetora, mas que tipo de sorriso se escondia sob aquele bigode escuro? Como um aviso seco, as palavras vieram a ele:

GUERRA É PAZ
LIBERDADE É ESCRAVIDÃO
IGNORÂNCIA É FORÇA

PARTE DOIS

CAPÍTULO 1

Tinha passado metade da manhã, quando Winston saiu do cubículo para ir ao banheiro. Uma figura solitária vinha em direção a ele da outra ponta do corredor comprido e iluminado. Era a garota com cabelo escuro. Fazia quatro dias desde a noite em que passou por ela do lado de fora da loja. Conforme se aproximava, ele viu que o braço direito dela estava numa tipoia, não perceptível a distância porque era da mesma cor que seu macacão. Provavelmente, tinha esmagado a mão enquanto girava um dos caleidoscópios grandes nos quais se "preparavam" as histórias. Era um acidente comum no Departamento de Ficção.

Estavam a uns quatro metros de distância um do outro quando a garota tropeçou e quase caiu de cara no chão. Um grito de dor cortou o ar. Ela deve ter caído sobre o braço machucado. Winston parou de repente. A garota ficou de joelhos. O rosto ficou com uma aparência amarelada contra a qual o vermelho dos lábios se destacou ainda mais. Os olhos dela se fixaram nos dele, expressando mais medo do que dor.

Winston se agitou internamente com uma emoção curiosa. Diante de si estava o inimigo que tentava matá-lo; também estava lá um ser humano, com dor e talvez com um osso quebrado. Instintivamente, ele já tinha se aproximado para ajudá-la. Na hora em que a viu cair sobre o braço imobilizado, foi como se ele mesmo sentisse a dor.

— Você se machucou? — perguntou.

— Não é nada. Meu braço vai ficar bom logo.

Ela falava como se estivesse com o coração acelerado. Com certeza tinha ficado bem pálida.

— Não quebrou nada?

— Não, estou bem. Doeu por um instante, foi isso.

Ela estendeu a mão livre para que ele a ajudasse a se levantar. Tinha recuperado um pouco da cor e parecia bem melhor.

— Não foi nada — disse ela de novo, rapidamente. — Só torci um pouco meu pulso. Obrigada, camarada!

Com isso ela se encaminhou para onde estava indo, tão bruscamente quanto se realmente não tivesse sido nada. O incidente ao todo não deve ter levado mais que meio minuto. Não deixar as emoções aparecer na face era um hábito que tinha atingido o patamar de instinto, e de qualquer forma eles tinham ficado bem em frente a uma teletela quando tudo ocorreu. Não obstante, tinha sido bem difícil não demonstrar uma surpresa momentânea, porque, nos dois ou três segundos durante os quais a estava ajudando, ela pôs rapidamente algo em sua mão. Não havia dúvida de que ela o tivesse feito deliberadamente. Era algo pequeno e liso. Quando entrou no banheiro, passou o objeto para o bolso e o conferiu com os dedos. Era um pedaço de papel dobrado.

Enquanto estava no mictório, ele conseguiu, tateando um pouco mais, desdobrar o papel. Certamente, devia ter alguma mensagem escrita nele. Ficou tentado por instantes a ir a algum dos sanitários para ler logo. Entretanto, isso seria loucura, como bem sabia. Não havia outro lugar onde, com certeza, as teletelas acompanhavam tudo constantemente.

Voltou para o cubículo, se sentou, jogou o pedaço de papel na mesa casualmente com os outros papéis, pôs os óculos e puxou a fale-escreva para junto de si. "Cinco minutos", disse a si mesmo. "Cinco minutos no mínimo!" O medo fazia o coração bater forte e alto. Por sorte, o trabalho que tinha para fazer era só rotina, retificar uma lista longa de dados, o que não exigia muita concentração.

O que quer que estivesse escrito no papel, deveria ter algum significado político. Até o ponto em que conseguia perceber algo, havia duas possibilidades. Uma, bem mais plausível, era que a garota era uma agente da Polícia do Pensamento, como temia. Não imaginava por que a Polícia do Pensamento escolheria passar mensagens desse jeito, mas talvez tivesse razão para isso. O recado no papel podia ser uma ameaça, uma intimação, uma ordem para cometer suicídio, um tipo de armadilha. Porém, havia outra, uma possibilidade mais delirante que tomava cada vez mais corpo em sua mente, embora tenha tentando em vão suprimi-la. O fato de que a mensagem não vinha da Polícia do Pensamento, mas de alguma organização clandestina. Talvez a Irmandade existisse afinal de contas! Quem sabe a garota fizesse parte dela! Claro que a ideia era absurda, mas tinha surgido na mente assim que sentiu o pedaço de papel na mão. Não tinha sido até que alguns minutos depois a outra, e mais provável, explicação ocorreu a ele. Mesmo agora, ainda que a razão dissesse que a mensagem provavelmente significava a morte — continuava não acreditando nisso, e a esperança insensata permanecia, o coração batendo forte, foi com dificuldade que evitou o tremor da voz ao murmurar os dados na fale-escreva.

Ele enrolou o calhamaço de trabalho concluído e enfiou no tubo pneumático. Tinham-se passado oito minutos. Arrumou os óculos no nariz, suspirou e puxou para si o próximo lote de trabalho, com o pedaço de papel em cima. Abriu o papel. Estava escrito, com uma caligrafia grande e desajeitada:

EU TE AMO.

Por vários segundos, ficou estupefato até para jogar no buraco da memória algo tão comprometedor. Quando realmente fez isso, ainda que soubesse quão perigoso era mostrar tanto interesse assim, não pôde resistir a ler mais uma vez, apenas para ter certeza de que eram essas mesmas as palavras.

Foi bem difícil continuar trabalhando pelo resto da manhã. O que era realmente pior do que se manter focado em tarefas irritantes era a necessidade de disfarçar sua agitação da teletela. Parecia que tinha uma fogueira no estômago. O almoço no refeitório quente, lotado e barulhento era uma tortura. Esperava ficar sozinho por alguns momentos no almoço, mas, como a má sorte parecia rondar, o idiota do Parsons parou bem do lado dele, com a catinga quase se sobrepondo ao aroma do guisado, e ficava falando sobre os preparos para a Semana do Ódio. Ele estava entusiasmado em particular com um modelo da cabeça do Grande Irmão em papel-machê, com dois metros de diâmetro, que estava sendo feito especialmente para o evento pela tropa de Espiões de sua filha. O que irritava era que no turbilhão de vozes Winston não conseguia entender o que Parsons dizia e por isso precisava a todo tempo pedir para repetir alguma coisa banal. Apenas uma vez conseguiu ver a garota de relance, numa mesa no outro canto do salão. Aparentemente, ela não o tinha visto, e ele não olhou para lá de novo.

Deu para suportar melhor a parte da tarde. Logo após o almoço, veio uma tarefa difícil e delicada que tomaria muito tempo e por isso era preciso deixar tudo de lado. Consistia em falsificar vários registros de produção de dois anos atrás, de um jeito que fizesse um membro importante da Cúpula do Partido cair em descrédito, pessoa essa que tinha uma nuvem sobre si. Era o tipo de coisa em que Winston era bom e, por mais de duas horas, conseguiu bloquear totalmente a imagem da garota em sua mente. Então, a lembrança do rosto dela voltou e, com ela, um furioso e insuportável desejo de ficar sozinho. Até que conseguisse ficar sozinho, não daria para refletir sobre esse novo elemento. Naquele dia haveria uma das noites no Centro Comunitário. Ele devorou outra refeição sem sabor no refeitório, correu até o Centro, participou da bobagem solene que era o "grupo de discussão", jogou duas partidas de tênis de mesa, engoliu várias doses de gim e se acomodou para a palestra de meia hora sobre "socialismo inglês relacionado ao xadrez". Ele se contorcia de tédio, mas não tinha a compulsão de fugir da noite no Centro. Ao ler as palavras EU TE AMO, o desejo de se manter vivo meio que saltou nele, e se arriscar, ainda que minimamente, pareceu uma idiotice. Não eram nem onze da noite, quando estava em casa, deitado — no escuro, onde estava a salvo até da teletela, contanto que ficasse quieto — é que podia pensar sem interrupção.

Tinha um problema físico a ser resolvido: como entrar em contato com a garota e marcar um encontro. Ele não considerava mais a possibilidade de que ela pudesse estar armando alguma coisa. Sabia que não se tratava disso, por causa de sua agitação inquestionável quando entregou-lhe o bilhete. Era óbvio que estava irracionalmente apavorada, como era de esperar. A ideia de frear os avanços dela nem sequer passou pela mente. Fazia apenas cinco noites que tinha considerado esmagar o crânio dela com um paralelepípedo, mas isso não importava mais. Pensou no corpo dela nu, jovem, como tinha visto em sonho. Ele a tinha imaginado uma idiota como todos eles, com a cabeça bombardeada de mentiras e ódio, totalmente gelada. Foi como se uma febre tomasse conta dele quando pensou que podia perdê-la, aquele corpo jovem e branco poderia fugir de seu alcance. O que mais o assustava era que ela pudesse mudar de ideia caso ele não entrasse em contato logo. Entretanto, a dificuldade física de se encontrarem era enorme. Era como fazer um movimento no xadrez depois do xeque-mate. Para onde fosse, a teletela o encarava. Na verdade, todas as formas possíveis de se comunicar com ela tinham lhe ocorrido no período de cinco minutos após ler a mensagem; mas agora, pensando bem, repassou uma a uma, como se examinasse uma série de ferramentas numa mesa.

Era óbvio que um encontro como o desta manhã não se repetiria. Se ela trabalhasse no Departamento de Registros, poderia ter sido mais simples em comparação, mas tinha apenas uma ideia muito vaga quanto à geografia do Departamento de Ficção e não tinha nenhuma desculpa para ir lá. Se soubesse onde ela morava e em que horário saía do trabalho, poderia armar um encontro com ela no caminho para casa; mas tentar segui-la até em casa não era seguro, porque poderia parecer vadiagem no entorno do ministério, o que era certo que chamasse a atenção. Quanto a mandar uma carta pelo correio, era fora de questão. De acordo com uma rotina que nem era secreta, todas as cartas em trânsito eram abertas. Na verdade, poucas pessoas escreviam cartas. Para as mensagens que se precisavam mandar ocasionalmente, havia postais impressos com uma lista longa de frases e você descartava as que não se aplicavam. De qualquer forma, não sabia o nome da garota, muito menos seu endereço. Resolveu, por fim, que o local mais seguro era o refeitório. Se conseguisse encontrá-la numa mesa sozinha, em algum lugar no meio do salão, não muito próxima às teletelas e com um som de conversas ao redor — se essas condições durassem, digamos, uns trinta segundos, seria possível conversar um pouco.

Durante uma semana depois disso, a vida parecia um sonho sem fim. No dia seguinte, ela não tinha aparecido no refeitório até que ele estivesse saindo, com o apito já tocando. Deduziu que ela tivesse mudado para um turno posterior. Passaram um pelo outro sem ao menos se olharem. No outro dia, ela estava no refeitório no horário habitual, porém com outras três garotas e bem abaixo de uma teletela. Daí, por três dias tenebrosos, ela nem sequer apareceu. Todo o seu ser parecia afligido com uma sensibilidade insuportável, uma transparência, que tornava cada gesto, som, contato, palavra que tinha que falar ou escutar, uma angústia. Mesmo no sono, não conseguia se livrar totalmente da imagem dela. Não chegou perto do diário nesses dias. Se havia algum alívio, era no trabalho, no qual às vezes conseguia se esquecer de si mesmo por pelo menos dez minutos diretos. Não tinha a menor ideia do que tinha acontecido com ela. Não havia um questionamento a fazer. Ela podia ter sido evaporada, podia ter cometido suicídio, ter sido transferida para o outro lado da Oceania; pior e mais provável, ela podia simplesmente ter mudado de ideia e decidido evitá-lo.

No dia seguinte, ela reapareceu. Não tinha mais uma tipoia no braço, apenas uma bandagem em torno do pulso. O alívio de vê-la era tão grande que não podia evitar olhar para ela por vários segundos. No dia seguinte, quase conseguiu falar com ela. Quando chegou ao refeitório, ela estava sentada numa mesa afastada da parede, sozinha. Era cedo e o lugar não estava cheio. Quando Winston estava no fim da fila, ela estava quase no balcão, então parou por dois minutos porque alguém reclamou de não ter recebido o tablete de doce. A garota ainda estava sozinha quando Winston pegou a bandeja e se direcionou para a mesa dela. Caminhou descontraidamente em sua direção, procurando um lugar numa mesa atrás dela. Ela devia estar a uns três metros de distância dele. Em mais dois segundos a alcançaria. Daí uma voz atrás dele chamou:

— Smith!

Fingiu não escutar.

— Smith! — repetiu a voz, mais alto.

Era inútil. Virou-se. Um jovem loiro com cara de bobo chamado Wilsher, que ele mal conhecia, o convidara com um sorriso para um lugar vago em sua mesa. Não era seguro recusar. Depois de ser reconhecido, não podia ir para a mesa de uma garota desacompanhada. Chamava muita atenção. Sentou-se com um sorriso amigável. O rosto imbecil estava radiante. Winston se imaginou espatifando esse rosto com uma picareta. A mesa da garota se encheu alguns minutos depois.

Ela deve tê-lo visto indo em direção à mesa dela e talvez pegasse a dica. No dia seguinte, teve o cuidado de chegar cedo. Efetivamente, ela estava numa mesa quase no mesmo lugar e sozinha de novo. A pessoa à frente dele na fila era um homem pequeno, de movimentos rápidos, aparência de besouro e cara chata, com pequenos olhos desconfiados. Assim que Winston se afastou do balcão com a bandeja, viu que o homem pequeno ia direto para a mesa da garota. Suas expectativas cederam de novo. Havia um lugar vago numa mesa mais à frente, mas algo na aparência do homenzinho sugeria que fosse atento o suficiente para escolher a mesa mais vazia. Totalmente desolado, Winston seguiu. Não adiantava se a garota não estivesse sozinha. Nessa hora, ocorreu um barulho horrível. O homenzinho estava esparramado no chão, a bandeja tinha voado, dois veios de sopa e café cruzavam o chão. Começou a se levantar dando uma olhada furiosa para Winston, de quem obviamente suspeitava tê-lo feito tropeçar. Mas ficou tudo bem. Cinco segundos depois, com o coração acelerado, Winston se sentava à mesa da garota.

Ele não olhou para ela. Descarregou a bandeja e logo começou a comer. Era primordial que falasse de uma vez, antes que alguém viesse, mas agora estava tomado por um medo horrível. Havia se passado uma semana desde que ela o tinha abordado. Ela teria mudado de ideia, deve ter mudado! Era impossível que esse caso fosse bem-sucedido; esse tipo de coisa não acontece de verdade. Ele poderia ter recuado totalmente de falar se nesse instante não tivesse visto Ampleforth, o poeta de orelhas peludas, perambulando hesitantemente pelo salão com uma bandeja, procurando um lugar para se sentar. De um jeito vago, Ampleforth estava ligado a Winston e com certeza se sentaria à sua mesa se o visse. Havia talvez um minuto para agir. Tanto Winston quanto a garota comiam num ritmo constante. Comiam um guisado ralo, na verdade, uma sopa de feijões-brancos. Murmurando baixo, Winston começou a falar. Nenhum dos dois olhou para cima; continuavam a tomar o prato aguado no mesmo ritmo constante e, entre colheradas, trocaram as poucas e necessárias palavras num tom de voz baixo e inexpressivo.

— A que horas sai do trabalho?

— Às seis e meia.

— Onde podemos nos encontrar?

— Na Praça Vitória, perto do monumento.

— É cheio de teletelas.

— Não importa quando tem uma multidão.

— Algum sinal?

— Não. Não venha até mim até que me veja no meio de um monte de gente. E não olhe para mim. Apenas fique em algum lugar perto de mim.

— A que horas?

— Às sete.

— Certo.

Ampleforth não viu Winston e se sentou em outra mesa. Eles não conversaram de novo e, tanto quanto era possível para duas pessoas sentadas em lados opostos da mesma mesa, não olharam um para o outro. A garota terminou o almoço rápido e foi embora, enquanto Winston ficou para fumar um cigarro.

Winston estava na Praça Vitória antes da hora combinada. Perambulou em torno da base da enorme coluna ondulada, no topo da qual a estátua do Grande Irmão mirava o sul em direção aos céus onde tinha derrotado os aviões eurasianos (os aviões lestasianos havia sido alguns anos atrás) na Batalha da Área de Pouso Um. Na rua em frente, havia uma estátua de um homem a cavalo que devia representar Oliver Cromwell. Após cinco minutos do horário, a garota ainda não tinha aparecido. Um medo horrível tomou conta de Winston novamente. Ela não viria, tinha mudado de ideia! Ele caminhou devagar até o lado norte da praça e ficou pálido de prazer ao identificar a Igreja de São Martinho, cujos sinos, quando existiam, tinham tocado "Você me deve três moedinhas". Então, viu a garota na base do monumento, lendo ou fingindo que lia um cartaz que subia a coluna em espiral. Não era seguro chegar perto dela até que mais pessoas se aglomerassem. Havia teletelas em torno de todo o frontão. Nesse momento, houve um barulho de gritaria e um zunido de veículos grandes de algum lugar à esquerda. De repente, parecia que todo mundo corria pela praça. A garota se esgueirou pelos leões na base do monumento e se juntou ao alvoroço. Winston foi atrás. Enquanto corria, pegou de uns comentários gritados que estava passando um comboio de prisioneiros eurasianos.

Uma aglomeração já bloqueava o lado sul da praça. Winston, que costumava ser a pessoa que ia para o outro extremo quando via confusão, empurrava, dava cabeçadas, se contorcia para o meio da multidão. Logo já podia alcançar a garota com o braço, mas o caminho foi bloqueado por um proleta enorme e uma mulher quase do mesmo tamanho, provavelmente esposa dele, que pareciam formar um intransponível muro de carne. Winston se espremeu para o lado e, com uma investida violenta, conseguiu meter o ombro por entre eles. Por um instante, parecia que suas entranhas tinham virado uma massa mole entre os quadris musculosos, daí atravessou, suando um pouco. Estava próximo da garota. Ficaram um do lado do outro, ambos com o olhar fixo à frente.

Uma longa fila de caminhões, com guardas com cara de madeira armados com submetralhadoras e parados de prontidão em cada canto, passava devagar pela rua. Nos caminhões pequenos, homens amarelos com uniformes verdes surrados estavam agachados, espremidos juntos. Os rostos mongóis entristecidos olhavam pelas laterais dos caminhões totalmente indiferentes.

Quando eventualmente um caminhão dava um tranco, ocorria um tinido de metais: todos os prisioneiros estavam acorrentados. Passava uma carga depois da outra de rostos entristecidos. Winston sabia que estavam lá, mas só os via esporadicamente. O ombro da garota e o braço até o cotovelo estavam pressionados aos dele. A bochecha dela estava quase próxima o bastante para que sentisse o calor. Ela logo tomou conta da situação, assim como tinha feito no refeitório. Começou a falar com a mesma voz inexpressiva de antes, mal abrindo a boca, um simples murmúrio facilmente encoberto pelo barulho das vozes e o ronco dos caminhões.

— Consegue me ouvir?

— Sim.

— Consegue ter a tarde de domingo livre?

— Sim.

— Então, escute bem. Você vai ter que se lembrar disto. Vá até a Estação Paddington...

Com uma precisão militar que o assombrou, ela desenhou a rota que ele devia seguir. Uma jornada de meia hora de trem; virar à esquerda fora da estação; dois quilômetros pela estrada; um portão com a barra de cima faltando; um caminho por um campo; uma pista com grama; uma trilha entre arbustos; uma árvore morta com musgo. Era como se ela tivesse um mapa na cabeça.

— Consegue se lembrar disso tudo? — ela murmurou enfim.

— Sim.

— Você vira à esquerda, depois direita, depois esquerda de novo. O portão não tem a barra de cima.

— Sim. A que horas?

Por volta das três. Pode ser que tenha que esperar. Vou chegar lá por outro caminho. Tem certeza de que se lembra de tudo?

— Sim.

— Então se afaste de mim o mais rápido que puder.

Ela não precisava ter dito isso. Naquele momento, não conseguiam se livrar da multidão. Os caminhões ainda estavam passando, e as pessoas se embasbacando sem limites. No começo, houve vaias e assobios, que vinham somente dos membros do Partido na multidão, e pararam logo. O sentimento dominante era simplesmente curiosidade. Estrangeiros, fossem da Eurásia ou da Lestásia, eram animais estranhos. Literalmente, nunca se olhava para eles a não ser como prisioneiros e, mesmo como prisioneiros, nunca se tinha mais que um vislumbre momentâneo. Nem se sabia o que acontecia com eles, fora os poucos que eram enforcados como criminosos de guerra, os outros apenas sumiam, possivelmente em campos de trabalhos forçados. Os rostos mongóis redondos tinham dado espaço para rostos de tipo mais europeu, sujos, barbudos e exaustos. Por sobre maçãs do rosto insignificantes, olhos encaravam os de Winston, às vezes com uma intensidade estranha, e desviavam de novo. O comboio estava acabando. No último caminhão, ele pôde ver um homem idoso, o rosto com uma massa de cabelo grisalho, ereto com os pulsos cruzados na frente, como se estivesse acostumado a tê-los amarrados. Estava quase na hora de Winston e a garota se separarem. Mas, na última hora, enquanto a multidão ainda os cercava, a mão dela buscou a dele e deu um breve aperto.

Pode não ter sido nem dez segundos, e ainda assim pareceu que as mãos deles ficaram segurando uma à outra por bastante tempo. Ele teve tempo para aprender todos os detalhes da mão dela. Explorou os dedos compridos, as unhas formosas, a palma calejada de trabalho, a pele macia sob o pulso. Por simplesmente senti-la, seria capaz de reconhecê-la de vista. Na mesma hora, ocorreu-lhe que não sabia a cor dos olhos dela. Virar a cabeça e olhar para ela teria sido uma loucura incomensurável. Com as mãos pressionadas juntas, invisíveis entre a pressão dos corpos, olhavam com firmeza para a frente, e em vez dos olhos dela, os olhos do prisioneiro idoso encaravam lugubremente Winston de um ninho de cabelo.

CAPÍTULO 2

Winston pegou o caminho da pista salpicado de luz e sombra, pisava em poças douradas onde quer que os galhos se repartissem. Sob as árvores à sua esquerda, o chão estava enevoado de campânulas. Parecia que o ar beijava a pele. Era dia dois de maio. De algum lugar no centro da floresta vinha o ruído de pombos.

Tinha chegado um pouco cedo. Não houve nenhuma dificuldade no caminho, e a garota obviamente tinha tanta experiência que estava menos assustado do que normalmente ficaria. Supunha que podia confiar nela para encontrar um lugar seguro. Em geral, não dava para se considerar mais seguro no interior do que em Londres. Claro que não havia teletelas, mas sempre havia o risco de microfones escondidos captarem sua voz bem o bastante para ser reconhecida; além disso, não era fácil fazer um percurso longo sozinho sem chamar atenção. Não era preciso validar o passaporte para distâncias menores que cem quilômetros, mas, às vezes, patrulhas que estavam nas estações de trem examinavam os documentos de qualquer membro do Partido que encontrassem lá e faziam perguntas desconfortáveis. De qualquer forma, nenhuma patrulha apareceu, e no caminho da estação se certificou com olhares cuidadosos para trás de que não estava sendo seguido. O trem estava cheio de proletas, num clima de feriado devido ao dia quente. O vagão com assentos de madeira em que viajava ficou cheio com uma única família gigante, que ia de uma tataravó banguela a um bebê de um mês. Iam passar a tarde com os sogros no interior e, como explicaram abertamente a Winston, tentariam conseguir um pouco de manteiga no mercado negro.

A pista se alargava, e num minuto ele chegou à trilha de que ela tinha falado, um simples caminho de gado que ia para os arbustos. Ele não tinha relógio, mas não deviam ser três horas ainda. As campânulas eram tantas que se tornava impossível não pisar nelas. Ajoelhou-se e pegou algumas em parte para passar o tempo, mas também por uma ideia vaga de que gostaria de ter flores para oferecer à garota quando se encontrassem. Juntou várias e sentia o fraco aroma quando um som atrás dele o paralisou, o inconfundível barulho de gravetos sendo pisoteados. Continuou colhendo campânulas. Era o melhor a fazer. Podia ser a garota e podia ter sido seguido, no fim das contas. Olhar em volta seria demonstração de culpa. Colheu outra e outra. Uma mão tocou seu ombro devagar.

Ele olhou para cima. Era a garota. Ela balançou a cabeça, como que o avisando para permanecer quieto, daí abriu caminho pelos arbustos e rapidamente indicou a direção pela trilha estreita na floresta. Era óbvio que já tinha estado ali antes, pela forma com que evitava as partes pantanosas como que por hábito. Winston foi atrás, ainda segurando o punhado de flores. A primeira coisa que sentiu foi alívio, mas enquanto observava aquele corpo forte e esguio se movendo à sua frente, com a faixa vermelha apertada o suficiente para realçar a curva dos quadris, a sensação de inferioridade pesou sobre ele. Mesmo agora, parecia que, quando se virasse e olhasse para ele, ela, enfim, desistiria. A doçura do ar e o verde das folhas o desencorajavam. Quando já estava na caminhada da estação, o sol de maio o tinha feito se sentir sujo e estiolado, um ser de espaços fechados, com a fuligem de Londres nos poros. Ocorreu-lhe que até este momento ela provavelmente nunca o tinha visto em plena luz do dia num local aberto. Chegaram até a árvore caída de que ela tinha falado. Ela passou por cima e abriu caminho entre os arbustos, nos quais não parecia haver uma abertura. Ao segui-la, Winston viu que estavam numa clareira natural, uma pequena colina relvada cercada de mudas altas que a fechavam por completo. A garota parou e se virou.

— Aqui estamos — disse ela.

Ele estava encarando-a a vários passos de distância. Mesmo agora, não ousava se aproximar mais dela.

— Eu não queria dizer nada lá no caminho — ela continuou —, no caso de ter um microfone escondido lá. Não acho que tenha, mas podia ter. Sempre tem a chance de um daqueles porcos reconhecer sua voz. Estamos a salvo aqui.

Ele ainda não tinha coragem de se aproximar.

— Estamos a salvo aqui? — repetiu, um tanto idiotizado.

— Sim. Olhe para as árvores. — Eram pequenos freixos, que em algum momento tinham sido cortados e tinham brotado de novo como uma floresta de varas, nenhuma que fosse mais grossa do que um pulso. — Não tem nada grande o bastante para esconder um microfone. Além disso, já estive aqui antes.

Eles só estavam conversando. Ele acabou chegando mais perto dela. Ela estava parada em frente a ele bem ereta, com um sorriso que parecia levemente irônico, como se estivesse se perguntando por que ele era tão devagar. As campânulas tinham caído em cascata no chão. Foi como se tivessem feito isso por conta própria. Ele pegou a mão dela.

— Você acreditaria — disse — que até agora eu não sabia que cor eram seus olhos? — Eram castanhos, percebeu, um pouco claros, com cílios escuros. — Agora que viu como sou de verdade, ainda consegue olhar para mim?

— Sim, com tranquilidade.

— Tenho trinta e nove anos. Tenho uma esposa da qual não consigo me separar. Tenho veias varicosas. Tenho cinco dentes falsos.

— Não poderia me importar menos — disse a garota.

No momento seguinte, não dava para dizer por iniciativa de quem, ele estava abraçando-a. Em princípio, não sentia outra coisa que não a mais pura incredulidade. O corpo jovem pressionava o seu, a massa de cabelo escuro estava em seu rosto e, era real, ela tinha virado o rosto para cima e ele estava beijando aquela boca vermelha. Ela pôs os braços em torno do pescoço dele, chamava-o de querido, adorado, amado. Ele a puxou para o chão, ela cedia completamente, podia fazer o que quisesse com ela. A verdade, porém, era que não tinha sensações físicas que não viessem do simples contato. Tudo o que sentia era descrença e orgulho. Estava contente que isso estivesse acontecendo, mas não tinha desejo físico. Era muito cedo, a juventude e beleza dela o tinham assustado, estava acostumado demais a não ter mulheres em sua vida — não sabia por quê. Ela se levantou e tirou uma campânula do cabelo. Sentou-se contra ele, abraçando sua cintura.

— Não se preocupe, querido. Não tem pressa. Temos a tarde toda. Não é um belo esconderijo? Encontrei quando me perdi numa trilha comunitária. Se alguém se aproximasse, dava para ouvir a cem metros.

— Qual é o seu nome? — perguntou Winston.

— Julia. Eu sei o seu. É Winston, Winston Smith.

— Como descobriu isso?

— Espero ser melhor que você para descobrir as coisas, querido. Diga, o que pensava de mim antes do dia em que lhe dei o recado?

Não tinha nenhuma tentação de contar mentiras a ela. Era como uma oferta de amor começar contando o pior.

— Eu a odiava — disse. — Queria estuprar e matar você depois. Duas semanas atrás, pensei seriamente em esmagar sua cabeça com uma pedra. Se quer mesmo saber, achei que você tivesse algo a ver com a Polícia do Pensamento.

A garota riu com satisfação, claramente tomando isso como um elogio à perfeição de seu disfarce.

— A Polícia do Pensamento não! Você pensou mesmo isso?

— Bom, talvez não exatamente isso, mas sua aparência geral... simplesmente por ser jovem, viçosa e saudável, entenda... pensei que provavelmente...

— Achou que eu fosse um bom membro do Partido. Pura em palavras e atos. Bandeiras, cortejos, slogans, jogos, trilhas comunitárias e o resto. E achou que, se eu tivesse a mínima chance, denunciaria você como criminoso de pensamento e faria você ser morto?

— Sim, algo do tipo. Muitas mulheres jovens são assim, você sabe.

— É por causa dessa merda — disse ela, arrancando a faixa vermelha da Liga Juvenil Antissexo e jogando-a num ramo.

Então, como se por tocar a cintura tivesse se lembrado de algo, ela procurou no bolso do macacão e tirou uma barra de chocolate. Partiu-a ao meio e deu um dos pedaços a Winston. Mesmo antes de pegá-lo, ele soube pelo cheiro que era um chocolate bem incomum. Era escuro, brilhoso e estava embrulhado em papel prateado. O chocolate normalmente era uma coisa quebradiça de cor opaca que tinha gosto, o mais próximo que se podia descrever, de fumaça de lixo sendo queimado. Algumas vezes, entretanto, ele tinha provado chocolate como o pedaço que ela lhe deu. A primeira cheirada trouxe uma memória que era difícil de definir, mas que era potente e inquietante.

— Onde conseguiu isso? — perguntou.

— Mercado negro — disse ela com indiferença. — Na verdade sou o tipo de garota para ser vista. Sou boa em jogos. Era líder de tropas nos Espiões. Faço trabalho voluntário três noites por semana para a Liga Juvenil Antissexo. Passei várias horas colando as porcarias deles por toda Londres. Sempre carrego uma ponta de uma bandeira nos desfiles. Eu sempre pareço alegre e nunca fujo de nada. Grite sempre com a multidão, é o que digo. É a única forma de se manter a salvo.

O primeiro pedaço do chocolate tinha derretido na língua de Winston. O sabor era sensacional. Havia, porém, ainda aquela memória nos recônditos de sua consciência, algo com um impacto forte, mas que não conseguia definir, como um objeto visto de canto de olho. Ele tirou isso da frente, ciente apenas de que era a memória de algum ato que teria gostado de desfazer, mas não podia.

— Você é muito jovem — disse ele. — Você é dez ou quinze anos mais nova que eu. O que você poderia enxergar de atraente num homem como eu?

— Foi algo no seu rosto. Pensei em arriscar. Sou boa em identificar pessoas deslocadas. Assim que o vi, soube que você era contra ELES.

ELES, aparentemente, significava o Partido, e acima de tudo a Cúpula do Partido, sobre quem ela falava abertamente com ódio e zombaria, o que fez Winston se sentir desconfortável, ainda que soubesse que eles estavam seguros ali, se era possível estar seguro em algum lugar. Algo sobre ela que o deixou surpreso foi a rudeza da linguagem dela. Os membros do Partido não deviam praguejar, o próprio Winston quase não praguejava, em voz alta, de qualquer jeito. Julia, por outro lado, parecia incapaz de mencionar o Partido, especificamente a Cúpula do Partido, sem usar o tipo de linguagem que se vê rabiscada em becos úmidos. Isso não lhe desagradava. Era simplesmente um sintoma da revolta dela contra o Partido e seus costumes, e de alguma forma parecia natural e saudável, como o espirro de um cavalo que cheira feno ruim. Tinham saído da clareira e caminhavam sob a sombra axadrezada, com os braços em torno da cintura um do outro quando tinha espaço suficiente para andarem lado a lado. Ele reparou quão mais macia a cintura dela parecia sem a faixa. A conversa deles era sussurrada. Fora da clareira, segundo Julia, era melhor manter o silêncio. Nessa hora tinham chegado à ponta da mata. Ela o parou.

— Não saia no aberto. Pode ter alguém olhando. Ficaremos bem se nos mantivermos atrás dos ramos.

Estavam em pé sob a sombra dos arbustos de avelãs. A luz solar, através de diversas folhas, ainda aquecia o rosto deles. Winston olhou para o campo adiante e teve um choque de reconhecimento lento e peculiar. Conhecia de vista. Um pasto antigo e desgastado, com uma trilha que o atravessa e alguns montículos espalhados. Nas sebes irregulares do lado oposto, os galhos dos olmeiros balançavam bem levemente na brisa, e as folhas se mexiam em massa como cabelo de mulher. Não havia em algum lugar perto, mas fora de vista, um córrego com poças verdes em que bordalos nadavam?

— Não tem um córrego em algum lugar perto daqui? — ele sussurrou.

— Sim, tem mesmo um córrego. Fica no final do próximo descampado. Tem peixes nele, dos grandes. Dá para vê-los nas poças abaixo dos salgueiros balançando as caudas.

— É a Terra Dourada... quase — ele murmurou.

— Terra Dourada?

— Não é nada, na verdade. Uma paisagem que vi algumas vezes num sonho.

— Olhe! — sussurrou Julia.

Um sabiá tinha pousado num galho a menos de cinco metros de distância, quase no mesmo nível do rosto deles. Talvez não os tivesse visto. Ele estava ao sol, eles à sombra. Abriu as asas, baixou a cabeça um instante, como se estivesse fazendo uma reverência ao sol, então começou a despejar cantoria. No silêncio da tarde, o volume do som era impressionante. Winston e Julia se agarraram, fascinados. A música continuava, minuto após minuto, com variações impressionantes, nunca se repetindo, quase como se o pássaro estivesse exibindo seu virtuosismo de propósito. Às vezes, parava alguns segundos, abria e reajustava as asas, daí enchia o peito salpicado e transbordava música novamente. Winston olhava com certa reverência. Para quem, para que, o pássaro cantava? Nenhum companheiro, nenhum adversário o via. O que o fez pousar no canto da mata solitária e despejar música no vazio? Ele se perguntava se afinal haveria um microfone escondido em algum lugar perto. Ele e Julia só tinham conversado em sussurros, e o que diziam não seria captado, mas o sabiá seria. Talvez, na outra ponta do instrumento, algum homem pequeno e com aparência de besouro estivesse ouvindo atentamente — ouvindo aquilo. Mas, aos poucos, a corrente de música afastou as especulações da mente. Era como se fosse algo líquido sendo derramado nele e que se misturava com a luz solar filtrada pelas folhas. Parou de racionalizar e apenas sentia. A cintura da garota na dobra do braço dele era macia e quente. Ele a puxou de forma que ficassem um ao encontro do outro; o corpo dela parecia se desfazer no dele. Por onde quer que suas mãos percorressem, tudo parecia se render. Suas bocas se juntaram; era bem diferente dos beijos rígidos que trocaram antes. Quando afastaram seus rostos, de novo ambos suspiraram profundamente. A ave se assustou e bateu asas em retirada.

Winston pôs os lábios no ouvido dela.

— AGORA — sussurrou.

— Aqui não — ela sussurrou de volta. — Vamos voltar ao esconderijo. É mais seguro.

Depressa e com o eventual crepitar de gravetos, pegaram o caminho de volta à clareira. Quando estavam no círculo de mudas, ela se virou e o encarou. Ambos respiravam aceleradamente, mas o sorriso dela reapareceu nos cantos da boca. Ela ficou parada olhando para ele por um momento, daí buscou o zíper em seu macacão. E, sim, era quase como no sonho. Quase tão prontamente quanto tinha imaginado, ela tinha tirado as roupas e, quando as jogou de lado, o fez com o mesmo gesto exuberante pelo qual toda uma civilização parecia ser eliminada. O corpo dela resplandecia ao sol. Porém, por um instante, não olhou para o corpo dela; seus olhos estavam fixos no rosto sardento com um leve e ousado sorriso. Ele se ajoelhou perante ela e segurou suas mãos.

— Já fez isso antes?

— Claro. Centenas de vezes... bom, várias vezes, de qualquer forma.

— Com membros do Partido?

— Sim, sempre com membros do Partido.

— Com membros da Cúpula do Partido?

— Não, com aqueles porcos, não. Mas há vários que fariam se tivessem a mínima chance. Eles não são tão imaculados quanto fingem.

O coração dele pulou. Ela tinha feito várias vezes: ele desejava que tivessem sido centenas, milhares. Qualquer coisa que sugerisse perversão sempre o alimentava com uma esperança indomável. Quem sabe, talvez o Partido estivesse corroído sob a superfície, o culto à abnegação e à autonegação não passasse de uma farsa que escondia a injustiça. Se ele pudesse ter contaminado todos eles com lepra ou sífilis, com que prazer teria feito! Qualquer coisa para deteriorar, enfraquecer, destruir! Ele a puxou para baixo para que ambos se encarassem de joelhos.

— Ouça. Quanto mais homens você tiver tido, mais eu amo você. Entende isso?

— Sim, com certeza.

— Detesto a pureza, a bondade! Não quero mais que nenhuma virtude exista em lugar nenhum. Quero que todo mundo seja devasso até a alma.

— Gosta de fazer isso? Não digo simplesmente comigo, quero dizer, a coisa em si?

— Adoro.

Isso estava acima de tudo que ele queria ouvir. Não simplesmente o amor de uma pessoa, mas o instinto animal, o mero desejo não diferenciado: esse era o poder que desmantelaria o Partido. Ele pisou firme o gramado, entre as campânulas caídas. Agora não havia dificuldade. Naquele momento, o afã no peito deles baixou para um ritmo normal e num abandono prazeroso se separaram. O sol parecia ter ficado mais quente. Ambos estavam com sono. Ele buscou o macacão jogado e a cobriu parcialmente. Quase na mesma hora caíram no sono e assim ficaram por pelo menos meia hora.

Winston acordou primeiro. Sentou-se e observou o rosto sardento, ainda confortavelmente adormecido, apoiado na palma da mão dela. A não ser pela boca, não dava para dizer que ela era linda. Havia uma linha ou outra em torno dos olhos, se olhasse bem. O cabelo curto e escuro era bem grosso e macio. Ocorreu a ele que ainda não sabia o sobrenome dela ou onde morava.

O corpo jovem e forte, agora indefeso no sono, despertou nele um sentimento compassivo e protetor. Mas a ternura irracional que tinha sentido sob a árvore de avelãs, enquanto o sabiá cantava, não tinha voltado totalmente. Puxou o macacão para o lado e a analisou por aquele ângulo de brancura e maciez. Nos velhos tempos, pensou, um homem olhava para o corpo de uma garota e via que era desejável, e fim de história. Mas não dava mais para ter amor puro ou luxúria pura. Nenhuma emoção era pura, porque tudo se misturava com medo e ódio. O abraço deles tinha sido uma luta, o clímax uma vitória. Era um soco na cara do Partido. Era um ato político.

CAPÍTULO 3

— Podemos vir aqui mais uma vez — disse Julia. — Geralmente é seguro usar um esconderijo duas vezes. Mas não por mais um ou dois meses, claro.

Assim que acordou, a postura dela tinha mudado. Ela ficou alerta e pragmática, vestiu-se, pôs a faixa vermelha em torno da cintura e começou a organizar a volta para casa. Parecia natural deixar isso para ela. Era óbvio que ela tinha uma astúcia natural que faltava a Winston e parecia também que ela conhecia o interior próximo a Londres muito bem, devido a incontáveis trilhas comunitárias. O caminho que ela indicou agora era bem diferente daquele que ele tinha tomado para vir, e o levou a uma estação de trem diferente.

— Nunca volte para casa no mesmo caminho pelo qual saiu — disse ela, como se reforçasse um princípio geral importante. Ela iria embora antes e Winston esperaria meia hora antes de segui-la.

Ela tinha indicado um lugar onde poderiam se encontrar depois do trabalho, dali a quatro noites. Era uma rua num dos bairros mais pobres onde havia um mercado livre que geralmente estava lotado e era barulhento. Ela estaria perto das bancas fingindo que procurava cadarços ou linha de costura. Se ela considerasse que o entorno estava livre, assoaria o nariz quando ele se aproximasse; de outra forma, ele deveria passar por ela como se não a conhecesse. Porém, com sorte, no meio da multidão, seria seguro conversar por uns quinze minutos e definir outro lugar para se encontrar.

— Agora preciso ir — disse ela, assim que ele absorveu as instruções. — Devo voltar a 1930. Tenho que passar duas horas com a Liga Juvenil Antissexo, entregando panfletos ou algo assim. Não é uma merda? Me dê uma geral, tudo bem? Tenho algum ramo no meu cabelo? Tem certeza? Então tchau, meu amor, tchau!

Ela se jogou nos braços dele, beijou-o quase violentamente e um tempo depois se embrenhou pelas mudas e desapareceu na mata fazendo pouco barulho. Mesmo agora, não sabia o sobrenome ou o endereço dela. De qualquer forma, não fazia diferença, porque não poderiam jamais se encontrar em ambientes fechados ou se comunicar por escrito.

Como ocorreu, nunca mais voltaram à clareira na mata. Durante o mês de maio, só houve uma ocasião em que conseguiram fazer amor. Foi em outro esconderijo que Julia conhecia, o campanário de uma igreja em ruínas em um trecho quase deserto de uma área onde uma bomba atômica tinha caído trinta anos atrás. Era um bom lugar para se esconder quando já se estivesse lá, mas chegar lá era bem perigoso. Em outras vezes, só podiam se encontrar nas ruas, num lugar diferente toda noite e nunca por mais que meia hora. Geralmente, dava para conversar na rua. Conforme seguiam pelas calçadas tumultuadas, não exatamente um do lado do outro e nunca se olhando, eles mantinham uma conversa intermitente e peculiar, que parava e voltava como as luzes de um farol, de repente cortada pela aproximação de um uniforme do Partido ou de uma teletela, então retomada minutos depois no meio de uma frase, daí repentinamente encurtada assim que se separavam no local combinado, para continuar quase sem introdução no dia seguinte. Julia parecia bem acostumada a esse tipo de conversa, que ela chamava de "conversar a prestação". Ela também era adepta, surpreendentemente, do ato de conversar sem mexer os lábios. Apenas uma vez em quase um mês de encontros noturnos conseguiram se beijar. Estavam passando em silêncio por uma rua lateral (Julia nunca falava quando estavam longe das ruas principais), quando ocorreu um estrondo ensurdecedor, o chão se agitou, o céu escureceu e Winston se viu caído de lado, machucado e aterrorizado. Um foguete deve ter caído bem perto dali. Subitamente, se deu conta do rosto de Julia a poucos centímetros do seu, mortalmente branco, como giz. Mas havia algo poeirento nos lábios. O rosto de ambos estava coberto de reboco.

Havia noites, quando chegavam ao ponto de encontro, que tinham que passar um pelo outro sem nenhum sinal, porque uma patrulha tinha acabado de virar a esquina ou um helicóptero estava sobrevoando a área. Mesmo que fosse menos perigoso, teria sido difícil ter tempo para se encontrar. A semana de trabalho de Winston era de sessenta horas, a de Julia era ainda maior, e os dias livres variavam de acordo com a pressão do trabalho e não costumavam coincidir. Julia, de qualquer forma, raramente tinha uma noite totalmente livre. Ela passava uma quantidade absurda de tempo indo a palestras e demonstrações, distribuindo folhetos para a Liga Juvenil Antissexo, preparando bandeiras para a Semana do Ódio, fazendo cobranças para a campanha de poupança e coisas do tipo. Valia a pena, dizia, era um disfarce. Se seguisse as regras pequenas, podia quebrar as grandes. Ela até levou Winston a sacrificar mais uma de suas noites se alistando para o trabalho de armamento de meio período que era feito voluntariamente por membros zelosos do Partido. Então, uma noite por semana, Winston passava quatro horas num tédio paralisante, parafusando pequenas peças de metal que provavelmente eram partes de detonadores de bombas, numa oficina com vento encanado e mal iluminada onde as marteladas se misturavam melancolicamente com a música das teletelas.

Quando se encontraram, na torre da igreja, preencheram as lacunas de suas conversas fragmentadas. O ar na pequena câmara quadrada acima dos sinos estava quente e estagnado, com um cheiro muito forte de cocô de pombo. Ficaram conversando por horas no chão empoeirado e cheio de gravetos, alternando-se de vez em quando para levantar e ver pelos balestreiros se alguém estava se aproximando.

Julia tinha vinte e seis anos. Ela morava num albergue com trinta garotas ("Sempre aquele fedor! Como detesto mulheres!", dizia, complementando) e trabalhava, como ele tinha adivinhado, nas máquinas de escrever novelas do Departamento de Ficção. Gostava do trabalho, que consistia principalmente em operar e fazer a manutenção de um motor elétrico potente, porém engenhoso. Ela não era "sabida", mas gostava de usar as mãos e se sentia confortável com o maquinário. Podia descrever todo o processo de compor uma novela, desde a diretriz básica entregue pelo Comitê de Planejamento até o último retoque pelo Esquadrão de Reescrita. Ela, porém, não se interessava pelo produto final. "Não gosto muito de ler", dizia. Livros não passavam de uma mercadoria que tinha que ser produzida, como geleia ou cadarços.

Ela não se lembrava de nada anterior aos anos 60 e a única pessoa conhecida que falava com frequência dos dias antes da Revolução era um avô que desapareceu quando ela tinha oito anos. Na escola, foi capitã do time de hóquei e ganhou o troféu de ginástica por dois anos seguidos. Foi líder de tropa nos Espiões e secretária de filial na Liga da Juventude antes de se juntar à Liga Juvenil Antissexo. Ela sempre sustentou um excelente caráter. Chegou até (um sinal infalível de boa reputação) a ser escolhida para trabalhar na Pornosseção, a subseção do Departamento de Ficção que produzia pornografia barata para distribuir entre os proletas. Era chamada de Casa da Sujeira por quem trabalhava lá, ela pontuou. Ficou lá por um ano, ajudando a produzir livretos em embalagens lacradas com títulos como "Histórias de Surras" ou "Uma Noite numa Escola para Garotas", para que fossem furtivamente comprados por jovens proletários que pensavam estar comprando algo ilegal.

— Como são esses livros? — Winston perguntou com curiosidade.

— Ah, um lixo horrível. São chatos, na verdade. Só tem seis enredos, então se revezam um pouco. Claro que eu só ficava nos caleidoscópios. Nunca estive no Esquadrão de Reescrita. Não sou literata, querido, nem o suficiente para isso.

Ele descobriu com assombro que todo mundo que trabalhava na Pornosseção, com exceção dos chefes dos departamentos, eram garotas. A teoria era que homens, cujos instintos sexuais eram menos controláveis que os daquelas mulheres, corriam mais riscos de se corromper com a sujeira que manipulavam.

— Não gostam nem de mulheres casadas por lá — ela acrescentou. — As garotas devem ser sempre tão inocentes. Eis uma que não é, de qualquer maneira.

Ela teve o primeiro romance aos dezesseis, com um membro do Partido de sessenta que, posteriormente, cometeu suicídio para não ser preso. "Foi um bom trabalho também", Julia disse, "pois, de outra forma, arrancariam meu nome dele quando confessasse". Desde então, houve vários outros. A vida como ela a via era bem simples. Você queria se divertir; "eles", ou seja, o Partido, não queriam isso; você burlava as regras do melhor jeito que conseguisse. Parecia que ela considerava tão natural que "eles" quisessem tirar seus prazeres de você quanto que você quisesse evitar ser pego. Ela detestava o Partido e disse isso da maneira mais brutal, mas não fez uma crítica geral a ele. Exceto quando se tratava da própria vida, ela não tinha nenhum interesse nas doutrinas do Partido. Ele reparou que ela nunca usava palavras em novafala, com exceção daquelas que entraram no uso cotidiano. Ela nunca tinha ouvido falar da Irmandade e se recusava a acreditar em sua existência. Qualquer tipo de rebelião contra o Partido, que estava fadado ao fracasso, parecia uma idiotice para ela. Inteligente era burlar as regras e continuar vivo ao mesmo tempo. Ele se perguntava vagamente quantos como ela deveria haver na geração mais jovem, pessoas que tinham crescido no mundo da Revolução, sem saber nada fora disso, aceitando o Partido como algo imutável, como o céu, sem se rebelar contra sua autoridade, mas meramente se esquivando dela, como um coelho fugindo de um cachorro.

Eles não conversavam sobre a possibilidade de se casar. Era algo muito distante para valer a pena conversar. Nenhum comitê imaginável sancionaria tal casamento, mesmo se Katharine, a esposa de Winston, pusesse ser tirada do caminho. Não havia esperança mesmo em sonhos.

— Como era ela, sua esposa? — perguntou Julia.

— Ela era.. Conhece a palavra em novafala BOMPENSADOR? Que significa naturalmente ortodoxa, incapaz de ter um mau pensamento?

— Não, não conhecia essa palavra, mas conheço esse tipo de gente, bem o bastante.

Ele começou a contar-lhe a história de sua vida de casado, mas era curioso que ela parecia já saber as partes principais. Ela descreveu a ele, quase como se tivesse visto ou sentido, o enrijecimento do corpo de Katharine assim que a tocasse, a forma como parecia afastá-lo dela com toda a força, mesmo com os braços firmemente em volta dele. Não tinha dificuldade em conversar sobre essas coisas; Katharine, de todo jeito, havia tempos tinha deixado de ser uma memória dolorosa para se tornar apenas desagradável.

— Eu teria suportado se não tivesse sido por uma coisa — disse. Ele contou-lhe sobre a pequena cerimônia frígida pela qual Katharine o forçava a passar toda semana na mesma noite. — Ela detestava, mas nada a faria parar com aquilo. Ela costumava chamar de... você nem imagina.

— Nosso dever com o Partido — disse Julia de imediato.

— Como sabia isso?

— Também estive na escola, amor. Conversas sobre sexo uma vez por mês para quem tinha mais de dezesseis. E no Movimento da Juventude. Eles esfregam isso em você ao longo dos anos. Ouso dizer que funciona em muitas vezes. Mas é claro que nunca dá para dizer; as pessoas são tão hipócritas.

Ela começou a estender a conversa. Com Julia, tudo se voltava à sua sexualidade. Assim que se tocasse nesse assunto, da forma que fosse, ela tinha grande argúcia. Diferentemente de Winston, ela tinha entendido o significado central do puritanismo sexual do Partido. Não era que simplesmente o instinto sexual criasse um mundo próprio além do controle do Partido e que por isso devesse ser destruído, se possível. O mais importante era que a abstinência sexual levava à histeria, que era desejável por poder ser transformada em fervor por guerras e adoração de líderes. Ela elaborava a questão assim:

— Quando se faz amor, energia é gasta; e depois se sente bem e não se liga para mais nada. Eles não suportam isso. Querem que você transborde de energia o tempo todo. Todas essas marchas, torcidas e tremular de bandeiras não passam de sexo ruim. Se você está bem consigo mesmo, por que se exaltaria com o Grande Irmão, os Planos de Três Anos, o Ódio de Dois Minutos e toda essa merda?

Era verdade, ele pensou. Havia uma ligação direta e íntima entre castidade e ortodoxia política. Como se poderia controlar o medo, o ódio e a credulidade insana de que o Partido precisava dos membros, a não ser que se reprimisse um instinto tão potente e o usasse como uma força propulsora? O impulso sexual era perigoso para o Partido, e ele soube tirar proveito disso. Pregaram uma peça parecida com relação ao instinto paterno. A família não podia ser abolida e, na verdade, se encorajavam as pessoas a amar seus filhos, quase da mesma forma que se fazia antigamente. Os filhos, por outro lado, eram sistematicamente ensinados a se voltar contra os pais, ensinados a espioná-los e denunciar seus desvios. A família tinha virado na prática uma extensão da Polícia do Pensamento. Era uma forma de cercar todo mundo o tempo todo com informantes que fossem íntimos.

De repente, Katharine lhe veio à mente. Sem dúvida, ela o teria denunciado à Polícia do Pensamento se não fosse idiota demais para perceber a falta de ortodoxia das opiniões dele. Mas o que realmente a trouxe de volta à sua mente naquela hora foi o calor sufocante da tarde, que fez o suor escorrer em sua testa. Ele começou a contar a Julia sobre algo que tinha acontecido, ou que não chegou a acontecer, em outra tarde escaldante de verão, onze anos atrás.

Foi três ou quatro meses depois de se casarem. Eles se perderam numa trilha comunitária em algum lugar em Kent. Tinham ficado para trás por apenas alguns minutos, mas pegaram um desvio errado, e na hora pararam na beira de uma pedreira de calcário. Era uma queda de dez ou vinte metros, com rochas no fundo. Não havia a quem perguntar sobre o caminho. Assim que percebeu que tinham se perdido, Katharine ficou bem desconfortável. Estar longe do grupo barulhento de excursionistas, mesmo por alguns instantes, já lhe dava a sensação de estar fazendo alguma coisa errada. Ela tinha pressa de voltar pelo mesmo caminho e começar a procurar na outra direção. Nesse momento, Winston reparou em alguns tufos de salgueirinha crescendo nas fendas do rochedo abaixo deles. Um dos tufos tinha duas cores, magenta e vermelho-tijolo, aparentemente vinham da mesma raiz. Nunca tinha visto nada parecido e chamou Katharine para dar uma olhada.

— Olhe, Katharine! Olhe aquelas flores. Aquele tufo perto do fundo. Percebe que tem duas cores diferentes?

Ela já tinha se virado para ir, mas voltou um pouco irritada por um instante. Até se inclinou sobre o penhasco para ver para onde ele apontava. Ele estava parado um pouco atrás dela e pôs a mão em sua cintura para estabilizá-la. Nessa hora, ocorreu-lhe quão sozinhos estavam. Não havia um ser humano em nenhum lugar, nem uma folha se mexendo ou um pássaro acordado. Num lugar desses, o perigo de haver um microfone escondido era bem remoto e, mesmo que houvesse um, só captaria sons. Era a hora mais quente e sonolenta da tarde. O sol ardia sobre eles, o suor fazia cócegas no rosto dele. E o pensamento lhe bateu...

— Por que não a empurrou? — perguntou Julia. — Eu a teria empurrado.

— Sim, querida, você teria. Eu teria, se fosse na época a pessoa que sou hoje. Ou talvez eu teria, não tenho certeza.

— Se ressente de não ter empurrado?

— Sim. No geral, me ressinto.

Estavam sentados um do lado do outro no chão empoeirado. Ele a puxou para mais perto. A cabeça dela estava em seu ombro, o aroma agradável dos cabelos sobrepunha-se ao de cocô de pombo. Ela era bem jovem, ele pensou, ainda esperava algo da vida, não entendia que empurrar uma pessoa incômoda do penhasco não resolve nada.

— Na verdade, não teria feito diferença nenhuma — disse ele.

— Então por que se ressente de não tê-la empurrado?

— Só porque prefiro o lado positivo ao negativo. Neste jogo em que estamos, não dá para ganhar. Alguns tipos de fracasso são melhores que outros, é isso.

Ele sentiu os ombros dela se mexerem como que discordando. Ela sempre o contradizia quando falava coisas assim. Não aceitava como lei da natureza que o indivíduo é sempre derrotado. Num certo sentido, ela percebia que estava condenada, que uma hora ou outra a Polícia do Pensamento a pegaria e a mataria, mas em algum lugar em sua mente acreditava que, de alguma forma, era possível construir um mundo secreto em que pudesse viver como decidisse. Tudo de que precisava era sorte, astúcia e coragem. Ela não entendia que não existia essa coisa de felicidade, que a única vitória estava no futuro distante, bem depois de você ter morrido, que, a partir do momento em que declarasse guerra ao Partido, era melhor se considerar morto.

— Nós somos os mortos — disse ele.

— Não morremos ainda — Julia disse simplesmente.

— Não fisicamente. Seis meses, um ano, cinco anos, possivelmente. Tenho medo da morte. Você é jovem, então provavelmente tem mais medo que eu. Obviamente, devemos adiar isso o máximo possível. Mas não faz muita diferença. Enquanto os seres humanos forem humanos, a vida e a morte são a mesma coisa.

— Quanta bobagem! Com quem você vai dormir, comigo ou com um esqueleto? Não aprecia a vida? Não gosta de sentir? Esta sou eu, esta é minha mão, minha perna, sou real, sólida, estou viva! Não gosta DISSO?

Ela se revirou e pressionou o peito contra ele. Ele podia sentir os seios dela, maduros, porém firmes, através do macacão. O corpo dela parecia estar despejando um pouco de sua juventude nele.

— Sim, eu gosto — disse ele.

— Então pare de falar em morrer. E ouça, querido, temos que arranjar nosso próximo encontro. Podemos voltar ao lugar da mata. Demos um bom tempo dele. Mas você tem que chegar lá por um caminho diferente desta vez. Já planejei tudo. Você pega o trem, mas preste atenção, vou desenhar para você.

E, com a praticidade de costume, ela rascunhou um pequeno quadrado de poeira e com um graveto do ninho de uma pomba começou a desenhar um mapa no chão.

CAPÍTULO 4

Winston deu uma olhada no quartinho estropiado acima da loja do Sr. Charrington. A cama enorme do lado da janela estava arrumada, com lençóis surrados e uma almofada sem capa. O relógio antiquado com o mostrador de doze horas estava funcionando na moldura de madeira. No canto, na mesa extensível, o peso de papéis de vidro que tinha comprado na última visita reluzia discretamente sob a semiescuridão.

No protetor de lareira estavam um aquecedor a óleo de latão, uma caçarola e duas xícaras, fornecidos pelo Sr. Charrington. Winston acendeu o maçarico e pôs uma panela com água para ferver. Ele tinha levado um envelope cheio de café Vitória e alguns tabletes melosos. Os ponteiros do relógio davam cinco e vinte da tarde: eram sete e vinte, na verdade. Ela viria às sete e meia.

Loucura, loucura, era o que sentia: loucura consciente, gratuita, suicida. Dentre todos os crimes que um membro do Partido poderia cometer, este era o mais difícil de esconder. Na verdade, a ideia veio primeiro como uma visão, do peso de papéis de vidro refletido pela superfície da mesa extensível. Como tinha suposto, o Sr. Charrington não tinha imposto nenhuma dificuldade quanto a liberar o quarto. Era óbvio que estava contente com os poucos dólares que isso lhe traria. Ele também não ficou espantado, nem reagiu agressivamente, quando ficou claro que Winston queria o quarto por causa de um romance. Em vez disso, distanciou-se um pouco e falou de generalidades, de uma forma tão sutil que dava a impressão de que era parcialmente invisível. Privacidade, ele dissera, era algo muito valioso. Todo mundo queria um lugar onde pudesse ficar sozinho de vez em quando. E, quando conseguiam, era uma questão de gentileza por parte de qualquer um que soubesse disso manter esse conhecimento para si mesmo. Ele mesmo, parecendo quase desaparecer enquanto dizia, acrescentou que havia duas entradas para a casa, uma delas pelo quintal dos fundos, que dava acesso a uma viela.

Alguém cantava abaixo da janela. Winston deu uma espiada, protegido pela cortina de musselina. O sol de junho ainda brilhava forte, e, na praça ensolarada lá embaixo, uma mulher gigantesca, maciça como um pilar normando, com braços musculosos avermelhados e um avental de saco amarrado na cintura, andava pesadamente entre uma tina e um varal, pendurando várias peças brancas que Winston percebeu que eram fraldas. A todo momento em que não estivesse com pregadores na boca ela cantava num contralto potente:

Foi só uma fantasia impossível.
Passou como um dia de abril,
Mas um olhar e uma palavra e os sonhos atiçaram!
Roubaram meu coração!

A cantiga vinha assombrando Londres havia semanas. Era uma das inúmeras canções parecidas publicadas em benefício dos proletas por uma subseção do Departamento de Música. As letras dessas músicas eram escritas sem intervenção humana, num instrumento conhecido como versificador. Mas a mulher cantou tão melodiosamente que fez esse lixo horrível quase ficar agradável aos ouvidos. Podia ouvir a mulher cantar e os sapatos dela raspando no piso, o choro das crianças na rua e em algum lugar bem longe um ruído de trânsito e, ainda assim, o quarto parecia quieto, graças à ausência de uma teletela.

"Loucura, loucura, loucura!", ele pensou outra vez. Não dava para imaginá-los frequentando esse lugar por mais que algumas semanas sem ser pegos. Mas a tentação de ter um esconderijo deles, num lugar fechado e à mão, foi imensa para ambos. Após a visita deles ao campanário da igreja, ficou impossível por um tempo arrumar encontros. As horas de trabalho tinham aumentado drasticamente na expectativa da Semana do Ódio. Ainda faltava mais de um mês, mas os vastos e complexos preparos envolvidos estavam aumentando a carga de trabalho de todo mundo. Enfim, ambos conseguiram ter uma tarde livre no mesmo dia. Tinham acordado de voltar à clareira na mata. Na noite da véspera, eles se encontraram rapidamente na rua. Como de costume, Winston mal olhou para Julia enquanto se dirigiam um ao outro na multidão, mas pela olhadela que ele deu nela pareceu que ela estava mais pálida que o normal.

— Está cancelado — ela sussurrou, assim que considerou seguro falar. — Amanhã, quero dizer.

— O quê?

— Amanhã à tarde. Não dá para eu ir.

— Por que não?

— Ah, o motivo de sempre. Começou hoje desta vez.

Por um instante, ficou extremamente irritado. Ao longo do mês, desde que a conheceu, a essência de seu desejo por ela tinha mudado. No princípio, houve pouca sensualidade real. A primeira vez em que fizeram amor foi apenas uma resposta do desejo. Entretanto, a partir da segunda vez foi diferente. O cheiro do cabelo dela, o gosto da boca, a sensação da pele pareciam ter se entranhado nele, ou se impregnado no ar ao redor dele. Ela tinha virado uma necessidade física, algo que não só ele queria, mas a que sentia ter direito. Quando ela disse que não poderia ir, ele teve a sensação de que estava sendo traído. Bem nesse momento, a pressão da multidão os aproximou e suas mãos se encontraram acidentalmente. Ela deu uma leve apertada nas pontas dos dedos dele, que insinuavam afeto, e não desejo. Ocorreu-lhe que, quando se vive com uma mulher, esse desapontamento em particular deve ser uma coisa normal e recorrente. Então, uma ternura intensa, como não tinha sentido por ela antes, de repente tomou conta dele. Desejou que tivessem um casamento de anos. Queria andar com ela pelas ruas como estavam ali, mas abertamente e sem medo, conversar sobre trivialidades e comprar quinquilharias para o lar. Ansiava, acima de tudo, por um lugar em que pudessem ficar a sós sem sentir a obrigação de fazer amor toda vez que se encontrassem. Não foi realmente naquela hora, mas em algum momento no dia seguinte que a ideia de alugar o quarto do Sr. Charrington lhe ocorrera. Quando sugeriu isso a Julia, ela concordou com uma disposição inesperada. Ambos sabiam que era loucura. Era como se tivessem a intenção de caminhar para a cova. Enquanto esperava na ponta da cama, pensou de novo nos porões do Ministério do Amor. Estranho como o terror predeterminado vinha ao consciente e depois ia embora. Aí estava, preso ao futuro, precedendo a morte tão precisamente quanto 99 precede 100. Não se podia evitar, mas talvez se pudesse adiar: e mesmo em vez de, às vezes, por uma atitude consciente e deliberada, se escolhesse diminuir o intervalo antes que acontecesse.

Houve naquela hora passos rápidos na escada. Julia irrompeu no quarto. Ela carregava uma bolsa de ferramentas grosseira de lona marrom, como já a tinha visto carregar de um lado a outro no ministério. Ele começou a se mover para abraçá-la, mas ela se desembaraçou um tanto apressadamente, em parte por ainda estar segurando a bolsa.

— Um segundo — disse ela. — Deixe-me mostrar o que eu trouxe. Você trouxe aquele café Vitória horrível? Acho que sim. Pode jogar fora, porque não vamos precisar dele. Olhe.

Ela ficou de joelhos, abriu a bolsa e tirou algumas chaves-inglesas e uma chave de fenda que estavam por cima. Por baixo, vários pacotes de papel limpos. O primeiro pacote que ela deu a Winston tinha uma consistência estranha, porém levemente familiar. Tinha uma substância pesada e arenosa que se movia onde quer que se tocasse.

— É açúcar? — perguntou.

— Açúcar de verdade. Não sacarina, açúcar. E aqui tem um pedaço de pão, pão branco legítimo, não aquilo que dão para nós, e um potinho de geleia. Eis uma lata de leite, mas veja! É disso que realmente tenho orgulho. Tive que embrulhar um pouco, porque...

Não foi necessário que ela dissesse por que tinha embrulhado. O cheiro já tomava conta do quarto, intenso e picante como uma emanação de seus primeiros anos de infância, mas com o qual se podia encontrar, esporadicamente, mesmo hoje em dia, derrubando uma passagem antes do bater de uma porta, ou misteriosamente se disseminando numa rua lotada, sentido por um momento e então perdido novamente.

— É café — ele murmurou —, café de verdade.

— É café da Cúpula do Partido. Tem um quilo aqui — disse ela.

— Como conseguiu pegar todas essas coisas?

— É tudo da Cúpula do Partido. Não tem nada que aqueles porcos não possuam, nada. Claro que garçons e servos roubam coisas... olha, tenho um sachê de chá também.

Winston tinha se ajoelhado do lado dela. Rasgou uma ponta do sachê.

— Chá de verdade. Não folhas de amoreira.

— Tem tido bastante chá recentemente. Eles conquistaram a Índia, ou algo assim — disse ela vagamente. — Ouça, querido. Quero que fique de costas para mim por três minutos. Vá se sentar do outro lado da cama. Não fique muito perto da janela. E não se vire até eu dizer que pode.

Winston olhava distraidamente pela cortina de musselina. Lá embaixo, no pátio, a mulher com braços avermelhados ainda marchava entre a tina e o varal. Ela tirou mais dois pregadores da boca e cantou com bastante sentimento:

Dizem que o tempo cura todas as coisas,
Dizem que sempre se pode esquecer;
Mas os sorrisos e as lágrimas ao longo dos anos
Ainda tocam fundo no coração!

Aparentemente, ela sabia essa música idiota de cor. A voz dela flutuava com o alegre ar do verão, bem afinada, carregada com uma espécie de melancolia feliz. Tinha-se a impressão de que ela teria ficado muito satisfeita, se a noite de junho fosse infinita e o estoque de roupas inesgotável, para ficar lá por mil anos, estendendo fraldas e cantando besteiras. Ocorreu-lhe como algo peculiar nunca ter ouvido um membro do Partido cantar sozinho e de forma espontânea. Até pareceria um pouco fora do convencional, uma excentricidade perigosa, como falar sozinho.

Talvez fosse só quando as pessoas estivessem quase passando fome que teriam sobre o que cantar.

— Pode se virar agora — disse Julia.

Ele se virou e, por um instante, quase não a reconheceu. O que ele realmente esperava era vê-la nua. Mas ela não estava nua. A transformação que tinha ocorrido era muito mais surpreendente que isso. Ela tinha se maquiado.

Ela deve ter fuçado alguma loja nos bairros proletários e comprado um jogo completo de maquiagem. Os lábios estavam intensamente vermelhos, as bochechas tinham ruge, o nariz empoado; havia ainda um toque de alguma coisa sob os olhos para ressaltá-los. Não tinha sido feita com muita habilidade, mas os parâmetros de Winston para tais assuntos não eram altos. Ele nunca tinha visto ou imaginado uma mulher do Partido maquiada. A melhora na aparência dela era impressionante. Com apenas algumas pinceladas de cores nos lugares certos, ficou não muito mais bonita, mas, principalmente, bem mais feminina. O cabelo curto e o macacão simplesmente aumentavam o efeito. Assim que a tomou em seus braços, uma onda de violetas sintéticas inundou suas narinas. Lembrou-se da semiescuridão de uma cozinha subterrânea e de uma boca cavernosa de mulher. Era exatamente o mesmo aroma que ela tinha usado, mas naquela hora não parecia importar.

— Com aroma também! — disse ele.

— Sim, querido, com aroma também. Sabe o que vou fazer a seguir? Vou arranjar um vestido de verdade em algum lugar e usá-lo em vez destas calças malditas. Vou usar meias de seda e sapatos de salto alto! Neste quarto serei uma mulher, e não uma camarada do Partido.

Eles tiraram as roupas e subiram na enorme cama de mogno.

Era a primeira vez que ele se despia na frente dela. Até então tinha tido muita vergonha do corpo pálido e magro, com as veias varicosas sobressaindo nas panturrilhas e a mancha desbotada acima do calcanhar. Não havia lençóis, mas o cobertor em que se deitavam era surrado e macio, e o tamanho e a viscosidade da cama impressionavam a ambos.

— Deve estar cheia de insetos, mas e daí? — disse Julia.

Não se via uma cama dessas hoje em dia, a não ser na casa dos proletas. Winston dormira em uma esporadicamente na infância; Julia nunca tinha dormido em uma antes, tanto quanto conseguia lembrar.

Acabaram dormindo um pouco. Quando Winston acordou, eram quase nove da noite. Não se mexeu, pois Julia dormia com a cabeça no seu braço. A maior parte da maquiagem tinha ido parar no rosto dele ou no apoio, mas uma leve mancha de ruge ainda realçava a beleza da maçã do rosto dela. Um raio amarelado do sol poente chegava ao pé da cama e iluminava a lareira, onde a água na panela fervia rapidamente. Lá embaixo, no pátio, a mulher tinha parado de cantar, mas o choro distante das crianças pairava na rua. Ele se perguntava se no passado abolido era natural ficar na cama assim, ao frescor de uma noite de verão, um homem e uma mulher sem roupas, fazendo amor quando quisessem, falando sobre o que quisessem, sem sentir nenhum impulso de levantar, apenas deitados e ouvindo a tranquilidade dos sons lá fora. Era certo que nunca tinha havido uma época em que isso era comum? Julia acordou, esfregou os olhos e se ergueu sobre o cotovelo para olhar o aquecedor.

— Metade da água evaporou — disse ela. — Vou me levantar e fazer café. Temos uma hora. A que horas cortam a luz nos apartamentos de vocês?

— Às onze e meia da noite.

— É às onze no albergue. Mas você tem que chegar antes disso, porque — Ei! Sai, seu animal imundo!

De repente, ela se virou na cama, pegou um sapato do chão e o arremessou no canto com força, da mesma forma que a tinha visto jogar o dicionário em Goldstein, naquela manhã no Ódio de Dois Minutos.

— O que foi isso? — ele perguntou surpreso.

— Um rato. Eu vi o focinho dele sair pelo lambril. Tem um buraco lá. Dei um bom susto nele, de qualquer forma.

— Ratos! — Winston murmurou. — Neste quarto!

— Estão em toda parte — disse Julia com indiferença enquanto se deitava de novo. — Tem ratos até na cozinha do albergue. Alguns lugares em Londres estão infestados deles. Sabia que eles atacam crianças? Sim, atacam. Em alguns bairros, as mulheres não ousam deixar seus bebês sozinhos um minuto que seja. São os maiores, de cor marrom, que fazem isso. E o pior é que eles sempre...

— NÃO CONTINUE! — disse Winston, com os olhos bem fechados.

— Querido! Você ficou bem pálido. O que aconteceu? Eles o deixam enjoado?

— O pior de todos os horrores do mundo, um rato!

Ela se recostou a ele e o abraçou, como se para assegurá-lo com o calor do seu corpo. Ele demorou um pouco para reabrir os olhos. Em vários momentos, ele teve a sensação de reviver um pesadelo recorrente em sua vida. Era sempre a mesma coisa. Ele estava parado em frente a uma parede escura e do outro lado havia algo insuportável, horrível demais para encarar. No sonho, a sensação mais intensa era sempre de autoengano, porque ele sabia o que estava por trás do muro escuro. Com um esforço mortal, como se arrancasse um pedaço do cérebro, podia até ter arrastado a coisa para fora. Sempre acordava sem descobrir o que era; mas, de alguma forma, estava conectado com o que Julia vinha dizendo quando a interrompeu.

— Desculpe — disse ele. — Não é nada. Não gosto de ratos, é isso.

— Não se preocupe, querido, esses imundos não ficarão por aqui. Vou tapar o buraco com sacos antes de irmos embora. Na próxima vez em que viermos aqui, vou trazer um pouco de gesso para fechar de vez.

O momento tenebroso de pânico já tinha quase passado. Sentindo-se um pouco envergonhado de si mesmo, sentou contra a cabeceira da cama. Julia saiu da cama, vestiu o macacão e fez café. O aroma que saía da panela era tão forte e excitante que acabaram fechando a janela no caso de alguém perceber e começar a fazer perguntas. O que era ainda melhor que o sabor do café era a textura sedosa que o açúcar dava, algo que Winston quase tinha esquecido depois de anos de sacarina. Com uma mão no bolso e um pedaço de pão com geleia na outra, Julia perambulava pelo quarto, dando uma olhada indiferente para a estante, indicando a melhor forma de consertar a mesa extensível, deixando-se cair na poltrona esfarrapada para ver se era confortável e examinando o absurdo relógio com mostrador de doze horas com certo divertimento tolerante. Ela levou o peso de papéis de vidro para a cama para dar uma olhada nele com melhor iluminação. Ele tirou-o das mãos dela, fascinado, como sempre, pela aparência suave de chuva do vidro.

— O que acha que é? — perguntou Julia.

— Não acho que seja alguma coisa — quero dizer, não acho que já tenha tido alguma utilidade. É disso que gosto nele. Um pedaço de história que se esqueceram de mudar. É uma mensagem de cem anos atrás, se alguém soubesse como lê-la.

— E aquele quadro ali — ela apontou para a gravura na parede oposta —, ele teria cem anos?

— Mais. Duzentos, ouso dizer. Não dá para saber. É impossível descobrir a idade das coisas hoje em dia.

Ela foi dar uma olhada.

— Foi aqui que o bicho expôs o focinho — disse ela, chutando o lambril bem abaixo do quadro. — Que lugar é esse? Já o vi antes.

— É uma igreja, ou ao menos costumava ser. O nome era São Clemente dos Dinamarqueses.

O verso que o Sr. Charrington tinha ensinado lhe veio à mente e ele acrescentou um tanto nostalgicamente:

— Laranjas e limões, dizem os sinos de São Clemente!

Para seu espanto, ela completou o verso:

— *Você me deve três moedinhas, dizem os sinos de São Martinho,*
Quando vai me pagar? Dizem os sinos da Velha Muralha...

— Não consigo lembrar como continua depois disso. De qualquer forma, lembro que termina em "Eis uma vela para iluminar seu caminho à cama, eis um cutelo para cortar sua cabeça!".

Eram como as duas metades de uma contrassenha. Mas deve haver outra frase depois de "os sinos da Velha Muralha". Talvez pudesse ser desencavado da memória do Sr. Charrington, se ele fosse devidamente motivado.

— Quem ensinou isso a você? — ele perguntou.

— Meu avô. Ele costumava dizer isso para mim quando eu era pequena. Ele foi evaporado quando eu tinha oito anos... De qualquer maneira, ele sumiu. Eu me perguntava o que era um limão — ela acrescentou, inconsequentemente. — Já vi laranjas. São frutas redondas e amarelas com uma casca grossa.

— Eu me lembro dos limões — disse Winston. — Eram bem comuns nos anos 50. Eram tão azedos que até o cheiro incomodava.

— Aposto que aquele quadro tem insetos atrás dele — disse Julia. — Vou tirar da parede e dar uma boa limpada algum dia. Suponho que seja quase hora de ir embora. Devo começar a tirar a maquiagem. Que saco! Vou tirar o batom do seu rosto depois.

Winston ficou deitado mais alguns minutos. O quarto estava escurecendo. Ele se virou para a luz e ficou olhando dentro do peso de papéis de vidro. A coisa infinitamente interessante não era o pedaço de coral, mas o próprio interior do vidro. Havia tanta intensidade nele e, mesmo assim, era praticamente transparente. Era como se a superfície do vidro tivesse sido o arco do céu, cercando um mundo pequeno com sua atmosfera. Tinha a sensação de que podia entrar nele e de que realmente estava dentro dele, com a cama de mogno, a mesa extensível, o relógio, a gravura de aço e o próprio peso de papéis. O peso de papéis era o quarto em que ele estava e o coral era a vida de Julia e a sua, fixas numa espécie de eternidade no centro do cristal.

CAPÍTULO 5

Syme tinha sumido. Certo dia, ele faltou ao trabalho; algumas pessoas imprudentes comentaram sobre a ausência dele. No dia seguinte, ninguém o mencionou. No terceiro dia, Winston entrou no vestíbulo do Departamento de Gravações para ver o quadro de avisos. Um dos avisos tinha uma lista impressa dos membros do Comitê de Xadrez, do qual Syme fez parte. Parecia quase a mesma de antes — nada tinha sido riscado — mas tinha um nome a menos. Era o bastante. Syme tinha deixado de existir: nunca tinha existido.

O clima estava um forno. No labiríntico ministério, as salas sem janelas e com ar condicionado continuavam com sua temperatura normal, mas do lado de fora o asfalto queimava as solas dos pés e o fedor nas estações de metrô no horário de pico era terrível. Os preparos para a Semana do Ódio estavam a pleno vapor, e as equipes de todos os ministérios estavam fazendo hora extra. Procissões, encontros, paradas militares, palestras, museu de cera, exibições, mostras de filmes, programas de teletela, tudo tinha que estar organizado; estandes tinham que estar montados, efígies construídas, slogans cunhados, músicas escritas, rumores circulados, fotografias falsificadas. A unidade de Julia no Departamento de Ficção tinha sido tirada da produção de novelas e estava correndo com a produção de panfletos de atrocidades. Winston, além de seu trabalho regular, passava muito tempo todo dia analisando arquivos do *The Times,* alterando e ornamentando pontos em notícias que seriam citadas em discursos. Tarde da noite, quando multidões de proletas arruaceiros perambulavam pelas ruas, a cidade tinha um ar peculiarmente febril. Os mísseis caíam mais do que nunca e, às vezes, bem longe, havia explosões imensas que não se podia explicar e sobre as quais havia rumores extravagantes.

A nova música que seria a canção-tema da Semana do Ódio (a Canção do Ódio, como era conhecida) já tinha sido composta e não parava de tocar nas teletelas. Tinha um ritmo selvagem e louco que não dava para dizer que fosse música, mas lembrava a batida de um tambor. Vociferada por centenas de vozes ao ritmo de pés em marcha, era assustadora. Os proletas gostaram dela e, nas ruas da meia-noite competia com a ainda popular "Era só uma fantasia impossível". Os filhos dos Parsons a tocavam o tempo todo, insuportavelmente, com um pente e um pedaço de papel higiênico. As noites de Winston estavam mais tomadas que nunca. Esquadrões de voluntários, organizados por Parsons, preparavam a rua para a Semana do Ódio, costurando bandeiras, pintando cartazes, posicionando mastros nos telhados e se arriscando para pendurar fios pela rua para a recepção de faixas. Parsons alardeava que o Mansões Vitória sozinho exibiria quatrocentos metros de bandeirinhas. Ele estava no seu território e festivo como uma cotovia. O calor e o trabalho manual tinham-lhe dado uma desculpa para usar shorts e camisa aberta nas noites. Estava em todos os lugares ao mesmo tempo, empurrando, puxando, serrando, martelando, improvisando, animando todo mundo com exortações de camarada e expelindo de cada dobra do corpo o que parecia ser uma fonte inesgotável de suor acrimonioso.

De repente, um novo cartaz aparecia por toda Londres. Não tinha legenda e apenas representava a figura monstruosa de um soldado eurasiano, três ou quatro metros de altura, avançando com um rosto mongol inexpressivo e botas enormes, uma submetralhadora apontada a partir do quadril. De qualquer ângulo que se olhasse para o cartaz, o cano da arma, realçado pelo escorço, parecia apontar para você. O negócio tinha sido colado em cada espaço em branco de cada parede, chegando a superar em número, os retratos do Grande Irmão. Os proletas, geralmente apáticos com relação à guerra, estavam sendo forçados a entrar em um de seus frenesis periódicos de patriotismo. Como que para combinar com o ânimo geral, os mísseis têm matado muito mais pessoas que o normal. Um caiu num cinema lotado em Stepney, soterrando centenas de vítimas entre as ruínas. Todas as pessoas do bairro apareceram para um longo e arrastado funeral que durou horas e foi, na verdade, um encontro de indignação. Outra bomba caiu num terreno baldio usado como área de lazer e dezenas de crianças foram dizimadas. Houve mais demonstrações de fúria, a efígie de Goldstein foi queimada, centenas de cópias do cartaz do soldado eurasiano foram rasgadas e jogadas na fogueira e várias lojas foram pilhadas no tumulto; daí um rumor correu de que espiões estavam direcionando os mísseis através de ondas sem fio; um casal de idosos suspeito de ter ascendência estrangeira teve sua casa incendiada e morreu sufocado.

No quarto acima da loja do Sr. Charrington, quando podiam estar lá, Julia e Winston se deitavam um do lado do outro numa cama despojada sob a janela aberta, nus para se refrescar. O rato nunca voltou, mas os insetos se multiplicaram terrivelmente no calor. Não parecia importar. Sujo ou limpo, o quarto era um paraíso. Assim que chegavam, espirravam a pimenta comprada no mercado negro em tudo, tiravam as roupas e faziam amor suados, então adormeciam e acordavam para descobrir que os insetos tinham se reunido para contra-atacar.

Quatro, cinco, seis, sete vezes se encontraram durante o mês de junho. Winston largou o costume de beber gim a qualquer momento. Parecia que não tinha mais necessidade disso. Ficou mais gordo, a úlcera varicosa diminuiu, deixando apenas uma mancha marrom na pele acima do tornozelo, os acessos de tosse nas primeiras horas da manhã pararam. Os processos da vida deixaram de ser insuportáveis, já não tinha mais o impulso de fazer caretas para a teletela ou de gritar palavrões com toda a força. Agora que tinha um esconderijo seguro, quase um lar, não parecia um sofrimento somente poderem se encontrar irregularmente e por apenas algumas horas cada vez. O que interessava era que o quarto acima do brechó existisse. Saber que estava lá, inviolado, era quase a mesma coisa que estar lá. O quarto era um mundo, um pedaço do passado em que animais extintos caminhavam. Geralmente, parava para conversar com o Sr. Charrington alguns minutos antes de subir. O velho parecia raramente ou nunca sair e, por outro lado, quase nunca ter clientes. Ele tinha uma existência fantasmagórica entre a loja pequena e escura, e a ainda menor cozinha onde preparava suas refeições e que continha, entre outras coisas, um gramofone incrivelmente antigo com uma corneta enorme. Ele parecia gostar da oportunidade para conversar. Caminhando por entre seu estoque sem valor, com o nariz comprido, os óculos grossos e os ombros curvados no paletó de veludo, ele sempre pareceu mais um colecionador do que um comerciante. Com um resquício de entusiasmo, ele apontaria um refugo aqui, outro ali — uma rolha de porcelana, a tampa pintada de uma caixa de rapé quebrada, um medalhão barato com uma mecha de cabelo de algum bebê morto há tempos —, nunca pedia a Winston que comprasse, apenas que admirasse. Conversar com ele era como ouvir o tilintar de uma caixa de música velha. Ele tinha tirado dos recônditos da memória mais partes de versos esquecidos. Havia um sobre vinte e quatro pássaros negros e outro sobre a morte de um pobre pintarroxo. "Acabou de me ocorrer que você pode se interessar", ele dizia com uma risadinha depreciativa quando entregava mais um pedaço. Mas não conseguia lembrar mais que algumas partes de outro verso.

Ambos sabiam, de certa forma, e nunca saía da mente deles que o que acontecia agora não podia durar muito. Havia momentos em que a morte iminente parecia tão tangível quanto a cama em que se deitavam e se agarravam com uma sensualidade um tanto desesperada, como uma alma amaldiçoada lutando pelo último instante de prazer quando o relógio está a cinco minutos de tocar. Havia também momentos em que eles tinham não só a ilusão de segurança, mas de perenidade. Conquanto permanecessem neste quarto, ambos sentiam que nada de ruim poderia atingi-los. Chegar lá era difícil e perigoso, mas o quarto mesmo era um santuário. Era como quando Winston olhou para o centro do peso de papéis, com a sensação de que seria possível penetrar no mundo vítreo e, uma vez dentro, o tempo pararia. Com frequência se entregavam a sonhos de fuga. A sorte continuaria indeterminadamente, e eles manteriam seu caso, exatamente assim, pelo resto da vida. Ou Katharine morreria, e por manobras sutis Winston e Julia conseguiriam se casar. Ou cometeriam suicídio juntos. Desapareceriam, se tornariam irreconhecíveis, aprenderiam a falar com sotaques proletários, arrumariam empregos em fábricas e viveriam despercebidos numa rua secundária. Era tudo besteira, como bem sabiam. No mundo real, não havia escapatória. Mesmo o único plano prático, suicídio, não tinham intenção de levar adiante. Aguentar dia a dia e semana a semana, prolongando um presente que não tinha futuro, parecia um instinto invencível, assim como os pulmões sempre buscarão o próximo respiro desde que haja ar disponível.

Às vezes, também, conversavam sobre se engajar em rebelião contra o Partido, mas sem ter a menor ideia de como começar. Mesmo que a fantástica Irmandade fosse de verdade, ainda havia a dificuldade de conseguir entrar. Ele falou para ela sobre a estranha afinidade que existia, ou parecia existir, entre ele e O'Brien, e sobre o impulso que algumas vezes tinha de simplesmente ir até O'Brien, dizer que era inimigo do Partido e exigir sua ajuda. Muito curiosamente, isso não soou para ela como a coisa mais imprudente a fazer. Ela estava acostumada a julgar as pessoas pelo rosto e lhe pareceu normal que Winston acreditasse que O'Brien fosse confiável a partir de uma simples olhadela. Além disso, tinha como certo que todo mundo, ou quase todo mundo, detestasse o Partido secretamente e burlaria as regras se considerasse seguro fazer isso. Mas se recusava a acreditar que uma oposição espalhada e organizada existisse ou pudesse existir. As histórias sobre Goldstein e seu exército clandestino, ela disse, não passavam de um monte de besteiras que o Partido tinha inventado para fins próprios e nas quais se tinha que fingir que acreditava. Incontáveis vezes, em comícios do Partido e demonstrações espontâneas, tinha gritado com toda a força pela execução de pessoas cujos nomes nunca tinha ouvido e em cujos supostos crimes não acreditava nem um pouco. Quando ocorriam os julgamentos públicos, ela pegava um lugar nos destacamentos da Liga da Juventude que cercavam as cortes da manhã à noite, entoando intermitentemente "morte aos traidores!". Durante o Ódio de Dois Minutos, ela sempre sobressaía aos outros gritando insultos a Goldstein. Ainda que só tivesse uma vaga ideia de quem Goldstein foi e que doutrinas ele supostamente representava. Tinha crescido desde a Revolução e era muito nova para se lembrar das batalhas ideológicas dos anos 50 e 60. Algo como um movimento político independente estava além da imaginação dela: e, de qualquer forma, o Partido era invencível. Sempre existiria e seria sempre o mesmo. Só se poderia se rebelar contra ele através da desobediência secreta ou, no máximo, por atos isolados de violência tais como matar alguém ou explodir alguma coisa.

De algumas formas ela era mais sagaz que Winston e bem menos suscetível à propaganda do Partido. Uma vez, quando, fazendo conexão com algo, calhou de ele mencionar a guerra contra a Eurásia, ela o surpreendeu ao dizer descontraidamente que na opinião dela não havia uma guerra. Os mísseis que caíam diariamente em Londres, provavelmente, eram disparados pelo próprio governo da Oceania, "apenas para manter as pessoas assustadas". Tal ideia jamais ocorreu a ele. Ela também provocou certa inveja nele ao dizer que durante o Ódio de Dois Minutos tinha muita dificuldade para não cair na gargalhada. Entretanto, ela só questionava os ensinamentos do Partido quando entravam em conflito com a vida dela. Frequentemente, estava disposta a aceitar a mitologia oficial, apenas porque a diferença entre a verdade e a ficção não importavam muito para ela. Acreditava, por exemplo, ter aprendido na escola, que o Partido tinha inventado os aviões. Nos seus próprios dias de escola, Winston lembrava que, no final dos anos 50, o Partido só clamava por ter inventado o helicóptero; uns dez ou doze anos depois, quando Julia estava na escola, já dizia ter inventado o avião; mais uma geração, o motor a vapor. Quando disse a ela que os aviões já existiam antes que ele nascesse e bem antes da Revolução, o fato soou totalmente sem interesse para ela. Afinal de contas, qual a importância de quem tinha inventado os aviões? Foi meio que um choque para ele quando descobriu, por acaso, que ela não se lembrava que a Oceania, quatro anos atrás, esteve em guerra com a Lestásia e em paz com a Eurásia. Era verdade que ela considerava a guerra uma farsa, mas, aparentemente, não tinha reparado que o nome do inimigo tinha mudado. "Achei que sempre tivéssemos estado em guerra com a Eurásia", disse distraidamente. Isso o deixou um pouco assustado. A invenção dos aviões era muito anterior ao nascimento dela, mas a transição na guerra tinha acontecido somente havia quatro anos, bem depois de ela já ser adulta. Discutiu isso com ela por talvez uns quinze minutos. No final, conseguiu forçar a memória dela até que vagamente lembrasse que, em alguma época, a Lestásia, e não a Eurásia, foi o inimigo. O assunto, no entanto, ainda lhe parecia sem importância. "E daí?", disse com impaciência. "É sempre uma maldita guerra depois de outra, e sabemos que é tudo mentira, de qualquer forma."

De vez em quando, falava com ela sobre o Departamento de Registros e as falsificações descaradas que cometia lá. Tais coisas não pareciam deixá-la horrorizada. Ela não parecia sentir como se lhe faltasse o chão quando pensava em mentiras virando verdades. Contou-lhe a história de Jones, Aaronson e Rutherford, e do importante pedaço de papel que uma vez teve em mãos. Isso não a impressionou muito. Num primeiro momento, na verdade, ela não entendeu o sentido da história.

— Eles eram seus amigos? — perguntou.

— Não. Nunca os conheci. Eles foram membros da Cúpula do Partido. Além disso, eram bem mais velhos do que eu. Eram dos velhos tempos, antes da Revolução. Quase não os conhecia de vista.

— Então qual era o motivo para você se preocupar? As pessoas são mortas o tempo todo, não?

Tentou fazê-la entender.

— Foi um caso excepcional. Não foi só uma questão de alguém ser morto. Percebe que o passado, começando por ontem, foi, na verdade, abolido? Se sobrevive em algum lugar, está em alguns objetos sólidos sem palavras atreladas a eles, como aquele caroço de vidro ali. Já não sabemos quase nada da Revolução e dos anos anteriores a ela. Cada registro foi destruído ou falsificado, cada livro foi reescrito, cada quadro repintado, cada estátua, rua e prédio renomeados, cada data alterada. E esse processo continua dia a dia, minuto a minuto. A História parou. Não existe nada além de um eterno presente em que o Partido está sempre certo. Eu sei, claro, que o passado foi falsificado, mas nunca poderia provar isso, mesmo quando eu mesmo fazia a falsificação. Depois de feita, não restava evidência. A única evidência está na minha mente, e não sei ao certo se outras pessoas compartilham as minhas memórias. Somente naquele momento específico, durante toda a minha vida, realmente possuí provas concretas do evento, anos depois.

— E que bem isso fez?

— Nenhum, porque joguei fora alguns minutos depois. Se fosse hoje, teria guardado.

— Bem, eu não! — disse Julia. — Tenho boa disposição para correr riscos, mas só por coisas que valham a pena, não por pedaços de jornal velho. O que poderia ter feito com isso mesmo se tivesse guardado?

— Não muito, talvez. Mas era evidência. Poderia ter levantado algumas dúvidas por aí, supondo que eu ousasse mostrar a alguém. Não penso que possamos mudar algo no nosso tempo de vida. Mas dá para imaginar alguns nós de resistência surgindo aos poucos, pequenos grupos se unindo, crescendo gradualmente e até deixando alguns registros, para que as próximas gerações continuem de onde paramos.

— Não estou interessada na próxima geração, querido. Estou interessada em NÓS.

— Você só é rebelde da cintura para baixo — disse a ela.

Ela considerou isso maravilhosamente sagaz e o abraçou com prazer. Ela não tinha o menor interesse pelas ramificações das doutrinas do Partido. Sempre que começava a falar dos princípios do socialismo inglês, dobropensar, a mutabilidade do passado, a negação da realidade objetiva e o uso das palavras em novafala, ela ficava entediada e confusa e dizia que nunca prestou atenção àquele tipo de coisa. Sabia-se que era tudo besteira, então por que se deixar se incomodado por isso? Ela sabia quando torcer e quando vaiar, e era tudo de que se precisava. Se ele insistisse em continuar falando desses assuntos, ela tinha o desconcertante hábito de cair no sono. Ela era uma dessas pessoas que conseguem dormir em qualquer hora e em qualquer posição. Conversando com ela, percebeu quão fácil era apresentar uma aparência de ortodoxia enquanto não se tinha a menor ideia do que era ortodoxia. Num certo sentido, a visão de mundo do Partido se impunha com mais sucesso em pessoas que não a entendiam. Podiam ser manipuladas a aceitar as mais descaradas distorções da realidade, porque nunca chegaram a se dar conta totalmente de quanto se exigia delas, e não tinham interesse suficiente em eventos públicos para reparar no que estava acontecendo. Permaneciam sãs por falta de entendimento. Apenas engoliam tudo e não eram prejudicadas por isso, por não deixar rastros, assim como um grão de milho passa não digerido pelo corpo de uma ave.

CAPÍTULO 6

Finalmente aconteceu. A mensagem esperada chegou. Por toda a sua vida, parecia, tinha esperado que isso acontecesse.

Caminhava pelo extenso corredor no ministério e estava quase no lugar onde Julia tinha passado o bilhete para ele quando se deu conta de que alguém maior que ele andava atrás dele. A pessoa, quem quer que fosse, deu uma tossida, obviamente como um prenúncio de conversa. Winston parou de repente e virou. Era O'Brien.

Enfim, estavam frente a frente e, aparentemente, seu único impulso era o de correr. O coração batia com força. Não teria capacidade de falar. O'Brien, por outro lado, continuou seguindo seu caminho, pousando uma mão amiga no braço de Winston por uns instantes, para que ambos andassem lado a lado. Ele começou a falar com aquela cortesia peculiar que o diferenciava da maioria dos membros da Cúpula do Partido.

— Tenho esperado por uma oportunidade para conversarmos — disse ele. — Estava lendo um dos seus artigos em novafala no *The Times* outro dia. Você tem um interesse acadêmico em novafala, imagino?

Winston tinha recuperado parte de seu autocontrole.

— Não diria acadêmico. Sou apenas um amador. Não é minha área. Nunca tive nada a ver com o desenvolvimento de fato da língua.

— Você escreve com muita elegância — disse O'Brien. — Não é só a minha opinião. Estava conversando com um amigo seu que, com certeza, é um especialista. O nome dele me fugiu à memória agora.

Novamente, o coração de Winston se agitou com força. Não podia ser outra coisa que não uma referência a Syme. Mas Syme não apenas tinha morrido, tinha sido abolido, era uma impessoa. Qualquer referência identificável a ele teria sido mortalmente perigosa. O comentário de O'Brien deve ter sido obviamente feito de propósito como um sinal, um código. Ao compartilhar um pequeno crime de pensamento, ele tinha transformado os dois em cúmplices. Tinham continuado a caminhar devagar pelo corredor, mas agora O'Brien parou. Com a peculiar e encantadora simpatia que costumava pôr no gesto ajustou os óculos no nariz. Então seguiu:

— O que eu realmente queria dizer é que no seu artigo notei que usou duas palavras que se tornaram obsoletas. Mas isso só aconteceu bem recentemente. Você viu a décima edição do *Dicionário de Novafala?*

— Não — disse Winston. — Não sabia que já tinha sido lançada. Ainda estávamos usando a nona no Departamento de Registros.

— A décima edição não deve sair por alguns meses ainda, creio. Mas algumas cópias adiantadas têm circulado. Eu mesmo tenho uma cópia. Talvez lhe interesse dar uma olhada, não?

— Muito, com certeza — disse Winston, na hora percebendo aonde isso levava.

— Alguns dos novos desenvolvimentos são geniais. A redução no número de verbos é o ponto que terá apelo com você, imagino. Deixe-me ver, devo enviar um mensageiro com o dicionário para você? Tenho receio de esquecer algo assim, como sempre. Talvez pudesse pegar no meu apartamento em alguma hora que lhe fosse apropriada? Espere. Eis meu endereço.

Eles estavam parados em frente a uma teletela. Um tanto distraído, O'Brien tateou dois dos seus bolsos e daí tirou um caderninho com capa de couro e um lápis-tinta dourado. Bem abaixo da teletela, numa posição que permitia a quem estivesse na outra ponta do instrumento ler o que ele estava escrevendo, rabiscou um endereço, arrancou a folha e a entregou a Winston.

— Geralmente, estou em casa à noite — disse. — Se não estiver, meu servo lhe entregará o dicionário.

Ele foi embora, deixando Winston com o pedaço de papel, que desta vez não precisava esconder. Não obstante, decorou o endereço escrito nele e, algumas horas depois, o jogou no buraco da memória com um monte de outros papéis.

Ficaram conversando por mais alguns minutos no máximo. Só havia um significado que o episódio podia ter. Tinha sido armado para que Winston pudesse saber o endereço de O'Brien. Isso era necessário, porque, a não ser perguntando diretamente, não dava para saber onde as pessoas moravam. Não havia nenhum tipo de catálogo. "Se algum dia quiser me encontrar, é aqui onde fico", era o que O'Brien estava dizendo a ele. Talvez até houvesse uma mensagem escondida no dicionário. De qualquer forma, uma coisa era certa. A conspiração com que tinha sonhado realmente existia, e ele tinha atingido a parte externa dela.

Sabia que uma hora ou outra atenderia ao chamado de O'Brien. Talvez amanhã, talvez depois de uma longa demora — não tinha certeza. O que estava acontecendo era apenas o desenrolar de um processo começado anos antes. O primeiro passo tinha sido segredo, pensamento involuntário, o segundo tinha sido a abertura do diário. Tinha se movimentado dos pensamentos para as palavras, e destas para as ações. O último passo era algo que aconteceria no Ministério do Amor. Tinha aceitado isso. O fim estava contido no início. Mas era assustador: ou, mais precisamente, era como um prenúncio da morte, como estar um pouco menos vivo. Mesmo quando estava conversando com O'Brien, quando o significado das palavras tinha assentado, uma sensação de calafrio tinha tomado conta do corpo dele. Sentia como se estivesse adentrando a umidade de uma cova e não era muito melhor porque sempre soube que a cova estava lá à sua espera.

CAPÍTULO 7

Winston tinha acordado com os olhos lacrimejantes. Julia virou e rolou até ele sonolentamente, murmurando algo que poderia ser "O que houve?".

— Tive um sonho — começou e logo parou. Era muito complicado para expressar em palavras. Havia o sonho propriamente dito e havia uma memória ligada a ele que tinha pairado em sua mente nos poucos segundos após acordar.

Ficou deitado com os olhos fechados, ainda entorpecido pela atmosfera do sonho. Era um sonho amplo e luminoso em que toda a sua vida parecia se expandir diante de si como paisagem numa noite de verão após a chuva. Tudo tinha acontecido dentro do peso de papéis de vidro, mas a superfície do vidro era a abóbada do céu, e dentro da abóbada tudo era inundado com clara e suave luz na qual se conseguia enxergar distâncias infinitas. O sonho também era compreendido por — de fato, num certo sentido consistia nisso — um gesto do braço feito por sua mãe e feito de novo, trinta anos depois, pela mulher judia que ele viu no vídeo de notícias tentando proteger o menino das balas, antes que o helicóptero os despedaçasse.

— Sabia — disse ele — que até agora eu acreditava que tinha matado minha mãe?

— Por que a matou? — Julia disse, quase dormindo.

— Eu não a matei. Não fisicamente.

No sonho, se lembrou da última olhada que deu em sua mãe e, em alguns instantes, despertando um conjunto de pequenos eventos circundantes tudo voltou. Era uma memória que deve ter suprimido da consciência deliberadamente por muitos anos. Não tinha certeza sobre a data, mas não podia ter menos que dez anos, talvez doze, quando aconteceu.

Seu pai tinha desaparecido algum tempo antes, quanto não conseguia lembrar. Lembrava-se melhor das circunstâncias ruidosas e inquietas da época: o pânico rotineiro de ataques aéreos e o abrigo nas estações de metrô, as pilhas de borracha em toda parte, os anúncios ininteligíveis postados nas esquinas, as gangues de jovens com camisetas da mesma cor, as filas enormes do lado de fora das padarias, o tiroteio intermitente com metralhadoras a distância — principalmente, o fato de nunca haver o suficiente para comer. Lembrava-se de longas tardes passadas com outros garotos fuçando latas e pilhas de lixo, pegando a nervura das folhas de repolho, cascas de batata, às vezes até restos de cascas de pão velho das quais raspavam as cinzas com cuidado; e também esperando a passagem de caminhões que viajavam por determinada rota e sabia-se que transportavam ração de gado e que, quando davam solavancos nos remendos das estradas, às vezes derrubavam alguns pedaços de bagaço.

Quando seu pai desapareceu, sua mãe não demonstrou nenhuma surpresa nem rancor, mas uma mudança repentina se abateu sobre ela. Ela parecia ter ficado sem vida. Estava claro até para Winston que ela esperava por algo que sabia que deveria acontecer. Tudo que era necessário ela fazia — cozinhava, lavava, reparava, arrumava a cama, varria o chão, tirava o pó da cornija — sempre bem devagar e com uma curiosa falta de movimentos supérfluos, como um manequim se movendo por conta própria. Seu corpo grande e escultural parecia padecer com naturalidade. Por horas a fio, ela ficava imóvel na cama, amamentando sua irmã, uma criança pequena, doente e muito quieta, de dois ou três anos, com feição símia devido à magreza. Muito raramente, ela abraçava Winston com firmeza por bastante tempo sem dizer nada. Ele sabia, apesar da juventude e do egoísmo, que de alguma forma isso estava ligado àquilo nunca mencionado que estava para acontecer.

Ele se lembrava do quarto em que viviam, um quarto escuro e abafado ocupado por uma cama com uma colcha branca. Havia um fogareiro a gás no protetor da lareira, uma estante para guardar comida e, no patamar externo, havia uma pia marrom de cerâmica, comum a vários quartos. Lembrava-se da figura escultural de sua mãe se curvando sobre o fogareiro para mexer em alguma coisa numa panela. A lembrança principal era de fome constante e das brigas violentas e sórdidas na hora das refeições. Insistia com sua mãe, várias vezes, por não haver mais comida, gritava e xingava (lembrava até o tom da voz, que começava a mudar prematuramente e, às vezes, ressoava de uma forma curiosa), ou choramingava com um tom de páthos para conseguir mais do que sua parte. Sua mãe tinha predisposição a lhe dar mais do que sua parte. Ela aceitava que ele, "o garoto", devia ficar com a maior parte; mas, independentemente de quanto ela lhe desse, ele sempre exigia mais. A cada refeição, ela suplicava para que não fosse egoísta e lembrasse que sua irmãzinha estava doente e também precisava de comida, mas não adiantava. Ele gritava enfurecido quando ela parava de servir, tentava arrancar a panela e a colher das mãos dela, pegava pedaços do prato da irmã. Ele sabia que estava deixando as duas com fome, mas não conseguia evitar; se sentia no direito. A ruidosa fome em seu estômago parecia justificar isso. Entre as refeições, se sua mãe não ficasse de guarda, ele ficava sempre roubando comida do estoque miserável na estante.

Um dia, estabeleceram uma ração de chocolate. Não tinha havido tal assunto por semanas ou meses. Lembrava-se vividamente do precioso pedaço de chocolate. Era uma barra de duas onças (ainda se falava em onças naquele tempo) entre os três. Era óbvio que devia ser dividida em três partes iguais. De repente, como se escutasse outra pessoa, Winston se ouviu exigindo com voz alta e forte a barra toda. Sua mãe disse para não ser mesquinho. Houve uma longa e persistente discussão que continuou, com gritos, lamentações, lágrimas, reclamações, barganhas. Sua irmã, se agarrando à mãe com as duas mãos, igual a um filhote de macaco, ficou observando com olhos grandes e tristes. No fim, sua mãe quebrou três quartos da barra e deu a Winston, dando o último pedaço a sua irmã. A garotinha pegou e olhou sem entusiasmo para aquilo, talvez sem saber o que era. Winston ficou observando um pouco. Então, com um salto rápido e repentino, pegou o pedaço de chocolate da mão de sua irmã e fugiu pela porta.

— Winston, Winston! — sua mãe chamou por ele. — Volte! Devolva o chocolate da sua irmã!

Ele parou, mas não voltou. Os olhos apreensivos de sua mãe estavam fixos no rosto dele. Mesmo agora pensando sobre isso, não sabia o que estava a ponto de acontecer. Sua irmã, ciente de ter sido roubada, começou a gemer. Sua mãe pôs o braço em torno da criança e apertou o rosto dela contra seu peito. Algo no gesto lhe disse que sua irmã estava morrendo. Ele se virou e correu escada abaixo, com o chocolate começando a melar sua mão. Nunca mais viu sua mãe. Depois de devorar o chocolate, sentiu-se um tanto envergonhado de si mesmo e perambulou pelas ruas por horas a fio, até que a fome o levasse de volta para casa. Quando voltou, sua mãe tinha desaparecido. Isso já estava ficando normal na época. Nada sumiu do quarto, a não ser sua mãe e sua irmã. Não levaram nenhuma roupa, nem mesmo o sobretudo de sua mãe. Até hoje não tinha certeza sobre a morte de sua mãe. Era bem possível que ela simplesmente tenha sido enviada a um campo de trabalho forçado. Quanto a sua irmã, pode ter sido removida, como o próprio Winston, a uma das colônias para crianças sem lar (Centros de Recuperação, como eram chamados), que aumentaram como consequência da guerra civil, ou pode ter sido enviada ao campo de trabalho com sua mãe, ou apenas deixada em qualquer lugar para morrer.

O sonho ainda estava vívido em sua mente, principalmente o gesto envolvente e protetor do braço que parecia conter todo o significado. Sua mente voltou a um sonho de dois meses atrás. Exatamente como sua mãe se sentava na cama, com a colcha branca e suja, com a criança se agarrando a ela, também se sentava no barco afundado, bem abaixo dele, e se afogando mais a cada minuto, mas ainda olhando para ele através da água escurecida.

Contou a Julia a história do desaparecimento de sua mãe. Sem abrir os olhos, ela rolou e se ajeitou numa posição mais confortável.

— Suponho que você fosse um pequeno demônio naquele tempo — disse ela, vagamente. — Todas as crianças são.

— Sim. Mas o ponto mesmo da história...

Pela respiração era óbvio que ela ia dormir de novo. Ele teria gostado de continuar a falar de sua mãe. Não supunha, pelo que conseguia se lembrar dela, que tenha sido uma mulher incomum, menos ainda do tipo inteligente; e, mesmo assim, ela possuía certa nobreza, uma pureza, apenas porque os padrões que seguia eram privados. Os sentimentos eram dela e não podiam ser mudados de fora para dentro. Não teria lhe ocorrido que, por um ato ser inútil, ele perde o sentido. Se amasse alguém, amava essa pessoa, e quando não tivesse mais o que dar, ainda lhe daria amor. Quando não havia mais chocolate, sua mãe abraçou a criança. Não tinha utilidade, nada mudava, continuavam sem chocolate, não evitaria que ela nem a criança morressem; mas parecia natural para ela fazer isso. A mulher refugiada no barco também cobriu o garotinho com o braço, o que não tinha mais utilidade contra as balas do que uma folha de papel. Uma coisa horrível que o Partido fez foi persuadi-lo de que simples impulsos, sentimentos, não tinham importância, enquanto roubavam sua energia para lidar com o mundo material. Uma vez sob o domínio do Partido, o que sentia ou não, fazia ou deixava de fazer, não fazia a menor diferença. O que quer que acontecesse, você sumiria e não se ouviria falar de você ou de seus atos novamente. Você era eliminado do curso da história. E até para as pessoas de apenas duas gerações atrás isso não pareceria ter importância, porque não estariam tentando mudar a história. Eram regidas por uma lealdade privada que não questionavam. Eram as relações individuais que importavam, e um gesto totalmente indefeso, um abraço, uma lágrima, uma palavra dita a um moribundo poderiam ter valor próprio. Os proletas, de repente lhe ocorreu, permaneceram nessa condição. Eles não tinham lealdade a um Partido, país ou ideia, e sim um com o outro. Pela primeira vez na vida, não desprezava os proletas nem os considerava apenas uma força inerte que um dia nasceria para regenerar o mundo. Os proletas continuaram humanos. Não endureceram por dentro. Eles se apegavam às emoções primitivas que ele próprio tinha que reaprender com esforço deliberado. Ao pensar sobre isso, lembrou, sem importância aparente, como algumas semanas atrás viu uma mão amputada na rua e a chutou para o bueiro como se fosse um talo de couve.

— Os proletas são seres humanos — disse em voz alta. — Não somos humanos.

— Por que não? — perguntou Julia, que tinha acordado de novo.

Pensou um pouco.

— Já ocorreu a você — disse — que a melhor coisa para nós seria apenas sair daqui antes que fosse tarde demais e nunca mais nos vermos de novo?

— Sim, querido, me ocorreu várias vezes. Mas não vou fazer isso, de qualquer forma.

— Tivemos sorte — disse ele —, mas não vai durar para sempre. Você é jovem. Parece normal e inocente. Se mantiver distância de gente como eu, poderá viver uns cinquenta anos.

— Não. Pensei nisso tudo. O que fizer, vou fazer. Não se desanime tanto. Tenho prática em ficar viva.

— Podemos continuar juntos por mais seis meses, um ano. Não tem como saber. No final, temos certeza de que nos separaremos. Percebe quão sozinhos ficaremos? Uma vez que nos peguem, não terá nada, literalmente nada, que poderemos fazer um pelo outro. Se eu confessar, vão atirar em você, e se eu me recusar a confessar, vão fazer a mesma coisa. Nada que eu faça ou diga, ou evite dizer, vai retardar sua morte mais que alguns minutos. Nenhum de nós vai nem mesmo saber se o outro continua vivo. Não teremos nenhum tipo de força. O que realmente importa é que não devemos trair um ao outro, ainda que mesmo isso não faça a menor diferença.

— Se quer dizer confessar — disse ela —, devemos fazer isso, sem dúvida. Todo mundo acaba confessando. Não dá para evitar. Eles o torturam.

— Não quero dizer confessar. Confissão não é traição. O que diz ou faz não importa: só os sentimentos importam. Se puderem me fazer parar de amar você, isso seria traição de fato.

Ela pensou sobre isso.

— Não podem fazer isso — disse, finalmente. — É a única coisa que não podem fazer. Podem fazer você dizer qualquer coisa, QUALQUER COISA, mas não podem fazer você acreditar nisso. Não podem entrar em você.

— Não — disse ele um pouco mais esperançoso. — Isso é verdade. Não podem entrar em você. Se conseguir SENTIR que permanecer humano vale a pena, mesmo quando não puder fazer nada, você os venceu.

Ele pensou na teletela com o ouvido que nunca dorme. Podiam espioná-lo o tempo todo, mas se mantivesse a cabeça, ainda podia enganá-los. Com toda a inteligência deles, nunca dominaram o segredo de descobrir o que outro ser humano está pensando. Talvez fosse menos verdade quando estivesse realmente sob o poder deles. Não se sabia o que acontecia no Ministério do Amor, mas dava para supor: torturas, drogas, instrumentos delicados que registravam suas reações nervosas, desgaste gradual por falta de sono e solidão, interrogatório constante. Os fatos, de qualquer jeito, não podiam permanecer escondidos. Podiam ser rastreados por questionamento, podiam ser arrancados de você através de tortura. Mas se o objetivo não era ficar vivo, mas humano, que diferença faria no final? Não podiam mudar seus sentimentos; quanto a isso, você mesmo não conseguiria mudá-los, mesmo se quisesse. Podiam expor com o máximo de detalhes tudo que você fez, disse ou pensou; mas o íntimo, cujo funcionamento era um mistério até para si mesmo, permanecia inexpugnável.

CAPÍTULO 8

Eles fizeram, finalmente fizeram!

A sala em que estavam parados era comprida e tinha iluminação leve. O som da teletela não passava de um murmúrio; a suntuosidade do tapete azul-escuro passava a impressão de que se pisava em veludo. No fundo da sala, O'Brien se sentava a uma mesa sob uma lâmpada com luz esverdeada, com uma pilha de papéis de cada lado. Ele não se preocupou em olhar para cima quando o servo guiou Julia e Winston até ali.

O coração de Winston batia tão forte que ele duvidava se conseguiria falar. Eles fizeram, finalmente fizeram, era tudo em que pensava. Foi uma atitude imprudente irem até lá e pura loucura chegarem juntos; embora fosse verdade que vieram por caminhos diferentes e só se encontraram à entrada da casa de O'Brien. Porém, para simplesmente entrar num lugar daqueles, era necessário um esforço dos nervos. Somente em situações bem raras se via o interior das moradias da Cúpula do Partido, nem mesmo se atravessava a região da cidade onde moravam. A atmosfera como um todo do imenso bloco de apartamentos, a abundância e vastidão de tudo, os odores desconhecidos de boa comida e bom tabaco, os elevadores silenciosos e incrivelmente velozes subindo e descendo, os servos com casacos brancos correndo de um lado para outro — tudo intimidava. Ainda que tivesse uma boa desculpa para estar lá, era atormentado a cada passo pelo medo de que um guarda de uniforme preto surgisse de repente de algum canto, exigisse seus documentos e lhe ordenasse para sair. O servo de O'Brien, no entanto, deixou os dois entrar sem questionar. Era um homem baixo, de cabelo escuro com um casaco branco, um rosto em formato de diamante totalmente sem expressão que poderia ser de um chinês. A passagem pela qual os conduziu tinha um tapete suave, papel de parede cremoso e lambril branco, tudo primorosamente limpo. Isso também era intimidador. Winston não se lembrava de já ter visto uma passagem com paredes que não estivessem encardidas pelo contato de corpos humanos.

O'Brien tinha um pedaço de papel entre os dedos e aparentemente o analisava atentamente. O rosto sério, virado para baixo de modo que se pudesse ver a linha do nariz, parecia, ao mesmo tempo, enorme e sagaz. Por talvez vinte segundos, ficou sentado sem se mexer. Então, puxou a fale-escreva para perto de si e soltou uma mensagem no jargão híbrido dos ministérios:

— *Itens um vírgula cinco vírgula sete aprovados maximamente interrompa a sugestão contida no item seis dobromais ridícula beirando crimepensar cancele interrompa improceda construcionamento antetendo plenomais estimativas de custos de maquinário pare fim da mensagem.*

Ele se levantou e foi em direção a eles pelo tapete. Parte da atmosfera oficial parecia ter se dissipado com o uso das palavras em novafala, mas a expressão estava mais sombria que o normal, como se estivesse incomodado por ser interrompido. O terror que Winston já sentia foi repentinamente cortado por um lampejo de constrangimento. Era bem possível que tivesse feito uma grande besteira. Que evidência tinha de que O'Brien era algum conspirador político? Nada além de uma olhadela e um simples comentário ambíguo; além disso, apenas sua própria imaginação, baseada num sonho. Não dava nem para retomar a desculpa de que viera para pegar o dicionário emprestado, porque assim seria impossível explicar a presença de Julia. Enquanto O'Brien passava pela teletela, um pensamento parecia lhe ocorrer. Ele parou, virou para o lado e pressionou um interruptor na parede. Houve um estalo agudo. A voz parou.

Julia soltou um som baixo, como se fosse um rangido de surpresa. Mesmo em meio ao pânico, Winston estava muito surpreso para ficar quieto.

— Você pode desligar! — disse.

— Sim — disse O'Brien. Podemos desligar. Temos esse privilégio.

Estava de frente para eles agora. A figura maciça se elevou

sobre os dois e a expressão no rosto continuava indecifrável. Esperou, um tanto seriamente, que Winston falasse, mas sobre o quê? Mesmo agora, podia-se imaginar que ele era apenas um homem ocupado se perguntando com irritação por que foi interrompido. Ninguém falou. Depois que a teletela parou, a sala parecia mortalmente silenciosa. O tempo marchava, imenso. Winston continuou, com dificuldade, a olhar fixamente para O'Brien. De repente, o rosto sombrio se desfez no que podia ser o começo de um sorriso. Com um gesto característico, O'Brien reajustou os óculos no nariz.

— Devo dizer ou você dirá? — disse ele.

— Eu direi — Winston respondeu, prontamente. — Aquilo está mesmo desligado?

— Sim, tudo está desligado. Estamos a sós.

— Viemos aqui porque...

Parou, percebendo pela primeira vez a vacuidade de suas motivações. Já que não sabia realmente que tipo de ajuda esperava de O'Brien, não era fácil dizer por que tinha vindo. Continuou, ciente de que o que dizia devesse soar tanto frágil quanto pretensioso:

— Acreditamos que há uma conspiração, uma organização secreta trabalhando contra o Partido e que você está envolvido nela. Queremos nos juntar a ela e trabalhar para ela. Somos inimigos do Partido. Não acreditamos nos princípios do socialismo inglês. Somos criminosos de pensamento. Também somos adúlteros. Conto isso porque queremos nos colocar à sua mercê. Se quiser que nos incriminemos de qualquer outra forma, estamos prontos.

Ele parou e olhou por cima do ombro, com a sensação de que a porta tinha se aberto. Efetivamente, o servo pequeno de rosto amarelo entrou sem bater. Winston viu que ele carregava uma bandeja com um decantador e taças.

— Martin é um dos nossos — O'Brien disse impassivelmente. — Traga as bebidas para cá, Martin. Deixe-as na mesa redonda. Temos cadeiras suficientes? Então devemos nos sentar e conversar confortavelmente. Traga uma cadeira para você, Martin. Trata-se de negócios. Pode deixar de ser um servo pelos próximos dez minutos.

O homenzinho se sentou, bem à vontade, mas mesmo assim com um ar servil, o ar de um mordomo aproveitando um privilégio. Winston o olhava de canto de olho. Ocorreu-lhe que a vida do homem era a interpretação de um papel e que ele considerava perigoso sair desse personagem mesmo por um instante. O'Brien pegou o decantador pelo gargalo e encheu as taças com um líquido vermelho-escuro. Winston teve despertadas memórias vagas de algo visto havia bastante tempo numa parede ou num outdoor — uma garrafa imensa composta de luzes elétricas que pareciam se mover para cima e para baixo e despejar o conteúdo numa taça. Vista de cima, a substância parecia quase negra, mas no decantador brilhava como um rubi. Tinha um aroma agridoce. Ele viu Julia pegar a taça e cheirar com uma curiosidade sincera.

— Chama-se vinho — disse O'Brien com um leve sorriso. — Você deve ter lido sobre isso nos livros, sem dúvida. Receio que pouco disso chega ao Partido Externo.

Seu rosto ficou com ar solene novamente e ele ergueu a taça:
— Penso ser apropriado começarmos por fazer um brinde. A nosso líder: Emmanuel Goldstein.

Winston pegou sua taça com certa ânsia. Vinho era algo sobre o que lera e com o que sonhara. Como o peso de papéis de vidro ou os versos do Sr. Charrington lembrados pela metade, pertencia ao passado romântico banido, os tempos antigos, como gostava de chamar em seus pensamentos ocultos. Por algum motivo, sempre pensou que o vinho tivesse um sabor muito doce, como de geleia de amora, e um efeito inebriante imediato. Na verdade, quando engoliu, a substância era nitidamente decepcionante. A verdade era que, após anos bebendo gim, mal conseguia sentir o gosto. Baixou a taça vazia.

— Então Goldstein é uma pessoa de verdade? — perguntou.

— Sim, ele é, e está vivo. Onde, não sei.

— E a conspiração... a organização? Existe? Não é uma mera invenção da Polícia do Pensamento?

— Não, existe. A Irmandade, como a chamamos. Nunca vai saber muito mais sobre a Irmandade, que ela existe e você faz parte dela. Voltarei a isso logo. — Ele olhou para o relógio de pulso. — Não é recomendável, mesmo para membros da Cúpula do Partido, desligar a teletela por mais de meia hora. Vocês não deviam ter vindo aqui juntos e terão que ir embora separados. Você, camarada — fez uma reverência de cabeça para Julia —, sairá primeiro. Temos pelo menos vinte minutos à disposição. Vocês entenderão que devo começar fazendo certas perguntas. Em termos gerais, o que estão preparados para fazer?

— Qualquer coisa de que formos capazes — disse Winston.

O'Brien se virou um pouco na cadeira para encarar Winston. Quase ignorou Julia, aparentemente entendendo que Winston poderia falar por ela. Por um instante, as pálpebras se fecharam. Começou a fazer as perguntas com uma voz baixa e inexpressiva, como se fosse rotina, um catecismo, cujas respostas, na maioria, já sabia quais eram.

— Estão prontos para dar a vida?

— Sim.

— Estão prontos para matar?

— Sim.

— Para cometer atos de sabotagem que possam causar a morte de centenas de pessoas inocentes?

— Sim.

— Para trair o país a forças estrangeiras?

— Sim.

— Estão prontos para trair, falsificar, chantagear, corromper a mente das crianças, distribuir drogas viciantes, encorajar prostituição, disseminar doenças venéreas, fazer qualquer coisa que possa causar desmoralização e enfraquecer o poder do Partido?

— Sim.

— Se, por exemplo, de alguma forma servisse a nossos interesses jogar ácido sulfúrico no rosto de uma criança, estão preparados para fazer isso?

— Sim.

— Estão preparados para perder a identidade e passar o resto da vida como garçons ou trabalhadores de docas?

— Sim.

— Preparados para cometer suicídio, se e quando ordenarmos?

— Sim.

— Estão preparados, vocês dois, a se separar e nunca mais se ver de novo?

— Não! — Julia interrompeu.

Pareceu a Winston que um longo período se passou antes que respondesse. Por um instante, era como se tivesse sido privado da faculdade da fala. Sua língua se movia em silêncio, formando primeiro a abertura das sílabas de uma palavra, depois de outra, e assim por diante. Até que finalmente disse, não sabia que palavra iria sair:

— Não — disse.

— Faz bem em me contar — disse O'Brien. — É necessário que saibamos tudo.

Virou para Julia e acrescentou com uma voz um pouco mais expressiva:

— Você entende que, mesmo que ele sobreviva, pode ser como uma pessoa diferente? Podemos ter que lhe dar uma nova identidade. O rosto, os movimentos, o formato das mãos, a cor do cabelo, até a voz seria diferente. E você mesma poderia se tornar outra pessoa. Nossos cirurgiões conseguem deixar as pessoas irreconhecíveis. Às vezes, é necessário. Às vezes, até amputamos um membro.

Winston não conseguiu evitar mais uma olhadela de canto de olho para o rosto mongol de Martin. Não havia cicatrizes aparentes. Julia ficou mais pálida, a ponto de as sardas aparecerem, mas ela encarou O'Brien com firmeza. Ela murmurou algo que pareceu concordância.

— Bom. Então, fica acordado.

Havia uma caixa prateada de cigarros na mesa. Com ar um pouco distraído, O'Brien empurrou-a na direção deles, pegou um para si, então se levantou e começou a lentamente andar de um lado para outro, como se conseguisse pensar melhor em pé. Eram cigarros muito bons, grossos e bem empacotados, com uma maciez desconhecida no papel. O'Brien olhou para o relógio de novo.

— Melhor voltar para a copa, Martin — disse ele. — Devo ligar em quinze minutos. Dê uma boa olhada no rosto desses camaradas antes de ir. Vai vê-los de novo. Pode ser que eu não.

Exatamente como acontecera na porta de entrada, os olhos escuros do homenzinho oscilavam pelo rosto deles. Não havia um traço de simpatia em seus modos. Ele memorizava a aparência deles, mas não tinha interesse, ou parecia não ter. Winston pensou que talvez uma face sintética não fosse capaz de mudar de expressão. Sem falar nem fazer nenhuma saudação, Martin saiu, silenciosamente fechando a porta por trás de si. O'Brien ficava caminhando, com uma mão no bolso do macacão preto e a outra segurando o cigarro.

— Entendam — disse ele — que lutarão no escuro. Sempre estarão no escuro. Receberão ordens e as obedecerão, sem saber por quê. Enviarei a vocês um livro para que conheçam a verdadeira natureza da sociedade em que vivemos e a estratégia para destruí-la. Quando terminarem de ler, serão membros de verdade da Irmandade. Porém, entre os objetivos gerais pelos quais lutamos e as tarefas imediatas do momento, nunca saberão nada. Digo que a Irmandade existe, mas não sei dizer se são cem membros ou dez milhões. A partir de seu próprio conhecimento, nunca poderão nem mesmo dizer se é uma dezena. Terão três ou quatro contatos, que serão renovados periodicamente conforme desaparecerem. Como este foi seu primeiro contato, ele será preservado. Quando receberem ordens, elas virão de mim. Se considerarmos necessário nos comunicarmos com vocês, será através de Martin. Quando finalmente forem pegos, confessarão. Isso é inevitável. Mas terão bem pouco a confessar, além de suas próprias ações. Não poderão trair mais do que algumas pessoas sem importância. Provavelmente, não trairão nem a mim. Até lá, é possível que eu tenha morrido, ou me tornado outra pessoa, com um rosto diferente.

Ele continuou a se mexer de um lado para outro no tapete macio. Apesar do volume do seu corpo, havia uma notável elegância nos movimentos. Surgia, mesmo na forma como punha a mão no bolso, ou segurava o cigarro. Mais até do que força, ele transmitia confiança e um conhecimento imbuído de ironia. Por mais sério que pudesse ser, ele não tinha aquela obstinação típica dos fanáticos. Quando falou de assassinato, suicídio, doenças venéreas, membros amputados e rostos modificados, tinha certo ar de caçoada. "Isso é inevitável", sua voz parecia dizer; "isso é o que temos que fazer, rigorosamente, mas não é o que faremos quando a vida valer a pena novamente". Uma onda de admiração, quase de idolatria, fluía de Winston para O'Brien. Por ora, tinha esquecido a figura obscura de Goldstein. Quando se olhava para os ombros potentes e a face bruta de O'Brien, tão feia e ainda assim tão civilizada, não dava para acreditar que se pudesse vencê-lo. Não havia estratagema ao qual não correspondesse, perigo que não conseguisse prever. Mesmo Julia parecia impressionada. Ela deixou o cigarro apagar e escutava com atenção. O'Brien continuou:

— Vocês devem ter ouvido rumores sobre a existência da Irmandade. Sem dúvida, têm sua própria impressão dela. Imaginaram, provavelmente, um vasto submundo de conspiradores se encontrando furtivamente em porões, rabiscando mensagens nas paredes, identificando uns aos outros por códigos ou gestos manuais específicos. Nada disso existe. Os membros da Irmandade não têm como reconhecer uns aos outros e é impossível que qualquer membro saiba a identidade de mais que alguns outros. O próprio Goldstein, se for pego pela Polícia do Pensamento, não poderia fornecer uma lista completa de membros nem qualquer informação que levasse a uma lista completa. Não existe essa lista. A Irmandade não pode ser eliminada porque não é uma organização de acordo com o senso comum. Nada a mantêm unida a não ser uma ideia que é indestrutível. Vocês não contarão com nada para sustentá-los, exceto a ideia. Não receberão camaradagem ou encorajamento. Quando finalmente forem pegos, não terão ajuda. Nunca ajudamos nossos membros. No máximo, quando for totalmente necessário que alguém seja silenciado, esporadicamente conseguimos contrabandear uma lâmina de barbear para dentro de uma cela. Terão que se acostumar a viver sem resultados e sem esperança. Trabalharão por um tempo, serão pegos, confessarão e, então, morrerão. São os únicos resultados que verão. Não há nenhuma possibilidade de que alguma mudança perceptível aconteça no nosso tempo de vida. Somos os mortos. Nossa única vida de verdade está no futuro. Tomaremos parte nele como punhados de poeira e fragmentos de ossos. A distância de tal futuro, porém, não há como saber. Pode ser de mil anos. No presente, nada é possível, exceto aumentar a área de sanidade aos poucos. Não podemos agir coletivamente. Só podemos espalhar nosso conhecimento de indivíduo para indivíduo, geração após geração. Diante da Polícia do Pensamento não há outro jeito.

Ele parou e olhou para o relógio pela terceira vez.

— Está quase na hora de você partir, camarada — disse a Julia. — Espere. O decantador está pela metade.

Encheu as taças e ergueu a sua pela haste.

— A que deve ser agora? — disse, ainda com a mesma sugestão leve de ironia. — À confusão da Polícia do Pensamento? À morte do Grande Irmão? À humanidade? Ao futuro?

— Ao passado — disse Winston.

— O passado é mais importante — O'Brien concordou, solenemente.

Eles esvaziaram as taças e pouco depois Julia se levantou para ir embora. O'Brien pegou uma caixa pequena do alto do gabinete e deu a ela uma pastilha branca e achatada. Disse-lhe para pôr na língua. Era importante, dissera, não sair cheirando a vinho, os ascensoristas eram muito observadores. Assim que a porta se fechou atrás dela, era como se tivesse se esquecido de sua existência. Deu mais alguns passos, então parou.

— Há detalhes a ser acertados — disse. — Presumo que tenha algum esconderijo.

Winston contou sobre o quarto em cima da loja do Sr. Charrington.

— Isso servirá por hora. Mais para a frente, arranjaremos outra coisa para você. É importante trocar de esconderijo com frequência. Enquanto isso, vou lhe mandar uma cópia do LIVRO — mesmo O'Brien, Winston reparou, parecia pronunciar as palavras como se estivessem em itálico —, o livro de Goldstein, entenda, o mais rápido possível. Pode levar alguns dias antes que eu consiga um. Não existem muitos, como deve imaginar. A Polícia do Pensamento os caça e os destrói quase tão rápido quanto conseguimos produzi-los. Faz pouca diferença. O livro é indestrutível. Se a última cópia sumir, poderíamos reproduzi-lo quase palavra a palavra. Você carrega uma pasta para o trabalho? — perguntou.

— Por regra, sim.

— Como ela é?

— Preta, bem gasta. Com duas alças.

— Preta, duas alças, bem gasta, bom. Um dia, no futuro próximo, não posso estimar uma data, uma das mensagens do seu trabalho matinal conterá uma palavra mal impressa e você terá que pedir uma repetição. No dia seguinte, irá ao trabalho sem a pasta. Em algum momento durante o dia, na rua, um homem tocará em seu braço e dirá "acho que deixou cair sua pasta". A que ele lhe der conterá uma cópia do livro de Goldstein. Você o devolverá em duas semanas.

Ficaram em silêncio por um instante.

— Temos uns dois minutos antes que precise partir — O'Brien disse. — Devemos nos encontrar de novo... se nos encontrarmos de novo.

Winston olhou para ele.

— No lugar onde não existe escuridão? — disse com hesitação.

O'Brien assentiu sem parecer surpreso.

— No lugar onde não existe escuridão — disse, como se reconhecesse a alusão. — Nesse meio-tempo, há algo que deseje dizer antes de ir embora? Alguma mensagem? Alguma pergunta?

Winston considerou. Aparentemente, não havia mais o que quisesse perguntar; tinha ainda menos o impulso de falar generalidades pomposas. No lugar de algo diretamente ligado a O'Brien ou à Irmandade, veio à sua mente uma imagem composta do quarto escuro onde sua mãe passou os últimos dias, do quartinho sobre a loja do Sr. Charrington, do peso de papéis de vidro e da gravura de aço na moldura de pau rosa. Quase aleatoriamente disse:

— Por acaso já ouviu um verso antigo que começa com "Laranjas e limões, dizem os sinos de São Clemente"?

Novamente, O'Brien assentiu. Com certa cortesia solene completou a estrofe:

— *Laranjas e limões, dizem os sinos de São Clemente,*
Você me deve três moedinhas, dizem os sinos de São Martinho,
Quando me pagará? Dizem os sinos de Old Bailey,
Quando eu enriquecer, dizem os sinos de Shoreditch.

— Você sabe a última frase! — disse Winston.

— Sim, eu sei a última frase. Agora, receio, é hora de você ir. Mas espere. É melhor que me deixe lhe dar umas dessas pastilhas.

Assim que Winston se levantou, O'Brien estendeu a mão. O aperto potente esmagou os ossos da palma de Winston. À porta, Winston olhou para trás, mas O'Brien já parecia estar no processo de tirá-lo da mente. Estava esperando com a mão no interruptor que controlava a teletela. Além dele, Winston podia ver a escrivaninha com a lâmpada de luz esverdeada, a fale-escreva e os cestos de arame cheios de papéis. O acontecimento se encerrou. Dentro de trinta segundos, lhe ocorreu, O'Brien retomaria seu trabalho interrompido e importante em nome do Partido.

CAPÍTULO 9

Winston sentia-se gelatinoso. Esta era a palavra certa. A palavra veio à sua mente como instinto espontâneo de se sentir gelatinoso de fadiga. Gelatinoso. Seu corpo parecia não ter apenas a fraqueza de uma geleia, mas sua translucidez. Ele sentiu que, se erguesse a mão, seria capaz de ver a luz através dela. Todo o sangue e a linfa foram drenados para fora dele por uma enorme quantidade de trabalho, deixando apenas uma frágil estrutura de nervos, ossos e pele. Todas as sensações pareciam estar ampliadas. Seu macacão afligia seus ombros, o pavimento fazia cócegas em seus pés e, até mesmo, o abrir e fechar de sua mão era um esforço que fazia suas juntas ranger.

Ele havia trabalhado mais de noventa horas em cinco dias. Assim como todos os outros no ministério. Agora estava tudo acabado, e ele não tinha literalmente nada para fazer, nenhum trabalho do Partido de qualquer espécie, até amanhã de manhã.

Ele poderia passar seis horas no esconderijo e mais nove em sua própria cama. Lentamente, na luz do sol ameno do meio-dia, ele caminhou por uma rua suja em direção à loja do Sr. Charrington, mantendo um olho aberto para as patrulhas, mas irracionalmente convencido de que, naquela tarde, não havia nenhum perigo de alguém perturbá-lo. A pasta pesada que carregava batia contra seu joelho a cada passo, enviando uma sensação de formigamento que descia pela pele de sua perna. Dentro estava o livro, que ele já estava em posse há seis dias e ainda não abrira, nem olhara.

No sexto dia da Semana do Ódio, após as procissões, os discursos, os gritos, os cantos, as faixas, os cartazes, os filmes, os trabalhos de cera, o ressoar de tambores e o guincho de trombetas, o bater dos pés em marcha, o rangido das engrenagens dos tanques, o rugido dos aviões em massa, o estrondo de armas — depois de seis dias disso, quando o grande orgasmo estava chegando ao clímax e o ódio geral contra a Eurásia havia fervido em tal delírio que, se a multidão pudesse ter colocado as mãos nos dois mil criminosos de guerra eurasianos que seriam enforcados publicamente no último dia dos procedimentos, sem dúvida os teria rasgado em pedaços — neste exato momento, anunciou-se que a Oceania não estava em guerra com a Eurásia. A Oceania estava em guerra com a Lestásia. A Eurásia era uma aliada.

Obviamente, não houve admissão de mudança alguma no plano. Apenas souberam, com extrema rapidez e em todos os lugares ao mesmo tempo, que a Lestásia, e não a Eurásia, era o inimigo. Winston estava participando de uma manifestação em uma das praças centrais de Londres no momento em que aconteceu. Era noite, e uma inundação de rostos brancos e estandartes escarlates estavam sinistramente iluminados. A Praça Central estava lotada com vários milhares de pessoas, incluindo um quarteirão de cerca de mil alunos com o uniforme dos Espiões. Em uma plataforma drapejada de escarlate, um orador da Cúpula do Partido, um homem pequeno e magro com braços desproporcionalmente longos e um grande crânio careca, sobre o qual algumas mechas desgrenhadas se espalhavam, discursava para a multidão. Um pouco semelhante à figura de Rumpelstiltskin, contorcido de ódio, ele agarrou o microfone com uma mão enquanto a outra, enorme na extremidade de um braço ossudo, arranhou o ar ameaçadoramente acima de sua cabeça. Sua voz, ecoada metálica pelos amplificadores, explodiu diante de um catálogo interminável de atrocidades, massacres, deportações, saques, estupros, tortura de prisioneiros, bombardeios de civis, propaganda mentirosa, agressões injustas, tratados desfeitos. Era quase impossível ouvi-lo sem ser primeiro convencido e depois enlouquecido. A cada poucos minutos, a fúria da multidão fervia e a voz do orador era afogada por um rugido semelhante ao de uma fera que rosna incontrolavelmente com milhares de gargantas. Os gritos mais violentos de todos vinham dos alunos. O discurso durou vinte minutos talvez, quando um mensageiro correu para a plataforma e um pedaço de papel foi colocado nas mãos do orador. Ele o desenrolou e o leu sem fazer uma pausa em seu discurso. Nada mudou em sua voz ou maneira, ou no conteúdo do que ele estava dizendo, mas, de repente, os nomes eram diferentes. Sem palavras ditas, uma onda de compreensão percorreu a multidão. A Oceania estava em guerra com a Lestásia! No momento seguinte, houve uma comoção tremenda. Os banners e pôsteres com os quais o palco foi decorado estavam todos errados! Quase metade deles estava com os rostos errados. Foi sabotagem! Os agentes de Goldstein estavam a trabalho! Foi um interlúdio tumultuado enquanto os pôsteres foram arrancados das paredes, banners rasgados e fragmentos pisoteados. Os Espiões realizaram prodígios escalando telhados e cortando as serpentinas que voavam das chaminés. Dentro de dois ou três minutos, estaria tudo acabado. O orador, ainda segurando a cabeça do microfone, seus ombros curvados para a frente, sua mão livre agarrando o ar, tinha ido direto ao seu discurso. Mais um minuto e os rugidos ferozes de raiva estavam novamente explodindo da multidão. O Ódio continuou exatamente como antes, exceto que o alvo havia sido alterado.

O que impressionou Winston ao olhar para trás foi que o alto-falante havia mudado de uma linha para a outra, na verdade, no meio da frase, sem nenhuma pausa, e tampouco quebrando a sintaxe. Mas, no momento, ele tinha outras coisas para preocupá-lo. Foi durante o momento de desordem, enquanto os cartazes eram rasgados, que um homem cujo rosto ele não viu deu um tapinha em seu ombro e disse: "Com licença, acho que você deixou cair sua pasta". Ele pegou a pasta distraidamente, sem falar. Ele sabia que demoraria dias até ter a oportunidade de olhar dentro dela. No instante em que a manifestação acabou, ele foi diretamente para o Ministério da Verdade, embora contasse com o tempo de quase vinte e três horas. Toda a equipe do ministério tinha feito o mesmo. As ordens emitidas pela teletela, chamando-os de volta aos seus postos, foram quase desnecessárias.

A Oceania estava em guerra com a Lestásia; a Oceania sempre esteve em guerra com a Lestásia. Uma grande parte da literatura política de cinco anos estava agora completamente obsoleta. Relatórios e registros de todos os tipos, jornais, livros, panfletos, filmes, trilhas sonoras, fotografias — tudo teve que ser corrigido na velocidade da luz. Embora nenhuma diretiva tivesse sido emitida, sabia-se que os chefes do Departamento pretendiam que dentro de uma semana nenhuma referência à guerra com a Eurásia, ou aliança com a Lestásia, devesse continuar existindo em qualquer lugar. O trabalho foi opressor, ainda mais porque os processos que envolvia não podiam ser chamados por seus nomes verdadeiros. Todos no Departamento de Registros trabalharam dezoito horas das vinte e quatro, com dois intervalos de sono de três horas. Colchões foram trazidos dos porões e arremessados em todos os corredores; as refeições consistiam em sanduíches e café Vitória trazidos em carrinhos com rodinhas por atendentes da cantina. Cada vez que Winston interrompia o trabalho para um de seus períodos de sono, tentava antes deixar sua mesa livre, e cada vez que ele se arrastava com os olhos pegajosos e doloridos, era para encontrar aquela outra enxurrada de cilindros de papel que cobriam a mesa como um monte de neve, enterrando a fale-escreva e transbordando para o chão, de modo que o primeiro trabalho era sempre empilhá-los em uma pilha limpa o suficiente para dar-lhe espaço para trabalhar. O pior de tudo era que o trabalho não era puramente mecânico. Muitas vezes, bastava apenas substituir um nome por outro, mas qualquer relato detalhado de eventos exigia cuidado e imaginação. Até mesmo o conhecimento geográfico que era necessário para transferir a guerra de uma parte do mundo para outra foi considerável.

No terceiro dia, seus olhos doíam insuportavelmente e seus óculos precisavam ser limpos em intervalos de poucos minutos. Foi como lutar com alguma tarefa física esmagadora, algo que tinha o direito de recusar e que, entretanto, estava neuroticamente ansioso para cumprir. Na medida em que ele teve tempo para se lembrar disso, ele não estava preocupado com o fato de que cada palavra que ele murmurou na fale-escreva, cada golpe de sua caneta tinteiro, foi uma mentira deliberada. Ele estava tão ansioso quanto qualquer outra pessoa no Departamento para que a falsificação estivesse perfeita. Na manhã do sexto dia, o gotejar dos cilindros abrandou. Por até meia hora, nada saiu do tubo; depois mais um cilindro, depois nada. Em todos os lugares, quase ao mesmo tempo, o trabalho estava diminuindo. Um suspiro profundo e, por assim dizer, secreto percorreu o Departamento. Um feito poderoso, que nunca poderia ser mencionado, foi alcançado. Agora, era impossível para qualquer ser humano provar por evidências documentais que a guerra com a Eurásia havia acontecido. À meia-noite, foi inesperadamente anunciado que todos os trabalhadores do ministério estavam livres até amanhã de manhã. Winston, ainda carregando a pasta contendo o livro, que havia permanecido entre seus pés enquanto ele trabalhava e debaixo de seu corpo enquanto ele dormia, foi para casa, fez a barba e quase adormeceu no banho, embora a água estivesse pouco mais do que morna.

Com uma espécie de rangido voluptuoso nas juntas, ele subiu a escada acima da loja do Sr. Charrington. Ele estava cansado, mas não com mais sono. Ele abriu a janela, acendeu o sujo e pequeno fogão a óleo e colocou uma panela com água para o café. Julia chegaria em breve; enquanto isso, havia o livro. Ele se sentou na poltrona imunda e desfez as alças da pasta. Um pesado volume preto, encadernado de forma amadorística, sem nome ou título na capa. A impressão também parecia ligeiramente irregular. As páginas estavam gastas nas bordas e se desfaziam, facilmente, como se o livro tivesse sido passado por muitas mãos. A inscrição na página de título dizia:

A TEORIA E A PRÁTICA DO OLIGARQUISMO COLETIVO
por
Emmanuel Goldstein

Winston começou lendo:

Capítulo I
Ignorância é Força

Ao longo do tempo, e provavelmente desde o final do Período Neolítico, houve três tipos de pessoas no mundo: as classes alta, média e baixa. Elas foram subdivididas de muitas maneiras e carregaram inúmeros nomes diferentes e seus números relativos, bem como seu posicionamento em relação às outras, variando de idade para idade: mas a estrutura essencial da sociedade nunca mudou. Mesmo depois de enormes reviravoltas e mudanças aparentemente irrevogáveis, o mesmo padrão sempre se reafirmou, como um giroscópio que sempre retorna ao equilíbrio, no entanto, sempre sendo empurrado para um lado ou para outro.

Os objetivos desses grupos são totalmente irreconciliáveis...

Winston parou de ler, principalmente para apreciar o fato de que estava lendo com conforto e segurança. Ele estava sozinho: sem teletela, sem orelha na fechadura, sem impulso nervoso de olhar por cima do ombro ou cobrir a página com sua mão. O doce ar de verão soprou contra sua bochecha. De algum lugar distante, flutuavam os gritos fracos de crianças; na própria sala não havia som, exceto o barulho estridulado do relógio. Ele se acomodou mais fundo na poltrona e colocou os pés no braço dela. Foi uma bênção, foi eterno. De repente, como às vezes acontece com um livro o qual se sabe que acabará por ler e reler cada palavra, ele o abriu em um lugar diferente e se viu no Capítulo III. Continuou lendo:

Capítulo III
Guerra é Paz

A divisão do mundo em três grandes superestados foi um evento que poderia ser e, de fato, foi previsto antes de meados do século XX. Com a absorção da Europa pela Rússia e do Império Britânico pelos Estados Unidos, duas das três potências existentes, a Eurásia e Oceania, já estavam efetivamente em existência. A terceira, a Lestásia, só emergiu como uma unidade distinta depois de outra década de lutas confusas. As fronteiras entre os três superestados são em alguns lugares arbitrárias e, em outros, flutuam de acordo com o tipo de guerra, mas em geral elas seguem linhas geográficas. A Eurásia compreende toda a parte norte da massa de terra europeia e asiática, de Portugal ao Estreito de Bering. A Oceania compreende as Américas, as ilhas do Atlântico, incluindo as Ilhas Britânicas, Australásia e a parte sul da África. Ásia leste, menor do que os outros e com um oriente menos definido como fronteira, compreende a China e os países ao sul, as ilhas japonesas e uma grande mas flutuante porção da Manchúria, Mongólia e Tibete.

Em uma combinação ou outra, esses três superestados estão permanentemente em guerra e têm sido assim nos últimos vinte e cinco anos. A guerra, no entanto, não é mais o desespero ou luta aniquiladora que foi nas primeiras décadas do século

XX. É uma guerra de objetivos limitados entre combatentes que são incapazes de destruir uns aos outros, não têm causa material para briga e não são divididos por qualquer diferença ideológica genuína. Isso não quer dizer que a conduta na guerra, ou a atitude prevalecente em relação a ela, tornou-se menos sanguinária ou mais cavalheiresca. Pelo contrário, a histeria de guerra é contínua e universal em todos os países e atos como estupros, saques, matança de crianças, a redução de populações inteiras à escravidão e represálias contra prisioneiros, que se estendem até mesmo a ferver e enterrar pessoas vivas, são considerados normais e, quando cometidos pelo seu próprio lado e não pelo inimigo, meritórios. Mas, no sentido físico, a guerra envolve um número muito pequeno de pessoas, principalmente especialistas altamente treinados, e causa comparativamente poucas baixas. Lutas, quando há, ocorrem nas vagas fronteiras, cujo paradeiro o homem comum só pode adivinhar, ou contornar as fortalezas flutuantes que guardam pontos estratégicos nas rotas marítimas. Nos centros, a guerra civilizacional significa não mais do que uma contínua escassez de bens de consumo e a ocasional queda de uma bomba-foguete que pode causar algumas dezenas de mortes. A guerra mudou de fato seu caráter. Mais exatamente, as razões pelas quais a guerra é travada mudaram em sua ordem de importância. Motivos que já estavam presentes em certa medida nas grandes guerras do início do século XX agora se tornaram dominantes e são conscientemente reconhecidos e postos em prática.

Para entender a natureza da guerra atual — apesar do reagrupamento que ocorre num intervalo de poucos anos, é sempre a mesma guerra — deve-se perceber, em primeiro lugar, que é impossível que seja decisiva. Nenhum dos três superestados poderia ser definitivamente conquistado, mesmo pelos outros dois em combinação. Eles são muito pareados e suas defesas naturais são formidáveis. A Eurásia é protegida por seus vastos terrenos, a Oceania pela largura do Atlântico e do Pacífico, a Lestásia pela fecundidade e indústria de seus habitantes. Em segundo lugar, não há mais, em um sentido material, alguma coisa pela qual lutar. Com o estabelecimento de economias autocontidas, nas quais a produção e o consumo são voltados um para o outro, a disputa dos mercados, que foi a principal causa das guerras anteriores chega ao fim, enquanto a competição por matérias-primas não é mais uma questão de vida ou morte. Em qualquer caso, cada um dos três superestados são tão vastos que podem obter quase todos os materiais de que necessitam dentro de seus próprios limites. Até agora, como a guerra tem um propósito econômico direto, trata-se de uma guerra por força de trabalho. Entre as fronteiras dos superestados, e não permanentemente na posse de qualquer um deles, reside um quadrilátero áspero com seus cantos em Tânger, Brazzaville, Darwin e Hong Kong, contendo dentro dele cerca de um quinto da população da Terra. É pela posse dessas regiões densamente povoadas, e do norte da calota de gelo, que as três potências estão constantemente lutando. Na prática, nenhum das potências jamais controla toda a área disputada. Partes dessa área estão constantemente mudando de mãos e é a chance de agarrar este ou aquele fragmento por um golpe repentino de traição que dita as mudanças infinitas de alinhamento.

Todos os territórios disputados contêm minerais valiosos e alguns deles produzem importantes produtos vegetais, tais como a borracha, que em climas mais frios é necessário sintetizar por métodos comparativamente caros. Mas, acima de tudo, há uma reserva sem fundo de mão de obra barata. Qualquer que seja a potência que controle a África equatorial, ou os países do Oriente Médio, ou o sul da Índia, ou o Arquipélago da Indonésia, também dispõe de corpos de dezenas ou centenas de milhões de trabalhadores nativos mal pagos. Os habitantes dessas áreas, reduzidos mais ou menos abertamente à condição de escravos, passam continuamente das mãos de um conquistador a outro e são alocados como se fossem carvão ou óleo, na corrida para produzir mais armamentos, para conquistar mais território, para controlar mais força de trabalho, para produzir mais armamentos, para conquistar mais território e assim por diante. Deve-se notar que a luta nunca vai realmente além dos limites fronteiriços das áreas disputadas. As fronteiras da Eurásia vão e vêm entre a bacia do Congo e a costa norte do Mediterrâneo; as ilhas do Oceano Índico e do Pacífico são constantemente capturadas e recapturadas pela Oceania ou pela Lestásia; na Mongólia, a linha divisória entre a Eurásia e a Lestásia nunca é estável; ao redor do polo, todas as três potências reivindicam enormes territórios que, na verdade, são em grande parte desabitados e inexplorados; mas o equilíbrio do poder sempre permanece quase uniforme, e o território que forma o coração de cada superestado sempre permanece inviolado. Além disso, o trabalho dos povos explorados ao redor do Equador não é realmente necessário para a economia mundial. Eles não acrescentam nada à riqueza do mundo, uma vez que tudo o que eles produzem é usado para fins de guerra, e o objetivo de travá-la é sempre estar em uma posição melhor para travar outra guerra. Com seu trabalho, as populações escravas permitem que o ritmo de guerra contínua seja acelerado. Mas se elas não existissem, a estrutura da sociedade mundial e o processo pelo qual ela se mantém não seriam essencialmente diferentes.

O objetivo principal da guerra moderna (de acordo com os princípios do DOBROPENSAR, esse objetivo é simultaneamente reconhecido e não reconhecido pelos cérebros da Cúpula do Partido) é usar os produtos da máquina sem elevar o padrão geral de vida. Desde o fim do século XIX, o problema do que fazer com o excedente de bens de consumo tem sido latente na sociedade industrial. Atualmente, quando poucos seres humanos têm o suficiente para comer, esse problema não é obviamente urgente, e poderia não ter se tornado, mesmo que nenhum processo artificial de destruição estivesse em ação. O mundo de hoje é um lugar vazio, faminto e arruinado em comparação com o mundo que existia antes de 1914, e ainda mais se comparado com o futuro imaginário que as pessoas daquele período vislumbraram. No início do século XX, a visão de uma sociedade futura incrivelmente rica, livre, ordeira e eficiente — um mundo antisséptico, brilhante, de vidro, aço e concreto branco como a neve — fazia parte da consciência de quase todas as pessoas alfabetizadas. Ciência e tecnologia estavam desenvolvendo-se a uma velocidade prodigiosa, e parecia natural supor que elas continuariam se desenvolvendo. Isso falhou em acontecer, em parte por causa do empobrecimento ocorrido por uma longa série de guerras e revoluções, em parte porque o progresso técnico dependia do hábito empírico de pensamento, que não poderia sobreviver em uma sociedade estritamente regulamentada. Como um todo, o mundo é mais primitivo hoje do que foi cinco anos atrás. Certas áreas atrasadas avançaram e vários dispositivos, sempre de alguma forma conectados com a guerra e a espionagem policial, foram desenvolvidos, mas experimento e invenção pararam em grande parte e as devastações da guerra atômica dos anos 1950 nunca foram totalmente reparadas. No entanto, os perigos inerentes à máquina ainda estão lá. A partir do momento em que a máquina apareceu pela primeira vez, ficou claro para todas as pessoas pensantes que a necessidade do trabalho humano penoso e, portanto, em grande medida, a desigualdade humana desapareceriam. E se a máquina fosse usada deliberadamente para esse fim, fome, excesso de trabalho, sujeira, analfabetismo e doenças poderiam ter sido eliminados dentro de algumas gerações. E, de fato, sem ter sido usado para qualquer um desses propósitos, exceto por uma espécie de processo automático — produzindo riqueza que às vezes era impossível de não distribuir —, a máquina aumentou os padrões de vida do humano médio durante um período de cerca de cinquenta anos, do fim do século XIX ao início do século XX.

Mas também estava claro que um aumento geral da riqueza implicaria a destruição — na verdade, em certo sentido, destruição — de uma sociedade hierárquica. Em um mundo em que todos trabalhavam poucas horas, tinham o suficiente para comer, viviam em um casa com banheiro e geladeira e possuíam um automóvel ou mesmo avião, a forma mais óbvia e talvez a mais importante de desigualdade desapareceria. Se uma vez se tornasse geral, a riqueza não conferiria distinção. Seria possível, sem dúvida, imaginar uma sociedade em que a RIQUEZA, no sentido de bens pessoais e luxos, devesse ser distribuída uniformemente, enquanto o PODER permanecesse nas mãos de uma pequena casta privilegiada. Mas, na prática, tal sociedade não poderia permanecer estável por muito tempo. Pois, se liberdade e segurança fossem desfrutadas por todos da mesma forma, a grande massa de seres humanos que normalmente fica estupefata pela pobreza se tornaria alfabetizada e aprenderia a pensar por si mesma; e, quando tivesse feito isso, perceberia mais cedo ou mais tarde que a minoria privilegiada não tinha função, iria varrê-la. A longo prazo, uma sociedade hierárquica só seria possível com base na pobreza e na ignorância. Voltar ao passado agrícola, como alguns pensadores do início do século XX sonharam em fazer, não era uma solução viável. Isto conflitava com a tendência à mecanização que se tornou praticamente instintiva em quase todo o mundo e, além disso, qualquer país que permanecesse industrialmente atrasado estaria indefeso no sentido militar e seria obrigado a ser dominado, direta ou indiretamente, por seus rivais mais avançados.

Não foi uma solução satisfatória manter as massas na pobreza, restringindo a produção de bens. Isso aconteceu em grande medida durante a fase final do capitalismo, aproximadamente entre os anos de 1920 e 1940. A economia de muitos países se estagnou, a terra deixou de ser cultivada, bens de capital não aumentaram, grandes blocos da população foram impedidos de trabalhar e mantidos vivos por meio do Estado. Mas isso também acarretava a fraqueza militar e, visto que as privações infligidas eram obviamente desnecessárias, tornou a oposição inevitável. O problema estava em como manter as rodas da indústria girando sem aumentar a verdadeira riqueza do mundo. Os bens deviam ser produzidos, mas eles não deveriam ser distribuídos. E, na prática, a única maneira de conseguir isso foi por meio de um permanente estado de guerra.

O ato essencial da guerra é a destruição, não necessariamente de vidas humanas, mas dos produtos do trabalho humano. Guerrear é uma forma de se quebrar em pedaços, ou lançar na estratosfera, ou afundar nas profundezas do mar materiais que podem, caso contrário, ser usados para tornar as massas muito confortáveis e, portanto, a longo prazo, inteligentes demais. Mesmo quando armas de guerra não são realmente destruídas, sua fabricação ainda é uma maneira conveniente de gastar a força de trabalho sem produzir nada que possa ser consumido. Uma Fortaleza Flutuante, por exemplo, encerra nela o trabalho de construir várias centenas de navios de carga. Em última análise, sendo descartada como obsoleta, nunca tendo trazido nenhum benefício material a ninguém e, com outros enormes dispêndios de força de trabalho, outra Fortaleza é construída. Em princípio, o esforço de guerra é sempre planejado para consumir qualquer excedente que possa existir após atender às necessidades básicas da população. Na prática, as necessidades da população são sempre subestimadas, fazendo com que haja uma carência crônica de metade de itens necessários à vida; mas isso é visto como uma vantagem. É uma política deliberada de manter até mesmo os grupos favorecidos em algum lugar próximo à beira de dificuldades, porque um estado geral de escassez aumenta a importância de pequenos privilégios e, assim, aumenta a distinção entre um grupo e outro. Pelos padrões do início do século XX, até mesmo um membro da Cúpula do Partido leva uma vida austera e laboriosa. No entanto, os poucos luxos de que desfruta são grandes — apartamento bem equipado, a melhor textura de suas roupas, a melhor qualidade de sua comida, bebida e fumo, seus dois ou três servos, seu carro particular ou helicóptero — e isso o coloca em um mundo diferente de um membro do Partido Externo, e os membros do Partido Externo têm uma vantagem semelhante em comparação com as massas submersas a que chamamos de "proletas". A atmosfera social é a de uma cidade sitiada, onde a posse de um pedaço de carne de cavalo faz a diferença entre riqueza e pobreza. E, ao mesmo tempo, a consciência de estar em guerra e, portanto, em perigo, faz com que a transferência de todo o poder para uma pequena casta pareça a condição natural e inevitável de sobrevivência.

A guerra, como se verá, realiza a destruição necessária, mas a realiza de uma maneira psicologicamente aceitável. Em princípio, seria muito simples desperdiçar o excedente de trabalho do mundo construindo templos e pirâmides, ou cavando buracos e enchendo-os novamente, ou mesmo produzindo grandes quantidades de bens e, em seguida, descartando-os, mas isso forneceria apenas a base econômica e não a emocional para uma sociedade hierárquica. O que está em causa aqui não é a moral das massas, cuja atitude não é importante, desde que sejam mantidas firmemente no trabalho, mas a moral do próprio Partido. Até do mais humilde membro do Partido espera-se que seja competente, trabalhador e até inteligente dentro de limites estreitos, mas também é necessário que ele deva ser um fanático crédulo e ignorante cujos sentimentos prevalecentes sejam medo, ódio, adulação e triunfo orgiástico. Em outras palavras, é necessário que ele tenha a mentalidade adequada a um estado de guerra. Não importa se a guerra está realmente acontecendo e, uma vez que nenhuma vitória decisiva é possível, não importa se a guerra está indo bem ou mal. Tudo o que é necessário é que exista um estado de guerra. A divisão da inteligência que o Partido exige de seus membros, e que é mais facilmente alcançada em uma atmosfera de guerra, agora é quase universal, mas quanto maior escalonar na hierarquia, mais marcada se torna. Ou seja, é precisamente na Cúpula do Partido que a histeria de guerra e o ódio do inimigo são mais fortes. Na sua qualidade de administrador, muitas vezes é necessário para um membro da

Cúpula do Partido saber que esta ou aquela notícia de guerra não é verdadeira e ele pode frequentemente estar ciente de que toda a guerra é espúria e está ou não está acontecendo ou está sendo travada para fins bastante além dos declarados; mas tal conhecimento é facilmente neutralizado pela técnica de DOBROPENSAR. Enquanto isso, nenhum membro da Cúpula do Partido vacila por um instante em sua crença mística de que a guerra é real e que está ligada a terminar vitoriosamente, com a Oceania sendo a senhora indiscutível do mundo inteiro.

Todos os membros da Cúpula do Partido acreditam nesta conquista futura como um artigo de fé. Deve ser alcançada pela gradual aquisição de mais e mais território e, assim, construir uma preponderância avassaladora de poder, ou pela descoberta de alguma arma nova e incontestável. A busca por novas armas continua incessantemente e é uma das poucas atividades restantes em que a mente inventiva ou de tipo especulativo pode encontrar alguma saída. Na Oceania de hoje, a ciência, no antigo sentido, quase deixou de existir. Em novafala não existe uma palavra para "ciência". O método empírico de pensamento, no qual todas as realizações científicas do passado foram fundadas, se opõe aos princípios mais fundamentais do SOCIALISMO INGLÊS. E mesmo o progresso tecnológico só acontece quando seus produtos podem ser usados de alguma forma para a diminuição da liberdade humana. Todas as artes úteis do mundo estão paradas ou retrocedendo. Os campos são cultivados com arados de cavalos enquanto os livros são escritos por máquinas. Mas em questões de importância vital — ou seja, na verdade, guerra e espionagem policial — a abordagem empírica ainda é incentivada, ou pelo menos tolerada. Os dois objetivos do Partido são conquistar toda superfície da Terra e extinguir, de uma vez por todas, as possibilidades de pensamento independente. Existem, portanto, dois grandes problemas que o Partido se preocupa em resolver. Um é como descobrir, contra sua vontade, o que outro ser humano está pensando, e o outro é como matar várias centenas de milhões de pessoas em poucos segundos sem avisar com antecedência. Na medida em que a pesquisa científica ainda continua, este é o assunto em questão. O cientista de hoje é uma mistura de psicólogo e inquisidor, estudando com real e ordinária minúcia o significado das expressões faciais, gestos e tons de voz e testando os efeitos que as drogas produzem, terapia de choque, hipnose e tortura física; ou ele é químico, físico ou biólogo preocupado apenas com ramos de seu assunto especial que sejam relevantes para a extração da vida. Nos vastos laboratórios do Ministério da Paz, ou nas estações experimentais escondidas nas florestas brasileiras, ou no deserto australiano, ou em ilhas perdidas da Antártica, as equipes de especialistas estão trabalhando incansavelmente. Alguns estão preocupados simplesmente em planejar a logística das guerras do futuro; outros inventam bombas de foguetes cada vez maiores, mais explosivas, mais poderosas e, cada vez mais, de blindagem impenetrável; outros procuram por novos e mais mortais gases, ou por venenos solúveis capazes de ser produzidos em tais quantidades para destruir a vegetação de continentes inteiros, ou raças de germes de doenças imunizadas contra todos os anticorpos possíveis; outros se esforçam para produzir um veículo que deve perfurar o solo como um submarino sob a água, ou um avião independente de sua base como um veleiro; outros exploram possibilidades ainda mais remotas de focar os raios do sol através de lentes suspensas milhares de quilômetros de distância no espaço, ou produzir terremotos artificiais e maremotos, aproveitando o calor do centro da Terra.

Mas nenhum desses projetos chega perto da realização e nenhum dos três superestados ganha uma liderança significativa em relação aos outros. O que é mais notável é que todas as três potências já possuem uma bomba atômica, uma arma muito mais poderosa do que qualquer outra que suas presentes pesquisas provavelmente descobrirão. Embora o Partido, de acordo com seu hábito, reivindique para si a invenção, as bombas atômicas apareceram pela primeira vez em meados da década de 40 e foram usadas em grande escala cerca de dez anos depois. Naquela época, algumas centenas de bombas foram lançadas em centros industriais, principalmente na Rússia Europeia, Europa Ocidental e América do Norte. O efeito foi convencer grupos de liderança de todos os países de que mais algumas bombas atômicas significariam o fim da sociedade organizada e, portanto, de seu próprio poder. Entretanto, embora nenhum acordo formal tenha sido feito ou sugerido, nenhuma outra bomba foi lançada. Todas as três potências simplesmente continuam a produzir e armazenar bombas atômicas para qualquer oportunidade decisiva que acreditam que virá mais cedo ou mais tarde. E, enquanto isso, a arte da guerra permaneceu quase estacionária por trinta ou quarenta anos. Helicópteros são mais usados do que antigamente, aviões de bombardeio foram em grande parte substituídos por projéteis autoimpulsionados e o frágil navio de guerra móvel deu lugar à Fortaleza Flutuante quase inaufragável; mas, afora isso, houve pouco desenvolvimento. O tanque, o submarino, o torpedo, a metralhadora, até mesmo o rifle e as granadas de mão ainda estão em uso. E, apesar dos massacres intermináveis relatados na imprensa e nas teletelas, as batalhas desesperadas das guerras anteriores, nas quais centenas de milhares ou mesmo milhões de homens foram mortos em um poucas semanas, nunca se repetiram.

Nenhum dos três superestados jamais tenta realizar manobra que envolva risco de derrota grave. Quando qualquer grande operação é realizada, geralmente é um ataque-surpresa contra um aliado. A estratégia que as três potências seguem, ou fingem para si próprias estar seguindo, é a mesma. O plano é, por meio de uma combinação de luta, barganha e golpes oportunos de traição, adquirir um anel de bases circundando completamente entre um ou outro dos estados rivais, e então assinar um pacto de amizade com aquele rivalizado e permanecer em termos pacíficos por tantos anos a ponto de acalmar qualquer suspeita. Durante esse tempo, foguetes carregados com as bombas atômicas poderão ser montados em todos os pontos estratégicos; e, por fim, todos serão liberados simultaneamente, com efeitos tão devastadores a ponto de tornar a retaliação impossível. Então será hora de assinar um pacto de amizade com a potência mundial restante, em preparação para outro ataque. Esse esquema, é quase desnecessário dizer, é um mero devaneio, impossível de ser realizado. Além disso, nenhuma luta ocorre, exceto nas áreas disputadas ao redor do Equador e do polo; nenhuma invasão ao território inimigo é realizada. Isso explica o fato de que em alguns lugares as fronteiras entre os superestados são arbitrárias. A Eurásia, por exemplo, poderia facilmente conquistar as Ilhas Britânicas, que geograficamente fazem parte da Europa, ou, por outro lado, seria possível para a Oceania empurrar suas fronteiras até o Reno ou mesmo até o Vístula. Mas isso seria violar o princípio, seguido por todos os lados, embora nunca tenha sido formulado, de integridade cultural. Se a Oceania conquistasse as áreas que antes eram conhecidas como França e Alemanha, seria necessário exterminar os habitantes, uma tarefa de grande dificuldade física, para absorver mais tarde uma população de cerca de cem milhões de pessoas que, no que diz respeito ao desenvolvimento técnico, estão aproximadamente no nível oceânico. O problema é o mesmo para os três superestados. É absolutamente necessário para sua estrutura que não deva haver contato com estrangeiros, exceto, numa limitada extensão, com prisioneiros de guerra e escravos negros. Mesmo o aliado oficial do momento é sempre considerado como a mais sombria suspeita. Fora os prisioneiros de guerra, o cidadão médio da Oceania nunca vê um cidadão da Eurásia ou da Lestásia e, se ele tivesse permissão para contato com estrangeiros, iria descobrir que são criaturas semelhantes a ele e que a maioria do que lhe foi dito sobre essas pessoas é mentira. O mundo selado em que ele vive seria quebrado, e o medo, o ódio e a hipocrisia dos quais depende sua moral poderiam evaporar. Portanto, percebe-se por todos os lados que a Pérsia, o Egito, Java, ou o Ceilão podem mudar de mãos, mas as principais fronteiras nunca devem ser cruzadas por nada, exceto bombas.

Há oculto um fato nunca mencionado em voz alta, mas tacitamente compreendido e agido em concordância: as condições de vida em todos os três superestados é praticamente a mesma. Na Oceania, a filosofia predominante é chamada de SOCIALISMO INGLÊS, na Eurásia é chamada de neobolchevismo, e na Lestásia tem um nome chinês geralmente traduzido como Adoradores da Morte, mas talvez mais bem traduzido como Obliteração do Eu. Ao cidadão da Oceania não é permitido saber nada dos princípios das outras duas filosofias, mas ele é ensinado a execrá-las como ultrajes bárbaros à moralidade e ao senso comum. Na verdade, as três filosofias quase não apresentam distinções, e os sistemas sociais que elas sustentam não são distinguíveis de forma alguma. Em todos os lugares, há a mesma estrutura piramidal, a mesma adoração ao líder semidivino, a mesma economia existente e a guerra contínua. Acontece que os três superestados não podem conquistar um ao outro, bem como não ganhariam nenhuma vantagem fazendo isso. Pelo contrário, enquanto permanecerem em conflito, eles apoiarão um ao outro, como três feixes de milho. E, como usual, os grupos de liderança governantes das três potências estão simultaneamente cientes e inconscientes do que estão fazendo. Suas vidas são dedicadas à conquista do mundo, mas também sabem que é necessário que a guerra continue permanentemente e sem vitória. Enquanto isso, o fato de que não há perigo de conquista torna possível a negação da realidade, e essa é a característica especial do SOCIALISMO INGLÊS e de seus sistemas rivais de pensamento. Aqui é necessário repetir o que foi dito anteriormente, que, ao se tornar contínua, a guerra mudou fundamentalmente seu caráter.

Em eras passadas, uma guerra, quase por definição, era algo que mais cedo ou mais tarde chegava ao fim, geralmente em vitória ou derrota incontestável. No passado, também, a guerra era uma dos principais instrumentos pelos quais as sociedades humanas foram mantidas em contato com a realidade física. Todos os governantes em todas as épocas tentaram impor uma falsa visão do mundo sobre seus seguidores, mas não podiam se dar ao luxo de encorajar alguma ilusão que tendesse a prejudicar a eficiência militar. Contanto que a derrota significasse a perda de independência, ou outro resultado qualquer, geralmente indesejável, as precauções contra a derrota tinham que ser sérias. Os fatos físicos não podiam ser ignorados. Em filosofia, religião, ética ou política, a soma de dois mais dois podia ser cinco, mas, quando alguém estava projetando uma arma ou um avião, tinha que ser quatro. Nações ineficientes sempre foram conquistadas mais cedo ou mais tarde, a luta pela eficiência era inimiga das ilusões. Além disso, para ser eficiente, era necessário ser capaz de aprender com o passado, o que significava ter uma ideia precisa do que aconteceu no passado. Jornais e livros de história eram, é claro, sempre desatualizados e tendenciosos, mas falsificação do tipo que é praticada hoje teria sido impossível. A guerra era uma salvaguarda segura de sanidade e, no que diz respeito às classes dominantes, provavelmente a mais importante de todas as salvaguardas. Enquanto guerras poderiam ser ganhas ou perdidas, nenhuma classe dominante poderia ser completamente irresponsável.

Mas, quando a guerra começa a se tornar literalmente contínua, ela também cessa o perigo. Quando a guerra é contínua, não existe tal necessidade militar. O progresso técnico pode cessar e os fatos mais palpáveis podem ser negados ou desconsiderados. Como vimos, pesquisas que poderiam ser chamadas de científicas ainda são conduzidas para fins de guerra, mas são essencialmente uma espécie de devaneio, e seu fracasso em mostrar os resultados não é importante. A eficiência, até mesmo militar, não é mais necessária. Nada é eficiente na Oceania, exceto a Polícia do Pensamento. Uma vez que cada um dos três superestados é inconquistável, cada um deles é efetivamente um universo separado dentro do qual quase qualquer perversão de pensamento pode ser praticada com segurança. A realidade só exerce sua pressão por meio das necessidades da vida cotidiana — a necessidade de comer e beber, de obter abrigo e se vestir, evitar engolir veneno ou sair pelas janelas do andar superior ou coisa semelhante. Entre a vida e a morte, e entre o prazer físico e a dor física, ainda há uma distinção, mas isso é tudo. Sem contato com o mundo exterior e com o passado, o cidadão da Oceania é como um homem no espaço interestelar, que não tem como saber qual direção é para cima e qual direção é para baixo. Os líderes governantes de tal Estado são absolutos, como os faraós ou os césares não poderiam ser. Eles são obrigados a impedir seus seguidores de morrer de fome em número grande o suficiente para ser inconveniente, e eles são obrigados a permanecer no mesmo baixo nível de técnica militar que seus rivais; mas, uma vez que o mínimo é alcançado, eles podem torcer a realidade de qualquer forma que escolherem.

A guerra, portanto, se a julgarmos pelos padrões das guerras anteriores, é apenas uma impostura. É como as batalhas entre certos animais ruminantes cujos chifres são colocados em tal ângulo que eles são incapazes de se machucar. Embora seja irreal, não é sem sentido. Isso consome o excedente de bens de consumo e ajuda a preservar a especial atmosfera mental de que uma sociedade hierárquica necessita. A guerra, como se verá, é agora um ambiente puramente interno. No passado, os grupos de líderes governantes de todos os países, embora pudessem reconhecer seu interesse comum e, portanto, limitar a destrutividade da guerra, lutaram uns contra os outros, tendo o vencedor sempre saqueado os vencidos. Em nossos dias, eles não estão lutando uns contra os outros, mas contra todos. A guerra é travada entre cada grupo dominante contra os seus súditos, e o objetivo da guerra não é empreender ou prevenir conquistas de território, mas manter a estrutura da sociedade intacta. A própria palavra "guerra", portanto, tornou-se enganosa. Provavelmente, seria correto dizer que, ao se tornar guerra contínua, deixou de existir. A pressão peculiar que exerceu sobre os seres humanos entre o Período Neolítico e o início do século XX desapareceu e foi substituída por algo completamente diferente. O efeito seria quase o mesmo se os três superestados, em vez de lutar uns contra os outros, concordassem em viver em paz perpétua, cada um inviolável dentro de seus próprios limites. Pois, nesse caso, cada um ainda seria um universo autocontido, livre para sempre da influência séria do perigo externo. Uma paz permanente seria o mesmo que uma guerra permanente. Este — embora a vasta maioria dos membros do Partido a entenda apenas em um sentido mais superficial — é o significado interno de um slogan do Partido: GUERRA É PAZ.

Winston parou de ler por um momento. Em algum lugar com distância remota, uma bomba de foguete trovejou. A sensação de felicidade de estar sozinho com o livro proibido em uma sala sem teletela não tinha se desgastado. Solidão e segurança eram sensações físicas, confundidas de alguma forma com o cansaço de seu corpo, a suavidade da cadeira, o toque do desmaio e a brisa da janela que brincava em sua bochecha. O livro o fascinou, ou mais exatamente o tranquilizou. Em certo sentido, não lhe disse nada de novo, mas isso fazia parte da atração. Disse o que ele teria dito, se tivesse sido possível para ele colocar seus pensamentos dispersos em ordem. Foi o produto de uma mente semelhante à sua, mas mormente mais poderosa, mais sistemática, menos livre de medo e dominada. Os melhores livros, ele percebeu, são aqueles que dizem o que você já sabe. Ele tinha acabado de voltar ao Capítulo I quando ouviu os passos de Julia na escada e saiu de sua cadeira para encontrá-la. Ela jogou sua bolsa marrom de ferramentas no chão e se atirou em seus braços. Fazia mais de uma semana desde que se viram.

— Eu tenho O LIVRO – disse, enquanto se desemaranhavam.

— Oh, você entendeu? — ela disse, sem muito interesse, e quase imediatamente ajoelhou-se ao lado do fogão a óleo para fazer o café.

Eles não voltaram ao assunto até que tivessem ido para cama por meia hora. A noite estava fria o suficiente para fazer valer a pena puxar a colcha. De baixo, veio o som familiar de canto e raspagem de botas nas pedras da bandeira. A mulher forte de braços vermelhos que Winston tinha visto lá em sua primeira visita era quase um acessório no quintal. Parecia não haver nenhuma hora da luz do dia em que ela não estivesse marchando para lá e para cá entre a tina e o varal, alternadamente se amordaçando com prendedores de roupa e irrompendo em uma canção vigorosa. Julia tinha se acalmado do lado dela da cama e parecia já estar a ponto de cair adormecida. Ele estendeu a mão para o livro, que estava no chão, e sentou-se contra a cabeceira da cama.

— Precisamos ler – disse ele. — Você também. Todos os membros da Fraternidade têm que ler.

— Você lê — disse ela, com os olhos fechados. – Leia em voz alta. Essa é a melhor maneira. Assim você pode me explicar.

Os ponteiros do relógio marcavam seis, ou seja, dezoito horas. Eles tinham três ou quatro horas ainda. Ele apoiou o livro em seus joelhos e começou a ler:

Capítulo I
Ignorância é Força

Ao longo do tempo, e provavelmente desde o final do Período Neolítico, houve três tipos de pessoas no mundo: as classes alta, média e baixa. Elas foram subdivididas de muitas maneiras e carregaram inúmeros nomes diferentes e seus números relativos, bem como seu posicionamento em relação às outras, variando de idade para idade: mas a estrutura essencial da sociedade nunca mudou. Mesmo depois de enormes reviravoltas e mudanças aparentemente irrevogáveis, o mesmo padrão sempre se reafirmou, como um giroscópio que sempre retorna ao equilíbrio, no entanto, sempre sendo empurrado para um lado ou para outro.

— Julia, você está acordada? – Disse Winston.

— Sim, meu amor, estou ouvindo. Continue. É maravilhoso.

Ele continuou lendo:

Os objetivos desses três grupos são totalmente irreconciliáveis. O objetivo da classe alta é permanecer onde está. O objetivo da classe média é trocar de lugar com a alta. O objetivo da classe baixa, quando tem um objetivo — pois é muito esmagada pelo trabalho penoso para estar consciente de qualquer coisa fora de sua vida diária —, é abolir todas as distinções e criar uma sociedade na qual todos os homens sejam iguais. Portanto, ao longo da história, a luta é a mesma em seus contornos principais, repetidos continuamente. Por longos períodos, a classe alta parece estar segura no poder, mas, mais cedo ou mais tarde, sempre chega o momento em que ela perde sua crença em si mesma ou em sua capacidade de governar com eficiência, ou ambos.

Ela é então derrubada pela classe média, que alista a classe baixa a seu lado, fingindo que está lutando por liberdade e justiça. Assim que tiver alcançado seu objetivo, a classe média empurrará a classe baixa em sua antiga posição de servidão, e ela própria se tornará a alta. Assim, um novo grupo do meio se separará de um dos outros grupos, ou de ambos, e a luta começará de novo. Dos três grupos, apenas os integrantes da classe baixa são temporariamente bem-sucedidos em alcançar seus objetivos. Seria um exagero dizer que, ao longo da história, não houve nenhum progresso de tipo material. Ainda hoje, em um período de declínio, o ser humano médio está fisicamente melhor do que há alguns séculos. Mas, sem avanço em riqueza, nenhuma suavização de maneiras, nenhuma reforma ou revolução jamais trouxeram a igualdade humana um milímetro mais perto. Do ponto de vista da classe baixa, nenhuma mudança histórica significou muito mais do que uma mudança no nome de seus mestres.

No fim do século XIX, a recorrência desse padrão tornou-se óbvia para muitos observadores. Surgiram, então, escolas de pensadores que interpretaram a história como um processo cíclico e afirmaram mostrar que a desigualdade era a lei inalterável da vida humana. Essa doutrina, é claro, sempre teve seus adeptos, mas da maneira como foi agora apresentada, houve uma mudança significativa. No passado, a necessidade de uma forma hierárquica de sociedade havia sido a doutrina específica da classe alta. Foi pregada por reis e aristocratas e pelos padres, advogados e outros semelhantes que eram parasitas destes, que suavizavam essa doutrina pela promessa de recompensa em um mundo imaginário além do túmulo. A classe média, contanto que estivesse lutando para aceder ao poder, sempre faria uso de termos como liberdade, justiça e fraternidade. Agora, no entanto, o conceito de fraternidade humana começou a ser atacado por pessoas que ainda não estavam em posições de comando, mas ansiavam muito em breve estar. No passado, a classe média fez revoluções sob a bandeira da igualdade e, então, estabeleceu uma nova tirania assim que a antiga fora derrubada. Os novos grupos médios de fato proclamaram sua tirania de antemão. O socialismo, uma teoria que apareceu no início século XIX e foi o último elo de uma cadeia de pensamento que remontava às rebeliões de escravos da antiguidade, ainda estava profundamente infectado pelo utopismo de épocas anteriores. Mas, em cada variante do socialismo que apareceu por volta de 1900 em diante, o objetivo de estabelecer a liberdade e igualdade foi cada vez mais abertamente abandonado. Os novos movimentos que apareceram em meados do século — SOCIALISMO INGLÊS na Oceania, neobolchevismo na Eurásia, Adoração à Morte, como é comumente chamado, na Lestásia — tinham o objetivo consciente de perpetuar a falta de liberdade e a desigualdade. Esses novos movimentos, é claro, cresceram a partir dos antigos e tendiam a manter seu nome e defender sua ideologia da boca para fora. Mas o objetivo de todos eles era deter o progresso e congelar a história em um momento escolhido. O balanço do pêndulo familiar deveria mover-se mais uma vez e, então, parar. Como sempre, a classe alta deveria ser eliminada pela média, que iria então se tornar alta; mas, dessa vez, por estratégia consciente, a alta seria capaz de manter sua posição permanentemente.

As novas doutrinas surgiram em parte devido ao acúmulo de conhecimento histórico e ao crescimento do sentido histórico, que mal existia antes do século XIX. O movimento cíclico da história era agora inteligível, ou parecia ser; e se fosse inteligível, então seria alterável. Mas a principal causa subjacente era que, já no início do século XX, a igualdade humana se tornou tecnicamente possível. Sabia-se que os homens não eram iguais em seus talentos nativos e que funções tinham que ser especializadas de forma a favorecer alguns indivíduos em detrimento de outros; mas não havia mais nenhuma necessidade de distinções de classe ou de grandes diferenças de riqueza. Em épocas anteriores, as distinções de classe não eram apenas inevitáveis, mas desejáveis. A desigualdade foi o preço da civilização. Com o desenvolvimento da produção por máquinas, no entanto, o caso foi alterado. Mesmo que ainda fosse necessário para os seres humanos realizar diferentes tipos de trabalho, não seria mais necessário que vivessem em diferentes níveis sociais ou econômicos. Portanto, do ponto de vista dos novos grupos que estavam quase tomando o poder, a igualdade humana não era mais um ideal a ser perseguido, mas um perigo a ser evitado. Em épocas mais primitivas, quando de fato uma sociedade justa e pacífica não era possível, fora bastante fácil acreditar em sua viabilidade. A ideia de um paraíso terrestre, no qual os homens deveriam viver juntos em um estado de irmandade, sem leis nem trabalho bruto, havia assombrado a imaginação humana por milhares de anos. E essa visão teve certa influência até mesmo nos grupos que realmente lucraram com cada mudança histórica. Os herdeiros das revoluções francesa, inglesa e americana acreditaram parcialmente em suas próprias frases sobre os direitos do homem, liberdade de expressão, igualdade perante a lei e seus semelhantes, e permitiram que sua conduta fosse influenciada por elas até certo ponto. Na quarta década do século XX, todas as principais correntes do pensamento político eram autoritárias. O paraíso terrestre foi desacreditado exatamente no momento em que se tornou realizável. Cada nova teoria política, seja qual fosse o nome que adotasse, levou de volta à hierarquia e arregimentação. E, no endurecimento geral da perspectiva que se estabeleceu em torno de 1930, práticas havia muito abandonadas, em alguns casos por centenas de anos — prisão sem julgamento, o uso de prisioneiros de guerra como escravos, execuções públicas, tortura para extrair confissões, o uso de reféns e a deportação de populações inteiras —, não só se tornaram comuns novamente, mas foram toleradas e até defendidas por pessoas que se consideravam iluminadas e progressistas.

Foi só depois de uma década de guerras nacionais, guerras civis, revoluções e contrarrevoluções em todas as partes do mundo que o SOCIALISMO INGLÊS e seus rivais emergiram como teorias políticas totalmente elaboradas. Mas eles foram prenunciados por vários sistemas, geralmente chamados de totalitários, que tinham aparecido no início do século, e os contornos principais do mundo que emergiria do caos dominante eram óbvios. Que tipo de pessoa controlaria esse mundo era igualmente óbvio. A nova aristocracia foi composta em sua maioria de burocratas, cientistas, técnicos, organizadores sindicais, especialistas em publicidade, sociólogos, professores, jornalistas e políticos profissionais. Essas pessoas, cujas origens residiam na classe média assalariada e nos graus superiores da classe trabalhadora, foram moldadas e reunidas pelo estéril mundo da indústria monopolista do governo centralizado. Em comparação com seus opostos em eras passadas, eram menos avarentas, menos tentadas pelo luxo, mais famintas por puro poder e, acima de tudo, mais conscientes do que estavam fazendo e com maior intenção de esmagar a oposição. Essa última diferença foi crucial. Em comparação ao que existe hoje, todas as tiranias do passado eram indiferentes e ineficientes. Os grupos governantes sempre foram infectados, até certo ponto, por ideias liberais e se contentavam em deixar pontas soltas em todos os lugares, considerando apenas o ato manifesto e não se interessando por aquilo em que seus súditos estivessem pensando. Até a Igreja Católica da Idade Média foi tolerante para os padrões modernos. Parte da razão para isso foi que, no passado, nenhum governo tinha o poder de manter seus cidadãos sob vigilância constante. A invenção da imprensa, no entanto, tornou mais fácil manipular a opinião pública, e o filme e o rádio aprofundaram o processo. Com o desenvolvimento da televisão e dos avanços técnicos que permitiram a transmissão simultânea no mesmo instrumento, a vida privada chegou ao fim. Cada cidadão, ou, pelo menos, cada cidadão importante que valesse a pena ser vigiado, poderia ser mantido vinte e quatro horas por dia sob os olhares da polícia ao som de propaganda oficial, com todos os outros canais de comunicação fechados. A possibilidade de se impor não apenas à completa obediência e vontade do Estado, mas à completa uniformidade de opinião sobre todos os assuntos, agora existia pela primeira vez.

Após o período revolucionário dos anos 50 e 60, a sociedade se reagrupou, como sempre, nas classes alta, média e baixa. Mas o novo grupo da alta, ao contrário de todos os seus precursores, não agiu por instinto, pois sabia o que era necessário para salvaguardar sua posição. Havia muito se percebera que a única base segura da oligarquia é o coletivismo. Riqueza e privilégio são mais facilmente defendidos quando são possuídos em conjunto. A chamada "abolição da propriedade privada" que ocorreu na metade do século significou, com efeito, a concentração de propriedade em muito menos mãos do que antes: mas com a diferença de que os novos proprietários eram um grupo em vez de uma massa de indivíduos. Nenhum membro do Partido possui tudo individualmente, exceto artigos pessoais insignificantes. Coletivamente, o Partido possui tudo na Oceania, porque ele controla tudo e descarta os produtos como achar melhor. Nos anos que se seguiram à Revolução, foi capaz de entrar nesta posição de comando quase sem oposição, porque todo o processo foi representado como um ato de coletivização. Sempre se assumira que se a classe capitalista fosse expropriada, o socialismo teria surgido daí: e inquestionavelmente os capitalistas foram expropriados. Fábricas, minas, terras, casas, transporte — tudo tinha sido tirado deles, e uma vez que essas coisas não eram mais propriedade privada, admitia-se que elas deveriam ser propriedade pública. O SOCIALISMO INGLÊS, que cresceu a partir do início do socialismo, herdou sua fraseologia, tendo de fato realizado o principal item do programa socialista; com o resultado, previsto e pretendido de antemão, de que a desigualdade econômica se tornara permanente.

Mas os problemas de perpetuar uma sociedade hierárquica são mais profundos do que isso. Existem apenas quatro maneiras pelas quais um grupo dominante pode decair do poder. Seja pela conquista de outro de fora; por um governo tão ineficiente que as massas são levadas a se revoltar; pela permissão de um forte e descontente grupo intermediário que passa a existir; ou pela perda de sua própria autoconfiança e disposição para governar. Essas causas não se operam sozinhas e, como regra, todas as quatro estão presentes em algum grau. Uma classe dominante que pudesse se proteger de todas elas permaneceria no poder permanentemente. No fim das contas, o fator determinante é a atitude mental do governante da própria classe.

Depois de meados do século atual, o primeiro perigo na realidade havia desaparecido. Cada uma das três potências que agora dividem o mundo é de fato invencível e só poderia se tornar conquistável por meio de lentas mudanças demográficas que um governo com amplos poderes poderia facilmente evitar. O segundo perigo, também, é apenas teórico. As massas nunca se revoltariam por conta própria, ou se revoltariam simplesmente porque estão oprimidas. Na verdade, enquanto elas não puderem ter padrões de comparação, nem mesmo perceberão que estão sendo oprimidas. As crises econômicas recorrentes de tempos passados foram totalmente desnecessárias e hoje não se permite que aconteçam, mas outros grandes deslocamentos podem acontecer e ocorrem sem organização de resultado político, porque não há como o descontentamento se tornar articulado. Quanto ao problema de superprodução, latente em nossa sociedade desde o desenvolvimento da técnica da máquina, será resolvido pelo dispositivo de guerra contínua (ver Capítulo III), que também é útil para elevar o moral do público ao necessário arremesso. Do ponto de vista de nossos governantes atuais, portanto, o único perigo genuíno é a divisão de um novo grupo de pessoas capazes, subempregadas, famintas de poder pelo crescimento do liberalismo e do ceticismo em seus próprios termos. Ou seja, o problema é educacional. Isso é um problema de moldar continuamente a consciência tanto do grupo de liderança quanto do grupo que se encontra imediatamente abaixo dele. A consciência das massas precisa ser apenas influenciada de forma negativa.

Dado este pano de fundo, pode-se inferir, se não já se sabe, que essa é a estrutura geral da sociedade oceânica. No ápice da pirâmide, tem-se o Grande Irmão. O Grande Irmão é infalível e todo-poderoso. Cada sucesso, cada conquista, cada vitória, cada descoberta científica, todo conhecimento, toda sabedoria, toda felicidade, toda virtude são considerados como resultado direto de sua liderança e inspiração. Ninguém nunca viu o Grande Irmão. Ele é um rosto nas colinas, uma voz na teletela. Podemos estar razoavelmente certos de que ele nunca morrerá, e já existe uma incerteza considerável sobre quando ele nasceu. O Grande Irmão é o disfarce que o Partido escolheu para se exibir ao mundo. Sua função é atuar como um ponto de foco de amor, medo e reverência, emoções que são mais facilmente sentidas por um indivíduo do que por uma organização. Abaixo do Grande Irmão vem a Cúpula do Partido. Estando limitada ao número de seis milhões, ou algo como menos que dois por cento da população da Oceania. Abaixo da Cúpula do Partido vem o Partido Externo, que, se a Cúpula do Partido é descrita como o cérebro do Estado, pode ser justamente comparado às mãos do Estado. Abaixo, vêm as massas mudas, que habitualmente são chamadas de "proletas", contabilizando talvez oitenta e cinco por cento da população. Nos termos de nossa classificação anterior, os proletas são a classe baixa: a população escrava da região das terras equatoriais que passa constantemente das mãos de um conquistador para outro, não sendo uma parte permanente ou necessária da estrutura.

Em princípio, a participação nesses três grupos não é hereditária. Um filho de pais da Cúpula do Partido, em teoria, não é nascido na Cúpula do Partido. A admissão a qualquer ramo do Partido se dá por meio de exame, feito aos dezesseis anos. Nem há nenhum tipo de discriminação racial, ou dominação marcada de uma província sob outra. Judeus, negros ou sul-americanos de puro sangue índio podem ser encontrados nas mais altas patentes do Partido, e os administradores de qualquer área são sempre selecionados entre os habitantes daquela área. Em nenhuma parte da Oceania os habitantes têm a sensação de que estão numa população colonial governada por uma capital distante. A Oceania não tem capital, e seu chefe titular é uma pessoa cujo paradeiro ninguém sabe. Exceto que o inglês é sua LÍNGUA FRANCA e novafala sua língua oficial, não sendo centralizadas de forma alguma. Seus governantes não são mantidos juntos por laços de sangue, mas pela adesão a uma doutrina comum. É verdade que nossa sociedade é estratificada, muito rigidamente estratificada, no que à primeira vista parecem ser linhas hereditárias. Há muito menos movimento de vaivém entre os diferentes grupos do que aconteceu sob o capitalismo ou mesmo na era pré-industrial. Entre os dois ramos do Partido há certa quantidade de intercâmbio, mas apenas até certo ponto para garantir que os fracos sejam excluídos da Cúpula do Partido e que membros ambiciosos do Partido Externo sejam tornados inofensivos, permitindo-lhes subir. Proletários, na prática, não estão autorizados a graduar-se no Partido. Os mais dotados entre eles, que podem se tornar núcleos de descontentamento, são simplesmente marcados pela Polícia do Pensamento e eliminados. Mas esses estados de coisas não são necessariamente permanentes, nem uma questão de princípio. O Partido não é uma classe no antigo sentido da palavra. Não objetiva transmitir poder a seus próprios filhos, como tais; e se não houvesse outra maneira de manter as pessoas mais capazes no topo, estaria perfeitamente preparado para recrutar uma nova geração a partir dos inúmeros proletariados. Nos anos cruciais, o fato do Partido não ser um corpo hereditário serviu muito para neutralizar a oposição. O tipo mais antigo de socialista, que foi treinado para lutar contra algo chamado de "privilégio de classe" assumiu que o que não é hereditário não pode ser permanente. Ele não viu que a continuidade de uma oligarquia não precisa ser física, nem fez uma pausa para refletir que as aristocracias hereditárias sempre tiveram vida curta, enquanto as organizações adotivas, como a Igreja Católica, às vezes, duraram por centenas ou milhares de anos. A essência do governo oligárquico não é ser transmitido como herança de pai para filho, mas a persistência de uma certa visão de mundo e de um certo modo de vida, impostos pelos mortos aos vivos. Um grupo de liderança é um grupo dominante, desde que se possam nomear seus sucessores. O Partido não se preocupa em perpetuar seu sangue, mas tão somente com sua perpetuação. QUEM exerce poder não é importante, desde que a estrutura hierárquica permaneça sempre a mesma.

Todas as crenças, hábitos, gostos, emoções, atitudes mentais que caracterizam nosso tempo são realmente projetadas para sustentar a mística do Partido e impedir que se perceba a verdadeira natureza da sociedade atual. Rebelião física, ou qualquer movimento preliminar em direção à rebelião, no momento não é possível. Dos proletários não há nada a ser temido. Abandonados a si mesmos, eles continuarão de geração em geração e de século em século, trabalhando, procriando e morrendo, não só sem qualquer impulso de rebelião, mas sem o poder de compreender que o mundo poderia ser diferente do que ele é. Eles só poderiam se tornar perigosos se o avanço da técnica industrial tornasse necessário educá-los mais; mas, uma vez que a rivalidade militar e comercial não é o mais importante, o nível de educação popular é realmente declinante. Quais opiniões as massas têm, ou não, é visto com indiferença. A eles pode ser concedida liberdade intelectual porque eles não têm intelecto. A um membro do Partido, por outro lado, não pode ser tolerado nem mesmo o menor desvio de opinião sobre o assunto menos importante.

Um membro do Partido vive do nascimento à morte sob os olhos da Polícia do Pensamento. Mesmo quando ele está sozinho, ele nunca pode ter certeza de que ele está sozinho. Onde quer que ele esteja, dormindo ou acordado, trabalhando ou descansando, no banho ou na cama, ele pode ser inspecionado. Nada do que ele faz é indiferente. Suas amizades, seu relaxamento, seu comportamento em relação à esposa e aos filhos, a expressão de seu rosto quando ele está sozinho, as palavras que ele murmura durante o sono, até mesmo os movimentos característicos de seu corpo, são todos zelosamente examinados. Não apenas qualquer contravenção real, mas qualquer excentricidade, por menor que seja, qualquer mudança de hábitos, qualquer maneirismo nervoso que poderia ser o sintoma de uma luta interna certamente será detectado. Ele não possui liberdade de escolha em qualquer direção. Por outro lado, suas ações não são regulamentadas por lei ou por qualquer código de comportamento claramente formulado. Na Oceania não há lei. Pensamentos e ações que, quando detectados, significam morte certa, não são formalmente proibidos, e os intermináveis expurgos, prisões, torturas, prisões e vaporizações não são infligidos como punição por crimes que realmente foram cometidos, mas são apenas a extinção de pessoas que talvez possam cometer um crime em algum momento no futuro. Um membro do Partido não deve ter apenas opiniões certas, mas os instintos certos. Muitas das crenças e as atitudes exigidas dele nunca são claramente declaradas e não poderiam ser declaradas sem revelar contradições inerentes ao SOCIALISMO INGLÊS. Se ele é uma pessoa naturalmente ortodoxa (em novafala, um BOMPENSADOR), ele saberá em todas as circunstâncias, sem pensar, qual é a verdadeira crença ou emoção desejável. Mas em qualquer caso um elaborado treino mental, sofrido na infância e agrupando-se em torno das palavras da novafala CRIMINTERRUPÇÃO, NE-

GRIBRANCO, e DOBROPENSAR, torna-o relutante e incapaz de pensar muito profundamente sobre qualquer assunto.

Do membro do Partido espera-se que não tenha emoções particulares nem hesite em entusiasmo. Ele deve viver em um frenesi contínuo de ódio aos inimigos estrangeiros e traidores internos, de triunfo sobre vitórias e auto humilhação diante do poder e a sabedoria do Partido. O descontentamento produzido por sua inútil e insatisfatória vida é deliberadamente transformado e dissipado por dispositivos como o Dois Minutos de Ódio, e as especulações que possam induzir uma atitude cética ou rebelde são erradicadas antecipadamente por sua disciplina interna adquirida desde cedo. A primeira e mais simples etapa na disciplina, que pode ser ministrada até mesmo para crianças pequenas, chama-se, em novafala, CRIMINTERRUPÇÃO. CRIMINTERRUPÇÃO significa a faculdade de interromper, como que por instinto, no limiar de qualquer pensamento perigoso. Inclui o poder de não compreender analogias, de não perceber erros lógicos, de entender mal os argumentos mais simples se eles forem hostis ao SOCIALISMO INGLÊS, e de se sentir entediado ou repelido por qualquer linha de pensamento que seja capaz de levar a uma direção herética. Em resumo, CRIMINTERRUPÇÃO significa estupidez protetora. Mas a estupidez não é suficiente. Pelo contrário, a ortodoxia em sentido pleno exige um controle sobre seus próprios processos mentais tão completos quanto o de um contorcionista sobre seu corpo. A sociedade oceânica baseia-se, em última análise, na crença de que o Grande Irmão é onipotente e que o Partido é infalível. Mas, como na realidade o Grande Irmão não é onipotente e o Partido não é infalível, há necessidade de uma flexibilidade incansável, momento a momento no tratamento dos fatos. A palavra-chave aqui é NEGRIBRANCO. Como tantas palavras em novafala, esta palavra tem dois significados mutuamente contraditórios. Aplicada a um oponente, significa o hábito de alegar impudentemente que preto é branco, em contradição com os fatos simples. Aplicado a um membro do Partido, significa uma leal disposição de dizer que preto é branco quando a disciplina do Partido exija isso. Mas também significa a capacidade de ACREDITAR que preto é branco, e mais, SABER que preto é branco, e esquecer que qualquer um já tenha acreditado no contrário. Isso exige uma alteração contínua do passado, tornada possível pelo sistema de pensamento que realmente abrange todo o resto, e que é conhecido em novafala como DOBROPENSAR.

A alteração do passado é necessária por duas razões, uma dos quais é subsidiária e, por assim dizer, preventiva. A razão subsidiária é que o membro do Partido, como todo proletário, tolera as condições atuais em parte porque não tem padrões de comparação. Ele deve ser cortado do passado, assim como ele deve ser cortado de países estrangeiros, porque é necessário que ele acredite que ele está em melhor situação do que seus ancestrais e o nível médio de conforto material está constantemente aumentando. Mas, de longe, a razão mais importante para o reajuste do passado é a necessidade de salvaguardar a infalibilidade do Partido. Não é um mero fato que discursos, estatísticas e registros de todo tipo devam ser constantemente atualizados, a fim de mostrar que as previsões do Partido estavam em todos os casos corretas. Também significa que nenhuma mudança na doutrina ou no alinhamento político poderá ser admitido. Mudar uma ideia, ou mesmo de política, é uma confissão de fraqueza. Se, por exemplo, a Eurásia ou Lestásia (seja qual for) é o inimigo hoje, então aquele país deve sempre ter sido considerado o inimigo. E se o os fatos dizem o contrário, então os fatos devem ser alterados. Assim, a história é continuamente reescrita. Essa falsificação do dia a dia do passado, realizada pelo Ministério da Verdade, é tão necessária para a estabilidade do regime quanto o trabalho de repressão e espionagem realizado pelo Ministério do Amor.

A mutabilidade do passado é o princípio central do SOCIALISMO INGLÊS. Os eventos passados, argumenta-se, não têm existência objetiva, mas sobrevivem apenas em registros escritos e em memórias humanas. O passado é a somatória de registros e as memórias incontroversos. E, uma vez que o Partido está no controle total de todos os registros e com controle igualmente total das mentes de seus membros, segue-se que o passado é tudo o que o Partido escolhe fazer disto. Segue-se também que, embora o passado seja alterável, ele nunca foi alterado em nenhuma instância específica. Pois, quando o passado tiver de ser recriado em qualquer forma que seja necessária no momento, então, esta nova versão É o passado, e nenhum passado diferente poderá já ter existido. Isso é válido mesmo quando, como costuma acontecer, o mesmo evento precisa ser alterado para fora do reconhecimento várias vezes ao longo de um ano. Em todos os momentos, o Partido está na posse da verdade absoluta, e claramente o absoluto nunca pode ter sido diferente do que é agora. Será visto que o controle do passado depende acima de tudo do treinamento da memória. Certificar-se de que todos os registros escritos concordam com a ortodoxia do momento é apenas um ato mecânico. Mas também é necessário LEMBRAR que os eventos aconteceram da maneira desejada. E, se for necessário reorganizar as memórias ou adulterar registros escritos, então é necessário ESQUECER que qualquer um tenha feito isso. O truque para fazer isso pode ser aprendido como qualquer outra técnica mental. É aprendido pela maioria dos membros do Partido e, certamente, por todos os que são tanto inteligentes quanto ortodoxos. Em velhafala é chamado, francamente, "controle da realidade". Em novafa é chamado DOBROPENSAR, embora DOBROPENSAR inclua muito mais também. DOBROPENSAR significa o poder de deter duas crenças contraditórias na mente de uma pessoa simultaneamente, aceitando ambas. Os intelectuais do Partido sabem em que direção suas memórias devem ser alteradas; eles, portanto, sabem que eles estão brincando com a realidade; mas, pelo exercício do DOBROPENSAR, eles também se satisfazem quando a realidade não é violada. O processo tem que ser consciente, ou então não seria realizado com precisão suficiente, mas também deve ser inconsciente, ou traria consigo uma sensação de falsidade e aí geraria culpa. DOBROPENSAR está no cerne do SOCIALISMO INGLÊS, uma vez que o ato essencial do Partido é usar o engano, mantendo a firmeza de propósito que combina com total honestidade. Para contar mentiras deliberadas enquanto acredita genuinamente nelas, para esquecer qualquer fato que se tornou inconveniente, e então, quando for necessário novamente, retirá-lo do esquecimento pelo tempo que for preciso, negando a existência da realidade objetiva e, ao mesmo tempo, levando em consideração a realidade que se nega — tudo isso é indispensavelmente necessário. Mesmo ao usar a palavra DOBROPENSAR, é necessário exercitar o DOBROPENSAR. Ao usar a palavra, admite-se que está adulterando a realidade; e por um novo ato de DOBROPENSAR alguém apaga esse conhecimento; e, assim por diante, indefinidamente, tendo a mentira sempre uma volta à frente da verdade. Em última análise, é por meio do DOBROPENSAR que o Partido foi capaz — e pôde, como todos nós sabemos, continuar no poder por milhares de anos – de interromper o curso da história.

Todas as oligarquias anteriores perderam poder porque elas ossificaram ou porque ficaram moles. Ou elas se tornaram estúpidas e arrogantes, não conseguiram se ajustar às novas circunstâncias e foram derrubadas; ou elas se tornaram liberais e covardes, fazendo concessões quando deveriam usar a força, e mais uma vez foram derrubadas. Elas caíram, portanto, por meio da consciência ou da inconsciência. Foi uma conquista do Partido ter produzido um sistema de pensamento em que ambas as condições podem existem simultaneamente. E em nenhuma outra base intelectual poderia o domínio do Partido tornar-se permanente. Se qualquer um vai governar, e para continuar governando, é preciso ser capaz de deslocar o sentido da realidade. Pois o segredo do governo é combinar a crença na própria infalibilidade com o poder de aprender com os erros do passado.

Nem é preciso dizer que os praticantes mais sutis de DOBROPENSAR são aqueles que inventaram DOBROPENSAR e sabem que é um vasto sistema de trapaça mental. Na nossa sociedade, aqueles que têm o melhor conhecimento do que está acontecendo também são aqueles que estão mais longe de ver o mundo como é. Em geral, quanto maior o entendimento, maior a ilusão; quanto mais inteligente, menos se é são. Uma ilustração clara disso é o fato de que a histeria da guerra aumenta de intensidade à medida que se sobe na escala social. Aqueles cuja atitude em relação à guerra é quase racional são os povos sujeitos às disputas de territórios. Para essas pessoas, a guerra é simplesmente uma calamidade contínua que varre seus corpos em um movimento de vai e vem como um maremoto. Qual lado está ganhando é uma questão de completa indiferença para eles. Eles são cientes de que uma mudança de soberania significa simplesmente que eles estarão fazendo o mesmo trabalho de antes para novos mestres que os tratarão da mesma maneira que os antigos. Trabalhadores menos favorecidos, que chamamos de "proletários", são apenas um consciente intermitente da guerra. Quando for necessário, eles poderão ser levados a um frenesi de medo e ódio, mas quando deixados sozinhos, serão capazes de esquecer por longos períodos que a guerra está acontecendo. Faz parte do desígnio do Partido e, acima de tudo, da Cúpula do Partido que na verdadeira guerra o entusiasmo seja encontrado. A conquista do mundo é firmemente acreditada em sua maioria por aqueles que sabem que isso é impossível. Esta peculiar ligação — une os opostos — conhecimento com ignorância, cinismo com fanatismo — é uma das principais marcas distintivas da sociedade oceânica. A ideologia oficial é abundante em contradições mesmo quando não há razão prática para elas. Assim, o Partido rejeita e difama todos os princípios que o movimento socialista originalmente defendia e opta por fazer isso em nome do socialismo. Ele prega um desprezo pela classe trabalhadora sem precedentes por séculos, no entanto, veste seus membros com um uniforme que é peculiar aos trabalhadores manuais por esse motivo. Mina sistematicamente a solidariedade da família, mas nomeia seus líderes por um nome que é diretamente um apelar ao sentimento de lealdade familiar. Até os nomes dos quatro ministérios pelos quais somos governados exibem uma espécie de impudência em sua deliberada reversão dos fatos. O Ministério da Paz se preocupa com a guerra, o Ministério da Verdade com a mentira, o Ministério do Amor com a tortura e o Ministério da Abundância com a fome. Essas contradições não são acidentais, nem resultam da hipocrisia comum; são exercícios deliberados do DOBROPEN-

SAR. É apenas reconciliando as contradições que o poder pode ser retido indefinidamente. De nenhuma outra forma o antigo ciclo poderia ser quebrado. Se a igualdade humana deve ser evitada para sempre – se o Alto, como os chamamos, deve manter seus lugares — então a condição mental predominante deve ser a insanidade controlada.

Mas há uma questão que até agora nós quase ignoramos. Isto é; POR QUE a igualdade humana deve ser evitada? Supondo que a mecânica do processo tenha sido corretamente descrita, qual é o motivo para este enorme esforço planejado com precisão para congelar a história em um determinado momento de tempo?

Aqui chegamos ao segredo central. Como nós vimos. A mística do Partido e, acima de tudo, da Cúpula do Partido, depende do DOBROPENSAR. Mas mais profundo do que isso está o motivo original, o instinto nunca questionado que primeiro levou à tomada do poder e trouxe DOBROPENSAR, a Polícia do Pensamento, a guerra contínua e toda a parafernália necessária depois disso. Este motivo realmente consiste...

Winston tornou-se ciente do silêncio, como se toma consciência de um novo som. Pareceu-lhe que Julia tinha adormecido há algum tempo. Ela estava deitada de lado, nua da cintura para cima, com a bochecha apoiada em sua mão e uma mecha escura caindo sobre seus olhos. Seu peito subia e descia lenta e regularmente.

— Julia.

Sem resposta.

— Julia, você está acordada?

Sem resposta. Ela estava dormindo. Ele fechou o livro, colocou-o cuidadosamente no chão, deitou-se e puxou a colcha para ambos.

Ele ainda não tinha aprendido o segredo final, refletiu. Ele entendeu COMO; ele não entendia POR QUÊ. O Capítulo I, como o Capítulo III, não tinha realmente lhe contado nada que ele não soubesse, apenas sistematizou o conhecimento que ele já possuía. Mas, depois de lê-lo, soube melhor do que antes que não estava louco. Ser minoria, mesmo a minoria de um, não o fazia louco. Houve verdade e havia inverdade, e se você se agarrasse à verdade mesmo contra o mundo inteiro, você não estava louco. Um feixe amarelo do sol poente inclinado pela janela caiu no travesseiro. Ele fechou os olhos. O sol no seu rosto e o corpo liso da garota tocando o seu próprio deu a ele um sentimento forte, sonolento e confiante. Ele estava seguro, tudo estava bem. Ele adormeceu murmurando "Sanidade não é estatística", com a sensação de que esta observação continha um profunda sabedoria.

***

Quando acordou, a sensação foi de ter dormido por um longo tempo, mas uma olhada no relógio antigo informou a ele que eram apenas vinte e trinta. Ele ficou cochilando por um tempo; Em seguida, o canto profundo de costume começou a partir do quintal abaixo:

Foi apenas uma fantasia desesperada,
Que se passou num dia de abril, mas com
Um olhar e uma palavra os sonhos se agitaram
E furtivamente roubaram meu coração!

A canção balbuciada parecia ter conservado sua popularidade. Ainda se ouvia em todo lugar. Sobreviveu à Canção do

Ódio. Julia acordou com o som, espreguiçou-se exuberantemente e saiu da cama.

— Estou com fome — disse ela. — Vamos fazer mais café. Droga! O fogão apagou e a água está fria. — Ela levantou o fogão e o sacudiu. — Não há óleo nele.

— Podemos conseguir um pouco do velho Charrington, espero.

— O engraçado é que me certifiquei de que estava cheio. Eu vou vestir minhas roupas — acrescentou ela. — Parece que ficou mais frio.

Winston também se levantou e se vestiu. A infatigável voz cantou:

Dizem que o tempo cura tudo
Que você sempre pode se esquecer,
Mas os sorrisos e as lágrimas pelos anos
Ainda distorcem o amor do meu coração

Enquanto apertava o cinto do macacão, ele caminhou para a janela. O sol deve ter se posto atrás das casas; não brilhava mais no quintal. As lajes estavam molhadas, como se tivessem acabado de ser lavadas, e ele tinha a sensação de que o céu tinha sido lavado também, tão fresco e pálido era o azul entre as chaminés. Incansavelmente, a mulher marchava de um lado para outro, cantando e ficando em silêncio, e tirando cada vez mais e mais fraldas. Ele se perguntou se ela ganhava a vida como lavandeira ou era apenas escrava de vinte ou trinta netos. Julia passou para o lado dele; juntos, eles olharam para baixo com uma espécie de fascínio para a figura robusta abaixo. Enquanto ele olhava para a mulher em sua atitude característica, seus braços grossos alcançando o varal, suas nádegas poderosas como ancas de éguas se projetaram, tendo ele percebido pela primeira vez que ela era linda. Nunca antes lhe ocorreu que o corpo de uma mulher de cinquenta anos, explodido a dimensões monstruosas por ter tido filhos, depois ter-se endurecido e ficado áspero pelo trabalho até se parecer com um nabo maduro demais, podia ser lindo. Mas foi assim e, depois de tudo, ele pensou, por que não? O corpo sólido e sem contornos, como um bloco de granito e a pele áspera e vermelha tinham a mesma relação com o corpo de uma menina que a roseira com a rosa. Por que o fruto deve ser considerado inferior à flor?

— Ela é linda — murmurou ele.

— Ela tem um metro de largura nos quadris, facilmente — disse Julia.

— Esse é o seu estilo de beleza — disse Winston.

Ele segurou a cintura flexível de Julia facilmente envolvida por seu braço. Do quadril ao joelho, seu flanco estava contra o dele. Fora de seus corpos nenhuma criança viria. Essa era uma coisa que eles nunca poderiam fazer. Apenas de boca em boca, de mente a mente, eles poderiam passar o segredo. A mulher lá embaixo não tinha mente, ela tinha apenas braços fortes, um caloroso coração e uma barriga fértil. Ele se perguntou quantas crianças ela dera à luz. Podia ser facilmente umas quinze. Ela teve seu florescimento momentâneo, um ano, talvez, uma beleza de rosa selvagem e, então, ela de repente se inchou como uma fruta fertilizada que crescera dura, vermelha e áspera, e então sua vida foi lavar, esfregar, cerzir, cozinhar, varrer, polir, consertar, esfregar, lavar, primeiro para filhos, então para netos, mais de trinta anos ininterruptos. No final, ela ainda estava cantando. A reverência mística que ele sentia por ela estava de alguma forma misturada com o aspecto do céu pálido e sem nuvens, estendendo-se para trás das chaminés a uma distância interminável. Era curioso pensar que o céu era igual para todos, tanto na Eurásia ou Lestásia, quanto como aqui. E as pessoas sob o céu também eram as mesmas — em todos os lugares, por toda parte do mundo, centenas de milhares de milhões de pessoas assim, pessoas ignorantes da existência umas das outras, sustentavam-se separadas por paredes de ódio e mentiras e, ainda assim, quase exatamente as mesmas — pessoas que nunca aprenderam a pensar, mas que armazenavam em seus corações, barrigas e músculos o poder que um dia viraria o mundo. Se houvesse esperança, estava nas proles! Sem ter lido até o final do LIVRO, ele sabia que essa deveria ser a mensagem final de Goldstein. O futuro pertencia às proles. E ele poderia ter certeza de que, quando sua hora chegasse, o mundo que eles construíram não seria tão alienado para ele, Winston Smith, quanto o mundo do Partido? Sim, porque pelo menos seria um mundo de sanidade. Onde há igualdade, pode haver sanidade. Mais cedo ou tarde aconteceria, a força se transformaria em consciência. Os proletários eram imortais, não poderia duvidar disso quando olhou para aquela figura valente no quintal. No final, o despertar deles viria. E, até que isso acontecesse, embora pudesse demorar mil anos, eles permaneceriam vivos contra todas as probabilidades, como pássaros, que passam de corpo a corpo a vitalidade que o Partido não compartilhava e não podia matar.

— Você se lembra — disse ele — do sabiá que cantou para nós, naquele primeiro dia, na orla da floresta?

— Ele não estava cantando para nós — disse Julia. — Ele estava cantando para agradar a si mesmo. Nem mesmo isso. Ele estava apenas cantando.

Os pássaros cantavam, as proles cantavam. O Partido não cantava. Em todo o mundo, em Londres e Nova York, na África e no Brasil, e nas misteriosas terras proibidas além das fronteiras, nas ruas de Paris e Berlim, nas aldeias da interminável planície russa, nos bazares da China e Japão — em todos os lugares estava a mesma sólida invencível figura, tornada monstruosa pelo trabalho e procriação, labutando desde o nascimento à morte e ainda cantando. Daqueles poderosos lombos, uma raça de seres conscientes deve surgir um dia. Você estava com os mortos, deles era o futuro, mas você pode compartilhar esse futuro se você mantiver viva a mente como eles mantiveram vivo a corpo, e transmitiram a doutrina secreta de que dois mais dois faça quatro.

— Nós somos os mortos — disse ele.

— Nós somos os mortos — repetiu Julia, obedientemente.

— Vocês são os mortos — disse uma voz de ferro atrás deles.

Eles se separaram. As entranhas de Winston pareciam ter se transformado em gelo. Ele podia ver o branco em volta das íris dos olhos de Julia. Seu rosto ficou amarelo leitoso. A mancha de ruge que ainda estava em cada maçã do rosto se destacou fortemente, quase como se desconectando da pele por baixo.

— Vocês são os mortos — repetiu a voz de ferro.

— Estava por trás da foto — suspirou Julia.

— Estava por trás da foto — disse a voz. — Permaneçam exatamente onde vocês estão. Não façam nenhum movimento até receber ordens.

Estava começando, estava começando finalmente! Eles não podiam fazer nada, exceto ficar olhando nos olhos um do outro. Correr por suas vidas, sair de casa antes que fosse tarde demais – tal pensamento nem ocorreu a eles. Impensável desobedecer à voz de ferro da parede. Houve um estalo como se um trinco tivesse sido aberto e um estrondo de vidro quebrando. A imagem havia caído no chão descobrindo a teletela atrás dela.

— Agora eles podem nos ver — disse Julia.

— Agora podemos ver você — disse a voz. — Dirijam-se ao meio da sala. Fiquem de costas um para o outro. Juntem suas mãos atrás de suas cabeças. Não se toquem.

Eles não estavam se tocando, mas parecia que ele podia sentir o corpo de Julia tremendo. Ou, talvez, fosse apenas o seu próprio tremor. Ele simplesmente não poderia parar de ranger seus dentes e seus joelhos estavam fora de seu controle. Ouviu-se um som de botas pisoteando abaixo, dentro da casa e do lado de fora. O pátio parecia estar cheio de homens. Algo estava sendo arrastado pelas pedras. O canto da mulher parara abruptamente. Houve um tinido longo e ondulante, como se a tina da mulher fosse atirada para o outro lado do quintal e, então, uma confusão de gritos raivosos que terminou em um grito de dor.

— A casa está cercada — disse Winston.

— A casa está cercada — disse a voz.

Ele ouviu Julia apertar os dentes. — Suponho que podemos muito bem dizer adeus — disse ela.

— Você pode dizer adeus — disse a voz. E, depois, outra voz bem diferente, uma voz fina e educada, que Winston já teve a impressão de ter ouvido, veio:

— E, a propósito, já que estamos no assunto, eis uma vela para iluminar o caminho à cama, eis um cutelo para arrancar sua cabeça!

Algo caiu na cama atrás das costas de Winston. A ponta de uma escada havia sido empurrada pelo esquadro da janela. Alguém estava escalando a janela. Houve uma corrida de botas na escada acima. A sala estava cheia de homens robustos em uniformes pretos, com botas de ferro nos pés e cassetetes nas mãos.

Winston não tremia mais. Até seus olhos mal se moviam. Só uma coisa importava: ficar quieto, ficar quieto e não dar a eles uma desculpa para baterem em você! Um homem com uma papada lisa de lutador premiado, em cuja boca havia apenas uma fenda, parou em frente a ele equilibrando seu cassetete meditativamente entre o polegar e o indicador. Winston conheceu os olhos dele. A sensação de nudez, com as mãos atrás da cabeça e o rosto e corpo de alguém expostos, era quase insuportável. O homem projetou a ponta de uma língua branca, lambeu o lugar onde seus lábios deveriam estar e, então, parou. Houve outro estrondo. Alguém levantou o peso de papel de vidro da mesa e o quebrou nas peças de pedra da lareira.

O pequeno fragmento coral, enrolado como um botão de rosa de um bolo, rolou pelo tapete. Quão pequeno, pensou Winston, como sempre foi pequeno! Houve um suspiro e um baque atrás dele, e ele recebeu um chute violento no tornozelo que quase o desequilibrou. Um dos homens tinha esmagado o punho contra o plexo solar de Julia, dobrando-a como uma régua de bolso. Ela estava se debatendo no chão, lutando para respirar. Winston não ousou virar a cabeça mesmo por um milímetro, mas às vezes seu rosto lívido e ofegante entrava no ângulo de sua visão. Mesmo em seu terror, foi como se ele pudesse sentir a dor em seu próprio corpo, a dor mortal que, no entanto, era menos urgente do que a luta para recuperar o fôlego. Ele sabia como era; a terrível dor agonizante, que estava lá o tempo todo, mas não podia ser sofrida ainda, porque antes de tudo era preciso ser capaz de respirar. Então, dois dos homens a içaram pelos joelhos e ombros, e carregaram-na para fora da sala como um saco. Winston teve um vislumbre do rosto dela, de cabeça para baixo, amarelo e contorcido, com os olhos fechados e ainda com uma mancha de ruge em ambas as bochechas; e essa foi a última vez que ele a viu.

Ele ficou imóvel. Ninguém o havia atingido ainda. Pensamentos que vieram por conta própria, mas pareciam totalmente desinteressantes, começaram a passar por sua mente. Ele se perguntou se eles pegaram o Sr. Charrington. Ele se perguntou o que eles tinham feito para a mulher no quintal. Ele percebeu que queria muito urinar e sentiu uma leve surpresa, porque ele tinha feito isso apenas duas ou três horas atrás. Ele percebeu que o relógio na lareira marcava nove, significando vinte e uma horas. Mas a luz parecia muito forte. Não parecia que a luz desapareceria às vinte e uma horas em uma noite de agosto? Ele se perguntou se afinal ele e Julia se enganaram em relação ao tempo — tinham dormido o tempo todo e pensado que eram vinte e trinta quando, na verdade, não eram oito e meia da manhã seguinte. Mas ele não prosseguiu com o pensamento. Não foi interessante.

Havia outro passo mais leve na passagem. Sr. Charrington entrou na sala. O comportamento dos homens de uniforme preto de repente ficou mais dominador. Algo também mudou na aparência do Sr. Charrington. Seus olhos pousaram nos fragmentos do peso de papel de vidro.

— Pegue esses pedaços — disse ele, bruscamente.

Um homem se abaixou para obedecer. O sotaque *cockney* havia desaparecido; Winston subitamente percebeu de quem era aquela voz que ele tinha ouvido alguns momentos atrás na teletela. O Sr. Charrington ainda estava usando sua velha jaqueta de veludo, mas seu cabelo, que era quase branco, tornou-se preto. Ele também não usava seus óculos. Ele deu a Winston um único olhar, como se estivesse verificando sua identidade e não prestou mais atenção nele. Ele ainda era reconhecível, mas ele não era mais a mesma pessoa. Seu corpo se endireitou, e parecia ter ficado maior. Seu rosto havia sofrido apenas pequenas mudanças que, no entanto, funcionaram completamente para a transformação. As sobrancelhas pretas eram menos espessas, as rugas tinham desaparecido, todas as linhas do rosto pareciam alteradas; até o nariz parecia mais curto. Foi o alerta, o rosto frio de um homem de cerca de trinta e cinco anos. Ocorreu a Winston que, pela primeira vez na vida, ele estava olhando, com conhecimento, a um membro da Polícia do Pensamento.

PARTE TRÊS

CAPÍTULO 1

Ele não sabia onde estava. Provavelmente, estava no Ministério do Amor, mas não havia como ter certeza. Estava numa cela com teto alto e sem janelas com paredes brilhantes de porcelana branca. Lâmpadas escondidas a inundavam com luz fria, e havia um zumbido baixo e constante que supunha ter algo a ver com o suprimento de ar. Um banco, ou prateleira, largo o bastante para se sentar circulava a parede, interrompido apenas pela porta e, no canto oposto à porta, um sanitário sem assento de madeira. Havia quatro teletelas, uma em cada parede.

Sentia uma dor fraca na barriga. Isso começou quando o puseram na van e o levaram. Também estava com fome. Uma fome nociva, corrosiva até. Talvez fizesse vinte e quatro horas que não comia, ou trinta e seis. Ainda não sabia, provavelmente nunca saberia, se era manhã ou noite quando o prenderam. Desde que o prenderam, não lhe deram o que comer. Sentou-se o mais parado que pôde no banco estreito, com as mãos cruzadas nos joelhos. Já aprendeu a ficar parado sentado. Se fizesse movimentos inesperados, gritavam com ele pela teletela. Mas a necessidade de comida só aumentava. O que mais almejava era um pedaço de pão. Imaginou que talvez houvesse migalhas de pão no bolso do macacão. Era até possível — pensou nisso porque aparentemente algo coçava sua perna —, quem sabe um pedaço considerável de crosta ali. No final, a tentação de descobrir se sobrepôs ao medo; enfiou a mão no bolso.

— Smith! — uma voz gritou da teletela. — 6079 Smith W.! Mãos fora dos bolsos nas celas!

Sentou-se ereto de novo, com as mãos cruzadas sobre os joelhos. Antes de ser trazido, foi levado para outro lugar que devia ser uma prisão comum ou uma cadeia temporária usada pelas patrulhas. Não sabia quanto tempo fazia que estava lá; algumas horas de qualquer forma; sem relógio nem luz do dia, era difícil calcular o tempo. Era um lugar barulhento e fedorento. Eles o puseram numa cela parecida com esta em que estava agora, porém imunda e cheia, com dez ou quinze pessoas. A maioria era de criminosos comuns, mas havia alguns prisioneiros políticos entre eles. Sentou-se quieto encostado à parede, empurrado por corpos sujos, apreensivo demais pelo medo e dor na barriga para se interessar pelo entorno, mas ainda assim reparando na diferença gritante de postura entre os prisioneiros do Partido e os outros. Os prisioneiros do Partido estavam sempre quietos e apavorados, mas os criminosos comuns pelo visto não ligavam para ninguém. Eles insultavam os guardas, reagiam violentamente quando seus pertences eram apreendidos, escreviam palavrões no chão, se alimentavam de comida roubada que estava escondida em algum lugar de suas roupas e até gritavam mais alto que a teletela quando ela tentava restabelecer a ordem. Por outro lado, alguns deles pareciam ter boas relações com os guardas, chamando-os por apelidos ou tentando conseguir cigarros pelo olho mágico da porta. Os guardas, também, tratavam os criminosos comuns com certa tolerância, mesmo quando tinham que lidar com eles com brutalidade. Havia muita conversa sobre os campos de trabalho forçado para onde a maioria dos prisioneiros esperava ser enviada. Pelo que pôde perceber, era tudo "beleza" nos campos, desde que tivesse bons contatos e conhecesse as manhas. Havia suborno, favoritismo e toda espécie de extorsão, havia homossexualidade e prostituição, havia até um destilado ilegal de batatas. Os postos de confiança eram concedidos apenas aos criminosos comuns, particularmente gângsteres e assassinos, que formavam uma espécie de aristocracia. Todo o serviço sujo era feito pelos políticos.

Havia um entra e sai constante de presos de todo tipo: traficantes, ladrões, bandidos, contrabandistas, bêbados, prostitutas. Alguns bêbados eram tão violentos que os outros presos tinham que combinar de reprimi-los. Uma mulherona acabada, com cerca de sessenta anos, com seios grandes caídos e grossas bobinas de cabelo branco que caíram durante as brigas, foi carregada para dentro, chutando e gritando, por quatro guardas, que a agarraram um em cada membro. Arrancaram as botas com que ela tentava chutá-los e a jogaram no colo de Winston, quase quebrando seu fêmur. A mulher se levantou e os seguiu gritando:

— Danem-se, seus merdas!

Então, percebendo que estava sentada em algo irregular, deslizou dos joelhos de Winston para o banco.

— Perdão, querido — ela disse. — Eu não me sentaria em você, só aqueles escrotos me põem aí. Eles não sabem tratar uma dama, né? — Ela parou, deu uma apalpada nos seios e arrotou. — Perdão, não sou eu hoje.

Ela se inclinou para a frente e vomitou em abundância no chão.

— Melhor assim — disse, se recostando com os olhos fechados. — Nunca segure, é o que digo. Deixe sair enquanto tá fresco no estômago.

Ela revigorou, virou-se para dar outra olhada em Winston e pareceu ter gostado dele no ato. Pôs o braço grande em torno do ombro dele e o trouxe para junto de si, exalando cerveja e vômito na cara dele.

— Qual seu nome, meu amor? — ela perguntou.

— Smith — disse Winston.

— Smith? — disse a mulher. — Engraçado. Meu nome também é Smith. Nossa! — comentou, sentimentalmente. — Eu podia ser sua mãe!

Ela podia, Winston pensou, ser sua mãe. Tinha a idade ideal e o físico, que provavelmente mudou um pouco depois de vinte anos num campo de trabalho forçado.

Ninguém falou com ele. Muito surpreendente era que os criminosos comuns ignoravam os prisioneiros do Partido — os "poLIXOS", como os chamavam, com certo desprezo desinteressado. Os presos do Partido pareciam ter pavor de conversar com qualquer um e, sobretudo, uns com os outros. Só uma vez, quando duas pessoas do Partido, ambas mulheres, estavam coladas uma na outra no banco, ele escutou no burburinho de vozes algumas palavras sussurradas rapidamente e, em particular, uma referência a algo chamado "sala um zero um", que não entendeu.

Podia fazer duas ou três horas que o trouxeram ali. A dor na barriga não passou, mas às vezes ficava melhor ou pior, e os pensamentos se expandiam ou se contraíam em conformidade. Quando piorava, só pensava na própria dor e em sua ânsia por comida. Quando melhorava, o pânico tomava conta dele. Havia momentos em que antecipava o que iria acontecer com ele com tanta veracidade que o coração galopava e a respiração parava. Podia sentir os golpes de cassetete nos cotovelos e das botas de bico de aço nas canelas; via a si mesmo se arrastando no chão, berrando por misericórdia com dentes quebrados. Quase não pensava em Julia. Não conseguia manter o foco de sua mente nela. Ele a amava e não a trairia, mas isso era mero fato, sabido como sabia as regras da aritmética. No entanto, quase nem se perguntava o que aconteceria com ela. Pensava em O'Brien com mais frequência, com uma esperança oscilante. O'Brien devia saber que ele foi preso. A Irmandade, ele disse, nunca tentava salvar seus membros. Mas havia a lâmina de barbear, enviariam a lâmina se pudessem. Talvez houvesse cinco segundos antes que o guarda corresse para dentro da cela. A lâmina o rasgaria com uma frieza ardente e até os dedos que a segurassem seriam cortados até o osso. Tudo voltava a seu corpo doente, que se contraía trêmulo ao menor sinal de dor. Não tinha certeza de que usaria a lâmina, mesmo se tivesse a chance. Era mais natural existir de instante em instante, aceitando viver mais dez minutos, mesmo com a certeza de que havia tortura no final.

Às vezes, tentava calcular a quantidade de tijolos de porcelana nas paredes da cela. Deveria ser fácil, mas sempre perdia a conta em algum momento. Com mais frequência se perguntava onde estava e que hora do dia era. Num momento, tinha certeza de que era plena luz do dia lá fora e, no seguinte, a mesma certeza de que estava o maior breu. Nesse lugar, sabia por instinto, nunca apagariam as luzes. Era o lugar onde não havia escuridão; percebia agora por que O'Brien aparentemente reconheceu a alusão. No Ministério do Amor não havia janelas. A cela podia estar no centro do prédio ou contra a parede externa; podia estar dez andares abaixo do piso, ou trinta acima. Movia-se mentalmente de um lugar a outro e tentava definir pela sensação corpórea se estava empoleirado no alto ou enterrado no subsolo.

Havia um som de marcha do lado de fora. A porta de aço se abriu com um tinido. Um oficial jovem, uma figura com uniforme preto alinhado que parecia brilhar por inteiro com couro polido e cuja face pálida e séria parecia uma máscara de cera, passou de forma astuta pela entrada. Fez sinal para os guardas do lado de fora para trazerem o prisioneiro que conduziam. O poeta Ampleforth se arrastou para dentro da cela. A porta se fechou de novo.

Ampleforth deu um ou dois passos incertos de um lado para outro, como se pensasse haver outra porta pela qual sair e, então, começou a perambular pela cela. Ainda não tinha percebido a presença de Winston. Seus olhos agitados miravam a parede que estava a cerca de um metro acima do nível da cabeça de Winston. Estava sem sapatos; dedos largos e sujos saíam dos buracos das meias. Fazia também vários dias que não se barbeava. Uma barba rala cobria as maçãs do rosto, dando um ar rufião que produzia uma combinação estranha com a estrutura grande e frágil e os movimentos nervosos.

Winston despertou um pouco da letargia. Ele deve falar com Ampleforth e se arriscar ao grito da teletela. Era até possível que Ampleforth fosse o portador da lâmina.

— Ampleforth — disse.

Não houve grito vindo da teletela. Ampleforth parou, um pouco assustado. Seus olhos focaram Winston devagar.

— Ah, Smith! — disse. — Você também!

— Por que está aqui?

— Para dizer a verdade... — ele se sentou desajeitadamente no banco oposto a Winston. — Há apenas um crime, não? — ele disse.

— E você o cometeu?

— É o que parece.

Ele pôs a mão na testa e apertou as têmporas um instante, como se tentasse lembrar algo.

— Essas coisas acontecem — começou, vagamente. — Consegui lembrar um exemplo... um exemplo possível. Foi uma indiscrição, sem dúvida. Produzíamos uma edição definitiva dos poemas de Kipling. Permiti que a palavra "Deus" permanecesse no fim de um verso. Não pude evitar! — acrescentou quase com indignação, erguendo o rosto para olhar para Winston. — Era impossível mudar o verso. A rima era "paus". Percebe quão difícil era encontrar soluções na língua inglesa? Queimei massa cinzenta por dias. NÃO HAVIA outra possibilidade que fizesse sentido.

Sua expressão mudou. A irritação passou e por um instante ele parecia quase satisfeito. Certo entusiasmo intelectual, a alegria do pedante que descobriu um fato inútil, brilhava através da sujeira e do cabelo desleixado.

— Já ocorreu a você — ele disse — que toda a história da poesia inglesa foi determinada pelo fato de que a língua inglesa carece de rimas?

Não, isso em particular nunca ocorreu a Winston. Nem, nas circunstâncias, lhe parecia importante ou interessante.

— Sabe que hora do dia é? — ele perguntou.

Ampleforth parecia assustado de novo.

— Quase não pensei nisso. Fui preso... dois dias atrás, talvez três. — Os olhos dele oscilavam pelas paredes, como se ele tivesse alguma esperança de encontrar uma janela. — Não há diferença entre noite e dia neste lugar. Não vejo como se pode calcular o tempo.

Conversaram sem coerência por algum tempo, então, sem razão aparente, um grito da teletela ordenou-lhes silêncio. Winston se sentou quieto com as mãos cruzadas. Ampleforth, grande demais para se sentar com conforto no banco estreito, se inquietava de um lado para outro, pondo as mãos magrelas primeiro em torno de um joelho, depois do outro. A teletela rosnou para que ele ficasse quieto. A hora passou. Vinte minutos, uma hora, era difícil estimar. Mais uma vez, houve um som de botas do lado de fora. As entranhas de Winston se contraíram. Em breve, muito em breve, talvez em cinco minutos, talvez agora, a marcha de botas significaria que sua vez chegou.

A porta se abriu. O jovem oficial de feição fria entrou na cela. Com um gesto curto da mão indicou Ampleforth.

— Sala 101 — ele disse.

Ampleforth marchou desajeitadamente entre os guardas, o rosto levemente perturbado, porém sem entender.

O que pareceu bastante tempo passou. A dor na barriga de Winston voltou. Sua mente continuava sendo tragada para as mesmas armadilhas, como uma bola caindo várias vezes na mesma sucessão de compartimentos. Tinha apenas seis pensamentos. A dor na barriga; um pedaço de pão; o sangue e a gritaria; O'Brien; Julia; e a lâmina de barbear. Houve outro espasmo nas entranhas, as botas se aproximavam. Assim que a porta se abriu, a corrente de ar que criou trouxe para dentro um potente cheiro de suor frio. Parsons entrou na cela. Ele vestia shorts cáqui e uma camisa esportiva.

Desta vez, Winston se sobressaltou em autoesquecimento.

— VOCÊ aqui! — disse.

Parsons deu uma olhada para Winston sem interesse nem surpresa, mas apenas sofrimento. Ele começou a andar de forma abobada, obviamente incapaz de ficar parado. Cada vez que ele esticava os joelhos, ficava visível a tremedeira. Ele estava com um olhar arregalado, como se não pudesse deixar de mirar algo a média distância.

— Por que está aqui? — perguntou Winston.

— Crime de pensamento! — disse Parsons, quase choramingando. O tom de sua voz implicava, ao mesmo tempo, admissão total de culpa e uma incredulidade horrorizada que tal palavra pudesse se aplicar a ele. Ele parou diante de Winston e começou a ansiosamente apelar: — Você não acha que vão atirar em mim, vão, amigo? Eles não atiram em você se não tiver feito nada realmente, só pensamentos, que não se pode evitar? Sei que dão uma audiência justa. Oh, confio neles quanto a isso! Eles saberão da minha ficha, não? VOCÊ sabe que tipo de cara eu fui. Do meu jeito não fui ruim. Não inteligente, mas interessado. Tentei dar meu melhor pelo Partido, não? Sairei em cinco anos, não acha? Ou até dez? Um cara como eu pode ser muito útil num campo de trabalho. Não atirariam em mim por sair um pouco da linha uma vez?

— Você é culpado? — perguntou Winston.

— Claro que sou! — chorou Parsons com uma olhada subserviente para a teletela. — Você não acha que o Partido prenderia um inocente, acha? — A cara de sapo dele ficou mais calma e até formou uma expressão levemente hipócrita. — Crime de pensamento é uma coisa terrível, amigo — disse, sentenciando. — É traiçoeiro. Pode tomar conta de você sem que chegue a saber. Sabe como me pegou? Durante o sono. Sim, é verdade. Lá estava eu, trabalhando sem parar, tentando fazer minha parte... nunca soube que tinha algo ruim na minha mente. Então comecei a falar no sono. Sabe o que me ouviram dizer?

Ele baixou a voz, como se fosse obrigado por razões médicas a falar uma obscenidade.

— Abaixo o Grande Irmão! Sim, eu disse isso! Aparentemente, disse várias vezes. Cá entre nós, amigo, fico feliz que me pegaram antes que fosse mais longe. Sabe o que vou dizer a eles quando estiver perante o tribunal? "Obrigado", vou dizer, "obrigado por me salvarem antes que fosse tarde demais".

— Quem o denunciou? — perguntou Winston.

— Foi minha filhinha — disse Parsons com um orgulho melancólico. — Ela escutou no buraco da chave. Ouviu o que eu dizia e foi até as patrulhas no dia seguinte. Bem esperta para uma criança de sete, né? Não guardo rancor por isso. Na verdade, tenho orgulho dela. Mostra que a criei do jeito certo, afinal.

Ele voltou a se movimentar de forma bastante abobalhada, lançando um olhar ansioso para o sanitário. Subitamente, baixou os shorts.

— Com licença, amigo — disse. — Não posso evitar. É a espera.

Soltou o traseiro grande no sanitário. Winston cobriu o rosto com as mãos.

— Smith! — gritou a voz da teletela. — 6079 Smith W.! Descubra o rosto. Sem esconder o rosto nas celas.

Winston descobriu o rosto. Parsons usou o sanitário, com barulho e intensidade. Então, aconteceu de a descarga estar com defeito, e a cela ficou fedendo horrivelmente horas depois.

Removeram Parsons. Misteriosamente, mais prisioneiros vieram e foram. Um deles, uma mulher, foi enviado à "sala 101" e, Winston reparou, pareceu murchar e ficar de outra cor quando ouviu as palavras. Houve um momento em que, se era de manhã quando o trouxeram ali, seria de tarde; ou se era de tarde, então seria meia-noite. Havia seis prisioneiros na cela, homens e mulheres. Todos se sentavam bem eretos. De frente com Winston, estava um homem com uma feição dentuça e sem queixo, idêntico a algum roedor grande e inofensivo. As bochechas gordas e manchadas tinham bolsas tão pronunciadas na parte inferior que ficava difícil não acreditar que ele tinha pequenos estoques de comida ali. Os olhos cinza-pálidos oscilavam com timidez de um rosto para o outro e se viravam rapidamente quando encontravam o olhar de alguém.

A porta se abriu e trouxeram outro prisioneiro, cuja aparência causou um calafrio momentâneo a Winston. Ele era um homem comum com um ar de maldade e que poderia ter sido algum engenheiro ou técnico. O que assustava era a magreza do rosto. Parecia uma caveira. Devido à finura, a boca e os olhos pareciam desproporcionalmente grandes, era como se os olhos estivessem repletos de um ódio mortal e insaciável por algo ou alguém.

O homem estava a pouca distância de Winston no banco. Winston não olhou para ele novamente, mas a feição atormentada e parecida com uma caveira estava tão vívida na mente como se estivesse bem em frente. De repente, percebeu de que se tratava. O homem estava morrendo de fome. Aparentemente, o mesmo pensamento ocorreu a todo mundo na cela quase ao mesmo tempo. Houve uma comoção geral bem leve por todo o banco. O olhar do homem sem queixo continuou oscilando para o homem com cara de caveira e, então, se desviando com culpa, mas sendo arrastado por uma atração irresistível. Agora, começou a se inquietar no lugar. Enfim, ficou em pé, bamboleou sem jeito pela cela, enfiou a mão no bolso do macacão e, com um ar envergonhado, ofereceu um pedaço sujo de pão ao homem com cara de caveira.

Houve um urro furioso e ensurdecedor da teletela, o homem sem queixo se sobressaltou. O com cara de caveira pôs as mãos rapidamente atrás das costas, como se demonstrasse para todos que recusou a oferta.

— Bumstead! — urrou a voz. — 2713 Bumstead J.! Deixe cair o pedaço de pão!

O homem sem queixo deixou cair o pedaço de pão no chão.

— Fique parado onde está — disse a voz. — De frente para a porta. Não se mova.

O homem sem queixo obedeceu. As bochechas grandes tremiam descontroladamente. A porta se abriu. Assim que o jovem oficial entrou e ficou de lado, surgiu de trás dele um guarda troncudo com braços e ombros enormes. Ele parou diante do homem sem queixo, daí, ao sinal do oficial, deu um soco assustador, com todo o peso do corpo, bem na boca do homem sem queixo. A força empregada parecia quase tê-lo tirado do chão. O corpo foi arremessado pela cela e parou na base do sanitário. Por um momento, ele ficou lá atordoado, com sangue escorrendo da boca e do nariz. Um lamento ou choramingo bem fraco, que parecia inconsciente, vinha dele. Ele então rolou e se levantou sem firmeza com as mãos e os joelhos. No meio de um escorrimento de sangue e saliva, as duas metades de uma dentadura caíram da boca dele.

Os prisioneiros ficaram imóveis, com as mãos cruzadas sobre os joelhos. O homem sem queixo voltou ao seu lugar. Em um dos lados do rosto dele, a carne estava escurecendo. A boca ficou inchada e vermelha com um buraco preto no meio.

De vez em quando, um pouco de sangue pingava no macacão. Os olhos cinza ainda oscilavam de rosto em rosto, com mais culpa que nunca, como se tentassem descobrir quanto os outros o desprezavam pela humilhação.

A porta se abriu. Com um pequeno gesto, o oficial indicou o homem com cara de caveira.

— Sala 101 — disse.

Houve uma arfada e agitação do lado de Winston. O homem literalmente se jogou no chão de joelhos, com as mãos juntas.

— Camarada! Oficial! — ele chorava. — Você não tem que me levar para esse lugar! Eu já não contei tudo? O que mais quer saber? Não tem nada que eu não confessaria, nada! Apenas diga o que é e vou confessar na hora. Escreva e eu assino, qualquer coisa! A sala 101 não!

— Sala 101 — disse o oficial.

O rosto do homem, já bem pálido, ficou com uma cor que Winston não acreditaria ser possível. Definitivamente, sem erro, um tom de verde.

— Faça qualquer coisa comigo! — ele gritou. — Tem me deixado passar fome há semanas. Termine isso e me deixe morrer. Atire em mim. Enforque-me. Sentencie-me a vinte e cinco anos. Tem mais alguém que quer que eu entregue? Apenas diga quem é e conto o que quiser. Não ligo para quem seja ou o que vai fazer com eles. Tenho esposa e três filhos. O mais velho não tem seis anos ainda. Pode pegar todos e cortar a garganta deles na minha frente, que não faço nada além de observar. Mas não a sala 101!

— Sala 101 — disse o oficial.

O homem olhou desesperadamente para os outros prisioneiros, como se tivesse a ideia de trocar de lugar com outra vítima. Seu olhar parou no rosto arruinado do homem sem queixo. Ele estendeu um braço magro.

— É aquele que você devia levar, não a mim! — gritou. — Você não ouviu o que ele disse depois que esmagaram o rosto dele. Me dê uma chance que conto tudo. É ELE que é contra o Partido, não eu. — Os guardas se aproximaram. A voz do homem virou uma gritaria. — Você não o ouviu! — repetia.

— Deu algum erro com a teletela. ELE é quem você quer. Leve-o, não a mim!

Os dois guardas robustos se inclinaram para pegá-lo pelos braços. Nessa hora, porém, ele se jogou no chão da cela e agarrou uma das pernas de ferro que sustentavam o banco. Começou a uivar como um animal. Os guardas o pegaram para fazê-lo se soltar, mas ele se agarrava com força impressionante. Por talvez vinte segundos ficaram puxando-o. Os prisioneiros permaneceram quietos, com as mãos cruzadas sobre os joelhos, olhando para a frente. O uivo parou, o homem não tinha mais fôlego para nada, exceto esperar. Então, veio um choro diferente. Um chute de um dos guardas quebrou os dedos de uma das mãos dele. Foi arrastado pelos pés.

— Sala 101 — disse o oficial.

O homem foi levado, caminhando sem estabilidade, com a cabeça abaixada, cuidando da mão esmagada, toda a resistência foi embora.

Passou-se bastante tempo. Se era meia-noite quando levaram o homem com cara de caveira, era de manhã; se foi de manhã, era de tarde agora. Winston estava sozinho e ficou por horas. A dor por sentar-se no banco estreito era tanta que, com frequência, se levantava e ficava caminhando, sem desaprovação por parte da teletela. O pedaço de pão ainda estava onde o homem sem queixo tinha deixado cair. No começo, foi preciso um grande esforço para não olhar para ele, mas no momento a fome deu lugar à sede. Sua boca estava viscosa e com um gosto horrível. O zumbido e a luz branca constante induziam a uma fraqueza, uma sensação de vazio na cabeça. Ele se levantava quando a dor nos ossos estava insuportável e, então, se sentava de novo quase de uma vez por estar zonzo demais para permanecer em pé. Sempre que as sensações físicas ficavam um pouco sob controle, o horror voltava. Às vezes, pensava em O'Brien e na lâmina de barbear com uma esperança fraca. Dava para imaginar que a lâmina poderia chegar escondida na comida, se em algum momento fosse alimentado. Mais vagamente, pensava em Julia. Em algum lugar talvez ela estivesse sofrendo bem mais do que ele. Ela podia estar gritando agora com dor. Pensou: "Se pudesse salvar Julia dobrando minha dor, faria isso? Sim, faria". Mas era apenas uma decisão racional, tomada porque ele sabia que devia tomá-la. Não a sentia. Neste lugar, não conseguia sentir nada, a não ser dor e antecipação da dor. Além disso, era possível, quando estivesse literalmente sofrendo, desejar por qualquer razão que a dor aumentasse? Não dava para responder a essa pergunta ainda.

As botas se aproximavam de novo. A porta se abriu. O'Brien entrou.

Winston olhou para os pés dele. A surpresa da visão afastou toda a precaução. Pela primeira vez em muitos anos, esqueceu a presença da teletela.

— Você também foi pego! — gritou.

— Fui pego há muito tempo — O'Brien disse com uma ironia leve e quase ressentida. Ficou de lado. De trás dele, um guarda de peito largo com um cassetete preto e comprido na mão.

— Você sabe disso, Winston — disse O'Brien. — Não se engane. Você sabia disso, sempre soube.

Sim, percebia agora, sempre soube disso. Mas não havia tempo para pensar nisso. Só conseguia ver o cassetete na mão do guarda. Podia acertá-lo em qualquer lugar; no topo da cabeça, no canto da orelha, no antebraço, no cotovelo...

O cotovelo! Caiu de joelhos, quase paralisado, segurando o cotovelo atingido com a outra mão. Tudo explodiu numa luz amarela. Inimaginável, inimaginável que uma pancada pudesse causar tanta dor! A luz clareou e ele podia ver os outros dois olhando para ele. O guarda ria das suas contorções. De qualquer forma, uma pergunta foi respondida. Nunca, por qualquer razão que fosse, você desejaria que a dor aumentasse. Só se podia desejar uma coisa da dor: que ela parasse. Nada no mundo era tão ruim quanto a dor física. Diante da dor, não havia heróis, não havia, pensou repetidas vezes enquanto se revirava no chão, apertando inutilmente o braço esquerdo incapacitado.

CAPÍTULO 2

Ele estava deitado em algo que parecia uma cama de acampamento, porém mais alta, e estava preso de forma a não poder se mexer. Uma luz que parecia mais forte que o normal batia no rosto. O'Brien estava em pé ao seu lado, olhando para ele com atenção. Do outro lado, estava um homem com jaleco branco, segurando uma seringa hipodérmica.

Mesmo após abrir os olhos, absorveu o entorno de forma gradativa. Tinha a impressão de nadar para esta sala de um mundo bem diferente, um mundo subaquático bem abaixo. Não sabia quanto tempo fazia que estava lá. Desde que o prenderam, não viu escuridão nem luz do dia. Além disso, suas memórias não seguiam uma continuidade. Houve momentos em que a consciência, mesmo a espécie de consciência que se tem no sono, apagou e retornou depois de um intervalo em branco. Se os intervalos eram de dias, semanas ou apenas segundos, ele não tinha como saber.

O pesadelo começou com a primeira pancada no cotovelo. Mais tarde, veio a perceber que tudo que aconteceu foi apenas uma preliminar, um interrogatório de rotina ao qual subjugavam quase todos os prisioneiros. Havia um grande escopo de crimes — espionagem, sabotagem e afins — que todos tinham que confessar, via de regra. A confissão era uma formalidade, ainda que a tortura fosse de verdade. Não conseguia lembrar quantas vezes bateram nele, nem por quanto tempo as surras continuaram. Havia sempre cinco ou seis homens com uniformes pretos ao mesmo tempo. Às vezes, era com os punhos, em outras, com cassetetes, de vez em quando, com barras de aço ou com as botas. Em alguns momentos, rolava no chão, tão desinibido quanto um animal, contorcendo o corpo num esforço contínuo e desesperado para escapar dos chutes, o que apenas dava ensejo a mais e mais chutes, nas costelas, na barriga, nos cotovelos, nas canelas, na virilha, nos testículos, no osso na base da coluna. Muitas vezes, a coisa seguia até que o cruel, maligno e imperdoável não era que os guardas continuassem batendo nele, mas não conseguir se forçar a perder a consciência. Não raro, a coragem o abandonava de tal forma que começava a gritar por misericórdia mesmo antes que a surra começasse, quando a mera visão de um punho posicionado para um soco era o suficiente para fazê-lo soltar uma confissão de crimes reais e imaginários. Havia situações em que começava determinado a não confessar nada, quando se tinha que arrancar as palavras dele entre estertores de dor, e momentos em que tentava debilmente ceder e dizia a si mesmo: "Vou confessar, mas não agora. Devo segurar até a dor ficar insuportável. Mais três chutes, mais dois chutes, então direi a eles o que querem". De vez em quando, apanhava tanto que mal parava em pé, então era jogado como um saco de batatas no chão de pedra da cela, deixado para se recuperar por algumas horas, daí era levado para apanhar de novo. Havia também períodos mais extensos para se recuperar. Lembrava-

-se vagamente desses momentos, por ser gastos principalmente dormindo ou em estupor. Uma lembrança era de uma cela com uma cama de tábua, como se fosse uma prateleira saindo da parede, um lavatório, refeições de sopa quente, pão e, às vezes, café. Outra lembrança era de um barbeiro rude chegando para raspar seu queixo e cortar seu cabelo e homens sérios e sisudos com jalecos brancos medindo seu pulso, explorando seus reflexos, puxando suas pálpebras para cima, passando dedos ásperos sobre ele à procura de ossos quebrados e espetando agulhas em seu braço para fazê-lo dormir.

As surras ficaram menos frequentes e se tornaram uma ameaça, um terror a que podia ser reenviado a qualquer momento, caso suas respostas não fossem satisfatórias. Os interrogadores não eram mais rufiões com uniformes pretos, mas intelectuais do Partido, homens baixos e rechonchudos com gestos rápidos e óculos brilhantes, que se revezavam para trabalhar em períodos que duravam — supunha, não podia ter certeza — dez ou doze horas direto. Esses interrogadores asseguravam que ele permanecesse com uma leve dor constante, mas não era com a dor que contavam majoritariamente. Davam tapas no rosto, torciam as orelhas, puxavam o cabelo, faziam-no ficar em pé sobre uma perna, proibiam-no de sair para urinar, jogavam luzes ofuscantes no rosto até que os olhos lacrimejassem; mas o objetivo disso era apenas humilhá-lo e destruir sua capacidade de discutir ou argumentar. A arma de verdade era o interrogatório impiedoso, que continuava, hora após hora, fazendo-o tropeçar, deixando armadilhas para ele, distorcendo tudo o que dizia, condenando-o a cada etapa de mentiras e autocontradição, até que começasse a chorar, tanto por vergonha quanto por fadiga nervosa. Em alguns momentos, chorava mais de uma vez numa simples sessão. Na maior parte do tempo, berravam insultos e ameaçavam a cada hesitação entregá-lo de novo aos guardas; mas, às vezes, mudavam de tom, chamavam-no de camarada, apelavam a ele em nome do socialismo inglês e do Grande Irmão e lhe perguntavam com pesar se, mesmo agora, não sobrara lealdade suficiente ao Partido para fazê-lo desejar reparar o mal que fizera. Quando seus nervos estavam estraçalhados, após horas de interrogatório, até esse apelo podia reduzi-lo a um chorão. No final, a insistência das vozes destruiu-o mais que as botas e os punhos dos guardas. Não passava de uma boca que falava, uma mão que assinava, o que quer que exigissem. A única preocupação que tinha era descobrir o que queriam que confessasse e confessar logo, antes que a intimidação começasse de novo. Confessou o assassinato de membros importantes do Partido, a distribuição de panfletos subversivos, desvio de dinheiro público, venda de segredos militares, toda espécie de sabotagem. Confessou que era espião do governo lestasiano desde 1968. Que era religioso, um admirador do capitalismo e um pervertido sexual. Apesar de saber e de os interrogadores provavelmente saberem também que ela estava viva, confessou ter matado sua esposa. Confessou que havia anos vinha mantendo contato pessoal com Goldstein e que era membro de uma organização clandestina da qual fazia parte quase todo mundo que já conheceu. Era mais fácil confessar tudo e implicar todos. Além disso, em certo sentido era verdade. Era verdade que foi inimigo do Partido e, aos olhos do Partido, não havia diferença entre o pensamento e a ação.

Havia também outro tipo de memória. Sobressaía na mente dele sem concatenação, como se fossem quadros cercados de escuridão.

Estava numa cela que podia ser escura ou clara, porque não via nada, a não ser um par de olhos. Bem à mão, algum aparelho tiquetaqueava devagar e com frequência. Os olhos ficaram maiores e mais brilhantes. Subitamente, saiu de seu assento, mergulhou nos olhos e foi engolido.

Estava amarrado a uma cadeira rodeada por mostradores, sob luzes ofuscantes. Um homem com jaleco branco lia os mostradores. Houve um marchar de botas pesadas do lado de fora. A porta foi aberta. Um oficial com cara de cera marchou para dentro, seguido por dois guardas.

— Sala 101 — disse o oficial.

O homem com jaleco branco não se virou. Também não olhou para Winston, apenas olhava para os mostradores.

Ele estava descendo um corredor gigante, um quilômetro de amplitude, com uma iluminação grandiosa e dourada que preenchia o todo, rindo ruidosamente e berrando confissões com toda a força. Confessava tudo, até as coisas que conseguira guardar sob tortura. Contava toda a história de sua vida para um público que já a conhecia. Estavam com ele os guardas, os outros interrogadores, os homens com jaleco branco, O'Brien, Julia, o Sr. Charrington, todos descendo o corredor juntos e rindo bem alto. Algo horrível que estava cravado no futuro de alguma forma foi ignorado e não aconteceu. Tudo estava certo, não havia mais dor, o último pormenor de sua vida foi descoberto, compreendido e perdoado.

Saltou da cama de tábua tendo quase certeza de que ouvira a voz de O'Brien. Durante todo o interrogatório, embora não o visse, teve a sensação de que O'Brien estava ao seu lado, apenas fora de vista. Era O'Brien quem coordenava tudo. Foi ele quem fez com que os guardas atacassem Winston e foi ele também quem os impediu de matá-lo. Ele decidia quando Winston gritaria de dor, dormiria, ou quando drogas seriam injetadas em seu braço. As perguntas eram feitas por ele, assim como a sugestão das respostas. Ele atormentava, protegia, era o inquisidor, o amigo. Uma vez — Winston não lembrava se foi no sono induzido por drogas ou no sono normal, ou mesmo quando estava acordado — uma voz sussurrou em seu ouvido: "Não se preocupe, Winston, você está sob meus cuidados. Eu o observei por sete anos. Agora o momento decisivo chegou. Vou salvá-lo, deixá-lo perfeito". Não tinha certeza de que fosse a voz de O'Brien, mas era a mesma voz que lhe disse "Vamos nos encontrar no lugar em que não há escuridão" no outro sonho, sete anos atrás.

Não se lembrava de nenhum desfecho para o interrogatório. Havia um período de escuridão e daí a cela, ou sala, que estava aos poucos se materializando em torno de si. Estava quase de costas e não conseguia se mexer. Seu corpo estava preso em cada ponto importante. Até a parte de trás da cabeça estava de alguma forma travada. O'Brien olhava para ele com seriedade e um pouco de tristeza. O rosto dele, visto de baixo, parecia áspero e desgastado, com bolsas sob os olhos e traços de cansaço do nariz ao queixo. Ele era mais velho do que Winston supunha; tinha talvez quarenta e oito ou cinquenta. Sob a mão dele havia um mostrador com uma manivela em cima e números percorrendo na frente.

— Eu disse — afirmou O'Brien — que, se nos encontrássemos de novo, seria aqui.

— Sim — disse Winston.

Sem aviso algum, exceto um leve gesto da mão de O'Brien, uma onda de dor percorreu seu corpo. Era uma dor assustadora, porque não conseguia ver o que acontecia, e tinha a sensação de que uma lesão mortal tinha sido causada nele. Não sabia se isso acontecia mesmo, ou se o feito era produzido eletricamente, mas seu corpo estava sendo retorcido, e as articulações, despedaçadas devagar. Embora a dor o tenha feito suar pela testa, o pior era o medo de que sua coluna fosse se quebrar a qualquer momento. Cerrou os dentes e respirou fundo, tentando se manter quieto o máximo possível.

— Você está com medo — disse O'Brien, observando seu rosto — de que em algum momento algo vá se quebrar. Esse medo em particular é de que será sua coluna. Tem uma imagem mental forte da vértebra se quebrando e do líquido cefalorraquidiano escorrendo dela. É nisso que está pensando, não é, Winston?

Winston não respondeu. O'Brien empurrou a manivela do mostrador. A onda de dor diminuiu quase tão rápido quanto veio.

— Isso foi quarenta — disse O'Brien. — Dá para ver os números neste mostrador ir até cem. Lembrará, durante nossa conversa, que está em meu poder infligir-lhe dor a qualquer momento e em qualquer intensidade que eu escolha? Se me contar mentiras ou tentar prevaricar de qualquer maneira, gritará de dor na mesma hora. Você entendeu?

— Sim — disse Winston.

A atitude de O'Brien ficou menos rígida. Ele reajustou os óculos cuidadosamente e deu alguns passos de um lado para outro. Enquanto falava, sua voz expressava gentileza e paciência. Tinha ares de médico, de professor, até mesmo de padre, ansioso por explicar e persuadir, e não por punir.

— Estou investindo em você, Winston — disse —, porque vale o trabalho. Sabe bem qual é o problema com você. Faz anos que sabe, embora tenha lutado contra isso. Você é mentalmente desequilibrado. Padece de uma memória defeituosa. Não tem capacidade para lembrar eventos verdadeiros e se induz a lembrar de outros eventos que nunca aconteceram. Felizmente, existe cura. Você nunca se curou disso, porque não escolheu assim. Havia uma pequena força de vontade para a qual você nunca esteve pronto. Mesmo agora, estou bem ciente, que está se agarrando à sua doença sob a impressão de que é uma virtude. Tomemos um exemplo. Atualmente, com que potência a Oceania está em guerra?

— Quando fui preso, a Oceania estava em guerra com a Lestásia.

— Com a Lestásia. Bom. A Oceania sempre esteve em guerra com a Lestásia, não é?

Winston respirou fundo. Abriu a boca para falar e então não falou. Não tirava os olhos do mostrador.

— A verdade, por favor, Winston. SUA verdade. Diga-me o que pensa se lembrar.

— Lembro que até uma semana apenas antes de ser preso, não estávamos em guerra com a Lestásia. Tínhamos uma aliança com eles. A guerra era contra a Eurásia. Isso durou quatro anos. Antes disso...

O'Brien o interrompeu com um gesto da mão.

— Outro exemplo — disse. Há alguns anos, você realmente teve um delírio bem sério. Acreditava que três homens, três ex-membros do Partido, que se chamavam Jones, Aaronson e Rutherford, homens que foram executados por traição e sabotagem após fazerem a confissão mais completa possível, não eram culpados dos crimes dos quais foram acusados. Você acreditava ter visto evidência documental inquestionável provando que as confissões eram falsas. Houve uma fotografia acerca da qual você teve uma alucinação. Acreditava tê-la de fato segurado nas mãos. A fotografia era mais ou menos assim.

Um pedaço alongado de jornal aparecera entre os dedos de O'Brien. Esteve no ângulo de visão de Winston por cinco segundos talvez. Era uma fotografia e não se podia questionar a identidade. Era A fotografia. Era outra cópia da fotografia de Jones, Aaronson e Rutherford, no ato do Partido em Nova York, que encontrou por acaso onze anos atrás e rapidamente destruiu. Por apenas um momento, estava perante seus olhos e depois já não estava. Mas ele viu, sem dúvida que viu! Fez um esforço desesperado e agoniante para libertar a parte de cima do corpo. Não conseguia se mexer mais que um centímetro para qualquer direção. Por um instante, até esqueceu o mostrador. Tudo que queria era segurar a fotografia de novo entre os dedos, ou ao menos vê-la.

— Ela existe! — gritou.

— Não — disse O'Brien.

Caminhou pela sala. Havia um buraco da memória na parede oposta. O'Brien levantou a grade. Fora de vista, o pequeno pedaço de papel girava na corrente de ar quente e desaparecia no clarão de uma chama. O'Brien se afastou da parede.

— Cinzas — disse. — Cinzas nem mesmo identificáveis. Poeira. Não existe. Nunca existiu.

— Mas existia! Existe! Existe na memória. Eu lembro. Você lembra.

— Eu não lembro — disse O'Brien.

Winston esmoreceu. Isso era dobropensar. Sentia-se fatalmente impotente. Se pudesse ter certeza de que O'Brien mentia, em tese não importaria. Mas era totalmente possível que O'Brien tenha mesmo esquecido a foto. Se foi isso, então ele já teria esquecido sua negação da lembrança e esquecido que esqueceu. Como se poderia ter certeza de que não passava de trapaça? Talvez tal deslocamento insano na mente fosse possível de verdade: esse era o pensamento que o derrotava.

O'Brien olhava para ele de forma especulativa. Mais do que nunca, tinha o ar de um professor se esforçando com uma criança errática, porém promissora.

— Há um slogan do Partido que lida com o controle do passado — disse. — Repita-o se quiser.

— Quem controla o passado controla o futuro: quem controla o presente controla o passado — Winston repetiu, obedecendo.

— Quem controla o presente controla o passado — disse O'Brien, assentindo com lenta aprovação. — Sua opinião, Winston, é de que o passado tenha uma existência de verdade?

Novamente, foi tomado pela sensação de impotência. Seus olhos oscilavam para o mostrador. Não só não sabia se a resposta que o livraria da dor era "sim" ou "não", como nem mesmo sabia em qual das respostas acreditava.

O'Brien deu um leve sorriso.

— Você não é nenhum metafísico, Winston — disse. — Até agora você nunca levou em conta o que quer dizer existência. Formularei com mais precisão. O passado existe concretamente no espaço? Há algum lugar qualquer, um mundo de objetos sólidos, onde ainda esteja ocorrendo o passado?

— Não.

— Então onde o passado existe, se é que existe?

— Nos registros. Está escrito.

— Nos registros. E...?

— Na mente. Na memória das pessoas.

— Na memória. Muito bem, então. Nós, o Partido, controlamos todos os registros e controlamos todas as memórias. Logo controlamos o passado, certo?

— Mas como podem impedir que as pessoas se lembrem das coisas? — Winston gritou de novo, por um momento esquecendo o mostrador. — É involuntário. É externo ao indivíduo. Como se controla a memória? Você não controlou a minha!

Os modos de O'Brien ficaram mais severos de novo. Pôs a mão no mostrador.

— Ao contrário — disse. —VOCÊ não controlou. É por isso que está aqui. Está aqui porque não teve humildade, autodisciplina. Você não se entregaria a um ato de submissão, que é o preço da sanidade. Preferiu ser um louco, uma minoria de apenas um. Só a mente disciplinada pode enxergar a realidade, Winston. Você crê que a realidade é algo objetivo, externo, que tem uma existência própria. Também crê que a natureza da realidade é autoevidente. Quando se ilude a pensar que enxerga algo, presume que todo mundo enxerga a mesma coisa que você. Eu lhe digo, entretanto, Winston, que a realidade não é externa. A realidade existe na mente humana e em nenhum outro lugar. Não na mente individual, que pode errar e de qualquer forma perece; apenas na mente do Partido, que é coletiva e imortal. O que quer que o Partido repute como verdade, é a verdade. É impossível enxergar a realidade, a não ser que o faça através dos olhos do Partido. Eis o fato que você tem que reaprender, Winston. É necessário se autodestruir, ter força de vontade. Antes, você deve se humilhar para poder ficar são.

Ele parou um pouco, como que para deixar o que disse ser absorvido.

— Lembra-se — continuou — de ter escrito em seu diário "Liberdade é a liberdade de dizer que dois mais dois são quatro"?

— Sim — disse Winston.

O'Brien levantou a mão esquerda, o dorso virado para Winston, com o polegar escondido e os quatro dedos estendidos.

— Quantos dedos estou apontando para cima, Winston?

— Quatro.

— E se o Partido disser que não são quatro, mas cinco. Daí são quantos?

— Quatro.

A palavra terminou num arfar de dor. O ponteiro do mostrador chegou a cinquenta e cinco. O suor escorreu por todo o corpo de Winston. O ar rasgava os pulmões e saía de novo em gemidos intensos que ele não conseguia evitar nem mesmo cerrando os dentes. O'Brien o observava, os quatro dedos ainda estendidos. Recuou a manivela. Dessa vez, a dor foi apenas levemente aliviada.

— Quantos dedos, Winston?

— Quatro.

O ponteiro foi a sessenta.

— Quantos dedos, Winston?

— Quatro! Quatro! O que mais posso dizer? Quatro!

O ponteiro deve ter subido de novo, mas não olhou para ele. O rosto intenso e rígido e os quatro dedos tomavam conta de sua visão. Os dedos pareciam pilares diante de seus olhos, enormes, borrados, como que vibrando, mas sem dúvida quatro.

— Quantos dedos, Winston?

— Quatro! Pare, pare! Como consegue continuar? Quatro! Quatro!

— Quantos dedos, Winston?

— Cinco! Cinco! Cinco!

— Não, Winston, isso é inútil. Está mentindo. Ainda pensa que há quatro. Quantos dedos, por favor?

— Quatro! Cinco! Quatro! O que quiser. Apenas pare! Pare a dor!

De repente, estava sentado com o braço de O'Brien em torno dos ombros. Talvez tenha perdido a consciência por alguns segundos. As amarras que prendiam seu corpo foram soltas. Sentia muito frio, tremia incontrolavelmente, os dentes rangiam, lágrimas escorriam pelas bochechas. Por um instante, se agarrou a O'Brien como um bebê, estranhamente confortado pelo braço pesado em torno dos ombros. Sentia como se O'Brien fosse seu protetor, que a dor era algo que vinha de fora, de outra fonte, e que O'Brien o salvaria dela.

— Você aprende devagar, Winston — disse O'Brien com gentileza.

— Como posso evitar? — choramingou. — Como posso evitar ver o que está na minha frente? Dois mais dois são quatro.

— Às vezes, Winston. Às vezes, são cinco. Algumas vezes, são três. Às vezes, todos de uma vez também. Deve tentar com mais empenho. Não é fácil ficar são.

Deitou Winston na cama. O cabo dos membros foi atado novamente, mas a dor foi embora e a tremedeira parou, deixando-o apenas fraco e com frio. O'Brien sinalizou com a cabeça para o homem de jaleco branco, que permaneceu imóvel durante os procedimentos. O homem de jaleco branco curvou-se e mirou bem de perto os olhos de Winston, sentiu seu pulso, tateou algumas partes, então acenou para O'Brien.

— De novo — disse O'Brien.

A dor percorreu o corpo de Winston. O ponteiro devia estar em setenta, setenta e cinco. Fechou os olhos dessa vez. Sabia que os dedos ainda estavam lá, ainda quatro. Tudo o que importava era sobreviver de algum jeito até que o espasmo acabasse. Parou de reparar se estava gritando ou não. A dor diminuiu de novo. Abriu os olhos. O'Brien puxou de volta a manivela.

— Quantos dedos, Winston?

— Quatro. Suponho que haja quatro. Eu veria cinco se pudesse. Estou tentando ver cinco.

— Qual prefere: me persuadir que vê cinco ou realmente vê-los?

— Realmente vê-los.

— De novo — disse O'Brien.

Talvez o ponteiro estivesse em oitenta, noventa. Winston não conseguia lembrar de forma intermitente por que a dor ocorria. Por trás de suas pálpebras ferradas, uma selva de dedos parecia se mexer numa espécie de dança, ziguezagueando, desaparecendo um atrás do outro e reaparecendo em seguida. Tentava contá-los, não lembrava por quê. Sabia apenas que era impossível contá-los e isso se devia de algum jeito à identificação misteriosa entre cinco e quatro. A dor cedeu de novo. Quando abriu os olhos, foi para descobrir que ainda via a mesma coisa. Vários dedos, como árvores que se movem, ainda passavam em cada direção, cruzando repetidamente. Fechou os olhos de novo.

— Quantos dedos estou mantendo para cima, Winston?

— Não sei. Não sei. Vai me matar se fizer isso outra vez. Quatro, cinco, seis... com toda a honestidade, não sei.

— Melhor — disse O'Brien.

Espetaram uma agulha no braço de Winston. Quase na mesma hora, um maravilhoso calor reparador se espalhou por todo o seu corpo. A dor já estava semiesquecida. Abriu os olhos e olhou com gratidão para O'Brien. À vista do rosto carregado e com linhas de expressão, tão feio e tão inteligente, seu coração parecia balançar. Se pudesse se mexer, teria estendido a mão e a repousado no braço de O'Brien. Nunca o amou tanto quanto nesse momento e não só porque parou a dor. A velha sensação de que no fundo não importava se O'Brien era amigo ou inimigo voltou. O'Brien era uma pessoa com quem se podia conversar. Talvez querer ser amado não fosse mais importante que ser compreendido. O'Brien o torturou até o limiar da loucura e em pouco tempo, era uma certeza, o enviaria para a morte. Não fazia diferença. De certa forma, isso era mais profundo que amizade, eram íntimos: havia um lugar, algum lugar, embora as palavras verdadeiras possam nunca ser ditas, onde podiam se encontrar para conversar. O'Brien olhava para ele com uma expressão que sugeria que talvez o mesmo pensamento lhe ocorresse. Quando falou, foi num tom calmo de conversa.

— Sabe onde está, Winston? — ele perguntou.

— Não sei. Posso imaginar. No Ministério do Amor.

— Sabe há quanto tempo está aqui?

— Não sei. Dias, semanas, meses... Acho que há meses.

— Por que pensa que trazemos pessoas a este lugar?

— Para puni-las.

— Não! — exclamou O'Brien. A voz mudou espantosamente e o rosto de repente ficou, ao mesmo tempo, severo e entusiasmado. — Não! Não somente para extrair confissões, não para punir. Devo dizer por que o trouxemos aqui? Para curá-lo! Para deixá-lo são! Entende, Winston, que ninguém que trazemos a este lugar jamais sai sem cura? Não temos interesse por aqueles crimes idiotas que cometeu. O Partido não se interessa pela ação explícita: tudo com que nos importamos é o pensamento. Não destruímos nossos inimigos apenas, nós os transformamos. Entende o que quero dizer com isso?

Ele estava se curvando sobre Winston. O rosto parecia imenso por causa da proximidade e tremendamente horrendo por ser visto de baixo. Além disso, transbordava certa exaltação, uma intensidade insana. De novo, Winston esmoreceu. Se fosse possível, ele se encolheria mais na cama. Tinha certeza de que O'Brien estava a ponto de girar o mostrador por pura brutalidade. Nessa hora, entretanto, O'Brien se afastou. Deu alguns passos. Então continuou, com menos veemência:

— A primeira coisa que deve entender é que neste lugar não há martírios. Você leu sobre as perseguições religiosas do passado. Na Idade Média, havia a Inquisição. Foi um fracasso. Pretendia erradicar a heresia, mas acabou por perpetuá-la. Para cada herege que queimou na fogueira, milhares surgiram. Por que foi assim? Porque a Inquisição queimava os inimigos ao ar livre e os matava quando ainda eram impenitentes: de fato, os matava porque eram impenitentes. Os indivíduos morriam por não abandonarem suas verdadeiras crenças. Consequentemente, toda a glória ficava com a vítima, e a desonra, com o inquisidor que a queimou. Mais para a frente, no século XX, havia os totalitários, como eram chamados. Havia os nazistas alemães e os comunistas russos. Os russos reprimiram a heresia com mais crueldade que a Inquisição. Imaginavam ter aprendido com os erros do passado; sabiam, de qualquer jeito, que não se devem construir mártires. Antes de expor suas vítimas a julgamento público, eles deliberadamente se punham a destruir a dignidade delas. Eram debilitadas pela tortura e isolamento até se tornarem abjetas, patifes servis, confessando o que quer que lhes dissessem, acobertando-se com agressões, acusando e se escondendo uns atrás dos outros, choramingando por misericórdia. Ainda assim, a mesma coisa acontecia apenas alguns anos depois. Os mortos se tornavam mártires e sua degradação era esquecida. De novo, por que foi assim? Em primeiro lugar, porque era óbvio que as confissões foram extorquidas e mentirosas. Não cometemos erros como esse. Nós as tornamos verdadeiras. E, principalmente, não permitimos que os mortos se insurjam contra nós. Deve parar de pensar que a posteridade o justificará, Winston. A posteridade nunca ouvirá falar de você. Será removido do veio da história. Nós o transformaremos em gás, nós o soltaremos na estratosfera. Não restará nada de você, nem um nome num registro, nem uma memória num cérebro vivo. Será aniquilado no passado assim como no futuro. Nunca terá existido.

"Então por que se dar ao trabalho de me torturar?", pensou Winston, com uma amargura temporária. O'Brien segurou o passo, como se Winston tivesse dito o que pensou em voz alta. A cara grande e feia se aproximou, com os olhos um pouco cerrados.

— Você estava pensando — disse — que, uma vez que pretendemos destruí-lo completamente, logo nada do que diga ou faça faria a menor diferença. Nesse caso, por que nos damos ao trabalho de interrogá-lo primeiro? É o que estava pensando, não é?

— Sim — disse Winston.

O'Brien deu um leve sorriso.

— Você falha no padrão, Winston. É uma mancha que precisa ser limpa. Não acabei de lhe dizer que diferimos dos perseguidores do passado? Nós não nos contentamos com obediência negativa, nem mesmo com a subserviência mais degradante. Quando finalmente se render a nós, deve ser por livre-arbítrio. Não destruímos o herege porque resiste a nós: enquanto resistir a nós, nunca o destruiremos. Nós o convertemos, capturamos a mente interior e o remodelamos. Extirpamos todo o mal e ilusão; nós o trazemos para nosso lado, não na aparência, mas de forma genuína, coração e alma. E se torna um de nós antes que o matemos. Não toleramos que um pensamento incorreto possa existir em qualquer parte do mundo, não importa quão secreto ou impotente possa ser. Mesmo na hora da morte, não podemos permitir nenhum desvio. Nos velhos tempos, o herege caminhava para a fogueira ainda herege, proclamando sua heresia, exultante. Até a vítima dos expurgos russos podia carregar a rebelião alojada na cabeça, enquanto caminhava pela passagem à espera da bala. Entretanto, aperfeiçoamos o cérebro antes de estourá-lo. O mandamento dos antigos despotismos era: "Não deverás". O mandamento dos totalitários era: "Tu deverás". Nosso mandamento é: "TU ÉS". Ninguém que trazemos a este lugar jamais se contrapõe a nós. Todos são purificados. Até aqueles três traidores desprezíveis em cuja inocência você acreditava — Jones, Aaronson e Rutherford. No fim, nós os destruímos. Eu mesmo tomei parte no interrogatório deles. Eu vi a degradação progressiva, lamuriando-se, humilhando-se, chorando. No fim, não foi com dor ou medo, apenas com penitência. Quando terminamos com eles, não passavam de carapaças de homens. Não havia nada mais neles, a não ser pesar pelo que fizeram e amor ao Grande Irmão. Era comovente ver como o amavam. Imploraram para ser executados logo, para que pudessem morrer enquanto suas mentes ainda estavam puras.

Sua voz adquiriu um ar quase onírico. A exaltação, o entusiasmo insano, ainda estava no rosto. Não estava fingindo, Winston pensou, ele não era hipócrita, acreditava em tudo que dissera. O que o oprimia mais era a consciência de sua própria inferioridade intelectual. Observava a figura pesada, ainda que graciosa, caminhando de um lado para outro, dentro e fora de seu campo de visão. O'Brien era, de todas as formas, um ser maior que ele. Não existia nenhuma ideia que já tivera, ou poderia ter, que havia muito tempo O'Brien não conhecesse, examinasse e rejeitasse. A mente dele CONTINHA a mente de Winston. Nesse caso, como O'Brien poderia ser louco? Deve ser ele, Winston, o verdadeiro louco. O'Brien parou e olhou para ele. Sua voz ficou rígida novamente.

— Não pense que se salvará, Winston, independentemente de quanto se renda a nós. Ninguém que tenha se desviado é poupado. Mesmo que escolhamos deixá-lo seguir o curso natural de sua vida, ainda não escaparia de nós. O que acontece com você aqui é para sempre. Entenda isso já. Você será esmagado até o ponto de onde não há retorno. Acontecerão coisas com você das quais não conseguirá se recuperar, mesmo que vivesse mil anos. Nunca mais terá a capacidade de expressar sentimentos comuns. Estará completamente morto por dentro. Não conseguirá mais amar, ter amizades, apreciar a vida, rir, ter curiosidade, coragem nem integridade. Será raso. Vamos esvaziá-lo, para então preenchê-lo com nossa essência.

Fez uma pausa e acenou para o homem de jaleco branco. Winston estava ciente de que alguma parafernália pesada estava sendo posicionada atrás de sua cabeça. O'Brien sentou-se ao lado da cama, para que seu rosto ficasse quase no mesmo nível que o de Winston.

— Três mil — disse, falando por sobre a cabeça de Winston com o homem de jaleco branco.

Duas esponjas suaves, que estavam um pouco úmidas, foram presas às têmporas de Winston. Ele estremeceu. Era dor a caminho, de um tipo novo. O'Brien pôs uma mão tranquilizadora, quase gentil, sobre a sua.

— Desta vez, não vai doer — disse. — Mantenha os olhos fixos nos meus.

Nessa hora, houve uma explosão devastadora, ou o que parecia ser uma explosão, ainda que não tivesse certeza de que houvesse algum barulho. Havia, sem dúvida, um clarão de luz ofuscante. Winston não foi ferido, estava apenas prostrado. Embora já estivesse deitado de costas quando a coisa ocorreu, tinha a peculiar sensação de ter sido derrubado naquela posição. Uma fantástica pancada sem dor o deixou achatado. Algo também aconteceu dentro de sua cabeça. Assim que seus olhos recobraram o foco, lembrou quem era, onde estava e reconheceu o rosto que mirava o seu, mas em algum lugar havia um grande vazio, como se um pedaço de seu cérebro tivesse sido arrancado.

— Não vai durar — disse O'Brien. — Olhe nos meus olhos. Com qual país a Oceania está em guerra?

Winston pensou. Ele sabia o que queria dizer Oceania e que ele mesmo era cidadão da Oceania. Também se lembrava da Eurásia e da Lestásia, mas quem estava em guerra com quem não sabia. Na verdade, não estava ciente de que havia alguma guerra.

— Não lembro.

— A Oceania está em guerra com a Lestásia. Lembra-se disso agora?

— Sim.

— A Oceania sempre esteve em guerra com a Lestásia. Desde o começo de sua vida, o começo do Partido, da história, a guerra continuou sem trégua, sempre a mesma guerra. Lembra-se disso?

— Sim.

— Onze anos atrás, você criou uma lenda sobre três homens que foram condenados à morte por traição. Fingiu ter visto um pedaço de papel que provava a inocência deles. Nenhum pedaço de papel do tipo jamais existiu. Agora você se lembra do momento exato em que inventou isso. Você se lembra?

— Sim.

— Acabei de levantar os dedos da minha mão para você. Viu cinco dedos. Lembra-se disso?

— Sim.

O'Brien ergueu os dedos da mão esquerda, com o polegar escondido.

— Há cinco dedos aqui. Você vê cinco dedos?

— Sim.

Realmente os via, por um breve instante, antes que o cenário de sua mente mudasse. Via cinco dedos e não havia deformidade. Logo tudo voltou ao normal, e o medo anterior, o ódio e a perplexidade vieram tomando conta de tudo outra vez. Houve, porém, um momento — não sabia quanto tempo, trinta segundos, talvez — de certeza fulgurante, quando cada sugestão nova de O'Brien preenchia o vazio e se tornava a verdade absoluta, e dois mais dois podiam ser três tão facilmente quanto cinco, se fosse necessário. Desapareceu, mas antes O'Brien deixou sua mão cair, e ainda que não conseguisse recapturar, conseguia lembrar, como alguém que se lembra de uma experiência vívida em algum momento da vida quando era uma pessoa diferente.

— Percebe agora — disse O'Brien — que de qualquer forma é possível.

— Sim — disse Winston.

O'Brien se levantou com ar satisfeito. À sua esquerda, Winston viu o homem de jaleco branco quebrar uma ampola e puxar o êmbolo de uma seringa. O'Brien virou-se para Winston sorrindo. Quase do jeito antigo, reajustou os óculos no nariz.

— Lembra-se de ter escrito em seu diário — disse — que não importava se eu era amigo ou inimigo, desde que ao menos fosse alguém que o entendesse e com quem pudesse conversar? Você tinha razão. Aprecio conversar com você. Sua mente tem apelo comigo. Lembra a minha própria mente, exceto pelo fato de que você por acaso é louco. Antes de concluirmos a sessão, pode me fazer algumas perguntas, se quiser.

— Qualquer pergunta que eu queira?

— Qualquer coisa — percebeu que os olhos de Winston miravam o mostrador. — Está desligado. Qual é sua primeira pergunta?

— O que fizeram com Julia? — Winston perguntou.

O'Brien sorriu novamente.

— Ela o traiu, Winston. Imediatamente, sem reservas. Poucas vezes, vi alguém vir até nós tão prontamente. Quase não a reconheceria se a visse. Toda a rebeldia, a falsidade, a insensatez, a mente suja... tudo foi extraído dela. Foi uma conversão perfeita, um caso de manual.

— Vocês a torturaram?

O'Brien não respondeu.

— Próxima pergunta — disse.

— O Grande Irmão existe?

— Claro que existe. O Partido existe. O Grande Irmão é a personificação do Partido.

— Ele existe da mesma forma que eu existo?

— Você não existe — disse O'Brien.

Mais uma vez, a sensação de impotência o assaltou. Sabia, ou podia imaginar, os argumentos que provavam sua própria não existência, mas eram absurdos, não passavam de um jogo de palavras. A afirmação "você não existe" não compreende um absurdo lógico? Para que servia dizer isso? Sua mente murchava ao pensar nos argumentos loucos e incontestáveis com os quais O'Brien o destruiria.

— Penso que existo — disse com cansaço. — Tenho consciência da minha própria identidade. Nasci e vou morrer. Tenho braços e pernas. Ocupo um ponto em particular no espaço. Nenhum outro objeto sólido pode ocupar o mesmo espaço simultaneamente. Nesse sentido, o Grande Irmão existe?

— Não tem importância. Ele existe.

— O Grande Irmão vai morrer um dia?

— Claro que não. Como poderia? Próxima pergunta.

— A Irmandade existe?

— Isso, Winston, você nunca saberá. Se decidirmos libertá-lo quando terminarmos com você, e se viver até os noventa anos, ainda não saberá se a resposta a essa pergunta é sim ou não. Pelo tempo que viver, esse será um enigma não solucionado na sua mente.

Winston permaneceu em silêncio. Seu peito se expandia e encolhia um pouco mais rápido. Ainda não fizera a pergunta que lhe veio primeiro à mente. Tinha que perguntar e, ainda assim, era como se não conseguisse falar. Havia um ar de entretenimento no rosto de O'Brien. Até mesmo seus óculos pareciam possuir um brilho irônico. Ele sabe, pensou Winston, de repente, sabe o que vou perguntar! Ao pensar, as palavras saíram:

— O que há na sala 101?

A expressão no rosto de O'Brien não mudou. Respondeu com indiferença:

— Você sabe o que há na sala 101, Winston. Todo mundo sabe o que há na sala 101.

Ele fez um sinal com o dedo para o homem de jaleco branco. Era óbvio que a sessão tinha acabado. Uma agulha perfurou o braço de Winston. Caiu quase no mesmo instante em sono profundo.

CAPÍTULO 3

— Há três fases na sua reintegração — disse O'Brien. — Há aprendizagem, há compreensão e há aceitação. É hora de você entrar no segundo estágio.

Como sempre, Winston estava deitado de costas. Mas ultimamente, suas amarras estavam mais soltas. Elas ainda o prendiam na cama, mas ele podia mexer um pouco os joelhos, virar a cabeça de um lado para o outro e levantar os braços até a altura do cotovelo. O botão também tinha se tornado um pouco menos terrível. Ele poderia escapar de suas dores se fosse perspicaz o suficiente: especialmente quando mostrava sua estupidez no momento em que O'Brien puxava a alavanca. Às vezes, eles passavam por uma sessão inteira sem usar o botão. Ele não conseguia se lembrar de quantas sessões haviam se passado. Todo o processo parecia se estender por um longo tempo indefinido — semanas, possivelmente — e os intervalos entre as sessões às vezes podiam durar dias, às vezes apenas uma ou duas horas.

— Enquanto você está deitado — disse O'Brien —, você sempre quis saber, até mesmo já me perguntou, por que o Ministério do Amor gasta tanto tempo com você. E quando você estava livre, ficava intrigado com o que era essencialmente a mesma questão. Você poderia compreender os mecanismos da sociedade em que viveu, mas não seus motivos subjacentes. Você se lembra de ter escrito em seu diário "Eu entendo COMO, não entendo POR QUÊ?". E, quando você pensou sobre o "porquê", você duvidou de sua própria sanidade. Você leu o LIVRO, o livro de Goldstein, ou partes dele, pelo menos. Ele dizia alguma coisa que você ainda não soubesse?

— Você leu? — disse Winston.

— Eu escrevi. Ou seja, eu colaborei. Nenhum livro é produzido individualmente, como você bem o sabe.

— É verdade o se que diz ali?

— Como descrição, sim. O programa que ele apresenta é um absurdo. A acumulação secreta de conhecimento, uma gradual difusão do iluminismo, em última análise, uma rebelião proletária e a derrubada do Partido. Você mesmo previu que isso era o que ele diria. É tudo um absurdo. Os proletários nunca se revoltarão, nem em mil anos ou em um milhão. Eles não podem. Eu não preciso dizer-lhe o motivo, você já sabe. Se você já acalentou algum sonho de violência insurreição, deve abandoná-lo. Não há como derrubar o Partido. A regra do Partido é para sempre. Faça disso o ponto de partida de seus pensamentos.

O'Brien se aproximou da cama.

— Para sempre! — repetiu ele. — E, agora, vamos voltar à questão de "como" e "por quê". Você entende bem o suficiente COMO o Partido se mantém no poder. Agora me diga POR QUE nos agarramos ao poder. Qual é nosso motivo? Por que devemos querer poder? Vá em frente, diga.

Winston permanecia em silêncio diante da insistência de O'Brien e não falou por mais um ou dois minutos. Uma sensação de cansaço o dominou. O brilho fraco e louco de entusiasmo voltou para o rosto de O'Brien. Ele sabia de antemão o que O'Brien diria. Que o Partido não buscou o poder para seus próprios fins, mas apenas o bem da maioria. Que buscou poder porque os homens da massa eram criaturas frágeis e covardes que podiam não suportar a liberdade ou enfrentar a verdade, que deviam ser governados e sistematicamente ser enganados por outros que eram mais fortes do que eles próprios. Que a escolha para a humanidade estava entre a liberdade e a felicidade, e que, para a grande maioria da humanidade, a felicidade era melhor. Que o Partido era o eterno guardião dos fracos, uma dedicada seita que, ao fazer o mal, vislumbrava conseguir o bem, sacrificando sua própria felicidade para a dos outros. A coisa terrível, pensou Winston, a coisa terrível foi quando O'Brien disse isso, ele parecia acreditar em suas palavras. Era possível ver em seu rosto. O'Brien sabia de tudo. Mil vezes melhor do que Winston, ele sabia como o mundo era realmente, em que degradação vivia a massa dos seres humanos e por quais mentiras e barbaridades o Partido era mantido lá. Ele tinha entendido tudo, ponderado tudo, e não fazia diferença: tudo foi justificado pelo propósito final. O que você pode fazer, pensou Winston, contra um lunático que é mais inteligente do que você, que dá a seus argumentos uma audiência justa e então simplesmente persiste em sua loucura?

— Você está governando sobre nós para o nosso próprio bem — disse ele, debilmente. — Você acredita que os seres humanos não estão preparados para governar a si próprios e, portanto...

Ele se assustou e quase gritou. Uma pontada de dor havia disparado através de seu corpo. O'Brien havia empurrado a alavanca do botão até trinta e cinco.

— Isso foi estúpido, Winston, estúpido! — disse ele. — Você deveria saber melhor para não dizer uma coisa assim.

Ele puxou a alavanca para trás e continuou:

— Agora vou responder à minha pergunta. É isto: o Partido busca o poder inteiramente para seu próprio bem. Nós não estamos interessados no bem dos outros; estamos interessados unicamente no poder. Não é riqueza ou luxo, vida longa ou felicidade: apenas poder, puro poder. Você vai compreender agora o que puro poder significa. Somos diferentes de todas as oligarquias do passado, porque sabemos o que fazemos. Todos os outros, mesmo aqueles que se pareciam conosco, eram covardes e hipócritas. Os nazistas alemães e os comunistas russos aproximaram-se de nós em seus métodos, mas eles nunca tiveram a coragem de reconhecer seus próprios motivos. Eles fingiram, talvez até acreditassem, que tinham tomado o poder de má vontade e por um tempo limitado, e que logo depois da esquina, havia um paraíso onde os seres humanos seriam livres e iguais. Nós não somos assim. Nós sabemos que ninguém jamais tomará o poder com a intenção de abandoná-lo. O poder não é um meio, é um fim. Ninguém estabelece uma ditadura para salvaguardar uma revolução; faz-se a revolução para estabelecer a ditadura. O objeto da perseguição é a perseguição. O objeto da tortura é a tortura. O objeto do poder é o poder. Agora você começa a me entender?

Winston ficou impressionado, como já havia ficado impressionado antes, pelo cansaço do rosto de O'Brien. Ele tinha uma feição forte, carnuda e brutal, cheia de inteligência e uma espécie de paixão controlada antes de se sentir desamparado; mas estava cansado. Havia bolsas sob os olhos e peles flácidas sob as maçãs do rosto. O'Brien se inclinou sobre ele, deliberadamente trazendo o rosto desgastado mais perto.

— Você está pensando — disse ele — que meu rosto está velho e cansado. Você está pensando que eu falo de poder, quando ainda nem sou capaz de prevenir a decadência do meu próprio corpo. Você não consegue entender, Winston, que o indivíduo é apenas uma célula? O cansaço da célula é o vigor do organismo. Você morre quando você corta as unhas?

Ele se afastou da cama e começou a se aproximar de novo, com uma mão no bolso.

— Somos os sacerdotes do poder — disse ele. — Deus é poder. Mas, no momento, poder é apenas uma palavra no que diz respeito a você. É hora de você ter alguma ideia sobre o que significa poder. A primeira coisa que você deve perceber é que o poder é coletivo. O indivíduo só tem poder na medida em que deixa de ser um indivíduo. Você conhece o slogan do Partido: "Liberdade é escravidão". Já lhe ocorreu que é algo reversível? Escravidão é liberdade. Sozinho — livre —, o ser humano é sempre derrotado. Deve ser assim, porque todo ser humano está condenado a morrer, que é o maior de todos os fracassos. Mas, se ele pode fazer uma submissão completa e absoluta, se pode escapar de sua identidade, se pode se fundir no Partido para que SEJA o Partido, então se torna todo poderoso e imortal. A segunda coisa que você deve perceber é que poder é poder sobre os seres humanos, sobre o corpo, mas, acima de tudo, sobre a mente. Poder sobre a matéria, realidade externa, como você a chamaria, não é importante. Nosso controle sobre a matéria já é absoluto.

Por um momento, Winston ignorou o botão. Ele fez um esforço violento para se sentar e apenas conseguiu torcer seu corpo dolorosamente.

— Mas como você pode controlar a matéria? — ele explodiu. — Você não pode nem mesmo controlar o clima ou a lei da gravidade. E ainda há a doença, a dor, a morte...

O'Brien o silenciou com um movimento de sua mão.

— Nós controlamos a matéria porque controlamos a mente. A realidade está dentro do crânio. Você aprenderá gradualmente, Winston. Não há nada que não possamos fazer. Invisibilidade, levitação, qualquer coisa. Eu poderia flutuar neste chão em uma bolha de sabão se eu quisesse. Não desejo, porque o Partido não o deseja. Você deve se livrar dessas ideias do século XIX sobre as leis da natureza. Nós fazemos as leis da natureza.

— Vocês não! Vocês nem mesmo são mestres deste planeta. E a Eurásia e a Lestásia? Vocês ainda nem as conquistaram.

— Isso não importa agora. Devemos conquistá-las quando nos for conveniente. E se não o fizermos, que diferença fará? Podemos excluí-las da existência. A Oceania é o mundo.

— Mas o mundo em si é apenas uma partícula de poeira. E o homem é minúsculo, indefeso! Há quanto tempo ele existe? Por milhões de anos, a Terra foi desabitada.

— Absurdo. A Terra é tão velha quanto nós mesmos, não mais velha. Como poderia ser mais antiga? Nada existe a não ser através da consciência humana.

— Mas as rochas estão cheias de ossos de animais extintos — mamutes, mastodontes e répteis enormes que viveram aqui muito antes de se ouvir falar em homem.

— Você já viu aqueles ossos, Winston? Claro que não. Os biólogos do século XIX os inventaram. Antes do homem, não havia nada. Depois do homem, se ele pudesse chegar ao fim, não haveria nada. Fora do homem, não há nada.

— Mas todo o universo está fora de nós. Olhe para as estrelas! Algumas delas estão a um milhão de anos-luz de distância. Elas estão fora de nosso alcance para sempre.

— O que são as estrelas? — disse O'Brien com indiferença. — Elas são pedaços de fogo a alguns quilômetros de distância. Poderíamos alcançá-las se quiséssemos. Ou poderíamos apagá-las. A Terra é o centro do universo. O Sol e as estrelas giram em torno dela.

Winston fez outro movimento convulsivo. Desta vez, ele não disse nada. O'Brien continuou como se respondesse a uma objeção falada:

— Para certos fins, é claro, isso não é verdade. Quando navegamos no oceano, ou quando prevemos um eclipse, muitas vezes achamos conveniente presumir que a Terra gira em torno do Sol e que as estrelas estão a milhões e milhões de quilômetros de distância. Mas e daí? Você acha que está além de nós produzir um sistema duplo de astronomia? As estrelas podem estar próximas ou distantes, conforme a necessidade. Você acha que nossos matemáticos não conseguem fazer isso? Você se esqueceu do dobropensar?

Winston se encolheu na cama. O que quer que ele dissesse, a resposta rápida o esmagava como um porrete. E, ainda ele sabia, ele SABIA, que tinha razão. A crença de que nada existe fora de sua própria mente — certamente deveria ter alguma forma de demonstrar que era falsa? Não tinha sido exposta havia muito tempo como uma falácia? Havia até um nome para isso, que ele havia esquecido. Um leve sorriso contraiu os cantos da boca de O'Brien.

— Eu disse a você, Winston, que metafísica não é seu ponto forte. A palavra que você está tentando pensar é solipsismo. Mas você está enganado. Isso não é solipsismo. Solipsismo coletivo, se preferir. Isso é uma coisa diferente: de fato, o oposto. Tudo isso é uma digressão — acrescentou, em um tom diferente. — O poder real, o poder que temos para lutar pela noite e pelo dia, não é poder sobre as coisas, mas sobre os homens.

Ele fez uma pausa e, por um momento, assumiu novamente seu ar de professor questionando um aluno promissor:

— Como é que um homem afirma seu poder sobre outro, Winston?

Winston pensou:

— Fazendo-o sofrer — disse.

— Exatamente. Fazendo-o sofrer. Obediência não é suficiente. A menos que ele esteja sofrendo, como você pode ter certeza de que ele está obedecendo à sua vontade e não à dele? O poder está infligindo dor e humilhação. O poder está despedaçando as mentes humanas e juntando-as em novas formas próprias à sua escolha. Você começa a ver, então, que tipo de mundo nós estamos criando? É exatamente o oposto das utopias hedonistas estúpidas que os antigos reformadores imaginaram. Um mundo de medo, traição e tormento, um mundo de pisoteamento e pisotear, um mundo que crescerá não menos, mas MAIS impiedoso enquanto se refina. O progresso em nosso mundo será progresso em direção a mais dor. As antigas civilizações reivindicaram que foram fundadas no amor ou na justiça. A nossa é fundada sobre o ódio. Em nosso mundo, não haverá emoções exceto medo, raiva, triunfo e auto-humilhação. Tudo o mais, será destruído — tudo. Já estamos quebrando os hábitos de pensamento que sobreviveram antes da Revolução. Cortamos os vínculos entre crianças e seus pais e entre homem e homem e entre homem e mulher. Ninguém se atreve a confiar mais em uma esposa, filho ou amigo. Mas, no futuro, não haverá esposas e amigos. As crianças serão tiradas de suas mães desde seu nascimento, como se tira os ovos de uma galinha. O instinto sexual será erradicado. A procriação será uma formalidade anual como a renovação de um cartão de racionamento. Devemos abolir o orgasmo. Nossos neurologistas estão trabalhando nisso agora. Não haverá lealdade, exceto lealdade para com o Partido. Não haverá amor, exceto o amor ao Grande Irmão. Não haverá risos, exceto o riso de triunfo sobre um inimigo derrotado. Não haverá arte, nem literatura, nem ciência. Quando formos onipotentes, não teremos mais necessidade de ciência. Não haverá distinção entre beleza e feiura. Não haverá curiosidade, nem prazer no processo da vida. Todos os prazeres competitivos serão destruídos. Mas sempre — não se esqueça disso, Winston — sempre haverá a intoxicação de poder, constantemente aumentando e crescendo mais sutilmente. Sempre, a cada momento, haverá a emoção da vitória, a sensação de pisar sobre um inimigo indefeso. E, se você quiser um quadro do futuro, imagine uma bota estampada sob um rosto humano — para sempre.

Ele fez uma pausa como se esperasse que Winston falasse.

Winston tentou se encolher para trás na superfície da cama. Ele não podia dizer nada. Seu coração parecia estar congelado. O'Brien continuou:

— E lembre-se de que é para sempre. O rosto sempre estará estampado. O herege, inimigo da sociedade, estará sempre presente, para que seja derrotado e humilhado. Tudo que você passou, desde que caiu em nossas mãos, tudo isso vai continuar e ficará pior. A espionagem, as traições, as prisões, as torturas, as execuções, os desaparecimentos nunca cessarão. Será um mundo de terror tanto quanto um mundo de triunfo. Quanto mais poderoso o Partido, menos tolerante; quanto mais fraca a oposição, mais rígido o despotismo. Goldstein e suas heresias viverão para sempre. Todo dia, em todo momento, eles serão derrotados, desacreditados, ridicularizados, cuspidos e ainda assim eles sempre sobreviverão. Esse drama que eu partilho com você durante sete anos será partilhado repetidamente geração após geração, sempre de formas mais sutis. Sempre teremos o herege aqui à nossa mercê, gritando de dor, quebrado, desprezível — e, no final, totalmente penitente, a salvo de si mesmo, rastejando aos nossos pés por sua própria vontade. Esse é o mundo que estamos preparando, Winston. Um mundo de vitória após vitória, triunfo após triunfo após triunfo; uma interminável pressão, pressão, pressionando o nervo do poder. Você está começando, eu posso ver, a perceber como será esse mundo. Mas, no final, você se esforçará mais para entendê-lo. Você vai aceitar, dar boas-vindas, tornar-se parte disso.

Winston havia se recuperado o suficiente para falar.

— Você não pode! — disse ele, fracamente.

— O que você quer dizer com essa observação, Winston?

— Você não poderia criar um mundo como você acabou de descrever. É um sonho. É impossível.

— Por quê?

— É impossível fundar uma civilização baseada no medo, ódio e crueldade. Isso nunca duraria.

— Por que não?

— Não teria vitalidade. Ela iria se desintegrar. Seria como cometer suicídio.

— Absurdo. Você tem a impressão de que o ódio é mais exaustivo do que amor. Por que deveria ser? E se fosse, que diferença isso faria? Suponha que nós escolhêssemos nos desgastarmos mais rápido. Suponha que acelerássemos o ritmo da vida humana até os homens ficarem senis aos trinta. Ainda que diferença faria? Você não consegue entender que a morte do indivíduo não é morte? O Partido é imortal.

Como sempre, a voz deixou Winston impotente. Além disso, ele estava com medo de que, se persistisse em seu desacordo, O'Brien giraria o botão outra vez. Mas, ainda assim, ele não conseguia ficar em silêncio. Muito fraco, sem argumentos, com nada para apoiá-lo, exceto seu horror inarticulado ao que O'Brien dizia, ele voltou ao ataque.

— Eu não sei, eu não me importo. De alguma forma, você falhará. Algo irá derrotá-lo. A vida vai derrotar você.

— Nós controlamos a vida, Winston, em todos os seus níveis. Você está imaginando que existe algo chamado natureza humana que ficará indignada com o que fazemos e se voltará contra nós. Mas nós criamos a natureza humana. Os homens são infinitamente maleáveis. Ou, talvez, você tenha voltado à sua velha ideia de que os proletários ou os escravos vão se levantar e nos derrubar. Apague isso de sua mente. Eles estão desamparados, como os animais. Humanidade é o Partido. Os outros que estão do lado de fora são irrelevantes.

— Eu não me importo. No final, eles vão bater em você. Cedo ou tarde, vão ver você pelo que é e, então, vão te rasgar em pedaços.

— Você vê alguma evidência de que isso esteja acontecendo? Ou qualquer razão pela qual deveria?

— Não. Eu acredito nisso. EU SEI que você irá falhar. Há sim algo no universo, eu não sei, algum espírito, algum princípio, que você nunca vai superar.

— Você acredita em Deus, Winston?

— Não.

— Então, o que é esse princípio que nos derrotará?

— Eu não sei. O espírito do homem.

— E você se considera um homem?

— Sim.

— Se você é um homem, Winston, você é o último homem. Seu tipo está extinto; nós somos os herdeiros. Você entende que você está SOZINHO? Você está fora da história, você não existe.

Sua voz mudou e ele disse mais duramente:

— E você se considera moralmente superior a nós, com nossas mentiras e nossa crueldade?

— Sim, eu me considero superior.

O'Brien não falou. Duas outras vozes estavam falando. Depois de um momento, Winston reconheceu um deles como sendo sua própria voz. Foi uma trilha sonora da conversa que ele teve com O'Brien, na noite em que ele tinha se inscrito na

Irmandade. Ele se ouviu prometendo mentir, roubar, forjar, assassinar, encorajar o consumo de drogas e a prostituição, disseminar doenças venéreas, jogar ácido sulfúrico no rosto de uma criança. O'Brien fez um pequeno gesto impaciente, como se quisesse dizer que a demonstração dificilmente valeria a pena fazer. Então, ele girou um interruptor e as vozes pararam.

— Levante-se dessa cama — disse ele.

As amarras se afrouxaram. Winston abaixou no chão e levantou-se instável.

— Você é o último homem — disse O'Brien. — Você é o guardião do espírito humano. Você deve se ver como você é. Tire suas roupas.

Winston desfez o pedaço de barbante que prendia seu macacão. O zíper tinha sido arrancado há muito tempo. Ele não conseguia se lembrar se, em algum momento desde sua prisão, havia tirado todas as suas roupas de uma vez. Embaixo do macacão, seu corpo estava envolto em trapos imundos e amarelados, apenas reconhecível como os restos de roupas de baixo. Como ele deslizou as roupas para o chão, viu que havia um espelho na outra extremidade da sala. Ele se aproximou, então parou, abruptamente. Um grito involuntário escapou dele.

— Vá em frente — disse O'Brien. — Fique entre os cantos do espelho. Você deve ver a vista lateral também.

Ele parou porque estava com medo. Uma criatura curvada, algo parecido com um esqueleto de cor cinza estava se aproximando dele. Sua aparência real era assustadora e não apenas o fato de que sabia que era ele mesmo. Ele se aproximou do vidro. O rosto da criatura parecia se projetar, por causa de seu porte dobrado. O rosto de um condenado abandonado com uma testa nobre correndo para trás em um couro cabeludo careca, um nariz torto e maçãs do rosto de aspecto maltratado, acima das quais seus olhos eram ferozes e vigilantes. As bochechas estavam vincadas, a boca parecia retraída. Certamente era seu próprio rosto, mas parecia-lhe que tinha mudado mais do que ele mudou por dentro. As emoções que ele registrou seriam diferentes das que ele sentia. Ele estava quase careca. Num primeiro momento, ele pensou que tinha ficado cinza também, mas era apenas o couro cabeludo que estava cinza. Exceto pelas mãos e um círculo em seu rosto, seu corpo estava todo cinza com a sujeira antiga e enraizada. Aqui e ali debaixo da sujeira, havia cicatrizes vermelhas de feridas e, perto do tornozelo, a úlcera varicosa era uma massa inflamada com escamas de pele. Mas, realmente assustador foi o emagrecimento do corpo. O cano das costelas era tão estreito quanto o de um esqueleto; as pernas encolheram de modo que os joelhos ficaram mais grossos do que as coxas. Ele viu agora o que O'Brien quis dizer sobre ter a visão lateral. A curvatura da espinha era surpreendente. Os ombros magros estavam curvados para a frente de modo a fazer uma cavidade no peito, o pescoço magro parecia estar dobrando-se duas vezes sob o peso do crânio. Achou que era o corpo de um homem de sessenta anos, sofrendo de alguma doença maligna.

— Você já pensou algumas vezes — disse O'Brien — que meu rosto — o rosto de um membro da Cúpula do Partido — parece velho e desgastado. O que você acha do seu próprio rosto?

Ele agarrou o ombro de Winston e o girou de modo que ficaram frente a frente.

— Olhe a condição em que você está! — disse ele. — Veja essa sujeira imunda por todo o corpo. Olhe para a sujeira entre seus dedos do pé. Olhe para aquela ferida nojenta na perna.

Você sabe que cheira como uma cabra? Provavelmente, você tenha deixado de notar. Olhe para sua emagrecimento. Você vê? Eu poderia fazer meu polegar e indicador se encontrarem em volta do seu bíceps. Eu poderia quebrar seu pescoço como uma cenoura. Você sabe que perdeu vinte e cinco quilos desde que caiu em nossas mãos? Até mesmo seu cabelo está caindo aos tufos. Veja! — Ele puxou a cabeça de Winston e arrancou um tufo de cabelo. — Abra sua boca. Restam nove, dez, onze dentes. Quantos fios de cabelo você tinha quando chegou até aqui? E os poucos que lhe sobraram estão caindo de sua cabeça. Olhe!

Ele agarrou um dos dentes da frente restantes de Winston entre o polegar e o indicador poderosamente. Uma pontada de dor lancinante se projetou na mandíbula de Winston. O'Brien havia torcido o dente solto pela raiz. Ele o jogou na cela.

— Você está apodrecendo — disse ele. — Está caindo aos pedaços. O que você é? Um saco de sujeira. Agora, vire-se e olhe para aquele espelho de novo. Vê aquela coisa à sua frente? Esse é o último homem. Se você é humano, isso é humanidade. Agora vista-se.

Winston começou a se vestir com movimentos lentos e rígidos. Até então, ele não parecia ter notado quão magro e fraco estava. Apenas um pensamento surgiu em sua mente: que ele deveria ter ficado naquele lugar muito mais tempo do que imaginava. Então, de repente, enquanto vestia os trapos miseráveis em torno de si, um sentimento de pena por seu corpo arruinado o dominou. Desabou em um pequeno banquinho que ficou ao lado da cama e começou a chorar. Ele estava ciente de sua feiura, da sua falta de graça, um monte de ossos embaixo de roupas imundas chorando sob a forte luz branca, mas não conseguia se conter. O'Brien colocou a mão em seu ombro, quase gentilmente.

— Não vai durar para sempre — disse ele. — Pode escapar disso sempre que você escolher. Tudo depende de você.

— Você conseguiu! — soluçou Winston. — Você me reduziu a esse estado.

— Não, Winston, você se reduziu a isso. Isso é o que você aceitou quando se posicionou contra o Partido. Tudo isso estava contido naquele primeiro ato. Nada aconteceu sem que você tivesse previsto.

Ele fez uma pausa e continuou:

— Nós vencemos você, Winston. Nós separamos você. Viu como está o seu corpo. Sua mente está no mesmo estado. Eu não acho que possa haver muito orgulho sobrando em você. Você foi chutado, açoitado e insultado, gritou de dor, rolou no chão em seu próprio sangue e vômito. Você choramingou por misericórdia, traiu tudo e todos. Pode pensar em uma única degradação que não tenha acontecido a você?

Winston havia parado de chorar, embora as lágrimas estivessem ainda escorrendo de seus olhos. Olhou para O'Brien.

— Eu não traí Julia — disse ele.

O'Brien o encarou, reflexivo.

— Não — disse ele. — Isso é verdade. Você não traiu Julia.

A veneração peculiar por O'Brien, que nada parecia capaz de destruir, inundou o coração de Winston outra vez. Quão inteligente, pensou ele, quão inteligente! O'Brien nunca deixaria de entender o que foi dito a ele. Qualquer outra pessoa na Terra teria respondido prontamente que ele HAVIA TRAÍDO Julia. Por tudo que eles haviam feito ferrando-o sob a tortura? Ele havia contado tudo sobre o que sabia sobre ela, seus hábitos, seu caráter, sua vida passada; confessou nos detalhes mais triviais tudo que havia acontecido em suas reuniões, tudo o que disse a ela e ela para ele, suas refeições no mercado negro, seus adultérios, suas vagas conspirações contra o Partido — tudo. E ainda, no sentido em que pretendia a palavra, ele não a tinha traído. Ele não tinha deixado de amá-la; seus sentimentos em relação a ela permaneceram os mesmos. O'Brien tinha entendido o que ele quis dizer sem a necessidade de explicação.

— Diga-me — disse ele. — Quando vão atirar em mim?

— Pode levar muito tempo — disse O'Brien. — Você é um caso difícil. Mas não perca a esperança. Todo mundo estará curado mais cedo ou mais tarde. No final, vamos atirar em você.

CAPÍTULO 4

Ele estava muito melhor. Estava ficando mais gordo e mais forte todos os dias, se fosse apropriado falar de dias.

A luz branca e o zumbido eram os mesmos de sempre, mas a cela era um pouco mais confortável do que as outras onde tinha estado. Havia um travesseiro, um colchão, uma cama de tábuas e um banquinho para se sentar. Deram a ele um banho e permitiam que se lavasse com bastante frequência em uma bacia de estanho. Eles até lhe deram água quente para se lavar com certa frequência. Deram a ele roupas de baixo novas e um conjunto limpo de macacão. Haviam curado sua úlcera varicosa com uma pomada calmante. Arrancaram os restos de seus dentes e lhe deram um conjunto de dentaduras novas.

Semanas ou meses deviam ter se passado. Teria sido possível agora manter a conta da passagem do tempo, se ele tivesse sentido algum interesse em fazê-lo, uma vez que estava sendo alimentado no que pareciam ser intervalos regulares. Ele estava comendo, julgou, três refeições nas vinte e quatro horas do dia; às vezes, ele se perguntava vagamente se as estava obtendo de noite ou de dia. A comida era surpreendentemente boa, com carne a cada três refeições. E, em uma vez, recebia até um maço de cigarros. Ele não recebia fósforo, mas o guarda silencioso que trazia sua comida lhe dava fogo. A primeira vez que tentou fumar, o cigarro o deixou enjoado, mas ele perseverou guardando o pacote por muito tempo, fumando meio cigarro após cada refeição.

Tinham dado a ele uma lousa branca com um toco de lápis amarrado ao canto. A princípio, não fez uso deles. Mesmo quando estava acordado, se sentia completamente entorpecido. Com frequência, entre uma refeição e outra, ele se deitava sem se mexer, às vezes dormindo, às vezes acordando em vagos devaneios nos quais era muito trabalhoso abrir os olhos. Havia se acostumado a dormir com uma luz forte no rosto. Parecendo não fazer mais diferença, exceto que seus sonhos eram mais coerentes. Sonhou muito durante todo esse tempo e sempre eram sonhos felizes. Ele estava na Terra Dourada, estava sentado entre enormes gloriosas, ensolaradas ruínas, com sua mãe, com Julia, com O'Brien — sem fazer nada, apenas sentado ao sol, falando de coisas pacíficas. Os pensamentos que tinha quando estava acordado eram principalmente sobre seus sonhos. Ele parecia ter perdido o poder do esforço intelectual, agora que o estímulo da dor tinha sido removido. Não estava entediado, não tinha desejo de conversa ou distração. Apenas queria ficar sozinho, não ser espancado ou questionado, ter o suficiente para comer e estar completamente limpo, isso era completamente satisfatório.

Aos poucos, permaneceu menos tempo dormindo, mas ainda assim não sentia nenhum impulso de sair da cama. Tudo o que ele queria era deitar-se em calma e sentir a força se acumulando em seu corpo. Ele se apalpava aqui e ali, tentando ter certeza de que não era uma ilusão de que seus músculos estavam ficando mais redondos e sua pele mais rígida. Finalmente, não lhe restou mais dúvida de que ele estivesse ficando mais gordo; suas coxas estavam definitivamente mais grossas que seus joelhos. Depois disso, com relutância inicial, ele começou a se exercitar regularmente. Dentre de pouco tempo, ele poderia caminhar uma distância três quilômetros, medidos pelo tamanho da cela, e seus ombros curvados estavam ficando mais retos. Tentou exercícios mais elaborados e ficou surpreso e humilhado por descobrir que não podia fazer certas coisas. Ele não poderia sair em uma caminhada, não conseguia segurar seu banquinho fora do comprimento do seu braço e não conseguia ficar em uma perna só sem cair. Ele agachou-se sobre os calcanhares e descobriu com isso dores agonizantes na coxa e panturrilha, só conseguia se levantar para ficar numa posição ereta. Deitou-se de bruços e tentou levantar seu peso com as mãos. Não havia esperança, ele não podia levantar-se um centímetro. Mas, depois de mais alguns dias, algumas horas após as refeições — até mesmo essa façanha foi realizada. Chegou um tempo quando ele podia fazer isso umas seis vezes consecutivas. Ele começou a ficar realmente orgulhoso de seu corpo e a nutrir uma crença intermitente de que seu rosto também estava voltando ao normal. Só quando ele teve a chance de colocar a mão no couro cabeludo careca, se lembrou do rosto marcado e arruinado que o fitou no espelho.

Sua mente ficou mais ativa. Ele se sentou na prancha da cama, com as costas contra a parede e a lousa sobre os joelhos, e começou a trabalhar deliberadamente na tarefa de se reeducar.

Havia se rendido, isso era certo. Na realidade, como ele estava agora, estava pronto para se render muito antes de ter tomado a decisão. A partir do momento em que estava dentro do Ministério do Amor — e sim, mesmo durante aqueles minutos quando ele e Julia ficaram indefesos enquanto a voz de ferro da teletela disse-lhes o que fazer, ele tinha entendido a frivolidade, a superficialidade de sua tentativa de se colocar contra o poder do Partido. Sabia agora que, por sete anos, a Polícia do Pensamento o observava como um besouro sob uma lente de aumento. Não houve ato físico, nenhuma palavra pronunciada em alta voz que eles não tivessem notado, nenhum tipo de pensamento que eles não tivessem sido capazes de inferir. Até a partícula de poeira esbranquiçada na capa de seu diário, eles a substituíram cuidadosamente. Haviam tocado trilhas sonoras para ele, mostrado a ele fotografias. Algumas delas eram fotos de Julia e dele mesmo. Sim, e mesmo... Ele não poderia lutar mais contra o Partido. Além disso, o Partido tinha razão. Deve ser assim; como poderia o cérebro coletivo imortal estar enganado? Por qual padrão externo você poderia verificar seus julgamentos? A sanidade era estatística. Era apenas uma questão de aprender a pensar como eles pensaram. Somente isso...!

O lápis parecia grosso e estranho em seus dedos. Ele começou a escrever os pensamentos que lhe ocorreram. Escreveu primeiro em grandes letras maiúsculas desajeitadas:

LIBERDADE É ESCRAVIDÃO

Então, quase sem uma pausa, ele escreveu abaixo:

DOIS E DOIS SÃO CINCO

Mas, então, veio uma espécie de indagação. Sua mente, como se evitando algo, parecia incapaz de se concentrar. Ele sabia, sabia o que viria a seguir, mas no momento não conseguia se lembrar. Quando se lembrou, foi apenas raciocinando conscientemente o que deveria ser e não vindo por conta própria. Escreveu:

DEUS É PODER

Ele aceitou tudo. O passado era alterável. O passado nunca foi alterado. A Oceania estava em guerra com a Lestásia. A Oceania sempre esteve em guerra com a Lestásia. Jones, Aaronson e Rutherford foram culpados dos crimes que cometeram. Ele nunca tinha visto a fotografia que refutava suas culpas. Nunca existiu, ele a inventou. Ele se atentou a lembrar de coisas contrárias, mas aquelas eram falsas memórias, produtos de autoengano. Como tudo era fácil! Apenas se rendam e tudo o mais se seguirá. Isso foi como nadar contra uma corrente que o puxava para trás e, por mais que tenha lutado, de repente, decidiu dar meia volta e seguir a corrente em vez de se opor a ela. Nada mudou, exceto sua própria atitude; a coisa predestinada aconteceu de qualquer maneira. Ele mal sabia por que tinha se rebelado. Tudo foi fácil, exceto...!

Qualquer coisa poderia ser verdade. As chamadas leis da natureza eram absurdas. A lei da gravidade era um absurdo. "Se eu quisesse", dissera O'Brien, "eu poderia flutuar neste chão como uma bolha de sabão". Winston descobriu. "Se ele ACHA que consegue flutuar do chão e se eu, simultaneamente, PENSAR que o vejo fazendo isso, então a coisa acontece." De repente, como destroços submersos rompendo a superfície da água, o pensamento explodiu em sua mente: "Isso não acontece realmente. Nós imaginamos. É alucinação". Ele reprimiu o pensamento instantaneamente. A falácia era óbvia. Ele pressupôs que em algum lugar ou outro, fora de si mesmo, havia um mundo "real" onde coisas "reais" aconteceriam. Mas como poderia haver tal mundo? Que conhecimento temos de qualquer coisa, exceto através nossas próprias mentes? Todos os acontecimentos estão na mente. Tanto faz se acontece em todas as mentes, realmente acontece. Ele não teve dificuldade em se livrar da falácia e não corria o risco de sucumbir a ela. Percebeu, no entanto, que isso nunca deveria ter ocorrido a ele. A mente deveria se desenvolver num ponto cego sempre que um pensamento perigoso se apresentasse. O processo deveria ser automático, instintivo. CRIMINTERRUPÇÃO, como era chamado em novafala. Ele começou a trabalhar para se exercitar no CRIMINTERRUPÇÃO. Ele se apresentou com propostas — "O Partido diz que a Terra é plana", "O Partido diz que o gelo é mais pesado que a água" — e treinava para não ver ou não compreender os argumentos que as contradiziam. Não foi fácil. Precisava de uma grande capacidade de raciocínio e improvisação. Os problemas aritméticos levantados, por exemplo, por tal declaração como "dois mais dois são cinco" estavam além de sua capacidade intelectual. Também precisava de uma espécie de atletismo mental, uma habilidade para fazer o uso mais delicado da lógica e, no próximo momento, estar inconsciente dos erros lógicos mais cruéis. A estupidez era tão necessária quanto a inteligência tão difícil de atingir.

O tempo todo, com uma parte de sua mente, ele se perguntava em quanto tempo eles iriam atirar nele. "Tudo depende de você mesmo", O'Brien disse; mas ele sabia que não havia ato consciente pelo qual pudesse trazê-lo para mais perto. Poderia ser daqui a dez minutos, ou dez anos. Eles poderiam mantê-lo por anos em confinamento solitário, poderiam enviá-lo para um campo de trabalho forçado, poderiam soltá-lo por um tempo, assim como às vezes faziam. Tudo seria perfeitamente possível antes que todo drama de sua prisão e interrogatório fossem promulgados. A única coisa certa era que a morte nunca viria no momento esperado. A tradição — a tradição tácita: de alguma forma, você sabia, embora nunca tenha ouvido dizer — é que atirariam em você pelas costas; sempre na nuca, sem avisar, enquanto você caminhava por um corredor de cela em cela.

Um dia — mas "um dia" não era a expressão certa; somente como provável no meio da noite, uma vez, ele caiu em um devaneio estranho e feliz. Ele estava andando pelo corredor, esperando pela bala. Ele sabia que aconteceria em outro momento. Tudo fora resolvido, fora mudado, reconciliado. Não havia mais dúvidas, não havia mais discussões, não havia mais dor, não havia mais medo. Seu corpo estava saudável e forte. Ele caminhava com facilidade, com uma alegria de movimento e com a sensação de estar caminhando sob a luz do sol. Ele não estava mais nos estreitos corredores brancos do Ministério do Amor, estava na enorme passagem iluminada pelo sol, com um quilômetro de largura, para baixo do que ele parecia andar no delírio induzido por drogas. Estava na Terra Dourada, seguindo a trilha através do antigo pasto cultivado por coelhos. Ele podia sentir a grama curta e elástica sob seus pés e o sol suave em seu rosto. Na borda do campo estavam os olmos, ligeiramente se mexendo e, em algum lugar além disso, estava o riacho onde os lambaris jaziam nas poças verdes sob os salgueiros.

De repente, começou um choque de horror. O suor brotou em sua coluna. Ele tinha se ouvido chorar em voz alta:

— Julia! Julia! Julia, meu amor! Julia!

Por um momento, ele teve uma alucinação avassaladora de sua presença. Ela parecia não estar apenas com ele, mas dentro dele. Era como se ela tivesse entrado na textura de sua pele. Naquele momento, ele a amou muito mais do que já tinha feito quando estavam juntos e livres. Além disso, ele sabia que em algum lugar ou outro ela ainda estava viva e precisava de sua ajuda.

Ele se deitou na cama e tentou se recompor. O que ele fez? Quantos anos ele adicionou ao seu tempo de servidão por aquele momento de fraqueza?

Em outro momento, ele ouviria o barulho de botas do lado de fora. Eles não podiam deixar tal explosão ficar impune. Eles saberiam agora, se não soubessem antes, que ele estava quebrando o acordo que fizera com eles. Ele obedecia ao Partido, mas ainda odiava o Partido. Nos velhos dias, ele escondeu uma mente herética sob uma aparência de conformidade. Agora, ele havia recuado um passo: na mente, ele se rendeu, mas esperava manter o interior do coração inviolado. Ele sabia que estava errado, mas preferia estar errado. Eles entenderiam que — O'Brien entenderia. Foi tudo confessado naquele único grito tolo.

Ele teria que começar tudo de novo. Isso poderia levar anos. Ele passou a mão sobre seu rosto, tentando se familiarizar com a nova forma. Havia sulcos profundos nas bochechas, as maçãs do rosto pareciam pontiagudas, o nariz achatado. Além disso, desde que havia se visto pela última vez no espelho, ele recebeu uma avaliação completa e um novo conjunto de dentes. Não era fácil preservar a inescrutabilidade quando você não sabia como era o seu rosto. De qualquer forma, o mero controle dos recursos não foi suficiente.

Pois ele percebeu pela primeira vez que, se você quer manter um segredo, também deve escondê-lo de si mesmo. Você deve conhecer todos enquanto estiverem lá, mas até que seja necessário, nunca deve deixar emergir em sua consciência em qualquer forma que pudesse receber um nome. De agora em diante, ele não deveria apenas pensar direito; ele deveria se sentir bem, sonhar bem. E o tempo todo, ele deveria manter seu ódio trancado dentro dele como uma bola de matéria que era parte de si mesmo e ainda não conectada com o resto dele, uma espécie de cisto.

Um dia eles decidiriam atirar nele. Não poderia dizer quando isso aconteceria, mas poderia, em alguns segundos antes, adivinhar. Seria sempre por trás, andando por um corredor. Dez segundos seriam suficientes. Naquela hora, o mundo dentro dele poderia se revirar. E depois, de repente, sem uma palavra pronunciada, sem nenhuma verificação em seu passo, sem a mudança de uma linha em seu rosto, a camuflagem cairia e bang! Surgiriam baterias de seu ódio. O ódio o encheria como uma enorme chama rugindo. E, quase no mesmo instante, bang! Iria em frente, muito tarde ou muito cedo. Eles teriam explodido seu cérebro em pedaços antes que eles pudessem recuperá-lo. O pensamento herético ficaria impune, sem arrependimento, fora de seu alcance para sempre. Morrer odiando-os, isso sim era liberdade.

Ele fechou os olhos. Foi mais difícil do que aceitar uma disciplina intelectual. Era uma questão de degradar-se a si mesmo, mutilando-se. Ele teve que mergulhar no mais imundo de sujeira. Qual foi a coisa mais horrível e doentia de tudo? Ele pensou no Grande Irmão. O rosto enorme (por vê-lo constantemente em pôsteres, ele sempre pensou nele como tendo um metro de largura), com seu bigode preto pesado, olhos que o seguiam para lá e para cá pareciam flutuar em sua mente por conta própria. Quais eram seus verdadeiros sentimentos para o Grande Irmão?

Houve um barulho pesado de botas na passagem. A porta de aço se abriu com um estrondo. O'Brien entrou na cela. Atrás dele estavam o oficial de rosto de cera e os guardas de uniforme preto.

— Levante-se — disse O'Brien. — Venha aqui.

Winston ficou em frente a ele. O'Brien pegou os ombros de Winston entre suas mãos fortes e olhou para ele de perto.

— Você teve pensamentos de enganação — disse ele. — Que estúpido. Fique mais ereto. Olhe na minha cara.

Ele fez uma pausa e continuou em um tom mais gentil:

— Você está melhorando. Intelectualmente, há muito pouco erro com você. É apenas emocionalmente que você falhou para fazer progresso. Diga-me, Winston, e, lembre-se, nada de mentiras: você sabe que sempre sou capaz de detectar uma mentira. Diga-me, quais são seus verdadeiros sentimentos em relação ao Grande Irmão?

— Eu o odeio.

— Você o odeia. Boa. Então chegou a hora de você dar o terceiro e último passo. Você deve amar o Grande Irmão. Não é suficiente obedecê-lo; você deve amá-lo.

Ele soltou Winston com um pequeno empurrão em direção aos guardas.

— Sala 101 — disse ele.

CAPÍTULO 5

Em cada estágio de sua prisão, ele conhecia, ou parecia saber onde tudo se localizava no prédio sem janelas. Possivelmente, havia pequenas diferenças na pressão do ar. As celas onde os guardas o espancaram estavam abaixo do nível do solo. A sala onde ele foi interrogado por O'Brien ficava no alto, perto do telhado. Este lugar era muitos metros abaixo da terra, o mais fundo possível que se podia ir.

Era maior do que a maioria das celas em que ele tinha estado. Mas mal percebeu seus arredores. Tudo o que percebeu foi que havia duas mesinhas bem à sua frente, cada qual coberta com uma baeta verde. Uma estava a apenas um ou dois metros dele, a outra estava mais longe, perto da porta. Ele foi amarrado na vertical a uma cadeira, tão firmemente que não conseguia se mover, nem mesmo sua cabeça. Uma espécie de bloco segurava sua cabeça por trás, forçando-o a olhar para a frente.

Por um momento ele ficou sozinho, então a porta se abriu e O'Brien entrou.

— Você me perguntou uma vez — disse O'Brien — o que havia na sala 101. Eu disse que você já sabia a resposta. Todos sabem disso. O que há na sala 101 é a pior coisa no mundo.

A porta se abriu novamente. Um guarda entrou, carregando alguma coisa feita de arame, uma caixa ou cesta. Ele a colocou na outra mesa. Por causa da posição na qual O'Brien estava, de pé, Winston não conseguia ver o que a coisa era.

— A pior coisa do mundo — disse O'Brien — varia de indivíduo para indivíduo. Pode ser sepultamento vivo, ou morte por fogo, ou por afogamento, ou por empalamento, ou cinquenta outras mortes. Há casos em que é algo bastante trivial, nem mesmo fatal.

Ele havia se movido um pouco para o lado, de modo que Winston teve uma melhor visão da coisa sobre a mesa. Era uma gaiola com um fio oblongo e uma alça na parte superior para transporte. Fixado na frente estava algo que parecia uma máscara de esgrima, com o lado côncavo para fora. Embora estivesse a três ou quatro metros de distância, ele podia ver que a gaiola estava dividida longitudinalmente em dois compartimentos e que lá havia algum tipo de criatura em cada um deles. E as criaturas eram ratos.

— No seu caso — disse O'Brien —, a pior coisa do mundo são ratos. — Uma espécie de tremor premonitório, um medo de que ele não tinha certeza do que era passou por Winston, no momento em que deu seu primeiro vislumbre na gaiola. Nesse momento, o significado do acessório semelhante a uma máscara, de repente, o afundou. Suas entranhas pareceram se diluir em água.

— Você não pode fazer isso! — Ele gritou com uma voz alta e rachada. — Você não pode, não pode! É impossível.

— Você se lembra — disse O'Brien — do momento de pânico que costumava ocorrer em seus sonhos? Havia uma parede de escuridão à sua frente e um som estrondoso em seus ouvidos. Havia algo terrível do outro lado da parede. Você sabia, sabia o que era, mas não ousava trazer à tona. Eram os ratos que estavam do outro lado da parede.

— O'Brien! — disse Winston, fazendo um esforço para controlar sua voz. — Você sabe que isso não é necessário. O que é que você quer que eu faça?

O'Brien não respondeu diretamente. Quando ele falou, foi com o ar professoral com que ele às vezes se expressava. Ele olhou pensativo a distância, como se estivesse se dirigindo a um público pelas costas de Winston.

— Por si só — disse ele — a dor nem sempre é suficiente. Lá estão ocasiões em que um ser humano se destacará contra a dor, até o ponto de morrer. Mas para todos existe algo insuportável, algo que não pode ser contemplado. Coragem e covardia não têm a ver com isso. Se vocês estão caindo de uma altura, não é covardia agarrar-se a uma corda. Se você saiu de águas profundas, não é covardia encher os pulmões de ar. É apenas um instinto que não pode ser destruído. É o mesmo com os ratos. Para você, eles são insuportáveis. Eles são uma forma de pressão a que você não pode resistir, mesmo que você queira. Você vai fazer o que é exigido de você.

— Mas o que é? O que é? Como posso fazer isso se não sei o que é?

O'Brien pegou a gaiola e trouxe-a para a mesa mais próxima. Ele a pousou cuidadosamente no pano de baeta. Winston podia ouvir o sangue cantando em seus ouvidos. Ele teve a sensação de estar sentado em total solidão. Ele estava no meio de uma grande planície vazia, um deserto plano banhado pela luz do sol, através do qual todos os sons vinham de distâncias imensas. No entanto, a gaiola com os ratos não estava a dois metros de distância dele. E eram ratos enormes. Eles eram de idade adulta, quando o focinho torna-se contundente e feroz e a pele fica marrom em vez de cinza.

— O rato — disse O'Brien, ainda se dirigindo a seu público invisível —, embora seja um roedor, é carnívoro. Você está ciente disso. Você deve ter ouvido falar das coisas que acontecem nos bairros pobres desta cidade. Em algumas ruas, uma mulher não ousa deixar seu bebê sozinho em casa, nem mesmo por cinco minutos. Os ratos certamente o atacariam. Dentro de pouco tempo, rasgariam até os ossos. Eles também atacam pessoas doentes ou moribundas. Eles mostram uma inteligência surpreendente em saber quando um ser humano está indefeso.

Houve uma explosão de guinchos vindos da gaiola. Pareceu alcançar Winston ao longe. Os ratos estavam lutando; estavam tentando chegar um até o outro pela divisória. Ele ouviu um gemido profundo de desespero. Isso também parecia vir de fora de si mesmo.

O'Brien pegou a gaiola e, ao fazê-lo, pressionou algo nela. Houve um clique agudo. Winston fez um esforço frenético para se soltar da cadeira, sem esperança; cada parte dele, até mesmo sua cabeça, era mantida imóvel. O'Brien aproximou a gaiola. A menos de um metro do rosto de Winston.

— Pressionei a primeira alavanca — disse O'Brien. — Você entende a construção desta gaiola. A máscara vai se amoldar perfeitamente em sua cabeça, sem deixar saída. Quando eu pressionar esta outra alavanca, a porta da gaiola deslizará para cima. Esses brutos famintos vão se atirar como se fossem balas. Você já viu um rato pular pelo ar? Eles pularão imediatamente em seu rosto e o aborrecerão. Às vezes, eles atacam os olhos primeiro. Às vezes, eles se enterram nas bochechas e devoram a língua.

A gaiola estava mais perto; estava se aproximando. Winston ouviu uma sucessão de gritos estridentes que pareciam estar ocorrendo acima de sua cabeça. Mas ele lutava furiosamente contra seu pânico. Pensar, pensar, mesmo que por uma fração de segundo — era a única esperança. De repente, o odor fétido de mofo dos brutos animais bateu em suas narinas. Houve uma violenta convulsão de náusea dentro dele e ele quase perdeu a consciência. Tudo ficou preto. Por um instante ele ficou louco, um animal gritando. No entanto, ele saiu da escuridão segurando-se a uma ideia. Havia uma e apenas uma maneira de se salvar. Ele deveria interpor outro ser humano, o CORPO de outro ser humano, entre ele e os ratos.

O círculo da máscara era grande o suficiente agora para bloquear a visão de qualquer outra coisa. A porta de arame estava a um par de palmos de seu rosto. Os ratos sabiam o que estava por vir. Um deles estava pulando para cima e para baixo, o outro, um velho avô escamoso dos esgotos, levantou-se, com suas mãos rosa contra as barras, e cheirou o ar ferozmente. Winston podia ver os bigodes e os dentes amarelos. De novo, o pânico tenebroso tomou conta dele. Ele estava cego, indefeso, paralisado.

— Era uma punição comum na China Imperial — disse O'Brien, didático como sempre. A máscara estava fechada em seu rosto. O fio roçou sua bochecha. E, então... não, não era alívio, apenas esperança, um pequeno fragmento de esperança. Tarde demais, talvez tarde demais. Mas ele tinha subitamente entendido que no mundo inteiro havia apenas UMA pessoa a quem ele poderia transferir sua punição — UM corpo que ele poderia colocar entre ele e os ratos. E ele gritava, freneticamente, sem parar.

— Faça isso com Julia! Faça isso com Julia! Eu não! Julia! Eu não me importo com o que vocês farão com ela. Rasguem o rosto dela, arranquem até os seus ossos. Eu não! Julia! Eu não!

Ele estava caindo para trás, em uma profundidade enorme, longe dos ratos. Ainda estava amarrado à cadeira, mas tinha caído pelo chão, pelas paredes do edifício, pela terra, pelos oceanos, pela atmosfera, no espaço sideral, nos abismos entre as estrelas — sempre longe, longe, longe dos ratos. Estava a anos-luz de distância, mas O'Brien ainda estava a seu lado. Ainda havia o toque frio do arame em sua bochecha. Mas, através da escuridão que o envolveu, ele ouviu outro clique metálico e soube que a porta da gaiola havia sido fechada e não aberta.

CAPÍTULO 6

O Café Castanheira estava praticamente vazio. Um raio de sol inclinando-se por uma janela iluminava o tampo empoeirado das mesas. Era a hora solitária das quinze. Uma música bem baixa vinha das teletelas.

Winston sentou-se em seu canto usual, olhando para um copo vazio. De quando em quando, ele olhava para um rosto imenso, que o observava da parede oposta. "O GRANDE IRMÃO está observando você", dizia a legenda. Sem ser chamado, um garçom veio e completou seu copo com gim Vitória, chacoalhando nele algumas gotas de uma outra garrafa com um tubinho na rolha. Era sacarina com sabor de cravo, a especialidade do café.

Winston ouvia o que vinha da teletela. No momento, apenas música vinha dela, mas havia a possibilidade de um boletim especial do Ministério da Paz a qualquer momento. As notícias do fronte africano eram perturbadoras ao extremo. De tempos em tempos ao longo do dia, ele se preocupava com isso. Uma tropa eurasiana (a Oceania estava em guerra com a Eurásia, na verdade, ela sempre esteve em guerra com a Eurásia) se movia rumo ao sul com uma velocidade terrível. O boletim do meio-dia não havia mencionado uma área definida, mas era provável que a foz do Congo já fosse um campo de batalha. Brazzaville e Leopoldville estavam em perigo. Era desnecessário olhar para o mapa para entender o que isso significava. Não era uma mera questão de perder a África Central: pela primeira vez durante toda a guerra, o território da Oceania em si estava ameaçado.

Uma comoção violenta, não necessariamente medo, mas uma espécie de excitação indiferenciada, acendeu-se nele, apagando-se a seguir. Ele parou de pensar sobre a guerra. Nesses dias, ele não conseguia fixar sua mente em qualquer tema por mais do que alguns momentos. Ele pegou seu copo e o sorveu com um só gole. Como de costume, o gim o fez estremecer e até golfar levemente. Aquilo era horrível. Os cravos e a sacarina, terríveis o bastante e de uma maneira doentia, não conseguiam disfarçar o odor oleoso e raso; e, o pior de tudo, era que o odor do gim, que convivia com ele noite e dia, estava inextricavelmente misturado em sua mente com o odor dos...

Ele nunca lhes dava um nome, nem mesmo em seus pensamentos e, ainda que fosse possível, nunca os visualizava. Eram algo sobre o que ele tinha alguma ciência, ao redor de seu rosto, um odor que ficou preso às suas narinas. Com o gim subindo e fazendo efeito, ele arrotou por seus lábios roxos. Ele havia ganho peso desde sua soltura, recuperando sua cor antiga — de fato, mais do que isso. Suas feições se engrossaram, a pele no nariz e nos ossos da bochecha estava grosseiramente vermelha, até mesmo o escalpo careca estava bem rosado. Um garçom, novamente sem ser chamado, trouxe um tabuleiro de xadrez e a edição corrente do *The Times,* com a página virada no problema de xadrez. E, vendo que o copo de Winston estava vazio, trouxe a garrafa de gim e o completou. Não havia necessidade para dar ordens. Eles sabiam seus hábitos. O tabuleiro estava sempre à sua espera, sua mesa no canto estava sempre reservada, mesmo quando o lugar estava cheio, ele a tinha para si, já que ninguém se importava em se sentar próximo dele. Ele nem se incomodava em contar suas bebidas. Em intervalos irregulares, eles lhe traziam um canhoto que diziam ser a conta, mas ele tinha a impressão de que nunca lhe cobravam o devido. Não teria feito diferença, caso tivessem feito o contrário. Ele estava sempre com muito dinheiro nos últimos tempos. Tinha até um emprego, uma sinecura, mais bem pago do que seu antigo trabalho.

A música vinda da teletela parou, e uma voz sobressaiu. Winston levantou a cabeça para ouvir. Nenhum boletim do fronte, no entanto. Foi nada mais do que um breve anúncio do Ministério da Fartura. No trimestre anterior, aparentemente, a cota de cadarços do Décimo Plano de Três Anos havia sido superada em noventa e oito por cento.

Ele examinou o problema de xadrez e organizou as peças. Ele tinha um fim complicado, envolvendo um par de cavalos. "Brancas a jogar e xeque-mate em dois lances". Winston olhou para o retrato do GRANDE IRMÃO. As brancas sempre dão xeque-mate, ele pensou, num misticismo nebuloso. Sempre, sem exceção, é uma armação. Em nenhum problema de xadrez, desde o início, as pretas jamais ganharam. Isso não simboliza o triunfo eterno e invariável do Bem sobre o Mal? O rosto enorme olhou de volta para ele, repleto de um poder calmo. As brancas sempre vencem.

A voz da teletela sofreu uma pausa e deu lugar a um tom diferente e muito mais grave:

"Você está avisado de que deve esperar por um importante anúncio às quinze e trinta. Quinze e trinta! Essa notícia é de suma importância. Cuide-se para não perdê-la. Quinze e trinta!".

A música tilintante tornou a soar.

O coração de Winston se agitou. Aquele era o anúncio do fronte, um instinto lhe dizia que notícias ruins estavam vindo. Ao longo do dia, com pequenos surtos de excitação, o pensamento de uma derrota acachapante na África ia e voltava em sua mente. Ele parecia vislumbrar o Exército eurasiano, como um enxame, atravessando a fronteira nunca rompida e caindo na ponta da África como uma coluna de formigas. Por que não fora possível flanqueá-los de alguma forma? O desenho do oeste africano permanecia vivo em sua mente. Ele pegou o cavalo branco e o moveu pelo tabuleiro. AQUELE era o lugar perfeito. Mesmo quando viu a horda negra correndo rumo ao sul, ele viu uma nova força, misteriosamente montada, plantada atrás, cortando as comunicações por terra e mar. Ele sentiu que, ao desejar isso, estava trazendo aquela outra força à existência. Mas era necessário agir rapidamente. Se eles pudessem obter o controle de toda a África, se eles tivessem bases aéreas e submarinas no Cabo, eles poderiam cortar a Oceania em duas. Isso podia significar algo: derrota, fratura, redivisão do mundo, a destruição do Partido! Ele inspirou profundamente. Um misto extraordinário de sentimentos — mas não era exatamente um misto, ao contrário, era uma sucessão de camadas de sentimentos, das quais não se distinguia a que estava mais embaixo — lutava dentro dele.

O espasmo cedeu. Ele pôs o cavalo branco de volta em seu lugar, mas nesse momento ele não se estabeleceu de forma a estudar seriamente o problema de xadrez. Seus pensamentos vagaram. Quase inconscientemente, ele traçou com seu dedo na poeira da mesa:

2 + 2 = 5

"Eles não podem entrar em você", ela disse. Mas eles podiam. "O que acontece com você aqui é PARA SEMPRE", O'Brien dissera. Aquelas eram palavras verdadeiras. Havia coisas, seus próprios atos, a partir das quais você jamais pode se recuperar. Algo havia sido assassinado em seu peito; queimado, cauterizado.

Ele a tinha visto, tinha falado com ela até. Não havia perigo nisso. Ele sabia, no entanto, que eles agora não tinham muito interesse no que ele fazia. Ele poderia ter arranjado um segundo encontro com ela se ambos quisessem. Na verdade, foi por um mero acaso que eles se encontraram. Foi no Parque, em um dia vil e cortante de março, quando a terra parecia ferro, a grama parecia morta e não havia um botão em nenhum lugar, exceto por uns crocos que emergiam para ser destroçados pelo vento. Ele seguia apressado com mãos congeladas e olhos marejados, quando a viu menos de dez metros à sua frente. Ocorreu-lhe que ela havia mudado de uma forma deficiente. Eles quase se cruzaram sem sinalizar, então ele se virou e a seguiu, não tão avidamente. Ele sabia que não havia perigo, ninguém tinha interesse nele. Ela não falou. Ela caminhou de maneira oblíqua pela grama, como se quisesse se livrar dele, até se resignar com o fato de ele estar a seu lado. Nesse instante, eles estavam entre um amontoado de arbustos rasgados e sem folhas, inúteis tanto como esconderijo quanto como proteção contra o vento. Eles pararam. O frio era cortante. O vento uivava pelos galhos e ocupava-se dos eventuais crocos de aparência suja. Ele pôs seu braço em torno da cintura dela.

Não havia teletela, mas deveria haver microfones escondidos; além do mais, eles poderiam ser vistos. Não importava, nada importava. Eles poderiam se deitar no chão e fazer AQUILO se quisessem. Seu corpo congelou horrorizado ao pensar a respeito. Ela não respondeu ao aperto de seu braço — na verdade, ela nem tentou se desvencilhar. Ele sabia agora o que havia mudado nela. Seu rosto estava mais pálido e havia uma longa cicatriz, em parte escondida pelos cabelos, ao longo de sua testa e têmporas, mas não era essa a mudança. Sua cintura havia aumentado e, de uma maneira inusitada, ficara mais rígida. Ele se lembrou de como, em uma ocasião após a explosão de um foguete, tinha ajudado a arrastar um cadáver de umas ruínas e se impressionara não só com o incrível peso daquilo como também com sua rigidez e a dificuldade no manejo, coisas que faziam com que se parecesse mais com uma rocha do que com carne. O corpo dela parecia-se com aquilo. Ocorreu-lhe que a textura de sua pele estava bem diferente do que havia sido antes.

Ele não tentou beijá-la, eles tampouco conversaram. Enquanto eles caminhavam de volta pelo gramado, ela o fitou pela primeira vez. Foi um olhar momentâneo, repleto de desprezo e desgosto. Ele imaginou se era um desgosto vindo do passado ou inspirado por sua cara inchada e pela água que o vento fazia jorrar de seus olhos. Eles se sentaram em duas cadeiras de ferro, lado a lado, mas não tão próximas. Ele notou que ela estava prestes a falar. Ela moveu seu calçado estabanado alguns centímetros e esmagou um galho deliberadamente. Seus pés pareciam ter crescido, mais largos. Ele percebeu.

— Eu traí você — ela disse, corajosamente.

— Eu traí você — ele disse.

Ela desferiu outro olhar de desgosto.

— Às vezes — ela disse —, eles ameaçam você com algo, algo que você não suporta, que não consegue pensar a respeito. E, então, você diz: "Não faça isso comigo, faça com outra pessoa, faça-o assim e assado". E talvez possa fingir, depois, que foi apenas um truque e que você disse apenas para fazê-los parar e que realmente não queria dizer aquilo. Mas isso não era verdade. Quando acontece, você realmente quer dizer isso. Você pensa que não há outra forma de se salvar e está prestes a se safar dessa maneira. Você DESEJA que isso aconteça a outra pessoa. Você não dá a mínima para o sofrimento dela. Você só se importa consigo mesmo.

— Tudo o que importa é você mesma — ele repetiu.

— E, depois daquilo, você não se sente mais a mesma em relação a outra pessoa.

— Não — ele disse —, você não se sente o mesmo.

Eles não pareciam ter mais o que dizer. O vento moldou seus finos sobretudos em seus corpos. Quase de uma vez, ficou embaraçoso sentar-se em silêncio; ademais, estava muito frio para manter-se imóvel. Ela disse algo sobre pegar o metrô e levantou-se para ir.

— Nós devemos nos encontrar de novo — ele disse.

— Sim — ela disse —, nós devemos nos encontrar de novo.

Ele a seguiu irresoluto por uma curta distância, com metade do passo. Eles não se falaram. Ela não tentou se livrar dele, mas andou com uma velocidade tal que evitasse que ele ficasse ao seu lado. Ele mudou de ideia sobre acompanhá-la até a estação do metrô e, subitamente, esse processo de segui-la no frio pareceu sem sentido e insuportável. Ele se sentia acossado por um desejo que não era bem o de fugir de Julia, mas o de retornar ao Café Castanheira, que até então jamais havia se mostrado tão atraente. Ele teve uma visão nostálgica de sua mesa de canto, com o jornal, o tabuleiro e o gim que nunca acabava. Acima de tudo, estaria quente lá. No instante seguinte, não por acidente, ele se permitiu separar-se dela por um pequeno amontoado de pessoas. Ele fez um movimento pouco intencional de reaproximar-se e então, mais devagar, virou-se e seguiu no sentido oposto. Quando ele já havia percorrido cinquenta metros, olhou para trás. A rua não estava tumultuada, mas ele já não conseguia distingui-la. Ela poderia ser qualquer uma das dúzias de figuras apressadas. Talvez seu corpo grosso e endurecido não pudesse mais ser reconhecido pelas costas.

— No momento em que isso acontece — ela disse —, você realmente quer dizer isso. — Ele quis dizer isso. Não o disse a esmo, ele realmente desejou isso. Desejou que ela, e não ele, fosse entregue ao...

Alguma coisa mudou na música que vinha da teletela. Uma nota rachada e zombeteira, uma nota amarela. E, então — talvez não estivesse acontecendo, talvez fosse apenas uma memória tomando uma forma de som — uma voz cantava:

"Sob a castanheira que se espalha
Eu o entreguei e você me entregou..."

As lágrimas jorravam de seus olhos. Um garçom que passava notou que seu copo estava vazio e trouxe na volta a garrafa de gim.

Ele pegou seu copo e o farejou. A coisa ficava não menos, mas muito pior a cada gole que ele bebia. Mas aquilo havia virado o elemento em que ele nadava. Tornara-se sua vida, sua morte e sua ressurreição. Era o gim no qual ele se afundava em estupor todas as noites, e o gim que o reavivava todas as manhãs. Quando ele acordava, raramente antes das onze, com pálpebras grudadas, a boca ardente e costas que pareciam estar quebradas, era impossível sair da horizontal, não fosse pela garrafa e pela xícara colocadas ao lado da cama à noite. Por volta do meio-dia, ele se sentava, com o rosto vidrado, garrafa na mão, ouvindo a teletela. Das quinze até o horário de fechamento, ele era um elemento fixo no Castanheira. Ninguém se importava com o que ele fazia, nenhum assovio o acordava, nenhuma teletela o perturbava. Ocasionalmente, talvez duas vezes por semana, ele ia ao empoeirado e com cara de esquecido escritório do Ministério da Verdade e fazia algum pequeno trabalho, ou o que poderia chamar de trabalho. Ele havia sido nomeado para um subcomitê de um subcomitê que brotara de um dos inúmeros comitês que lidavam com problemas menores advindos da compilação da décima primeira edição do *Dicionário de Novafala*. Eles estavam envolvidos com a produção de algo que se chamava de Relatório Provisório, mas o que relatavam ali ele nunca descobriu de verdade. Era algo relacionado com o problema de vírgulas colocadas dentro ou fora de colchetes. Havia outros quatro no comitê, todos parecidos com ele. Havia dias em que se juntavam e logo se dispersavam, admitindo com franqueza uns aos outros que não havia nada a ser feito. Mas, em outros dias, eles se afundavam no trabalho quase ansiosamente, fazendo um tremendo espetáculo ao entrar com suas minutas e rascunhar longos memorandos que nunca eram concluídos — quando a discussão sobre o que eles estavam supostamente debatendo tomava proporções extraordinariamente envolventes e confusas, com sutis brigas sobre definições, enormes digressões, disputas, ameaças, até apelos à autoridade superior. E, de repente, a vida poderia seguir sem eles, e se sentariam à mesa olhando uns para os outros com olhos extintos, como fantasmas que esmaecem ao cantar do galo.

A teletela silenciou por um momento. Winston ergueu a cabeça. O boletim! Mas não, eles apenas mudaram a música. Ele tinha o mapa da África atrás de suas pálpebras. O movimento dos exércitos era um diagrama: uma seta preta rasgando verticalmente no sentido sul e uma seta branca na horizontal apontando para o leste, através da haste da primeira. Apenas para se reassegurar, ele olhou para o rosto impassível no retrato. Era concebível que a segunda seta pudesse mesmo não existir?

Seu interesse retornou. Ele bebeu outro gole de gim, pegou o cavalo branco e esboçou um movimento. Xeque. Mas era evidente que não era o movimento correto porque...

Sem aviso, uma memória tomou conta de sua mente. Ele viu uma sala iluminada por uma vela, com uma grande cama coberta por uma colcha, e a si mesmo, um menino de uns nove ou dez, sentado no chão, chacoalhando uma coqueteleira de dados, rindo excitadamente. Sua mãe, sentada em direção oposta a ele, também rindo.

Isso foi cerca de um mês antes de sua passagem. Foi um momento de reconciliação, quando a fome persistente em sua barriga havia sido esquecida e seu afeto anterior por ela, temporariamente, reavivado. Ele se lembrava bem do dia, um dia chuvoso e encharcado em que a água escorria pela vidraça e a luz interior era muito fraca para ler. O tédio de duas crianças no quarto escuro e apertado se tornara insuportável. Winston reclamava e resmungava, fazia fúteis demandas por comida, perambulando pelo quarto, tirando tudo do lugar e chutando o rodapé até que os vizinhos batessem na parede, enquanto a criança mais nova chorava sem parar. No fim, sua mãe disse: "Agora fique bonzinho e eu lhe compro um brinquedo. Um brinquedo adorável, você vai amá-lo", e então ela saiu na chuva, para uma pequena loja nas imediações, que abria esporadicamente, e voltou com uma caixa de papelão contendo um jogo de Cobras e Escadas. Ele ainda podia se lembrar do odor do papelão úmido. Era um jogo de péssima qualidade. O tabuleiro estava rachado e os pequenos dados de madeira eram tão mal-acabados que não paravam em pé. Winston olhava para aquela coisa mal-humorado e desinteressado. Então, sua mãe acendeu um pedaço de vela e eles se sentaram no chão para jogar. De súbito, ele ficou tremendamente empolgado, gritando com risadas, com as peças que escalavam esperançosamente as escadas e então voltavam deslizando pelas cobras, quase ao ponto de partida. Eles jogaram oito partidas, vencendo quatro cada um. Sua irmã menor, ainda muito pequena para entender do que se tratava o jogo, estava sentada encostada em uma almofada, rindo porque os outros riam. Passaram a tarde toda felizes, como em sua primeira infância.

Ele sacou a imagem de sua mente. Era uma memória falsa. Ele se via perturbado por falsas memórias, às vezes. Elas não importavam tanto, até que alguém soubesse o que elas eram. Algumas coisas tinham ocorrido, outras não. Ele se voltou para o tabuleiro de xadrez e pegou o cavalo branco de novo. Praticamente no mesmo instante, o cavalo caiu, fazendo um barulho. Ele deu um pulo como se atingido por um alfinete.

Um estridente toque de corneta rasgou o ar. Era o boletim! Vitória! Significava sempre uma vitória quando um soar de corneta precedia as notícias. Uma espécie de comoção elétrica percorreu o café. Até mesmo os garçons se sobressaltaram e aguçaram os ouvidos.

O toque de corneta produziu um enorme ruído. Uma voz já exaltada tagarelava na teletela, mas, assim que começou, foi quase suprimida pelos vivas e hurras do lado de fora. A notícia já havia percorrido as ruas como mágica. O que ele podia escutar da teletela era o suficiente para compreender que tudo aconteceu como ele previra: uma enorme frota marítima secreta atacou repentinamente os flancos do inimigo, a seta branca rasgando a haste da preta. Fragmentos de frases de triunfo ecoavam pela multidão:

"Enorme manobra estratégica... coordenação perfeita... derrota total... meio milhão de prisioneiros... completa desmoralização... controle total da África... trazendo a guerra para a proximidade de seu fim... vitória... maior vitória da história da humanidade... vitória, vitória, vitória!"

Embaixo da mesa, os pés de Winston se moviam convulsivamente. Ele não havia se mexido em seu assento, mas em sua mente ele corria, e corria rápido, celebrando com a multidão do lado de fora, até ficar surdo. Ele olhou novamente para o retrato do Grande Irmão. O colosso que cavalgou o mundo! A rocha contra a qual as hordas da Ásia lutaram em vão! Ele pensou como dez minutos atrás — sim, apenas dez minutos —, ainda havia equívocos em seu coração, dado que ele se perguntava se as notícias do fronte eram de vitória ou de derrota. Ah, foi mais do que um exército eurasiano a perecer! Muito mudara nele desde o primeiro dia no Ministério do Amor, mas a mudança salvadora, final, indispensável, nunca viera, até este momento.

A voz da teletela continuava a despejar seu conto de prisioneiros, saques e massacres, mas os gritos do lado de fora haviam diminuído um pouco. Os garçons voltavam ao trabalho. Um deles se aproximou com a garrafa de gim. Winston, imerso em um sonho abençoado, não prestava atenção enquanto seu copo era enchido. Ele não estava mais correndo ou vibrando. Ele tinha voltado ao Ministério do Amor, com tudo perdoado, sua alma branca como a neve. Ele estava na doca pública, confessando tudo, implicando a todos. Ele caminhava pelo corredor de azulejos brancos, com a sensação de estar caminhando sob a luz do sol, e um guarda armado atrás dele. A tão esperada bala estava entrando em seu cérebro.

Ele fitou o rosto enorme. Levou quarenta anos até que ele entendesse que tipo de sorriso estava escondido por trás do bigode escuro. Ó desentendimento cruel e desnecessário! Ó teimosia, exílio autoimposto do peito amado! Duas lágrimas desceram pelos dois lados de seu nariz. Mas tudo estava certo, a luta havia terminado. Ele vencera a batalha contra si mesmo. Ele amava o Grande Irmão.

FIM

APÊNDICE

Os princípios da novafala*

Novafala era o idioma oficial da Oceania e havia sido planejada para atender às necessidades do socing, ou socialismo inglês. No ano de 1984, não havia quem usasse a novafala como única forma de comunicação, quer falando, quer escrevendo. Os artigos iniciais no *The Times* estavam escritos no idioma, mas isso era uma FAÇANHA que só poderia ser realizada por um especialista. Esperava-se que a novafala substituísse finalmente a velhafala (ou inglês padrão, como deveríamos falar) por volta de 2050. Enquanto ela ganhava terreno paulatinamente, todos os membros do Partido tendiam a usar cada vez mais palavras e construções gramaticais da novafala em seus discursos diários. A versão usada em 1984, e incorporada nas nona e décima edições do *Dicionário de Novafala,* era uma versão provisória e continha diversas palavras arcaicas e construções supérfluas que estavam para ser suprimidas em pouco tempo. É da versão final e perfeita, como ela foi incorporada à décima primeira edição do dicionário, que nós vamos nos ocupar aqui.

O propósito da novafala não era apenas prover um meio de expressão para a visão de mundo e os hábitos mentais próprios dos devotos do socialismo inglês, mas fazer com que todos os outros modos de pensamento se tornassem impossíveis. A intenção era que, quando a novafala fosse adotada de uma vez por todas e a velhafala esquecida, um pensamento herético — ou seja, um pensamento divergente dos princípios do socialismo inglês — fosse literalmente impensável, pelo menos enquanto um pensamento fosse dependente de palavras. Seu vocabulário era construído a fim de obter de forma exata e frequente expressões muito sutis para qualquer significado que um membro do Partido pudesse desejar expressar, ao mesmo tempo excluindo todos os outros significados e também a possibilidade de chegar até eles por métodos indiretos. Isso era em parte feito pela invenção de novas palavras, mas notoriamente pela eliminação de palavras indesejadas, despindo tais palavras de seus significados heterodoxos e, se possível, de todos quais fossem os significados secundários existentes. Um simples exemplo: a palavra LIVRE ainda existia na novafala, mas só poderia ser usada em declarações como "Este cachorro está livre de piolhos" ou "Esse campo está livre de ervas daninhas". Ela não poderia ser usada em seu antigo significado, como em "politicamente livre" ou "intelectualmente livre", uma vez que liberdade política e intelectual não mais existiam nem mesmo como conceitos e, por conseguinte, eram de necessidade anônima. Bem distante da supressão de palavras definidamente heréticas, a redução de vocabulário era considerada como um fim em si, e nenhuma palavra poderia ser dispensada com o que era permitido permanecer. A novafala foi desenhada não para estender, mas para DIMINUIR o alcance do pensamento, e seu propósito era indiretamente assistido pelo corte ao mínimo da escolha de palavras.

A novafala foi fundada a partir da língua inglesa tal como a conhecemos hoje, embora diversas sentenças da novafala, mesmo sem conter palavras recém-criadas, possam ser quase ininteligíveis para um anglófono de nossos dias. As palavras da novafala eram divididas em três classes distintas: vocabulário A, vocabulário B (também chamado de palavras compostas) e vocabulário C. Será mais simples discutir cada classe separadamente, mas as peculiaridades gramaticais da língua podem ser vistas na seção dedicada ao vocabulário A, uma vez que as mesmas regras se aplicam a todas as três categorias.

VOCABULÁRIO A

O vocabulário A consistia de palavras necessárias às ações do cotidiano — para coisas como comer, beber, trabalhar, vestir-se, subir e descer escadas, guiar veículos, jardinar, cozinhar e afins. Era composto em sua quase totalidade de palavras que já possuíam correspondentes, como BATER, CORRER, CÃO, ÁRVORE, AÇÚCAR, CASA, CAMPO — mas, em comparação ao vocabulário do inglês do momento presente, seu número era consideravelmente menor, enquanto seus significados eram mais rigidamente definidos. Todas as ambiguidades e nuances de significado tinham sido removidas dessas palavras. Até onde pudesse ser alcançado, uma palavra da novafala dessa classe era simplesmente um *staccato* expressando UM conceito claramente entendido. Era quase impossível usar o vocabulário A para propósitos literários ou discussões políticas ou filosóficas. Seu intento era expressar pensamentos simples e intencionais, envolvendo usualmente objetos concretos ou ações físicas.

A gramática da novafala tinha duas notórias particularidades. A primeira delas era um intercambiamento quase completo entre diferentes partes do discurso. Qualquer palavra na linguagem (em princípio, isso se aplicou até mesmo a palavras abstratas como SE ou QUANDO) poderia ser usada tanto como verbo, substantivo, adjetivo ou advérbio. Nas formas verbo e substantivo, quando oriundas de uma mesma raiz, nunca havia variação: essa regra em si envolvia a destruição de diversas formas arcaicas. A palavra PENSAMENTO, por exemplo, não existia na novafala.

Seu lugar foi tomado por PENSAR, que funcionava tanto como substantivo quanto como verbo. Nenhum princípio etimológico foi seguido aqui: em alguns casos, o substantivo original foi escolhido e mantido; em outros casos, o verbo. Mesmo quando um substantivo e um verbo de significado parecido não fossem etimologicamente conectados, um ou outro era frequentemente suprimido. Não havia, por exemplo, uma palavra como CORTAR, seu significado era suficientemente coberto pelo substantivo-verbo FACA. Os adjetivos se formavam com o acréscimo do sufixo -OSO ao substantivo-verbo, e advérbios, com o sufixo -MENTE. Assim, por exemplo, VELOCIDADOSO significava "rápido" e VELOCIDADEMENTE significava "depressa". Alguns de nossos adjetivos contemporâneos, tais como BOM, FORTE, GRANDE, PRETO, MACIO, foram mantidos, mas em números totais eles eram bem poucos. Havia pouca necessidade deles, dado que quase todo significado adjetival poderia ser alcançado pela adição de -OSO a um substantivo-verbo. Nenhum dos advérbios hoje existentes foi mantido, exceto alguns já terminados em -MENTE: essa terminação era invariável. A palavra BEM, por exemplo, foi substituída por BOAMENTE.

Mais ainda, qualquer palavra — isso novamente se aplicava, em princípio, a todas as palavras da língua — poderia ser negativada pelo acréscimo dos prefixos NÃO-/IN-/IM-, ou poderia ser intensificada pelo sufixo -MAIS, ou, para uma ênfase ainda maior, usava-se o prefixo DOBROMAIS-. Assim, por exemplo, NÃOFRIO significava "quente", enquanto FRIOMAIS e DOBROMAISFRIO significavam, respectivamente, "muito frio" e "superlativamente frio". Era possível, como no inglês dos dias de hoje, modificar o sentido de quase qualquer palavra com afixos prepositivos como ANTE-, PÓS-, ACIMA-, ABAI-

XO- etc. Por tais métodos, tornou-se possível uma enorme redução do vocabulário. Dada, por exemplo, a palavra BOM, não havia nenhuma necessidade de uma palavra como RUIM, pois o significado necessário era igualmente bem — de fato, melhor — expressado por NÃOBOM. Tudo que se precisava fazer, nos casos em que duas palavras formavam um par natural de opostos, era decidir qual delas seria suprimida. ESCURO, por exemplo, poderia ser substituída por NÃOLUZ, ou LUZ por NÃOESCURO, de acordo com a preferência.

A segunda marca distinta da gramática da novafala era sua regularidade. Sujeita a algumas exceções, mencionadas abaixo, todas as inflexões seguiam as mesmas regras. Assim, em todos os verbos, o pretérito e o particípio passado eram a mesma coisa e terminavam em -DO. O pretérito de ROUBAR era ROUBARDO, o pretérito de PENSAR era PENSARDO, e assim por diante... Todas as formas plurais foram criadas a partir da adição de -S ou -ES, conforme o caso.

As únicas classes de palavras cujas flexões irregulares ainda eram permitidas eram os pronomes relativos e demonstrativos e os verbos auxiliares, que seguiam as regras antigas. Havia também certas irregularidades na formação de palavras oriundas da necessidade de um discurso rápido e fácil. Uma palavra de difícil pronúncia, ou que tinha a possibilidade de ser ouvida incorretamente, era tida, *ipso facto,* como uma palavra ruim: ocasionalmente, então, pelo bem da eufonia, letras adicionais eram incluídas a uma palavra, ou uma formação arcaica era mantida. Mas essa necessidade fez-se sentida, principalmente, na conexão com o vocabulário B. O PORQUÊ de tamanha importância agregada à facilidade de pronúncia será explicado adiante neste ensaio.

VOCABULÁRIO B

O vocabulário B consistia de palavras que haviam sido deliberadamente construídas para propósitos políticos: palavras que não só tinham em todo caso uma implicação política, como também a intenção de impor uma desejável atitude mental sobre a pessoa que as utilizava. Sem um completo entendimento dos princípios do socialismo inglês, era difícil empregar essas palavras corretamente. Em alguns casos, elas poderiam ser traduzidas para a velhafala, ou até mesmo para palavras vindas do vocabulário A, mas isso normalmente demandava uma longa paráfrase e sempre envolvia a perda de algumas conotações. As palavras do vocabulário B eram uma espécie de taquigrafia verbal, frequentemente englobando uma gama de ideias em poucas sílabas e, ao mesmo tempo, mais acuradas e convincentes do que a linguagem comum.

As palavras do vocabulário B eram em todos os casos palavras compostas. (Palavras compostas como FALE-ESCREVA eram obviamente encontradas no vocabulário A, mas essas eram abreviações meramente convenientes e desprovidas de tom especial e ideológico.) Elas consistiam de duas ou mais palavras, ou partes de palavras, justapostas de uma forma facilmente pronunciável. O amálgama resultante era sempre um substantivo-verbo, flexionado de acordo com as regras ordinárias. Eis um simples exemplo: a palavra BOMPENSAR, significa grossamente "ortodoxia", ou, se alguém tiver escolhido seu uso enquanto verbo, "pensar de forma ortodoxa". Ela se flexionava como segue: substantivo-verbo, BOMPENSAR; pretérito e particípio passado, BOMPENSADO; gerúndio, BOMPENSANDO; adjetivo, BOMPENSOSO; advérbio, BOMPENSADAMENTE; substantivo deverbal, BOMPENSADOR.

As palavras do vocabulário B não eram construídas em um plano etimológico. As palavras que foram inventadas poderiam ser qualquer parte de uma fala e poderiam ser colocadas em qualquer ordem e separadas de forma a torná-las de fácil pronúncia ao mesmo tempo que indicariam sua derivação. Na palavra CRIMEPENSAR, por exemplo, PENSAR veio em segundo, enquanto em PENSAPOL (Polícia do Pensamento) ela veio em primeiro e, nessa última, POLÍCIA perdeu duas sílabas. Por causa da grande dificuldade em assegurar uma eufonia, formações irregulares eram mais comuns no vocabulário B do que no vocabulário A. Por exemplo, as formas adjetivas MINIVERO, MINIPAZ, MINIMOR correspondiam respectivamente a MINIVERDADEIRO, MINIPACÍFICO e MINIAMÁVEL, tão somente porque -VERDADEIRAMENTE, -PACIFICAMENTE e -AMAVELMENTE tinham pronúncias ligeiramente esquisitas. Em princípio, no entanto, todas as palavras do vocabulário B se flexionavam da mesma forma.

Algumas palavras do vocabulário B tinham significado subutilizado, raramente inteligível para qualquer um que não dominasse a língua. Considere, por exemplo, uma típica sentença de uma manchete do *Times* como VELHOPENSADORES INVENTRESSENTEM O SOCIALISMO INGLÊS. Uma possível expansão dessa frase na velhafala seria: "Aqueles cujas ideias se formaram antes da Revolução não têm um entendimento emocional dos princípios do socialismo inglês". Mas essa não seria uma tradução adequada. Primeiramente, para obter o significado completo da sentença supracitada na novafala, seria necessário ter uma clara percepção do que se toma por SOCIALISMO INGLÊS. Além disso, somente uma pessoa amplamente envolvida no socialismo inglês poderia apreciar a força da palavra VENTRESSENTE, o que implicaria uma aceitação cega e entusiástica difícil de imaginar hoje, ou a palavra VELHOPENSAR, que estava inextricavelmente mesclada à ideia de maldade e decadência. Mas a função especial de certas palavras da novafala, da qual VELHOPENSAR fazia parte, se detinha menos na expressão de sentidos do que na destruição deles. Essas palavras, poucas em número, a rigor, tinham tido seus significados estendidos até que contivessem em si mesmas baterias completas de vocábulos que, conforme se tornavam suficientemente contempladas por um termo simples e abrangente, poderiam ser eliminadas e esquecidas. A grande dificuldade encontrada pelos compiladores do *Dicionário de Novafala* não era a invenção de novos vocábulos, mas a de se certificar de que seus significados estivessem adequados, uma vez inventados: ou seja, certificar-se de que o alcance dos significados para tais vocábulos tinha sido cancelado com a existência de outros.

Tal como se viu no exemplo da palavra LIVRE, aquelas que tiveram, em algum momento, um sentido herético foram mantidas por razões de conveniência, com seus contextos indesejáveis lhes sendo removidos, no entanto. Inúmeros outros vocábulos como HONRA, JUSTIÇA, MORALIDADE, INTERNACIONALISMO, DEMOCRACIA, CIÊNCIA e RELIGIÃO simplesmente deixaram de existir. Algumas poucas palavras as englobavam e, por isso, foram abolidas. Todos os vocábulos que giravam em torno de conceitos de liberdade e igualdade, por exemplo, foram contidos na palavra CRIMEPENSAR, enquanto todas as palavras que giravam em torno de conceitos de objetividade e racionalismo estavam contidas na palavra VELHOPENSAR. Maior precisão teria sido perigosa. O que se requeria de um membro do Partido era um olhar semelhante ao de um ancião hebreu que sabia, sem muito conhecimento de outras coisas, que todas as nações, excetuando-se a sua, adoravam "falsos deuses". Era desnecessário que soubesse que esses deuses se chamavam Baal, Osíris, Moloch, Ashtaroth e correlatos; provavelmente, quanto menos soubesse sobre eles, melhor para sua ortodoxia. Ele conhecia Jeová e seus mandamentos: sabia, então, que todos os deuses com outros nomes ou outros atributos eram falsos deuses. De forma razoavelmente análoga, o membro do Partido sabia o que constituía uma conduta correta e, em termos generalizados e bem vagos, ele sabia que tipos de desvios eram possíveis. Sua vida sexual, por exemplo, era completamente regulada por duas palavras da novafala: CRIMESSEXO (imoralidade sexual) e BOMSEXO (castidade). CRIMESSEXO cobria quaisquer delitos sexuais. Contemplava fornicação, adultério, homossexualidade e outras perversões, incluindo-se intercurso normal praticado como um fim em si. Não havia necessidade de enumerá-los em separado, haja vista serem todos igualmente culposos e, em princípio, puníveis com pena capital. No vocabulário C, que consistia de vocábulos científicos e técnicos, seria necessário fornecer termos específicos para certas aberrações sexuais, mas o cidadão comum podia prescindir deles. Ele sabia o significado de BOMSEXO, ou seja, intercurso normal entre um homem e sua esposa, com o único propósito da procriação, sem qualquer prazer físico por parte da mulher; qualquer coisa além disso seria um CRIMESSEXO. Na novafala, era rara a possibilidade de seguir um pensamento herético sem a percepção de que ele ERA herético; além desse ponto, os vocábulos necessários não existiam.

Nenhuma palavra no vocabulário B era ideologicamente neutra. Muitas delas eram eufemismos. Palavras como CAMPOA-

LEGRIA (campos de trabalhos forçados) ou MINIPAZ (Ministério da Paz, ou seja, Ministério da Guerra) significavam o justo oposto do que pareciam. Algumas palavras, ao contrário, mostravam um entendimento franco e desdenhoso da natureza real da sociedade oceânica. Um exemplo era PROVERPROLETA, que significava entretenimento desprezível e notícias espúrias que eram passadas às massas. Outras palavras eram ambivalentes, tendo conotações "boas", quando aplicadas ao Partido, e "ruins", quando aplicadas a seus inimigos. Além disso, porém, havia um sem-número de palavras que, à primeira vista, pareciam ser meras abreviações e que derivavam sua conotação ideológica não de seu significado, mas de sua estrutura.

Até onde fosse possível, tudo que tinha ou pudesse ter significância política de qualquer natureza seria enquadrado no vocabulário B. O nome de qualquer organização, grupo de pessoas, doutrina, país, instituição, ou edifício público era invariavelmente reduzido a uma forma familiar, isto é, um vocábulo de simples pronúncia com o menor número de sílabas e que pudesse manter a derivação original. No Ministério da Verdade, por exemplo, o Departamento de Registros, em que Winston trabalhava, se chamava DEPREG; o Departamento de Ficção se denominava DEPFIC; o Departamento de Teleprogramas, DEPTELE, e assim por diante. O propósito disso não era apenas economizar tempo. Mesmo nas décadas iniciais do século XX, palavras e frases encurtadas tinham sido recursos característicos da linguagem política e notava-se que a tendência ao uso de tais abreviações era marcante em países e organizações totalitários. Exemplos: NAZI, GESTAPO, COMINTERN, INPRECORR, AGITPROP. No início, a prática fora adotada como se fosse instintiva, mas na novafala ela era usada de forma consciente. Percebia-se que com uma abreviação se poderia estreitar e alterar sutilmente o significado de uma palavra, removendo-se associações atreladas a ela. A expressão INTERNACIONAL COMUNISTA, por exemplo, invoca um misto de imagens, entre elas a fraternidade universal, bandeiras vermelhas, Karl Marx e a Comuna de Paris. A palavra COMINTERN, por outro lado, sugeria uma organização fortemente unida e um corpo doutrinário bem definido. Ela se refere a algo facilmente reconhecido, como se limitado em seu propósito, tal qual uma cadeira ou uma mesa. COMINTERN é uma palavra que pode ser expressa praticamente sem que se pense nela, enquanto INTERNACIONAL COMUNISTA é uma expressão sobre a qual a pessoa é obrigada a se deter ainda que momentaneamente. Analogamente, as associações invocadas pelo vocábulo MINIVERO são poucas e mais controláveis do que as invocadas por MINISTÉRIO DA VERDADE. Isso leva em conta não só o hábito de abreviar as palavras sempre que possível, como também o cuidado exagerado que fora tomado ao torná-las de fácil pronúncia.

Na novafala, a eufonia se sobrepunha a qualquer consideração, com exceção da exatidão do significado. Sacrificava-se a regularidade gramatical sempre que necessário. E, com razão, visto que o que se requeria, sobretudo em virtude de propósitos políticos, eram vocábulos curtos, cortados e de conotações inconfundíveis que poderiam ser expressos rapidamente e que levantariam o mínimo de possibilidades na mente do emissor. As palavras do vocabulário B até ganharam força pelo fato de que praticamente todas elas eram muito similares. Seu uso promoveu um estilo tagarela de discurso, ao mesmo tempo *staccato* e monótono. E era exatamente esse o propósito. A intenção era tornar a fala, em particular o discurso sobre qualquer tema não neutro do ponto de vista ideológico, independente de consciência o máximo possível. Para os propósitos da vida cotidiana, era sem dúvida necessário, ou em boa parte das ocasiões, refletir antes de falar, mas um membro do Partido, quando invocado para que emitisse um juízo de valor ético ou político, deveria estar apto a proferir opiniões corretas, tão automaticamente quanto uma metralhadora disparando projéteis. Seu treinamento o preparava para isso, a linguagem dava-lhe um instrumento praticamente infalível, e a textura das palavras com sons duros e uma certa feiura intencional, de acordo com o espírito do SOCIALISMO INGLÊS, assistia-o ainda mais no processo.

Colaborava também nesse processo o fato de haver poucas palavras para escolher. Se contrastado ao nosso, o vocabulário da novafala era minúsculo, e novas formas de reduzi-lo vinham sendo constantemente produzidas. A novafala, sem dúvida, diferia de muitas línguas, no sentido de que seu vocabulário se tornava cada vez menor a cada ano. Cada redução era um ganho, já que, quanto menor a gama de escolhas, menor a tentação em relação ao pensar. A esperança era a de uma fala articulada tão somente na laringe, sem nenhum envolvimento de altos núcleos cerebrais. Essa meta era francamente admitida no vocábulo PATOFALAR, que significa "grasnar como um pato". Como várias outras palavras no vocabulário B, PATOFALAR era ambivalente em seu sentido. Se as opiniões grasnadas eram ortodoxas, elas remetiam apenas a elogios, e quando o *The Times* se referia a um dos oradores do Partido como um DOBROMAISBOM PATOFALADOR, elogiava-o o jornal calorosa e valorosamente.

VOCABULÁRIO C

O vocabulário C era suplementar em relação aos outros dois e consistia de termos científicos e técnicos que remetiam aos dias de hoje, construídos a partir de raízes idênticas, mas tomando-se o cuidado usual com uma definição rígida e desprovida de conotações indesejáveis. Esses termos seguiam as mesmas regras dos outros vocabulários. Poucos vocábulos C tinham uso tanto nas falas cotidianas como em discursos políticos. Qualquer cientista ou técnico poderia encontrar todas as palavras de que precisasse em uma lista dedicada à sua especialidade, mas raramente teria mais do que um punhado de vocábulos presentes em outras listas. Poucas palavras eram comuns a todas as listas, e não havia vocabulário que expressasse a função de ciência como hábito ou mente, ou um método de pensamento, independentemente de seus ramos particulares. Inexistia, de fato, o vocábulo "ciência", estando qualquer conotação que ele pudesse ter abarcada pela palavra SOCIALISMO INGLÊS.

Pelo que se verá adiante, ficará claro que, em novafala, a manifestação de opiniões heterodoxas, acima de um patamar extremamente baixo, era em termos práticos impossível. É evidente que havia a possibilidade de produzir heresias de um tipo muito bruto, uma espécie de blasfêmia. Teria sido possível, por exemplo, dizer GRANDE IRMÃO É NÃOBOM. Mas essa declaração, que, para um ouvinte ortodoxo, denotava meramente um óbvio absurdo, não poderia se sustentar por um argumento arrazoado, porque as palavras necessárias não estavam disponíveis. Ideias hostis ao socialismo inglês poderiam somente ser entretidas em formas vagas e sem palavras e nomeadas apenas em termos bem amplos, os quais condensavam e condenavam grupos inteiros de heresias sem defini-los ao fazê-lo. Era possível, de fato, usar a novafala para propósitos heterodoxos a partir da versão ilegítima de algumas palavras da velhafala. Exemplo: TODOS OS HOMENS SÃO IGUAIS era uma sentença possível em novafala, mas com o sentido de TODOS OS HOMENS SÃO RUIVOS seria apenas uma sentença possível em velhafala. Não havia erro gramatical, mas ela expressava uma inverdade palpável, ou seja, a ideia de que todos os homens eram de iguais tamanho, peso ou força. O conceito de igualdade política não mais existia, e essa conotação secundária havia sido devidamente apagada da palavra IGUAL. Em 1984, quando a velhafala ainda era o meio normal de comunicação, havia teoricamente o perigo de que, com a utilização de novafala, as pessoas pudessem se lembrar de seus significados originais. Na prática, evitar isso não era algo difícil para qualquer pessoa bem versada em DOBROPENSAR, mas em uma questão de duas gerações esse lapso de possibilidade já teria se esvaído. Uma pessoa que crescesse em contato apenas com a novafala como seu único idioma teria tanto desconhecimento sobre o fato de que IGUAL tivesse tido a conotação secundária de "politicamente igual", ou de que LIVRE tivesse significado em um passado "intelectualmente livre", quanto uma pessoa que nunca tivesse jogado xadrez tivesse ciência sobre sentidos secundários atrelados à RAINHA e à TORRE. Haveria diversos crimes e erros que estariam para além de sua capacidade de cometê-los, simplesmente porque eles eram sem nome e, por isso, inimagináveis. E estava previsto que, com a passagem do tempo, as características distintivas da novafala teriam se tornado cada vez mais pronunciadas — suas palavras se reduzindo em número paulatinamente, seus significados cada vez mais rígidos, e a chance de situá-las em usos impróprios sempre diminuindo.

Quando a velhafala tivesse sido suplantada de uma vez por todas, o último elo entre o passado e o presente teria sido cortado. A história já tinha sido reescrita, mas fragmentos da literatura do passado sobreviveram aqui e acolá, censurados imperfeitamente, e àquele que tivesse retido conhecimentos de velhafala seria possível ler tais fragmentos. No futuro, tais fragmentos, ainda que tivessem chance de sobreviver, seriam ininteligíveis e intraduzíveis. Era impossível traduzir qualquer passagem de velhafala para novafala a não ser que ela se referisse ou a algum processo técnico ou a alguma ação cotidiana muito simples, ou ainda a algo que já fosse ortodoxo (BOMPENSADAMENTE seria a expressão em novafala) em tendência. Na prática, nenhum livro escrito antes de meados de 1960 poderia ser traduzido por completo. Literatura pré-revolucionária estaria sujeita a uma tradução ideológica, ou seja, alteração em sentido tanto quanto em linguagem. Tome como exemplo a bem conhecida passagem da Declaração de Independência americana:

NÓS ASSEGURAMOS QUE ESSAS VERDADES SÃO AUTOEVIDENTES, QUE TODOS OS HOMENS SÃO CRIADOS IGUAIS, QUE SEU CRIADOR LHES PROVÊ ALGUNS DIREITOS QUE SÃO INALIENÁVEIS, QUE ENTRE TAIS DIREITOS ESTÃO A VIDA, A LIBERDADE E A BUSCA DA FELICIDADE. QUE, PARA GARANTIR ESSES DIREITOS, GOVERNOS SÃO INSTITUÍDOS POR PESSOAS, DERIVANDO SEUS PODERES DO CONSENTIMENTO DOS GOVERNADOS. QUE SEMPRE QUE UMA FORMA DE GOVERNO SE TORNAR DESTRUTIVA EM RELAÇÃO A ESSES FINS, É DIREITO DO POVO ALTERÁ-LA OU ABOLI-LA, BEM COMO INSTITUIR UM NOVO GOVERNO...

Teria sido quase impossível converter essa declaração para a novafala mantendo-se o sentido original. O mais próximo que alguém poderia fazer seria verter essa passagem para uma simples palavra: CRIMEPENSAR. Uma tradução completa só poderia ser de cunho ideológico, sendo que as palavras de Jefferson se tornariam um panegírico de um governo absoluto.

Boa parte da literatura do passado vinha passando por esse processo de transformação. Considerações de prestígio tornaram desejáveis a preservação da memória de certas figuras históricas, trazendo ao mesmo tempo seus feitos a um alinhamento à filosofia do socialismo inglês. Diversos escritores como Shakespeare, Milton, Swift, Byron, Dickens e alguns outros foram traduzidos; assim que a tarefa tivesse sido concluída, seus originais, com tudo o mais da literatura do passado que tivesse sobrevivido, seriam destruídos. Essas traduções eram um trabalho lento e difícil, e não se esperava que elas terminassem antes da primeira ou segunda década do século XXI. Havia também grandes quantidades de literatura meramente utilitária — manuais técnicos indispensáveis e afins — que tinham de ser tratadas de maneira análoga. Para que houvesse tempo suficiente para os trabalhos preliminares de tradução, a adoção em definitivo da novafala foi fixada para uma data tardia como 2050.

**Como este apêndice toma por base a língua inglesa para elencar as características da novafala e suas comparações, alguns trechos foram adaptados por se tratar de exemplos não aplicáveis à língua portuguesa. (N.T.)*